Liebe trotz allem

Anja C. Richter

Liebe trotz allem

Anja C. Richter

Bibliografische Information der Deutschen Nationalbibliothek:
Die Deutsche Nationalbibliothek verzeichnet diese Publikation
in der Deutschen Nationalbibliografie; detaillierte bibliografische Daten sind im Internet über dnb.dnb.de abrufbar.

© 2017 Anja Richter
Gordian-Guckh-Str. 14
83410 Laufen
anjacrichter@web.de

Herstellung und Verlag:
BoD – Books on Demand, Norderstedt
Satz: Stefan Stern
Buchumschlag: SJR Graphikdesign, 83410 Laufen
Bildrechte: www.pixabay.com/de
ISBN: 9783743140660

Vor allem haltet fest an der Liebe,
denn die Liebe deckt viele Sünden zu.[1]

Inhaltsverzeichnis

Teil 1

Das Ende

Kapitel 1

Ein roter VW Golf gerät auf dem Glatteis bei hohem Tempo ins Schlittern. Der Fahrer des entgegenkommenden blauen Vauxhall hupt und versucht vergeblich, auszuweichen. Doch es gibt kein Entkommen. Das Schicksal nimmt seinen Lauf.

***

»Nein, wirklich, es ist alles in Ordnung. Ich komme schon klar.«

Aidan sieht seiner Mutter dabei zu, wie sie nervös das Telefonkabel um ihren Finger wickelt und loslässt. Immer wieder, pausenlos. Das ganze Telefongespräch lang. Sie blickt auf. Schnell duckt er sich aus ihrem Sichtfeld. Es ist besser, nicht gesehen zu werden. »Vorher, ja ... und natürlich die Beerdigung. Ja, die war schwer. Echt schwer.« Sie schnieft. »Aber bitte, kommt nicht. Ich brauche keine Hilfe, wir kommen alleine klar ...« Ihre Stimme klingt mit jedem Wort angestrengter und verzweifelter.

Vorsichtig schielt Aidan um den Türrahmen herum. Gerade schüttelt seine Mutter eine leere Müsli-Schachtel über einer Schüssel. Da außer ein paar Flocken, die schon mehr Staub denn Nahrung sind, nichts mehr kommt, schleudert sie den Karton entnervt unter den Tisch, an den sie sich anschließend setzt. Sie stützt den Kopf mit dem strähnigen Haar in eine Hand und steckt sich mit der anderen eine Zigarette an. Früher hat sie nicht so viel geraucht. Fast gar nicht. Der Junge schaut auf ihre zitternden Finger, ein Zeugnis ihres Verfalls.

Nach dem Unfall blätterte ihr dunkelrot glänzender Nagellack zunächst immer weiter ab, bis nur noch ein paar matte Punkte übrig waren, die sich zu keinem Ganzen mehr verbanden. Mit ihren rilligen, trockenen Nägeln erinnert sie ihn an die alte, streng riechende Köchin des Pfarrers. Ächzend steht sie wieder auf und durchsucht einen Küchenkasten nach dem anderen. Schließlich findet sie eine durchsichtige Glasflasche mit dem Rest einer klaren Flüssigkeit, den sie in eine Tasse schüttet, die außen von braunen Kaffeeflecken übersät ist. Sie steht einfach direkt vor ihr. Die Mutter legt den Kopf in den Nacken, kneift die Augen zusammen, lässt den Inhalt in einem Zug in sich fließen und schüttelt sich anschließend.

Obwohl ihm dieser Anblick vertraut geworden ist, erschrickt er und verzieht das Gesicht.

»Nein, danke für das Angebot. Das ist lieb, aber wir schaffen es auch so. Wir kommen schon irgendwie an Geld.« Sie versucht, höflich zu klingen, aber ihre Bemühungen werden mürbe. Nun schüttelt sie die leere Flasche wie zuvor den Müsli-Karton. Vergeblich. Etwas in ihr weigert sich, zu glauben, dass sie tatsächlich leer ist. Aus, vorbei, weg. Nichts mehr da. Anders als die Schachtel stellt sie die Flasche zu den anderen unter die Spüle. »Ich kümmere mich darum. Versprochen. Ja, doch! Dieses Mal bestimmt.« Sie sieht aus wie ein Haufen nach langer Zeit im Wasser trüb und stumpf gewordener Glasscherben.

Sie legt auf und lehnt sich gegen eine Schranktür. Stumme Tränen laufen über ihre blassen Wangen. Sie greift nach der Tasse, führt sie an die Lippen, erinnert sich, dass sie leer ist, stellt sie mit leblosen Augen wieder auf die vollgestellte Ablage und geht mit schleppenden Bewegungen ins Wohnzimmer. Aidan versucht, ungesehen zu verschwinden, doch diesmal ist er nicht schnell genug.

»Was zum Teufel ist das?«, kreischt sie schon entsetzlich laut und fürchterlich schrill. Aidan duckt sich und versteckt seinen Kopf in den Armen. »Du kleines ...!« Sie holt aus, doch er entkommt. Dabei fällt er über den Haufen, den er in den letzten Stunden wie unter Zwang methodisch aufgetürmt hat. Zuunterst liegen Bilder-, darauf Fotorahmen, dann folgen Zeitschriften und Bücher, auf die er schließlich alle Spielzeugautos, die Ian gehört haben, oder immer noch gehören, gestapelt hat. Dazwischen hat er Stifte gesteckt. Ian braucht seine Autos nicht mehr, und auch nicht seine Stifte, denn Ian lebt nicht mehr. Er liegt neben seinem Vater unter der kalten Erde. Sie sind tot.

»Ich halte das nicht mehr aus! Ich schaffe das einfach nicht!«, schreit die Frau, die ihm als Mutter abhandengekommen ist. »Warum tust du das?«

»Mum ...«, setzt er an und sucht Liebe, Verständnis, Halt in ihr. Nichts davon findet er; nicht einmal ihren Blick. Er weiß, dass er sagen sollte, dass es ihm leid täte, aber das stimmt nicht und er kann nicht lügen. Statt einer Entschuldigung aus seinem Mund kommt ein Knurren aus seinem Magen. Seine Mutter verengt ihre müden Augen zu Schlitzen. Ein wortloser Tadel. *Wie kann er nur so schwach sein.*

Sie dreht sich um und tritt gegen die kaputten Spielsachen. Ihr Weg führt zu einer aus der Mode gekommenen Glasvitrine, in der die Reste von Allans einst großer Whiskey-Sammlung stehen. Sie nimmt eine Flasche aus dem immer kleiner werdenden Kreis.

»Was?«, zischt sie, als spüre sie nun seine stumme Kritik. »Lass mich in Ruhe. Ich kann dich jetzt nicht gebrauchen.«

Mit der Flasche in der Hand stürzt sie hinaus und Aidan hört, wie sie die Schlafzimmertür hinter sich absperrt. Auf Zehenspitzen schleicht er die Treppe hinauf. Er muss nicht an der Tür lauschen. Ihr Schluchzen ist im ganzen Haus zu hören. Aus Ians verwaistem Zimmer holt Aidan einen großen Hammer und beginnt, alles auf dem großen Haufen zu zertrümmern. Endlich hört er seine Mutter nicht mehr.

Er hat Hunger, doch er weiß, dass die Müsliflocken auf dem Boden das letzte Essbare waren. Wieder knurrt sein Magen. Er legt sich ins Bett. Heiße Tränen laufen über seine blassen Wangen. Durch die Wand dringt jetzt lautes Schnarchen. Eine ohrenbetäubende Stille erfüllt das Haus. Schmerz gegen Schmerz. Wand an Wand.

***

Als er am nächsten Tag im Pyjama die Treppe herunterkommt, sitzt seine Mutter am Küchentisch und hält einen Umschlag in die Flamme einer Kerze.

»Hallo Schatz, wie geht's dir?«, ruft sie mit einem breiten Lächeln und einer Stimme, die fast wie früher klingt.

»Was tust du da? Was ist das?«, fragt er stockend. Es ist schon kurz vor Mittag und noch immer hat er nichts gegessen. Vor Hunger ist er benommen. Der Gestank des verbrennenden Papiers löst Brechreiz in ihm aus.

»Rechnungen«, sagt sie heiter und zuversichtlich. »Was wir nicht wissen, kann uns nicht schaden.« Sie lacht irre und schaukelt dabei vor und zurück.

Aidan sagt nichts, sondern drückt sich am Küchenschrank herum. So unauffällig wie möglich sucht er nach Hinweisen, die darauf schließen lassen, dass sie Einkaufen war. Er findet keine.

»Komm her, mein Engel«, schnurrt sie plötzlich und breitet ihre Arme aus, aber er bleibt, wo er ist. Er kann sehen, dass sein Zögern ihr das Herz bricht und so rutscht er widerwillig doch näher zu ihr. Er lässt zu, dass sie ihn umarmt und an sich drückt. Ihr Atem und sogar ihre Haut stinken nach Alkohol. Wieder hebt sich sein Magen. Er fühlt sich gefangen.

»Es ist nicht gut, dass du so viel trinkst«, piepst er mit dünner Stimme und sucht für einen Moment ihren Blick. Als er ihn findet, durchbricht er ihn sofort wieder. Der Kommentar war ein Fehler. Ihre heitere Stimmung löst sich auf wie die

Schäfchenwolken an einem Julihimmel, die von schweren Gewitterwolken aus dem Blau verjagt werden.

»Verpiss dich doch, du kleiner Klugscheißer!«, faucht sie genauso unerwartet, wie sie vorher geschnurrt hat, und stößt ihn von sich.

Aidan taumelt gegen die Spüle und fängt sich mit einer Hand ab. Hinter seinen Augen beginnt eine Mauer, die alles von ihm abschirmt, die nichts mehr zu ihm herein- und nichts mehr aus ihm hinauslässt.

»Raus mit dir! Lass mich in Ruhe! Hau ab! Hast du eigentlich gar keine Schule mehr?«, keift sie und ein Speichelfaden bleibt an ihrem Kinn hängen.

Der Zorn, der seit Tagen in ihm glimmt, wird zu einem lodernden Feuer. Er zittert. Ohne ein Wort dreht er sich um, läuft los, schlägt die Tür zu und rennt barfuß, im Schlafanzug, die Straße hinunter. Er läuft, bis er Galle schmeckt und ein stechender Schmerz ihn zum Stehenbleiben zwingt.

***

Etwas veranlasste Sally Macmillan von dem Braten, den sie gerade zubereitete, aufzuschauen. Ihr Blick wanderte hinaus in den klaren Vorfrühlingstag. An dem schmiedeeisernen Gartenzaun lehnte ein Junge. In – sie runzelte die Stirn und kniff die Augen zusammen, um besser sehen zu können: in einem Pyjama. Ihr Herz wurde weich vor Fürsorge und Mitleid. Welche Eltern ließen ihr Kind ... Moment. Sollte er nicht in der Schule sitzen? Was stimmte mit ihm denn nicht? Warum hoben sich seine Schultern in diesem abgehackten Rhythmus? Und wieso stand er so gekrümmt da? Da erkannte sie ihn. Um Himmels willen! Das war ja der Sohn von dem Mann, Alan, der bei dem Verkehrsunfall ums Leben gekommen war! Sie hatten sich nicht so gut gekannt, als dass sie zur Beerdigung gegangen wäre, aber natürlich hatte sie von der Tragödie gehört. Es war einfach zu schrecklich! Wenn man sich das nur vorstellte – von einer Sekunde auf die andere mit einer halbierten Familie. Ohne Vater und Bruder, ohne Ehemann und jüngeren Sohn. Sie sammelte sich, legte das Messer beiseite, wischte sich die Hände an einem Küchentuch ab und ging in den Vorgarten. Immer schneller wurden ihre Schritte, bis sie vor ihm stand. Er war gerade dabei, seine rechte Fußsohle zu inspizieren und schien ihre Anwesenheit entweder nicht zu bemerken oder sich nichts daraus zu machen.

»Ach du meine Güte!«, rief sie entsetzt, als sie das Blut sah. »Hast du dir eine Scherbe eingetreten? Ist alles in Ordnung?«

Was für eine dumme Frage, schalt sie sich umgehend selbst, denn offensichtlich war bei Weitem nicht alles in Ordnung. Die Augen, aus denen er sie daraufhin ansah, waren traurig und leer.

»Ich hole schnell ein Tuch und Verbandszeug. Oder noch besser – kannst du gehen, wenn du dich auf mich stützt? Komm mit rein!«

Sie reichte ihm ihren Arm, an den gestützt er auf einem Bein ins Haus humpelte.

»Setz dich hin«, forderte sie ihn mit sanfter, mütterlicher Stimme auf und zog einen Stuhl unter dem Tisch hervor. Dann lief sie los, um den Verbandskasten zu holen. Die ganze Zeit über sagte er nichts und so verfiel auch sie in Schweigen. Mit keinem Wort erwähnte sie seinen Pyjama, dass er barfuß und nicht in der Schule war. Er machte den Eindruck, als hätte er seit Tagen nicht gegessen. Als sie das Antiseptikum auftupfte, zuckte er zusammen, gab aber außer einem kurzen, gepressten Laut nichts von sich. Mit einer Pinzette zog sie vorsichtig die Glasscherbe heraus.

»Möchtest du vielleicht ein Omelett?«, fragte sie so beiläufig wie möglich, während sie einen weißen Verband um seinen Fuß wickelte. »Oder Brot? Obst oder sonst irgendwas?«

Dünn und zerbrechlich war seine Stimme, als er antwortete: »Ein Omelett wäre gut. Mit Toast. Und ein Kakao? Haben Sie Kakao?«

Ein Lächeln huschte über ihr Gesicht und sie war glücklich, als sie ihm beides zubereitete. Er musste tatsächlich sehr lange nichts gegessen haben, denn nach der Eierspeise aß er noch mehrere Scheiben Toast, einen Joghurt, eine Orange und eine Banane. Lächelnd sah Sally ihm dabei zu und hätte ihm am liebsten über den Kopf gestreichelt.

»Soll ich vielleicht deine Mutter anrufen? Oder deine Groß- eltern? Nicht, dass sie sich Sorgen machen«, sagte sie, als das Schweigen unerträglich wurde.

Sein Gesicht wurde ernst. »Nein, das bringt nichts. Kann ich nicht noch ein Weilchen hier bleiben? Ich bin auch ganz brav.«

Sie wollte, dass er blieb, aber das war nicht so einfach. »Schau, ich muss wirklich deine Mutter anrufen und ihr sa- gen, dass dir nichts passiert ist. Sie macht sich doch bestimmt Sorgen um dich!« Sie sah zwar, dass er den Kopf schüttelte, bestand aber trotzdem darauf: »Gib mir bitte eure Telefon- nummer. Dann kannst du von mir aus noch ein bisschen blei- ben, wenn es für deine Mutter okay ist, ja?«

Aidan zog die Schultern bis an die Ohren hoch und sagte mürrisch die Nummer an, doch niemand meldete sich.

»Ihr wohnt in der 64, richtig?«, fragte Sally und griff nach ihrem Mantel.

»66«, antwortete er einsilbig und ließ die Schultern hän- gen.

»66, richtig. Ich bin gleich wieder da; gebe ihr nur kurz Be- scheid, dass du bei uns bist und dass alles in Ordnung ist, ja?«

Er zuckte mit den Schultern, bewegte sich aber ansonsten nicht.

»Du kannst hier warten oder mitkommen, wie du willst«, schlug sie vor.

»Hier warten«, kam umgehend die knappe Antwort.

Sally holte tief Luft und hoffte, dass sie alles richtig machte. »Gut, ich bin gleich wieder da«, sagte sie dann und bemühte sich um eine feste Stimme. Vorsichtshalber schloss sie hinter sich ab; denn man wusste ja nie.

Die Haustür von Nummer 66 stand halb offen, doch auf ihr Läuten reagierte niemand. »Hallo?«, rief sie und trat ein.

»Angie?« Sie erinnerte sich an den Namen. »Angie? Ich bin's, Sally, Sally Macmillan. Wir wohnen auch in der Straße. Weiter unten.«

In dem stillen Haus stank es nach Alkohol, kaltem Rauch und Verbranntem. Sie sah die Asche, die angesengte Tischplatte, den Staub, die Brösel und eingetrocknete Teller, die leeren Flaschen und erkannte, dass der Junge nicht ohne Grund noch im Pyjama und nicht in der Schule war. Bei jedem Schritt klebten ihre Füße am Boden fest und gaben ein seufzendes Geräusch von sich.

Sie sollte beim Familienamt anrufen, aber das konnte sie dem Jungen nicht antun, denn sie würden ihn sofort mitnehmen und in eine Pflegefamilie stecken. Gott weiß, wie übel das sein kann. Auf so leisen Sohlen, wie es der seit Langem ungeputzte Boden zuließ, schlich sie nach oben. Auch dort standen die Türen weit offen. Angie lag bewusstlos auf dem Bett, eine leere Flasche in der Hand. Sally schauderte. Mit aller Kraft drehte sie die Frau in die Seitenlage, damit sie nicht erstickte, falls sie sich erbrach. Dann suchte sie einen Eimer, den sie vor ihr abstellte, ebenso wie ein Glas Wasser und das Telefon. Am liebsten hätte sie die Wohnung aufgeräumt und gesäubert, doch das war natürlich ausgeschlossen. So weit durfte man sich nicht in das Leben anderer einmischen. Nur für den kleinen Jungen musste sie etwas tun; den konnte sie nicht hierher zurücklassen.

Wieder bei sich zu Hause saß sie mit Aidan am Küchentisch und sah ihm gedankenverloren dabei zu, wie er seinen Vanillepudding löffelte.

»Soll ich in der Schule anrufen und Bescheid sagen, dass du heute nicht kommst?«, fragte sie zögernd.

Gleichgültig zuckte der Junge die Schultern. »Das wissen die schon. Ich war schon seit Wochen nicht mehr dort.«

Sally atmete scharf ein und war um Fassung bemüht. Dann sagte sie: »Das ist aber schade. Dir muss ja stinklangweilig sein, oder nicht?«

Mit stierem Blick auf den Tisch schüttelte er den Kopf.
»Warum willst du denn nicht mehr hingehen?«, bohrte sie
mit sanfter Stimme weiter.

»Ich kann nicht. Es geht einfach nicht!« Er wich ihrem Blick
aus und verschränkte die Arme vor seiner Brust.
»Okay, okay«, beruhigte sie ihn. »Du musst nicht darüber
reden, wenn du nicht willst.« Schon wieder überschritt sie
ihre Grenzen. Das alles ging sie gar nichts an! Aber was sollte,
was konnte sie mit diesem gebrochenen Kind machen? Jemand musste ihm doch helfen!

»Alle wissen es«, platzte es da aus dem zitternden Mund
des Jungen heraus. »Dad ist – Dad war«, verbesserte er sich
mit einem Schluchzen, »der Sportlehrer.« Das war Sally bekannt, aber sie hatte sich in Aidans Alter getäuscht. Er sah
wesentlich jünger aus, doch offenkundig ging er schon auf
die Highschool, an der sein verstorbener Vater unterrichtet
hatte.

»Du meinst, von dem Unfall?«, fragte sie einfühlsam und
versuchte, so zu tun, als gehöre sie nicht zu den »allen«, was
nicht stimmte und somit unsinnig war.

»Dass er daran schuld war«, murmelte er und schluchzte
laut auf. Noch immer mied er ihren Blick und seine Stimme
grollte wie der Donner eines herannahenden Gewitters. Seine
Hände ballten sich zu Fäusten.

Ihr eigenes Kind hätte sie natürlich in die Arme genommen, aber ihn?

»Seine Schuld ...?«, fragte sie entgeistert und neigte den
Kopf zur Seite. Jeder wusste doch, dass der andere Fahrer
Schuld hatte ... Sofern man bei dem blitzschnell aufgezogenen Glatteis überhaupt von Schuld sprechen konnte!

»Ja, seine Schuld. Mein Vater hat meinen Bruder umgebracht!«, fauchte er und warf ihr einen kurzen Blick zu, in
dem Zorn und Wut kochten.

»Wie kommst du denn darauf?« Sie rang nach Atem.

»Er hätte verdammt noch mal einfach schauen sollen, wo
er hinfährt!« Mit der flachen Hand schlug er auf den Tisch

und mit einem Mal war seine Kraft verpufft. Jetzt klang er elend.

»Ach Schatz. Er konnte doch nichts tun! Der Golf ist auf dem Glatteis ins Rutschen gekommen und der Fahrer hat die Kontrolle verloren! Er ist direkt mit ihm zusammengestoßen. Es war ein ganz schrecklicher Unfall!«, rief sie verzweifelt und wollte den Jungen so gerne in die Arme nehmen, um ihm ein bisschen Halt zu geben. Oder sich selbst; da war sie sich nicht sicher. Sie hatte den Eindruck, als habe er diesen Gedanken zum ersten Mal laut ausgesprochen. Er brauchte dringend professionelle Hilfe, nicht ihre, so viel war ihr klar.

»Und warum hat der andere Fahrer dann überlebt?«, setzte er grimmig nach und biss die Lippen zwischen den Zähnen aufeinander.

»Sie sitzt jetzt im Rollstuhl«, wandte Sally kläglich ein.

»Sie hätte sterben sollen!«, schrie er, schlug mit der rechten Hand auf den Tisch und stützte die Stirn in die linke.

Es war keine große Sache, dass Aidan über Nacht blieb, versuchte Sally sich einzureden. Nicht für ihre Familie, die an Besuche gewöhnt war, und nicht für Angie. Bereits vor Monaten war die älteste Tochter der Macmillans, Eilean, ausgezogen; seitdem stand ihr Zimmer leer. Sally versuchte, sich weiszumachen, dass dem Jungen der Abstand zu seinem zerrütteten Zuhause guttäte und dass Angie gewiss auch mal Zeit und Raum für sich brauchte.

Als sie später am Nachmittag ihre eigenen Kinder von der Schule abgeholt hatte, hielt sie vor der Nummer 66 und hinterließ Sally eine Nachricht, dass Aidan bei ihnen sei. Sie holte seine Schuluniform aus seinem Zimmer, in der er am nächsten Morgen wie durch ein Wunder zum Frühstück erschien.

»Es ist immer ein Bett für dich frei, wenn du eins brauchst!«, versicherte sie ihm, als er sich auf den Schulweg machte und höflich verabschiedete.

Unsicher sah er sie an. »Alles wird gut«, flüsterte sie leise. Sie wollte ihm auf den Kopf, in sein dichtes braunes Haar, küssen und darüber streicheln, tat es aber nicht. Er hatte schon eine Mutter.

»Vielen Dank, Mrs Macmillan«, sagte er verlegen.

Sie sah ihm nach, bis er hinter dem Hauseck verschwunden war, an dem er am Abend wieder auftauchte.

Kapitel 2

2014, Oban, schottische Westküste

Nach einer rund zweieinhalbstündigen Autofahrt erreichten sie die schottische Westküste. Die malerisch zwischen grünen Hügeln in einer Bucht gelegene Kleinstadt Oban sah im Licht der tief stehenden Sonne bezaubernd aus. Im Hintergrund erhob sich majestätisch das Wahrzeichen der Stadt, der McCaig's Tower, der auf den ersten Blick an das Kolosseum in Rom erinnerte.

»Wir sind da, Schatz«, seufzte Aidan glücklich und legte seine Hand auf die seiner Frau. »Ist es nicht wunderschön?«

»Traumhaft!«, rief sie glücklich, öffnete das Autofenster und atmete die salzige Meeresluft mit geschlossenen Augen ein. »Und wie gut das riecht!«

»Oh ja. Wir werden die kommenden sieben Tage nur so gute Luft einatmen. Oh Mann, das wird einfach toll!«, freute er sich und strahlte sie an. »Hoffentlich hält das Wetter!«

»Ach, bestimmt! Und selbst einen Tag voller Regen und Sturm stelle ich mir sehr romantisch vor.«

»Meine kleine Wilde«, antwortete er liebevoll. »Aber du hast recht. Es wird auf alle Fälle großartig.« Mit einem Lächeln folgte er der roten Linie auf dem Navi und fuhr um den *Calmac* Fährterminal. Er bemühte sich so gut er konnte, unbeschwert zu wirken, um Fiona den lang ersehnten Urlaub nicht zu verderben. Er verwünschte die Post, die den unheilvollen Brief gestern, statt am Montag zugestellt hatte. Ohne Untersuchungsergebnis hätte er die Tage sorglos verleben können, doch mit dem Wissen, dass er die Ursache für den unerfüllten Kinderwunsch war, schien ihm das unmöglich. Zu schwer lastete die Schuld auf ihm. Seiner Frau hatte er noch nichts davon erzählt, denn seit Wochen und Monaten hatte sie sich auf den Segeltörn gefreut und Erholung dringend nötig. Außerdem zog sich sein Magen zusammen, wenn er an das Gespräch und die Folgen dachte. Denn so oft er das Szenario in seinem Kopf durchspielte, so wenig gelang es ihm, sich ein harmonisches Ende auszumalen.

»Glaubst du, die anderen sind schon da?«, fragte sie gerade aufgeregt und reckte neugierig den Kopf aus dem Autofenster. »Lucas und Daphne brauchen ja bestimmt den ganzen Tag von London!«

»Mmmm«, brummte Aidan, der gerade einen freien Parkplatz erspähte, auf die Bremse trat, vor und zurück rangierte und schließlich den Motor abstellte.

»Na, wir werden es ja bald sehen. Wann müssen wir wo sein? Warte, ich schau mal nach«, murmelte sie und zog ihr Handy aus der Tasche. »Ja, genau. Stimmt schon. Check-in ist an der Rezeption, danach treffen wir uns an der Bar.« Sie nickte und lächelte verkrampft, während Aidan vergeblich versuchte, sie mit einem scharfen *Nein* davon abzuhalten, ihre E-Mails abzurufen.

»Hinterher ärgerst du dich nur darüber«, wandte er kopfschüttelnd ein. Wie sehr er sich auf die internetfreien Tage auf See freute! Besorgt betrachtete er seine Frau, die mit ihren 34 Jahren noch immer sehr jung aussah. Erst seit einigen Monaten bildeten sich feine Falten um ihre Augen und auf der Stirn. Oft sah ihre Haut welk aus, besonders dann, wenn sie zu viel arbeitete und zu wenig schlief. Heute aber strahlte Lebensfreude aus jeder einzelnen Pore. Tief berührt strich Aidan mit dem Handrücken über ihre Wange und sah sie liebevoll an. *Wie schön sie ist,* dachte er glücklich und ließ seine Finger über ihr schulterlanges braunes Haar gleiten, das in der Abendsonne glänzte.

Er wusste, dass ihre schlanke Figur in der Familie lag, denn aufgrund der vielen Arbeit kam sie nicht mehr häufig zum Sport. Dabei hatte sie immer gerne Handball gespielt, war regelmäßig gejoggt oder zum Schwimmen gegangen. Sogar den Tango vernachlässigte sie. Ein oder zwei Mal war er alleine zu einer Milonga gegangen, aber ohne Fiona machte es ihm keinen Spaß. Er fühlte sich unwohl dabei, mit einer anderen Frau so leidenschaftlich zu tanzen. Denn auch nach mehr als sechzehn gemeinsamen Jahren gehörten seine Leidenschaft und sein Begehren nur ihr. Ob die anderen noch tanzten? Liz bestimmt. Er lächelte bei der Erinnerung daran, wie sich die Freunde im ersten Trimester an der Uni im Tangokurs kennenlernten. Wie jung und sorglos sie waren! Sie glaubten, die Welt stünde ihnen offen. Und Fiona – schon damals träumte sie von Kindern und einer großen Familie ...

Nun seufzte sie genervt. »Wenn ich die Mails nicht anschaue, muss ich die ganze Zeit daran denken und diese Fieslinge tun mir hinter meinem Rücken bestimmt weiß Gott was an!«, schimpfte sie und starrte auf den Bildschirm, der ihr Gesicht in jener kalten Farbe erhellte, die Aidan zu hassen und fürchten begonnen hatte. Ihre Hände umklammerten das kleine schwarze Gerät, als hinge ihr Leben davon ab und Aidans schwacher Protest »Hey! Keine Handys war abgemacht!« verhallte ungehört. Oder zumindest *unerhört*. Hilflos musste er mit ansehen, wie Fionas noch vor wenigen Momenten von Freude erfüllter Gesichtsausdruck finster wurde und sich vor Ärger verzerrte. »Diese kompletten Arschlöcher! Die sind ja total wahnsinnig geworden!«, fluchte sie, drückte die Autotür auf und stapfte hinaus. Sie war so in ihre Wut vertieft, dass sie nicht einmal die vielen Schiffe mit den hohen Masten bemerkte, die ruhig in der Bucht hin- und herwippten. Auch hatte sie kein Auge für die untergehende Sonne, die den Himmel und das Meer in ein rotes geheimnisvolles Licht tauchte. Seit sie denken konnte, träumte sie vom Segeln und nun verdarb sie sich selbst die ersten Eindrücke, indem sie die Schönheit, die sie umgab, gar nicht wahrnahm.

»Ist alles in Ordnung?«, fragte Aidan widerwillig, denn nur zu gut wusste er, dass dem nicht so war, aber er wäre sich schäbig vorgekommen, nicht zu fragen.

»Tut mir leid, aber ich muss mich da jetzt echt drum kümmern«, stieß sie zwischen den Zähnen hervor. Aidan seufzte. Ihre Finger flogen über den Touchscreen. »Sie wollen, dass ich ... Ich kann einfach nicht glauben, dass sie jetzt damit kommen! Jetzt, wo diese Idioten haargenau wissen, dass ich im Urlaub bin!«, fauchte sie.

Aidan seufzte, schulterte beide Reisetaschen und machte sich auf den Weg in die Marina, wohin ihm die wütend tippende Fiona folgte. Als sie eintraten, sahen sie bereits einen Mann in legerer, aber teurer Kleidung an der Rezeption stehen. Auch er mit seinem Smartphone beschäftigt. Sein dunkelblondes Haar war leicht gewellt und wurde von genügend Haarwachs stilvoll zurückgehalten, damit es ihm nicht in die Stirn fiel.

»Ben!«, rief Aidan erfreut. Mit einem nun wieder strahlenden Gesicht eilte er auf seinen Studienfreund zu, um ihn freundschaftlich zu umarmen. Ben sah auf und lächelte, während er verstohlen das Smartphone einsteckte. »Sorry, keine Handys, ich weiß!«, entschuldigte er sich und hob die Schultern. »Mensch, Aidan! Schön, dass du hier bist. Wir haben uns ja ewig nicht gesehen!«

»Ja, viel zu lange ist es schon wieder her. Zuletzt auf deiner Hochzeit, nicht wahr?«

»Ja, Mensch ... so lange ...«, antwortete er ausweichend und war sichtlich erleichtert, dass in diesem Augenblick eine junge Empfangsdame erschien, der er seine Aufmerksamkeit schenken musste. »Die zwei sind auch mit von der Partie«, erklärte er, wobei Aidan der flirtende Blick zwischen den beiden nicht entging. *Immer noch der Alte*, dachte er schmunzelnd.

Nach dem Einchecken wurden sie in die kleine, abgelebte Bar geführt, wo sie an einem großen Tisch Platz nahmen. Aidan setzte sich zwischen Ben und Fiona auf die Bank und freute sich auf die bevorstehende Reise und Ablenkung von seinen Sorgen. Doch den beiden Freunden schien das Hier und Jetzt weniger wichtig als das Woanders, denn sie zückten erneut ihre Handys, starrten angespannt auf die Bildschirme und tippten wie besessen. Mehr als hundert, wenn nicht tausend Mal hatte er Fiona bereits gesagt, dass sie den Job, der ihr so viele schlaflose Nächte und Sorgenfalten bereitete, kündigen sollte. Permanent wurde sie zu Unzeiten belästigt. Alles drehte sich nur noch um ihre Arbeit, oder besser, das Mobbing. Bei seiner Stelle bei *Historical Scotland* hingegen herrschte ein sehr angenehmes Betriebsklima. Das einzige, was wie ein Damoklesschwert über allen hing, waren drohende Stellenkürzungen, an die er nun ebenso wenig denken wollte wie an den Brief in seiner Nachttischschublade.

»Echt jetzt, Leute! Kommt mal zum Ende«, rief er bemüht heiter, doch seine angespannten Nerven waren deutlich zu hören. Zumindest zeigten seine Worte Wirkung, denn die beiden schauten ihn zerknirscht an.

»Okay, fertig. Schluss!«, meinte Fiona entschuldigend und legte das Gerät beiseite. »Ich hole uns was zu trinken, okay?«, schlug sie vor, nahm die Getränkewünsche entgegen und stand auf.

Aidan vermutete, dass sie an der Bar weiter über ihr Problem grübeln würde, doch das konnte er nicht ändern. So wandte er sich Ben zu, der eine Hand auf Aidans Schulter legte und betont unbeschwert fragte: »Und, was gibt's Neues, Alter? Wann kommt der Nachwuchs?«

Aidan zuckte zusammen und wandte den Blick ab. Wie durch ein Wunder blieb ihm eine Antwort erspart, denn in diesem Moment betrat Liz die Bar. Wie er es seit jeher von ihr gewohnt war, zog sie, ohne etwas Besonderes zu tun, alle Blicke auf sich. Einen Rollkoffer hinter sich herziehend, stolzierte die hochgewachsene, gertenschlanke Diva in die Bar. Mit ihrem schwarz glänzenden Haar, das ihr in sanften Wellen bis zur schmalen Taille fiel, den dunklen Augen, der hellen Haut und ihrer selbstherrlichen Art erinnerte sie an Schneewittchen. Oft hatten die (damals tatsächlich sieben) Freunde gescherzt, dass sie nichts weiter als die Zwerge seien, die ihren treuen Hofstaat bildeten. Liz war es gewohnt, im Mittelpunkt zu stehen und sie genoss, oder brauchte, die Aufmerksamkeit, wie Marc wusste.

»Ach!«, rief sie hoch und klang dabei noch englischer als bei ihrem letzten Treffen. Winkend stöckelte sie zu ihnen. »Meine Lieblings-Jungs! Wie schön! Ich kann kaum glauben, dass wir uns so lange nicht mehr gesehen haben!« Schon drückte sie Aidan an sich und küsste ihn auf die Wange, bevor sie sich wesentlich kecker Ben zuwandte. »Rutsch mal!«, forderte sie ihn einfach auf und quetschte sich schon neben ihn auf Fionas Platz, die kurz darauf mit den Getränken zurückkam und nur wortlos die Augenbrauen hob. Zur nun weniger lauten Begrüßung erhob sie sich zwar kurz, setzte sich aber umgehend wieder und nahm dabei wie selbstverständlich das Getränk, das Fiona eigentlich für sich gekauft hatte.

»Sind Daphne und Lucas schon hier?«, erkundigte sie sich und schaute von einem zum anderen. Dass Fiona wortlos zur Bar zurückging, um sich einen neuen Gin Tonic zu holen, schien sie nicht zu bemerken. »Die zwei habe ich ja eine Ewigkeit nicht mehr gesehen! Und dabei ist es mit ihnen immer so ein Spaß!«

»Wenn man vom Teufel spricht ...«, scherzte Ben und stand auf, um einen großen, schwarzhaarigen Mann in einem Rugby-Shirt mit einem kräftigen Klaps auf den Rücken zu begrüßen. Daphne und Liz hielten sich locker an den Oberarmen und küssten sich abwechselnd drei Mal auf die Wange, was Aidan immer schon affektiert und albern fand.

»Schön, dass ihr da seid! Damit sind wir ja vollzählig«, stellte er fest und erkundigte sich nach der Fahrt. Als auch die beiden mit Getränken am Tisch saßen, hob Lucas breit grinsend sein Glas und toastete: »Auf ein längst überfälliges Wiedersehen!«

»Und auf einen genialen Törn!«, fügte Ben hinzu.

»Ohne schreckliche Stürme!«, rief Daphne und alle prosteten sich lachend zu.

Sie begannen gerade, Pläne zu schmieden, als Liz zur Tür starrte, ihr Kinn nach oben reckte und mit weit aufgerissenen Augen zischte: »Wer zum Teufel ist denn *das?*«

Alle folgten ihrem Blick, der auf einen braun gebrannten Hünen mit markanten Gesichtszügen gerichtet war. Er stand in beigefarbenen Leinenhosen und einer abgetragenen, dunkelblauen Segeljacke im Eingang und sah sich suchend um. Als er die Gruppe entdeckte, nickte er kurz und kam auf sie zu. Liz verschluckte sich an ihrem Gin Tonic, hustete und stieß Fiona mit dem Ellbogen an.

»Ist das die Clelland-Partie?«, erkundigte sich der Fremde mit einem angenehmen Glasgower Dialekt.

»Ja, genau. Das sind wir«, antwortete Lucas und reichte ihm die Hand. »Lucasr Clelland. Und das ist die Crew!«

»Freut mich. Ich bin Struan, euer Skipper für den Charter.« Der Reihe nach schüttelte er alle Hände. Er nahm nicht Platz, sondern fragte ohne Umschweife: »Seid ihr dann so weit? Können wir an Bord?«

»Aye, aye Käpt›n!«, salutierte Liz zwinkernd, doch er stieg nicht auf ihr Spiel ein.

»Nach dir«, sagte Lucas zu Daphne, gab ihr einen Klaps auf den Po und leerte den restlichen Drink auf ex.

Gemeinsam folgten sie Struan zu einem hübschen Segelschiff, das vertäut im Hafen lag. Liz hakte sich bei Fiona unter und seufzte so laut, dass jeder es hören konnte: »Mhm, der ist aber lecker! Der gehört mir!« Dabei rollte sie die Augen und leckte mit der Zungenspitze über die rot geschminkten Lippen. Während Liz lautstark und Fiona gequält leise lachte, drehte sich Aidans Magen um. Er kannte Liz mit ihrem unstillbaren Hunger nach Eroberungen und ihrem Durst nach Selbstbestätigung nur zu gut. Was Männer an ihr so unwiderstehlich fanden, war ihm schleierhaft, denn für ihn waren Frauen, die ihr Bett mit unzähligen Kerlen teilten, abstoßend.

Auch Fiona wäre am liebsten im Erdboden versunken, so sehr schämte sie sich vor dem Skipper für ihre Freundin. Was musste er nur von ihnen denken!

Daphne war die erste, die ihre Tasche auf dem Steg abstellte und sich von dem Skipper auf die 50 Fuß lange Holzjacht helfen ließ. Gespannt wartete Fiona darauf, dass sie an der Reihe war. Ihr wurde feierlich zumute, denn nicht nur war dies ihr erster Segeltörn, sondern sie freute sich auch seit Langem auf die Woche mit Aidan und ihren Freunden. Schließlich war sie es, die Struan die Hand reichte, damit er ihr auf das Schiff half. Es war ein überraschend intimer Moment, in dem sie auf die Hilfe eines fremden Mannes angewiesen war und sie war froh, seine raue Hand wieder loszulassen. Kurz streifte ihr scheuer Blick seinen, der vor Kraft und Selbstsicherheit strotzte. Seine Augen waren goldgrün und funkelten geheimnisvoll. Sobald sie auf dem schwankenden Schiffsboden stand, breitete sich eine längst vergessene Abenteuerlust in ihr aus. Unsicher machte sie im letzten Tageslicht ein paar Schritte zur Reling, auf die sie sich stützte. Dankbar, dem Alltag zu entkommen, schloss sie die Augen und atmete die schwere, salzige Luft tief ein. Eine merkwürdige Ruhe überkam sie, die sich auf unerklärliche Weise mit dem Drang nach Neuem verband. Erst als Aidan neben sie trat und den Arm um sie legte, öffnete sie wieder die Augen und lehnte sich lächelnd an ihn.

»Herrlich«, seufzte er leise.

»Oh ja«, stimmte sie ihm zu und drückte sich fest an ihn, bevor sie den anderen den schmalen, steilen Niedergang unter Deck folgten, wo sich alle im Salon versammelten. Dieser bot durch seine leicht erhöhte Position und die sechs Fenster einen beeindruckenden Ausblick auf das Wasser und die Umgebung. Überhaupt war das Schiff sowohl innen als auch außen ein Schmuckstück, das hauptsächlich aus dunkel glänzendem Palisanderholz bestand.

Wie sie bereits aus der Beschreibung wusste, kamen bis zu acht Personen in vier Kajüten bequem unter. Von der Ferne hatten 50 Fuß, oder 15 Meter, nach viel Platz geklungen, aber als sie nun zu den anderen auf das mit dunkelblauem Stoff bezogene Rundsofa rutschte, fühlte es sich klein an. *Hoffentlich bekommen wir keinen Schiffskoller!*, schoss es ihr durch den Kopf, doch sofort verdrängte sie den Gedanken wieder. Neugierig und ein wenig skeptisch sah sie sich um, doch alles schien tadellos sauber zu sein.

»Ist das nicht toll hier?«, seufzte Daphne und ließ sich neben Fiona plumpsen. Diese nickte und zeigte auf eine große *Waitrose*-Tüte und einen Seesack. »Was scheppert und klirrt denn da drin so laut?«, fragte sie etwas besorgt.

»Na, du kennst mich doch!«, antwortete die Blonde mit einem Zwinkern und einem weiteren ihrer nervenden Stöße in Fionas Rippen. Noch weniger als das verschwörerische Rempeln gefiel ihr allerdings die Aussicht auf allnächtliche Besäufnisse, für die Lucas und Daphne seit jeher berüchtigt waren. Wurden die beiden denn nie erwachsen?

»Sind alle da?«, unterbrach Struan ihre Gedanken und kam als letzter den Niedergang in sportlichem Tempo herunter. Anders als die meisten von ihnen ging er dabei mit dem Rücken zu den Stufen, um mögliche Zusammenstöße zu vermeiden. Die Freunde nickten und gaben zustimmende Laute von sich. »Sehr gut! Dann mache ich euch jetzt mit der *Lady Jane* bekannt!«, rief er und schlug mit der Hand an den hölzernen Türrahmen, an den er sich sodann lehnte, um in lässiger Position die Sicherheitshinweise durchzugehen. Erneut bemerkte Fiona dabei das geheimnisvolle Glitzern und Funkeln in seinen goldgrünen Augen. Anschließend demonstrierte er den richtigen Gebrauch der zwei elektrisch betriebenen Toiletten und Duschen. Auch zeigte er ihnen den Navigationstisch sowie die Küche, die mit einem Kühl- und Eisschrank, Mikrowelle, Herd und sogar einem Geschirrspüler ausgestattet war.

Fiona fand alles so aufregend, dass sie Aidans Hand beinahe pausenlos fest drückte. Seit sie sich erinnern konnte, faszinierten sie Schiffe und das Meer, doch bislang hatte sie nie die Gelegenheit gehabt, sich näher damit zu befassen. Als Daphne und Lucas im Frühjahr vorschlugen, gemeinsam eine Jacht inklusive Skipper zu chartern, war ihr erster Gedanke, dass das für sie viel zu teuer sein musste. Ihre Freunde hatten sich zu Karrieremenschen entwickelt, die mit Mitte dreißig schon ein kleines Vermögen angehäuft hatten und zudem aus wohlhabenden Familien stammten. Fiona und Aidan hingegen mussten sich alles selbst erarbeiteten; sie erbten nichts und konnten beim Berufseinstieg nicht von wertvollen Beziehungen profitieren. Nichtsdestotrotz, oder gerade deswegen, waren sie mit ihrer engen, rund 50 Jahre alten Doppelhaushälfte im Süden Glasgows überglücklich, auch wenn der Kredit noch lange nicht abbezahlt war. Segeln war ihr immer wie ein unerschwinglicher Luxus vorgekommen, doch als sie die Summe durch sechs teilten, stellten sie überrascht fest, dass ein gecharterter Törn durchaus im Bereich des Möglichen lag und so buchten sie begeistert.

»Wir haben eine Woche«, sagte Struan gerade und breitete eine Karte der schottischen Westküste vor ihnen aus. »Ich habe eine Route im Kopf, die wir gut schaffen und bei der ihr viel sehen könnt. Es kommt natürlich immer ein bisschen aufs Wetter an, aber ich wollte erst mal hören, ob sie grundsätzlich für euch okay wäre oder ob jemand von euch einen besonderen Wunsch hat. Wir sind flexibel und auf nichts festgelegt.«

»Nö, keine Sonderwünsche. Einfach nur eine idyllische Reise an der schönen Westküste«, seufzte Lucas mit einem versonnenen Lächeln und breitete die Arme seitlich auf der Lehne aus. »Das ist genau das, was mir der Arzt empfohlen hat.«

»Also, ich würde gerne in Iona anlegen«, meldete Aidan sich mit glänzenden Augen zu Wort. »Die Abtei wollte ich nämlich schon immer mal sehen.«

»Okay, ist notiert«, meinte Struan und nickte. »Sonst noch etwas?«

»Kann man irgendwo Delfine beobachten?«, fragte Liz.

»Normalerweise sieht man immer wieder mal welche. Eine feste Stelle gibt es leider nicht. Mit Riesenhaien haben wir vor Mull bestimmt eher Glück, wenn ihr wollt.« Die Freunde lachten. »Wir können ja nach den Flippers Ausschau halten«, bot der Skipper an und sah sich um. »Ist das alles? Gut. Ach so, noch etwas. Ich kann natürlich komplett alleine segeln, dafür habt ihr mich schließlich angeheuert, aber wenn jemand ein bisschen was lernen oder mir zur Hand gehen will, so ist er oder sie herzlich dazu eingeladen. Gebt mir einfach kurz Bescheid.«

Fionas Herz schlug schneller. Konnte sie hier wirklich segeln lernen? Seit ihrer Kindheit träumte sie davon! Doch noch während sie ihr Glück kaum fassen konnte, kam Ben ihr zuvor: »Ich hätte Lust darauf. Warum nicht!«

»Gut«, sagte Struan in seiner ruhigen und gleichzeitig ein wenig rauen Art.

»Wir Frauen bleiben lieber bei den Cocktails, was, Mädels? Die Seefahrt ist Männersache!«, rief Daphne albern kichernd, stieß Fiona wieder in die Rippen und zwinkerte Liz zu. Am liebsten hätte Fiona sie sowohl für ihre dumme Bemerkung als auch für den Rempler getreten und geschrien, dass sie viel lieber segeln als Alkohol trinken wollte, doch die Gelegenheit schien verstrichen. Unsicher schielte sie zu Struan, der die Gruppe nachdenklich beobachtete und sich bestimmt fragte, wer die einzelnen Teilnehmer waren und welche Rollen sie in der Clique spielten. Der unnahbare Mann faszinierte Fiona und sie überlegte, woran das wohl lag. Sein Körperbau war robust und auf natürliche Art kräftig, seine wettergegerbte Haut von der Sonne gebräunt. Das dunkle, dichte Haar war kraus und im Nacken kürzer als vorne. In regelmäßigen Abständen fuhr er mit der vollen Hand hindurch und strich es zurück. Dass dabei sein starker Oberarm das kantige Gesicht jedes Mal einen Moment lang verbarg, gefiel ihr. Die Geste drückte etwas Weiches und zugleich Hartes aus. Es wirkte geheimnisvoll und so, als müsse er sich selbst beschützen oder wolle sich verstecken.

Wie niemand anderer, den sie kannte, verkörperte er Natur, Abenteuer und Freiheit und war somit das Gegenteil von dem häuslichen Aidan.

»Morgen nehmen wir Kurs auf die Isle of Mull. Vielleicht finden wir eine hübsche Bucht an der Südküste, wo wir ankern können.« Nun lauschten alle gespannt und beugten sich über die Karte. »Übermorgen können wir vor Iona anlegen und uns dort umschauen, bevor wir weiter nach Coll und am Tag danach Mull umsegeln. Wie klingt das für euch?«

»Klingt super«, meinte Ben mit einem begeisterten Nicken und die anderen stimmten ihm zu.

»Wir sollten wegen der Gezeiten morgen ziemlich früh ablegen«, erklärte er. Als er jedoch die entsetzten Gesichter der Crew sah, fügte er lachend hinzu. »Na gut, ganz so früh auch wieder nicht.«

»So gegen Mittag also?«, scherzte Lucas und grinste breit, woraufhin Fiona die Augen rollte.

Struan ließ sich jedoch nicht beirren. »Na ja, peilen wir mal eher so neun Uhr an. Da werdet ihr nur so darauf brennen, dass es losgeht! Die Wettervorhersage ist gut, sodass wir einen tollen Segeltag vor uns haben, vorausgesetzt, der Wind spielt mit.«

Abschließend teilte er ihnen die Schlafplätze zu. Fiona und Aidan würden sich die kleine, spitz zulaufende im Bug, Ben und Liz Etagenkojen nebenan und Daphne und Lucas die Kajüte im Heck teilen.

»Und wo schläfst du?«, fragte Liz mit einem Zwinkern und schaute den Skipper kess an. Um Himmels willen, dachte Fiona, es geht schon los.

Struan blinzelte, zeigte auf die zweite Kajüte im Heck und erklärte trocken: »Da hinten. Ich lege mich jetzt hin. Gute Nacht allerseits!«

Als wären seine Worte ein Todesurteil, ließ Liz die Mundwinkel hängen und sah am Boden zerstört aus. »Jetzt schon? Um 21:30 Uhr?«, maulte sie leise, doch niemand beachtete sie. Fiona kannte sie lange und gut genug, um die Zeichen zu erkennen. Der Skipper würde der Diva zum Opfer fallen, daran bestand für sie kein Zweifel. Sie hoffte nur, dass Eroberung, Unterwerfung und Vernichtung möglichst undramatisch vonstattengehen würden.

»Willst du nicht noch einen mit uns trinken?«, lud Daphne, die gerade Gläser und genügend Flaschen für eine Atlantiküberquerung auspackte, ihn ein.

»Danke, sehr nett, aber ich trinke nie an Bord«, lehnte er freundlich ab. »Ich muss früher raus als ihr. Gute Nacht!«

»Dann bis morgen, gute Nacht, Skipper!«, grüßte Ben freudig, der gerade aus seiner Kajüte auftauchte.

Daphne mixte Martinis für alle, während die Jungs begannen, über alte Zeiten zu quatschen. Fiona lehnte sich zurück, legte die Hände in den Schoß und beobachtete ihren Mann, der ruhig zwischen seinen Freunden saß und wieder etwas besorgt oder betrübt wirkte. Was war nur los mit ihm? Hatte sie etwas falsch gemacht? Sie überlegte, konnte aber nichts Besonderes finden. Er würde schon zu ihr kommen, wenn er zum Reden bereit war, dachte sie nach einer Weile.

Es juckte ihr in den Fingern, nochmal ihre E-Mails abzurufen, auch wenn Aidan das nicht gefallen würde. Es war zwar spät und noch dazu Sonntag, aber diese Mistkerle von der Arbeit waren mit Sicherheit online und ihr Chef hatte ihr bestimmt bereits geantwortet. Während sich die anderen gerade laut lachend darüber austauschten, wer in der Uni mit wem was hatte, zog Fiona klammheimlich ihr Smartphone aus der Tasche und schaltete es an. Sie tat so, als würde sie sich brennend für die Unterhaltung interessieren, dabei hatte sie nur noch Augen für ihr Handy, das sich inzwischen zwar hochgefahren, aber kein Netz hatte. Ihr sank das Herz. Sie war sich sicher, dass ihr Chef geantwortet haben würde. Natürlich konnte das keine Woche warten, schließlich steckten sie mitten in einer heftigen Diskussion, wenn nicht sogar in einem Streit! Die Sache nagte zu sehr an ihr, als dass sie sich bis zum Urlaubsende nicht dazu äußern konnte. Das käme ja einer Niederlage gleich. Der Gedanke fraß sie regelrecht auf. Unruhig rutschte sie auf der Bank hin und her, bis sie beschloss, an Land zu gehen.

Die Luft war angenehm mild, obwohl es bereits Ende August war und sich der Sommer dem Ende zu neigte. Der Geruch nach Salz und Tang beschwingte sie. *So roch die Freiheit!*, juchzte sie innerlich und lief über den Steg. Dabei hielt sie das Handy hoch über den Kopf und hoffte auf baldigen Empfang. Sie stellte sich vor, wie es wäre, auf einem Schiff zu leben. Diese Ruhe! Die Luft! Nur sie und Aidan, ohne Internet; das wäre schön. Sie rannte zu den Duschen, weil sie den anderen gesagt hatte, dass sie lieber auf ein richtiges Klo ginge, solange sie noch die Möglichkeit dazu hatte. Sie wedelte so lange mit ihrem Telefon in der Luft herum, bis sie endlich Netz hatte. Nicht viel, aber genug.

»Jawohl!«, rief sie mit einer seltsamen Mischung zwischen Erlösung, Triumph und dem Wissen, dass der Sieg ihr letztendlich mehr schaden als nutzen würde.

»Ähm«, vernahm sie da eine Stimme und sah sich um. Nur zwei Meter von ihr entfernt lehnte Ben an der Mauer; auch sein Gesicht wurde von einem Display in ungesund aussehenden Farben angestrahlt.

»Gleicher Gedanke?«, fragte sie, als sie sich von ihrem Schrecken erholt hatte. Er gab einen brummenden Laut von sich. »Wem schreibst du denn da?«, bohrte sie neugierig weiter. Nüchtern hätte sie das nicht getan, doch nach Daphnes Martini war sie angeheitert.

»Ach, nur so einem Mädchen«, antwortete er ausweichend und zuckte mit den Schultern. Fiona ärgerte sich über die Antwort, denn wenn jemand so viel schrieb und dazu extra ein Schiff verließ, war es doch nicht »nur so ein Mädchen«. Eine süße Sehnsucht machte sich in ihr breit. Eine Sehnsucht nach dem Gefühl, nach einem anderen Menschen süchtig und so verliebt zu sein, dass man meint, keine Minute ohne ihn leben zu können. Dass man alles tat, um nur ein Wort von ihm zu hören oder zu lesen. So wie Ben neben ihr ... Wie lange schon war dieses Gefühl des Rausches, des Taumelns und Schwebens zwischen ihr und Aidan erloschen ...

»Warum ist denn aus dir und Abbie nichts geworden?«, erkundigte sie sich voll Mitgefühl und suchte seinen Blick. Erst letzten Herbst hatten sie doch die pompöse Hochzeit gefeiert! Extravagant war die Feier gewesen – sehr extravagant. Nur das Beste war gut genug. Vom Brautkleid angefangen, über die Band und das Menü, bis hin zu den Cocktails und der Eisskulptur, aus der Champagner floss. Abbie sah in ihrem mit kleinen Steinchen bestickten Kleid und ihrem langen honigblonden Haar einfach atemberaubend aus. Ben strahlte ununterbrochen über das ganze Gesicht. Und dann, ohne erkennbaren Grund, brach alles in sich zusammen und schon wenige Monate nach dem rauschenden Fest gab er die Trennung bekannt.

»Hat halt nicht geklappt«, murmelte er ausweichend, bevor er in selbstsicherem Ton behauptete: »Weißt du, es ist gut, zu wissen, wann man aufhören muss.«

»Eine Ehe ist aber doch immer Arbeit«, wandte Fiona ein und hasste sich selbst dafür, so besserwisserisch zu klingen. Sie sollte sich ihm gegenüber mitfühlend und verständnisvoll zeigen, doch das gelang ihr nicht. Für so wenig Wille, Durchhaltevermögen und so schnelllebigen Egoismus konnte sie kein Verständnis aufbringen. Sie und Aidan würden bald ihren fünfzehnten Hochzeitstag feiern; sie wusste also, wovon sie sprach. Ihre Ehe war immer schön, wenn auch nicht immer einfach gewesen. Hätten sie nicht den Entschluss gefasst, dass sie zusammengehörten, wären sie, gerade in so jungen Jahren, möglicherweise ebenfalls getrennte Wege gegangen. Aber sie hatten sich nun einmal für einander und für ein gemeinsames Leben entschieden. Das Miteinander war für sie das Entscheidende, nicht die Selbstverwirklichung. Beständigkeit, nicht Veränderung. Ruhe statt Abenteuer. Natürlich mussten sie Abstriche machen, was nicht immer leicht war, aber dafür führten sie eine harmonische Ehe, in der sich beide geliebt und geborgen fühlten. Sie hatten etwas, auf das sie blind vertrauen und das ihnen niemand nehmen konnte.

»Das stimmt«, sagte Ben hart und schaute mit zusammengekniffenen Augen von seinem Handy auf. »Aber nicht alle Ehen sind für die Ewigkeit gemacht.«

Kapitel 3

<u>1994, ein halbes Jahr später, in der Nähe von Edinburgh</u>

»Ich wasche ab, Mrs Macmillan«, rief Aidan und sprang vom Tisch auf, an dem außer Sally ihr Mann Paul und die drei Kinder Fiona, Moira und Graham saßen.

»Sag doch endlich Sally zu mir! Du gehörst doch schon fest zu uns«, antwortete sie lachend und dachte darüber nach, wie sehr sich der Junge verändert hatte. Der ständig unter der Oberfläche brodelnde Zorn und die Unsicherheit hatten sich aufgelöst. Vergangene Woche hatte sie ihn zum ersten Mal lachen hören. Es klang stimmbrüchig und nur an wenigen Stellen so, als läge eine dünne Eisschicht über seinen Stimmbändern. Aidan verbrachte jetzt die meiste Zeit bei ihnen und Sally war glücklich, dass er sich mit ihren Kindern so gut verstand. Von Anfang an hatten sie ihn wie ein Familienmitglied aufgenommen.

Jetzt drängten sich die beiden Mädchen neben ihm um das Spülbecken. Sie kicherten und rempelten sich, dass Wasser und Schaum auf den Boden spritzten.

Ihr Ehemann Paul drückte dankbar ihre Hand und sah sie mit einem frohen Glänzen in den Augen an, als es an der Haustür läutete.

»Angie! Was für eine Überraschung!«, rief Sally zu laut und zu freudig, als sie die Frau mit einem weißen Ordner im Arm vor der Tür stehen sah. »Komm rein, wir sind gerade mit dem Essen fertig.«

»Danke, es dauert nicht lange«, erwiderte Angie zögernd

und tippelte wie ein Eindringling auf Zehenspitzen über den flauschigen Teppichboden in das gemütlich eingerichtete Esszimmer, das über eine Durchreiche mit der Küche verbunden war.

»Aidan, deine Mutter ist da!« Der Junge drehte sich langsam um und sein Gesichtsausdruck verriet blankes Entsetzen. »Hi Mom, schön, dich zu sehen«, behauptete er und allen war klar, dass er log. Peinliches Schweigen legte sich über die Anwesenden.

»Tee? Ich setze schnell Wasser auf!«, versuchte Sally, die Situation zu überspielen, und schaltete den ständig befüllten Kocher an.

»Wie geht's dir, Schatz?«, erkundigte Angie sich, wartete jedoch keine Antwort ab, sondern fuhr sofort strahlend fort: »Es gibt großartige Neuigkeiten!«

Paul zog einen Stuhl für sie vom Tisch hervor und deutete ihr, sich zu setzen. Sie blieb stehen, als müsse sie jeden Augenblick auf und davon laufen.

»Schau, ich habe endlich eine neue Wohnung gefunden. Eine, die ich mir leisten kann ... ohne ... Sie ist billig, verstehst du?«

Aidan grunzte abfällig, nahm den Ordner und blätterte durch die Farbkopien. Dann nickte er, klappte ihn mit einem lauten Schlag zusammen und gab ihn ihr zurück.

»Hübsch. Ein Zimmer«, stellte er sachlich fest, sah ihr herausfordernd und gleichzeitig trotzig in die Augen und presste die Lippen aufeinander.

Angie sah von ihrem Sohn zu Sally und dann wieder zu ihrem Sohn. Sally konnte nicht sagen, ob Aidan sich erleichtert oder zurückgewiesen fühlte. Doch eins war sicher: Wenn er es bis jetzt nicht wusste, dann wusste er es jetzt: Er lebte nicht mehr bei seiner Mutter.

Kapitel 4

Küste vor Westschottland, 2014

»Belfast Küstenwache, hier spricht Belfast Küstenwache«, knarzte es aus dem Funkgerät um eine Zeit, die sich wie fünf Uhr anfühlte, sich aber als 08:10 Uhr erwies. »Bleiben Sie dran für die Maritime Safety Information, Channel 21, Channel zwo eins.« Es folgte eine Reihe von Piep- und Pfeiftönen, dann rauschte es wieder.

Mit einem verlegenen Gesichtsausdruck schlurfte Fiona in die winzige Toilette neben ihrer Kajüte, weil es ihr entsetzlich peinlich gewesen wäre, wenn Struan, der am Funkgerät saß, sie im Pyjama gesehen hätte. Leise schloss sie die Tür und betete, dass sie den Rückweg ebenfalls unentdeckt meistern würde. Doch dann musste sie pumpen und pumpen. Hatte er wirklich zwanzig Mal gesagt? *Das kann doch nicht sein,* dachte sie mit vor Scham hochrotem Kopf, *bestimmt mache ich etwas falsch. Und er hört das!* Als das Spülen endlich geschafft und das Pumpgeräusch verklungen war, vernahm sie aus dem Funkgerät weitere geheimnisvolle Informationen.

»Schwach bis mäßig, im Norden stürmisch. Wind Südost 4, später zeitweise 6.«

Die Worte verursachten ein aufgeregtes Kribbeln auf ihrer Haut und wie von Geisterkräften geleitet ging sie, ohne zu denken, zu dem Skipper.

»Wird das Wetter gut?«, fragte sie interessiert.

»Aye, geht schon. Nicht zu schlecht«, antwortete er, ohne aufzusehen, und zog einen Strich durch den Graphen auf dem

Blatt Papier, das vor ihm lag. »Der Wind hat ein bisschen gedreht, deswegen muss ich den Kurs anpassen.«

»Oh ja, verstehe«, behauptete Fiona, obwohl sie nichts verstand. »Ist das ein Problem?«

»Nein, nein«, versicherte er, sah auf und grinste sie an. »So ist es eigentlich sogar besser. Und nach Sonnenschein sieht es auch aus!« Kurz lachte er schelmisch auf. *Er hat sich rasiert*, dachte Fiona und wunderte sich darüber, dass ihr das auffiel. Neugierig beäugte sie den Zettel vor ihm und sah sich um. »Schöner Schlafanzug«, bemerkte er spöttisch und erneut klang ein trockenes Lachen aus seiner Kehle. Diesmal jedoch konnte sie nicht mitlachen, denn die Scham überkam sie in heißen Wellen. Ihr Kopf glühte wie ein Stück Kohle im Feuer. Als wäre ein Pyjama nicht schlimm genug gewesen, so musste es auch noch der mit dem großen Teddybären sein. Für sie war das ironisch, ein Witz, aber es hatte nicht den Anschein, dass Struan das auch so sah. Vielmehr schien er zu denken, dass sie nicht ganz richtig tickte. »Oh ... Ich ... gehe mich anziehen«, stammelte sie, drehte sich um und stolperte hastig davon.

Noch immer beschämt machte sie sich auf den Weg zu den Duschen und kam, nun für einen Segeltörn passend gekleidet, zurück, als gerade die anderen mit Katermienen aus ihren Kajüten krabbelten. Nur Aidan schlief noch.

Sie setzte sich neben ihn auf die Bettkante und weckte ihn sanft mit einem »Guten Morgen, du Schlafmütze!«

»Ah«, gähnte er verschlafen, »warum schaukelt es hier denn so?«

»Hm, das mag daran liegen, dass wir auf einem Schiff sind«, antwortete sie gut gelaunt, küsste ihn auf die Stirn und wartete, bis er sich aus dem Schlafsack gestrampelt hatte.

»Ich geh mal an Deck«, meinte sie, während er seine Wasch- und Anziehsachen suchte. Flink kletterte sie den Niedergang hinauf. Es war schon eine Weile her, seit sie zuletzt aus Glasgow weggewesen war und keine Stadt um sich gehabt hatte. Ihre Haut schien die würzige, frische Seeluft zu trinken, und ihre Lungenflügel wurden bei jedem Atemzug weiter. Herzhaft gähnte und streckte sie sich. Eine Schicht von Morgentau überzog die Jacht und glitzerte verheißungsvoll in der Morgensonne. In gleichmäßigem Rhythmus leckten kleine Wellen an dem Rumpf und über ihnen kreischten ein paar Möwen; ansonsten war es wunderbar still. Der Himmel erstrahlte in einem satten Hellblau; nur vereinzelt zogen weiße Wölkchen darüber. *Herrlich. Einfach herrlich!*, dachte Fiona und lächelte glücklich.

In der Ferne erhoben sich die grünen Hügel der Insel Kerrera und von weiter weg tutete die *Calmac*-Fähre, die wohl gerade ablegte.

»Ich wusste, dass es dir hier gefallen würde«, sagte Aidan mit einem Lächeln in der Stimme, das für ihn so typisch war. Unbemerkt war er hinter sie getreten und legte nun beide Arme um sie, dann zog er sie liebevoll an sich und stützte seinen Kopf auf ihre Schulter.

»Ja, sehr. Schau dir nur die Möwen an!« Mit strahlenden Augen drehte sie sich zu ihm um und küsste ihn zärtlich.

»Schön, hm? So viel Freiheit und Natur ...«

»Wem sagst du das«, seufzte sie.

»Übrigens ist das Frühstück gleich fertig. Ich wollte dich eben holen.«

»Danke, prima. Ich habe nämlich richtig Hunger! Oder ...«, fügte sie mit einem verführerischen Blick hinzu, »hättest du Lust auf ein, ähm, kleines Frühstück nur mit mir, bevor es losgeht?«

Aidan grinste und errötete ein wenig, was sie unwiderstehlich süß und vor allem sexy fand. Schon zerrte sie ungeduldig an seinem Ärmel. Doch dann schüttelte er den Kopf und sagte: »Im Grunde sehr gerne, mein Schatz, aber die anderen warten schon auf uns und außerdem wird sonst das Essen kalt.«

Mehr verwirrt als verletzt zog sie sich zurück, straffte die Schultern und meinte gefasst: »Da hast du natürlich recht. Ich hätte es nur sehr schön gefunden, und bis wir das nächste Mal ungestört sind, vergehen wohl ein paar Tage.«

»Das weiß ich doch. Ich hätte ja auch Lust gehabt, aber ...«
Er hauchte einen Kuss auf ihre Stirn und fuhr aufgeregt fort.
»Aber weißt du, so ein Charter ist schon eine tolle Sache. Der
Skipper hat uns frischen Speck und Würstchen gebraten und
Eier nach Wunsch hat er auch im Angebot. Komm!«, sagte er,
nahm sie an der Hand und zog sie mit sich.

Nach dem gehaltvollen englischen Frühstück legten sie bei
strahlendem Sonnenschein ab. Dazu mussten sie erst kompliziert wenden, um dann unter Motor aufs offene Meer hinaus
zu schippern, das sich dunkelblau und verheißungsvoll vor
ihnen ausbreitete.

Die Sonne schien sowohl für Ende August, als auch für die
Lage an den Inneren Hebriden ungewöhnlich stark vom Himmel. »Cremt euch gut ein, damit ihr keinen Sonnenbrand bekommt! Den holt man sich auf dem Wasser nämlich schneller
als an Land. Das liegt daran, dass die Strahlen von der Was-
seroberfläche reflektiert werden; auch dann, wenn es bewölkt
ist«, warnte Struan. Auch forderte er sie auf, Schwimmwes-
ten anzulegen, woraufhin Liz ihr Schneewittchengesicht
missmutig verzog und murrte: »Muss das wirklich sein?«

Gespannt wartete Fiona darauf, wie der Skipper reagieren
würde. Tatsächlich zeigte er erste Anzeichen von Schwäche,
denn er meinte: »Nun gut. Wenn es so ruhig wie heute ist,
können wir eine Ausnahme machen. Aber sonst müsst ihr sie
immer tragen.« Alle nickten und bis auf Liz behielten alle die
Westen vorsichtshalber an.

Zusammengepfercht wie Hühner saßen sie auf den Bän-
ken an Deck. Fiona konnte gar nicht genug von dem schier
endlosen Blau bekommen, durch das sie so mühelos glitten.
Daphne war etwas mulmig zumute und obwohl ihr alle immer
wieder rieten, nicht zu lange ins Wasser zu schauen, konnte
sie doch nie lange widerstehen. Zumindest so lange nicht, bis
ihr erste Anzeichen von Seekrankheit zu schaffen machten.
Das Schiff schaukelte zwar nur leicht, aber Fiona war lieber
auf Nummer sicher gegangen und hatte vor dem Ablegen still

und heimlich eine Tablette gegen Seekrankheit genommen, wofür sie nun dankbar war. Nun starrte sie mit einem längst vergessenen Gefühl von Glück und Freiheit in den grenzenlosen Horizont. Sie hätte ewig so sitzen und träumen können. Nur manchmal regte sie sich und streichelte gedankenverloren über Aidans Hand, die stets neben oder auf ihrer lag. Auch er schien die Ruhe und den weiten Blick in vollen Zügen zu genießen, denn für seine Verhältnisse ungewöhnlich spät griff er zu seinem Buch. Die anderen konnten mit der Ruhe offenkundig weniger anfangen, denn als Daphne noch vor dem Mittagessen die erste Runde Cocktails mixte, griffen sie beherzt zu. Fiona hatte keine Lust auf Alkohol, denn sie wollte das lang ersehnte Abenteuer mit allen Sinnen erleben und auskosten. Dafür nahm sie gerne abfällige Kommentare ihrer trinkfreudigen Kommilitonen in Kauf. Immerhin wusste sie Aidan an ihrer Seite, denn er schlief sofort ein, wenn er vor Sonnenuntergang etwas trank.

Entspannt breitete sie die Arme auf der Lehne aus und legte den Kopf in den Nacken. Der Wind zerzauste ihr langes braunes Haar, das sie unvernünftigerweise offen trug. Es würde lange dauern, es am Abend wieder zu entwirren, doch das kümmerte sie nicht. Vor Glück leuchteten ihre rehbraunen Augen und ein Lächeln umspielte konstant ihre Lippen. Sie fühlte sich frei und sorglos. Keinen einzigen Gedanken verschwendete sie an die Arbeit oder an den unerfüllten Kinderwunsch. *So kann es bleiben*, dachte sie stattdessen zufrieden.

Als sie nach einer Weile die Augen aufschlug, war Liz gerade dabei, ihre eng anliegende Bluse aufzuknöpfen. Fiona traute ihren Augen nicht. Hatte die Gute es wirklich so nötig, als Einzige im Bikini zu posieren? Auch wenn die Sonne schien, so blies der Wind doch empfindlich kalt und selbst für echte Schotten war dies alles andere als ein Badewetter. Missbilligend runzelte sie die Stirn und sah, dass Aidan ebenfalls abfällig eine Augenbraue hob.

»Ihr habt doch nichts dagegen, dass ich ein bisschen etwas für meine Bräunung tue?«, fragte Liz scheinheilig mit

Zwinkern, Hüftknicks und kehligem Lachen in die Runde. Der tiefe Blick, den sie Struan über den Rand ihrer Sonnenbrille zuwarf, erinnerte an Marilyn Monroe oder andere Göttinnen der Verführungskünste. Sie wartete keine Antwort ab, sondern ließ die geöffnete Bluse von ihren Schultern gleiten. Dann zog sie den Reißverschluss ihres kurzen Rocks auf und schob ihn über ihre schmalen Hüften. Schon stand sie in nichts weiter als in ihrem knappen schwarzen Bikini, der ihre üppige Oberweite nur gerade noch bedeckte, vor ihnen. Selbstgefällig lächelnd setzte sie sich, zog die Beine an und streckte sich der Länge nach auf ihrem Handtuch aus. Da ihr niemand Beachtung schenkte, begann sie, in aufreizender Weise Sonnenmilch auf ihrem schlanken Körper zu verteilen. Die Blicke, die sie dem Skipper dabei zuwarf, sprachen Bände, doch der Mann schien immun dagegen zu sein. Zumindest ließ er sich nichts anmerken. Betont hilflos versuchte sie, ihren Rücken einzucremen. Verwirrt sah sie sich um und da sich niemand freiwillig anbot, fragte sie mit einem Schmollmund: »Könnte mir mal bitte jemand helfen?«

Da sie nur Struan dabei ansah, war klar, worauf sie abzielte. Trotzdem kam Ben ihr dazwischen, der sofort aufsprang und »Natürlich, Süße« flötete. Auch er schien immun gegen ihren, in diesem Fall vernichtenden, Blick. Schon nahm er der zunächst verdutzt, dann verärgert dreinblickenden Liz die Flasche aus der Hand. Sein Gesichtsausdruck war merkwürdig finster, wie Fiona feststellte. Er heiterte sich erst auf, als er hinter ihr kniete und mit den gleichen lasziven Gesten wie vorhin sie selbst die Lotion auf ihrer Haut verteilte. Eine angespannte Stille legte sich über die Freunde, die schließlich von Daphnes Kichern durchbrochen wurde.

»Okay, okay«, fauchte Liz genervt und riss Ben die Flasche aus der Hand. »Den Rest schaffe ich alleine.«

Verwirrt und gekränkt sank der Zurückgewiesene auf die Fersen und sah Liz lange wortlos an. Niemand wagte zu atmen, bis Daphne aufsprang. Sie lief unter Deck und kam mit einem Teller Oliven wieder herauf, und zwar genau in dem

Augenblick, als das Schiff ein wenig krängte. Einige der dicken, grünen Früchte kullerten vom Teller auf den dunklen Holzboden und endlich lachten alle mit einem »Hoppla!« befreit auf.

Eine Weile betrachtete Fiona Aidan, der sein Gesicht hinter einem Taschenbuch versteckte. War er entspannt oder besorgt? Sie konnte es nicht sagen. Aber was könnte ihm Kummer bereiten? Sie redeten doch sonst über alles. Gut möglich, dass sie sich seine Niedergeschlagenheit nur einbildete, aber beim nächsten Landgang, wenn sie folglich Gelegenheit hätte, allein mit ihm zu sprechen, würde sie ihn darauf ansprechen. Ihr Blick wanderte weiter zu Struan. Wie anders als Aidan er doch war. Härter, männlicher, muskulöser. Das Unnahbare an ihm faszinierte sie ebenso wie seine vollkommene Gleichgültigkeit Liz´ Selbstdarstellung gegenüber. Was er wohl von ihnen, und von ihr im Besonderen, hielt? Würde er sie auch so geringschätzig ansehen, wenn sie im Bikini an Bord herumhüpfte? Und wie würde Aidan darauf reagieren? Ob sie ihn so verführen könnte, hier, an Bord? Aidan, nicht Struan, fügte sie erschrocken mit rasendem Puls hinzu. Ob man auf einem Segelschiff überhaupt Sex haben konnte, ohne dass es alle mitbekamen? Bestimmt nicht. Unmerklich schüttelte sie den Kopf. Sie und Aidan würden die Finger von einander lassen, da war sie sich ganz sicher, denn unter keinen Umständen wollte sie vielsagende Blicke riskieren, wenn sie wieder aus ihrer Kajüte kamen. Besonders vor Struan würde sie vor Scham, nun nicht im Erdboden, aber im Meeresgrund versinken. Warum war ihr seine Meinung eigentlich so wichtig?

Ganz abgesehen davon hatte Aidan sie heute Morgen zurückgewiesen, was zu seiner betrübten Stimmung passte, ihr aber neu war, denn sie konnte sich nicht erinnern, wann er zuletzt einem Schäferstündchen abgeneigt gewesen wäre. Vielleicht lag es wirklich daran, dass er die anderen nicht hatte warten lassen wollen, überlegte sie. Unglücklicherweise fielen ihre fruchtbaren Tage mit dem Segeltörn zusammen, was bedeutete, dass sie wieder einen Monat verlören,

44

in dem sie nicht schwanger werden konnte. Ein Monat und noch ein Monat und noch ein Monat ... all die Monate reihten sich inzwischen zu einer langen, traurigen Kette von Jahren auf, in denen sie immer wieder aufs Neue zu bluten begann. Warum nur war es ihr nicht vergönnt, Aidans Kind zu empfangen und mit ihm die Familie zu gründen, von der sie seit ihrer Hochzeit träumten? Seit fünfzehn Jahren? Allmählich begann ihre biologische Uhr zu ticken, denn mit 34 war sie nicht mehr die Jüngste. So viel verlorene Zeit ... so viel vergeudetes Leben, dachte sie traurig und ihr Herz zog sich zu einem dichten, dunklen Knoten zusammen. Es hieß doch immer, dass viele Frauen nicht schwanger wurden, weil sie permanent unter Stress standen. Vielleicht war das bei ihr auch so? Falls ja, dann wäre der Urlaub doch die ideale Gelegenheit! Das konnte sie nicht unversucht lassen und sie beschloss, mit allen Mitteln Gelegenheiten für die traute Zweisamkeit zu schaffen.

Und warum las Aidan die ganze Zeit, wenn er im Urlaub doch eigentlich Zeit mit seinen besten Freunden verbringen wollte? Sinn und Zweck einer solchen Reise war es doch, das Hier und Jetzt zu genießen und sich nicht in die erfundene Welt eines Buches zu flüchten!

Soll er doch!, dachte sie plötzlich mit unerwartet jäh aufkeimendem Zorn. Sie konnte sich schließlich nicht immer nach seinen Launen richten und grübeln, was ihm fehlen mochte. Sie waren verheiratet, aber nicht untrennbar wie siamesische Zwillinge verwachsen, auch wenn es sich manchmal so anfühlte. Gut, *oft*. Vielleicht zu oft in letzter Zeit. Vielleicht ... Sie schüttelte den Kopf, um sich auf andere Gedanken zu bringen. Da hörte sie, wie Ben, der bei Struan am Steuer saß, sagte:»Ich habe mich für einen TEFL-Kurs eingeschrieben und dann bin ich erst mal weg. Raus hier!« Mit der flachen Hand machte er eine Bewegung, die ein fliegendes Flugzeug symbolisieren sollte.

»TEFL?«, fragte der Skipper sie interessiert. »Englisch-als-Fremdsprache-Unterrichten?«

»Ja, genau! Damit steht einem die ganze Welt offen!« Ben strahlte und blickte in den endlos weiten Himmel. »Vietnam, Korea, Argentinien ...«, schwärmte er.

Ein wenig aus Trotz, ein wenig aus verletzten Gefühlen, beschloss Fiona, Aidan schmollen zu lassen und schaltete sich in die Unterhaltung mit ein. Ben war den ganzen Tag nicht von Struans Seite gewichen und war ihm, wo es nur ging, zur Hand gegangen. Nun saß er auch noch neben ihm und erzählte ihm von Plänen, die sie selbst noch gar nicht kannte! *Was soll's*, dachte Fiona enttäuscht und legte ihr Gesicht in Falten. *Struan hält uns ohnehin bestimmt nur für einen Haufen hohler Typen mit genügend Geld, um sich eine Jacht zu chartern.*

»Ich brauche echt eine Auszeit, damit ich mir darüber klarwerden kann, was ich vom Leben will«, fuhr Ben fort. »Ich bin schon 35 und es kommt mir so vor, als hätte ich bis jetzt nichts wirklich Wichtiges geschaffen. Nichts, was echt Bedeutung hat, verstehst du?«

»Hm, ja, tue ich«, versicherte Struan geistesabwesend und schaute auf den Kompass.

Fiona hingegen schüttelte innerlich den Kopf und dachte verächtlich: *Weil du dich nach ein paar Monaten schon wieder hast scheiden lassen und immer gleich aufgibst!*

»Weißt du, ich war schon so weit, dass ich zum Teil nicht mehr wusste, warum ich etwas machte. Ich konnte gar nicht mehr ich selbst in der Beziehung sein. Ich war einfach nicht die Person, die sie sich wünschte. Und ich hätte auch nie so werden können! Die Ehe mit ihr war einfach nicht das Richtige für mich und ich bin zu jung für ein ›für immer‹, verstehst du?«

»Mhm, jaja«, machte Struan, um zu signalisieren, dass er zuhörte.

»Also, ja, genau, und dann habe ich bemerkt, dass ich gar nicht mehr weiß, wer ich eigentlich bin und was ich will«, redete Ben weiter. »Ich musste einfach weg von ihr, raus aus dem Ganzen. Das mag egoistisch und rücksichtslos klingen, das ist schon klar, aber was hätte ich sonst tun sollen? Ich kann doch nicht mein Leben lang unglücklich mit der falschen Frau sein!«, rief er und warf zur Beteuerung seiner Unschuld beide Hände in die Luft. »So hat sie wenigstens die Chance, sich einen Neuen zu angeln und Kinder zu bekommen; sie ist ja erst dreißig.«

»Ja, das verstehe ich sehr gut«, versicherte Struan und nickte bekräftigend. »Ich weiß genau, was du meinst. Ich selbst habe noch keinen Tag bereut, dass ich mich von meiner Frau getrennt habe. Und ich bin ehrlich überzeugt davon, dass es das Beste für uns beide war, und für die Kinder.«

»Echt? Für die Kinder auch?«

»Ja. Aber versteh mich nicht falsch. Am Anfang war es echt die Hölle. Das erste Jahr war ein einziger Albtraum! Aber anders wäre es nicht mehr gegangen. Echt nicht.«

»Hmmm«, machte Ben. »Wir haben ja zum Glück keine Kinder. Besonders gelitten habe ich auch nicht, nur, so lange wir noch zusammen waren. Und was war bei euch der Grund, warum ihr euch getrennt habt?«

»Die Arbeit«, gab Struan unumwunden zu und zuckte mit den Schultern. »Ich bin neun Monate pro Jahr im Ausland, noch dazu in Krisengebieten, da hat man keinen Kopf für Frau und Familie, weißt du? Man muss sich eben entscheiden.«

»Wow. Und du hast dich entschieden. Was genau machst du denn jetzt?«

»Also, ich bin Projektmanager bei den Ärzten ohne Grenzen.« Das Schiff neigte sich zur Seite und wie automatisch zog Struan das Steuer nach backbord, um den Seegang auszugleichen. Nervös hielt Fiona sich fest und Liz zog ihre Sonnenbrille ein Stück herunter, um einen spöttisch tadelnden Blick in die Runde zu werfen. Die restlichen Oliven kullerten, nun gefolgt von abgenagten Kernen, weiter über den Boden.

»Sorry, Folks!«, rief Struan lachend. »Ist nicht schlimm, nur ein bisschen böig.«

Das Boot krängte noch ein weiteres Mal furchteinflößend, bevor es wieder ins Gleichgewicht kam.

»Das klingt ja richtig anstrengend«, nahm Ben den Faden wieder auf. »Warum hast du denn damit aufgehört?«

»Hab ich ja gar nicht. Ich mache das immer noch. Neun Monate bin ich unterwegs, drei Monate zu Hause. Als Skipper arbeite ich ein paar Wochen im Sommer, das ist eine schöne Abwechslung. Dann helfe ich auch noch ab und zu bei Segelschulen aus. Eine Zeit lang habe ich auch Jachten überführt. Mann, ich sag dir, dabei wurde es manchmal schon ganz schön brenzlig!«

Bens Augen wurden groß. »Piraten?«

»Ja, ein oder zwei Mal. Vielleicht werde ich deswegen jetzt in Anti-Terrorismus-Missionen eingesetzt. Solche Sachen.«

»Wow. Das klingt ja echt wie aus einem Carré-Thriller!«, rief Ben neidisch und Fiona stellte zu ihrer eigenen Überraschung fest, dass sie bei der Erwähnung derartiger Abenteuer ganz unruhig wurde. Ob sie selbst eines Tages so etwas Aufregendes erleben könnte?

»Na ja, nicht ganz«, erwiderte Struan.

»Und wie kommt man an solche Jobs?«, erkundigte Ben sich neugierig.

»Ach, da kommt man immer irgendwie ran. Bei mir hat es sich einfach so ergeben. Ich habe schon so viel Verschiedenes gemacht!«

Die Lässigkeit, mit der er das sagte, schüchterte Fiona ein. Wie konnte man sich mit jemanden, der ein so interessantes Leben führte, überhaupt unterhalten, und noch dazu *auf Augenhöhe*? Im Vergleich zu Struan kam sie sich vollkommen unbedeutend, ja, gar lächerlich vor.

»Also, wow, so etwas in der Richtung würde ich auch gerne machen!«, bekannte Ben mit offenkundiger Bewunderung.

»Gib mir nach dem Törn einfach deine Mail-Adresse, dann schicke ich dir ein paar Kontaktdaten. Es würde dir gefallen, da bin ich mir sicher!«

Fiona zerplatzte beinahe vor Eifersucht. Ben bekam immer alles auf dem goldenen Tablett serviert! Sie hingegen wollte schon immer segeln, am liebsten um die ganze Welt, aber dann kam Aidan, und sie hatte lieber geheiratet, ein halbes Haus gekauft und, nun ja, an den Kindern arbeiteten sie noch. Aber was, wenn sie nie welche bekämen und somit alles umsonst war? Sie erschrak so heftig über ihre Gedanken, dass sie sich die Hand vor den Mund schlug und die Luft anhielt. So etwas durfte man nicht denken! Selbst wenn sie Kinder hätten, wäre sie als Mutter ans Haus gefesselt, wohingegen es Männern freistand, zu mehrwöchigen Segeltörns oder anderen Abenteuern aufzubrechen. Von wegen Gleichberechtigung!

Kapitel 5

Aidans bisheriges Leben explodierte in einem rauschenden Feuerwerk. Er rang nach Atem und suchte nach Halt, so wenig konnte er glauben, was mit ihm geschah, was er, was seine Hände und Lippen taten.

Er küsste Fiona, Fiona küsste ihn – sie küssten sich. Leidenschaftlich legten sich Lippen aufeinander; in sengender Hitze verschmolzen Münder und Leiber. Unerfahrene Finger wanderten über weiche, willige Körper in weites Neuland. Beine schlangen sich um Becken und zogen sich mit bislang unbekanntem Begehren aneinander. Aus dem Liebestaumel auftauchend flüsterten sie atemlos:

»Ich liebe dich.«

Aidan war nicht bewusst gewesen, dass dem so war, bis er die Worte laut aussprach, aber es war die Wahrheit. Er liebte Fiona. Nie hätte er sich das zu denken erlaubt und doch war seit dem Tag, an dem er zu ihnen kam, alles auf diesen Kuss zugelaufen.

Dabei sollte er gar nicht hier sein! Doch wie so oft in seinem noch jungen Leben folgte etwas Gutes, etwas unbeschreiblich Gutes sogar, aus etwas vordergründig Schlechtem. Zunächst nämlich war seine Schicht in dem Café, wo er an Wochenenden und in den Ferien als Servicekraft aushalf, ohne triftigen Grund abgesagt worden. Da er bereits für die Universität sparte, würden ihm die entgangenen Einnahmen fehlen, was ihn sehr verärgerte. Zudem war die Chefin höchst unfreundlich zu ihm gewesen und so kam er missmutig zu Hause an. Schon bevor er die Tür aufschloss, hörte er unterdrücktes Gekichere und Gegackere, was nur bedeuten konnte, dass die Nachbarskinder Karl und Kirsty zu Besuch waren. »Aidan!«, jubelten sie und liefen auf ihn zu. »Super, dass du da bist! Dann kannst du gleich mit uns Verstecken spielen!«

»Ja, genau! Uns ist nämlich ganz fürchterlich langweilig und zu viert ist es lustiger!«, stimmte Fiona mit ein und grinste ihn frech an. Er wusste, dass sie das nur den Kindern zuliebe behauptete, denn ihr war nie langweilig. Es gab immer einen Brief, den sie schreiben, oder ein Buch, das sie lesen wollte.

Die Kleinen sprangen juchzend in die Luft. »Du zählst!«, rief Karl und zeigte mit dem Finger auf Fiona. »Und wir verstecken uns so gut, dass du uns bestimmt nicht findest!« Die Geschwister kicherten hinter vorgehaltenen Händen und brachten sich in Startposition.

Aidans schlechte Laune verflog, als er Fiona dabei zusah, wie sie sich die Augen zuhielt.

In dem roten Sommerkleid mit den großen weißen Blüten sah sie einfach hinreißend aus. Erst vor wenigen Tagen war sie von einem vierwöchigen Schulaustausch aus Frankreich zurückgekommen. Dass sie dort mindestens so viel Zeit am Strand wie im Unterricht verbracht haben musste, verriet die goldene Bräune ihrer schlanken Beine und Arme. Sie öffnete die Finger einen Spalt weit und spähte hindurch. Täuschte er sich oder blitzten ihn ihre Augen verschwörerisch an? Heiß durchzuckte es ihn und er wollte gerade erleichtert ausatmen, als sie ihren Blick wieder auf ihn richtete und ihn durchdringend ansah.

»Dann versteckt euch mal gut«, rief sie den Kindern zu, ohne wegzusehen. Die Hitze in Aidans Körper breitete sich aus; wie versteinert stand er da, bis sie zu zählen begann.

Bei »Zehn« stürmten die sieben- und achtjährigen Geschwister schnell wie der Blitz in den Garten. Erst als Fiona ihren Kopf langsam zur Seite drehte, rannte er ebenfalls hinaus. Allerdings führte sein Weg in den Schuppen, dessen schwere Holztür sie kurz nach ihm aufzog. Ein Kichern unterdrückend schlich sie mit dem Zeigefinger an den Lippen herein. Immer würde er sich an das matte Sonnenlicht erinnern, das in diesem Moment durch die Wolken brach und sie wie ein Heiligenschein umgab. Als sie die Tür hinter sich zugezogen hatte, gluckste sie spitzbübisch:»Sollen die ruhig mal denken, dass ihr Versteck unauffindbar ist. Mal schauen, wie lange sie brauchen, bis sie merken, dass *wir* uns auch versteckt haben!« Aidan wusste nicht, wie ihm geschah, als sie ein paar Eimer mit Farbe zur Seite schoben und sich auf den Boden hockten. Sie legte die Arme um die Beine und schaute ihn erwartungsvoll an, so, als wollte sie sagen:»Und nun?« Doch da entdeckte Fiona den selbst gemachten Fruchtwein ihrer Mutter.»Wollen wir mal einen probieren?«, fragte sie mit blitzenden Augen. Schon griff sie wahllos nach einer Flasche und hielt sie ihm vor die Nase. *Kirsche, 1995*, stand auf dem handgeschriebenen Etikett.

Aidan zuckte zwar die Schultern, nickte aber gleichzeitig. Wahrscheinlich hätte Fiona sich von seinem Einwand ohnehin nicht beirren lassen, denn schon öffnete sie den Schnappverschluss. Da sie keine Gläser hatten, hob sie die Flasche in die Luft, prostete ihm stumm zu und nahm zögerlich den ersten Schluck. Anerkennend nickte sie, während sie ihm den Kirschwein reichte. Aufgeregt trank er, dann wieder sie und so ging die Flasche hin und her. Ob es Absicht oder Zufall war, dass sich ihre Finger bei der Übergabe jedes Mal berührten, konnten sie nicht sagen. Entscheidend war das überwältigende Gefühl, das dabei entstand. Es fühlte sich an, als würde Glück wie feine, helle Perlen durch sie rieseln. Bald waren sie so angefüllt mit diesem Kribbeln, Prickeln und Brodeln, dass Aidan glaubte, es müsse ihn zerreißen. Immer näher rückte sie zum ihm heran, bis sich erst ihre Beine, dann ihre Arme berührten. Mit angehaltenem Atem wagte niemand, sich zu bewegen. Die Luft sirrte vor Spannung. Aidan schmeckte den

Kirschwein und roch den Duft ihres Haares. Er dachte nicht mehr, als sich seine Hand wie von allein auf ihr Bein legte, er sich zu ihr beugte und in unbewusster Erwartung seines ersten Kusses die Augen schloss.

»Aidan – ja!« war das letzte, was sie heiser flüsterte, bevor seine zitternden Lippen zart ihre berührten. Kurz hielt er inne, denn zu unfassbar schien ihm das, was gerade begann, seinen Lauf zu nehmen. Er atmete flach und sein Herz flatterte. Dann legte er seine Lippen sanft auf ihre, so, als sei sie zerbrechlich. Mit einem erleichterten Seufzer schlang sie die Arme um ihn und erwiderte seinen Kuss. Voll Leidenschaft zog sie ihn weiter an sich, bis ihr Kuss immer stürmischer wurde und sie meinten, miteinander zu verschmelzen.

Das gehauchte »Ich liebe dich« hing noch in der Luft, als lautes Rufen sie auseinanderriss.

»Die sind bestimmt im Schuppen!«, schrie Kirsty.

Gerade noch rechtzeitig konnten sie auf die Beine springen, denn keine Sekunde später wurde die Tür aufgerissen und die vergessenen Kinder starrten ungläubig herein.

»Haha«, rief Karl enttäuscht und stapfte mit dem Fuß auf. »So spielt man aber nicht Verstecken!« Er und seine Schwester zogen eine Schnute und verschränkten beleidigt die Arme vor der Brust, als Aidan »Fangt mich!« rief und an den verdutzten Geschwistern vorbei in den Garten sprintete.

»Dein Vater bringt mich um«, murmelte Aidan ein paar Tage später in die weiche Kuhle zwischen Fionas Schulter und Hals. Er saß hinter ihr auf dem Bett und hatte sowohl die Beine als auch die Arme um sie geschlungen. Sie senkte den Kopf, kicherte und kuschelte sich noch enger an ihn. »Also, ich kann ein Geheimnis für mich behalten, du nicht?«, fragte sie leise. »Hast du es echt so gemeint, als du gesagt hast, dass du mich liebst?«

»Natürlich liebe ich dich! Ich dachte, du weißt das!«, bekräftigte er und drückte sie noch fester an sich.

Sie löste seine Hände von ihrem Bauch, drehte sich zu ihm

um und sah ihn mit einem Blick an, der gleichzeitig Unsicherheit, aber auch Sorglosigkeit, Begeisterung und Verliebtheit ausdrückte. »Ich wollte es nur nochmal hören«, gestand sie leise und über ihre Augen legte sich ein matter Glanz. Zärtlich nahm sie seine Hand in ihre und hauchte auf jeden Finger einen Kuss. »Bei Jungs weiß man ja nie.«

Aidan hielt den Atem an, denn ihre Worte stachen scharf wie ein Säbel in seine Brust. Vor ihm war sie kurz mit zwei Knaben gegangen, die sie zwar ihrer Aussage zufolge nur geküsst hatte, doch das genügte, um ihn vor Eifersucht rasend zu machen. So sagte er gepresst: »Ja, aber nicht bei mir. Ich bin anders. *Wir* sind anders.«

»Hmm, ja. Das stimmt ... Das sind wir wirklich.«

»Wir haben eine echte Verbindung. Ich weiß nicht, wie ich es beschreiben soll. Aber das mit uns war vorherbestimmt.«

»Ja, das sehe ich auch so«, sagte sie andächtig und ihre Stimme kratzte vor aufgeregtem Glück.

»Es ist, als wären wir zwei Hälften und zusammen ein Ganzes.« Seine Stimme wurde erregter.

»So ist es«, flüsterte Fiona, atmete tief ein, hielt die Luft an und schloss die Augen, um so den Moment noch intensiver zu spüren und das Gefühl noch länger in sich zu bewahren.

»Weißt du, wenn ich nicht um genau die Zeit von zu Hause weggelaufen und wenn deine Mutter nicht gerade in der Küche gewesen wäre ... Oder wenn sie einfach nicht aus dem Fenster geschaut und mich gesehen hätte ...«

Fiona schauderte. »Ja, das ist echt unheimlich. Das will ich mir gar nicht vorstellen. Aber das beweist, dass wir für einander bestimmt sind.«

Aidan versuchte, noch näher an sie heranzukommen, sie noch enger an sich zu ziehen, doch das war unmöglich, denn kein Blatt passte mehr zwischen sie.

»Es sollte so sein. Es ist das Schicksal«, wisperte sie, um dann mit kräftiger Stimme fortzufahren: »Das kann doch jeder sehen! Du bist zu uns gekommen, damit wir zusammenkommen!«

»Du bist das Mädchen hinter dem Zaun, von dem ich nie gedacht hätte, dass ich sie wirklich eines Tages kennenlerne«, murmelte er andächtig und spielte damit auf einige kurze Begegnungen im Vorübergehen in ihrer Kindheit an. »Ja, selbst da hatten wir schon eine Verbindung! Schon da habe ich gespürt, dass du etwas Besonderes bist.«

Eine Weile saßen sie schweigend so da, bis Aidan fragte: »Glaubst du, dass wir eines Tages heiraten?« Fiona dachte eine Weile nach. »Natürlich!«, sagte sie dann entschlossen. »Aber bis dahin müssen wir vorsichtig sein. Meine Eltern, und wer weiß sonst noch, würden alles tun, um uns auseinanderzubringen, wenn es herauskommt.«

Kapitel 6

Innere Hebriden, 2014

Als Daphne die zweite Runde Cocktails herumreichte, nahm Fiona dankend ein Glas, um ihren Unmut zu ertränken. Schließlich wollte sie die Tage auf dem Meer genießen und sie nicht mit mühseligen Gedanken verderben. Der Martini war so gut und stark gemischt, dass wenige Schlucke genügten, um den Durst nach Abenteuern und die Lebenslust wieder zu erwecken.

Kurzentschlossen stand sie auf, ging zum Steuer und fragte lässig:»Darf ich mal probieren?«

Der Skipper sah sie aus seinen großen blauen Augen an, als kenne er sie nicht.

»Steuern?«, wiederholte sie tapfer.»Darf ich mal steuern? Ich wollte schon immer mal segeln«, sagte sie mit bereits wieder sinkendem Mut.

»Natürlich«, murmelte der Hüne, ohne sie anzuschauen, und machte ihr Platz.

»Danke«, antwortete sie etwas befangen und wartete auf Anweisungen von Struan, der sich allerdings Zeit damit ließ. Aus den Augenwinkeln schielte sie zu Aidan, der gerade sein Buch weglegte und zunächst überrascht, dann aber stolz zu ihr herüberschaute. Während er ihr das Daumen-hoch-Zeichen gab, erdolchte Liz sie mit Blicken.

Der Skipper besann sich seiner Aufgabe und begann mit dem Unterricht.»So hältst du das Gleichgewicht«, demonstrierte er eine breitbeinige Haltung.»Leg deine Hände hier hin und bleib auf Kurs. Versuch, die Kompassnadel zwischen 260 und 265 zu halten.« Ruhig umfasste seine Hand dicht neben ihrer das Steuerrad und Fiona spürte ein Kribbeln, das sie nicht spüren durfte. Als sie an Sicherheit gewann, zog er seine Hand weg. Dabei streifte sein Arm ihren, was ein noch stärkeres Prickeln auslöste. Was war nur los mit ihr?

»Wow! Das ist einfach super!«, rief sie überglücklich und strahlte über das ganze Gesicht, das von der Gischt benetzt in der Sonne glänzte. »Danke!«

»Keine Ursache. Du bist ein Naturtalent! Nur ein bisschen weiter nach Steuerbord ... ja, genau so!« Er hatte seine Schroffheit abgelegt und klang nun anerkennend, als sie sanft den Kurs korrigierte. »Steuer mal auf die Lücke zwischen den kleinen Inseln da vorne zu.«

»Klar!«, bekundete sie eifrig und tat, wie ihr geheißen. Entweder war sie wirklich ein Naturtalent, oder Segeln war gar nicht so schwer, wie sie angenommen hatte. Vor allem fühlte sie sich beschwingt und frei. Ob das nur an ihrer Tätigkeit als Steuerfrau oder auch an der Nähe des geheimnisvollen Weltumseglers lag?

»Und was machst du so, wenn du nicht gerade segelst?«, erkundigte er sich nun mit einem tiefen Blick aus seinen blauen Augen. Dabei zog er einen Mundwinkel nach oben, was ein wenig verwegen und sehr anziehend auf Fiona wirkte.

Sie befand sich in einer so fantastischen Hochstimmung, dass sie ein Gespräch über ihre Arbeit lieber vermieden hätte. Aber da sie Struans Interesse nicht im Keim ersticken wollte, antwortete sie gehorsam.

»Ach, ich bin ein Sklave für ein Unternehmen, das Lernsoftware herstellt.«

»Klingt ... interessant«, sagte Struan ausweichend.

»Mpf!«, schnaubte Fiona abfällig. »Ich bin Projektleiterin für den Bereich Biologie und Chemie, aber nur der Stellenbeschreibung nach, denn in Wirklichkeit arbeitet niemand mir zu oder unterstützt mich. Ich muss alles alleine machen!«, murrte sie. Ihr Magen zog sich schon wieder zusammen. »Oh, ich will eigentlich gar nicht davon reden.«

»Und was genau macht ihr?«, hakte Struan nach, der ihren Einwand schlichtweg ignorierte.

»Filme und Videos. Also Dokumentationen, Lehrfilme etc. für Schulen. Eigentlich ist das Unternehmen großartig«, gab sie zu und zuckte die Schultern.

»Aber dir gefällt es nicht«, stellte er nüchtern fest.

»Absolut nicht! Ich meine, stell dir das mal vor: Die haben mich eingestellt, damit ich eine bestimmte Arbeit mache. Aber dann geben sie mir weder das nötige Personal noch die Ressourcen dazu! Das ist doch total bescheuert!«, schimpfte sie wie ein aufgebrachter Rohrspatz. »Ich weiß nicht einmal genau, warum ich überhaupt dort bin!« Ihre Hochstimmung drohte, sich zu verflüchtigen, so sehr belasteten sie die Gedanken an die Arbeitsstelle.

»Klingt echt Scheiße«, meinte Struan emotionslos. »Such dir doch was Neues.«

»Ja ...«, schaltete Ben sich ein, der vom Knotenüben aufsah. »Das sagen wir ihr schon die ganze Zeit.«

»Es ist halt nicht so einfach!«, verteidigte Fiona sich sofort und dachte an ihren Fluchtplan – der, bei dem sie in Mutterschutz war. Durch eine Schwangerschaft würde sie zwei Fliegen mit einer Klappe schlagen: Sie könnte endlich ihr eigenes Baby in den Händen halten und müsste obendrein nicht mehr in das leidige Büro gehen. Ach, wenn sie doch nur endlich schwanger werden würde!

»Mach doch den Segelschein und lass dich zum Segellehrer ausbilden, dann kannst du überall auf der Welt arbeiten!«, schlug Struan in einem pragmatischen Tonfall vor, in dem man normalerweise über Brotsorten spricht. Und tatsächlich ließ sich Fiona einen Moment lang dazu verleiten, zu glauben, dass es tatsächlich so einfach sein könnte. Doch dann dachte sie an Aidan, der sicherlich nicht um die Welt segeln und von der Hand in den Mund leben würde. Schon gar nicht mit einem Kind!

Fragend sah sie den Skipper an. Scherzte er vielleicht nur? Es gelang ihr nicht, in seinem Gesicht eine eindeutige Antwort zu finden, doch meinte sie, Provokation und Spott zu erkennen, als wolle er sagen: »Du traust dich doch eh nicht, Hausmütterchen.«

Fiona ließ die Schultern hängen und dachte, dass diese Haltung zu einem Mann passen würde, der Frau und Kinder zurückließ, um seine Träume zu leben. Ein Mann, der in Krisengebieten arbeitete oder im Auftrag Schiffe quer über die Weltmeere segelte. Sie und Aidan hingegen waren aus einem anderem Holz geschnitzt, oder nicht? War es denn wirklich unmöglich, aus dem festgefahrenen Leben, das ihr teilweise die Luft zum Atmen raubte, auszubrechen? Zumindest für eine Weile? Zumindest bis zum langersehnten ersten Kind? Schon spannen sich Bilder zu Filmen, in denen sie im Sonnenuntergang durch die Karibik segelten, selbst gefangenen Fisch an Bord grillten, die warme Gischt auf ihre Haut spritzte und ... Aidan. Immer wieder Aidan. Was würde er dazu sagen? Mit einem Schlag verdüsterte sich ihre Stimmung und damit ihr Gesichtsausdruck. Aidan ... würde das nicht tun. Er würde keinen selbst gefangenen Fisch an Bord eines die Karibik in Richtung Sonnenuntergang durchkreuzenden Segelschiffes grillen, wenn er dazu seine Arbeit, sein Haus, seine ganze verfluchte Sicherheit aufgeben musste. Wenn sie ehrlich war, konnte sie ihn auch nur schemenhaft in ihrem Traum erkennen, einen groben Umriss, vielleicht eine verblassende Erinnerung an das, was hätte sein können. Aidan ... ach, warum musste sich immer alles nach Aidan richten?

***

Während Fiona derartige Gedankenspiele anstellte, klappte Aidan das Buch zusammen, das er seit über einer halben Stunde vor sein Gesicht hielt, ohne darin zu lesen. Der Inhalt war ohnehin nicht weiter wichtig, denn als Historiker kannte er die Geschichte der Insel Iona natürlich bereits. So wusste er, dass der Heilige Columban im Jahr 563 mit zwölf Männern von Irland aus dort gelandet war, ein Kloster baute und das Christentum in Schottland verbreitete.

Dass er sich nicht auf den Text hatte konzentrieren können, lag einzig und allein daran, dass er immer wieder das Gespräch mit Fiona durchspielte, in dem er ihr von dem Testergebnis erzählte. Doch nach wie vor war ein guter Ausgang unvorstellbar. Zermartert sah er ihr dabei zu, wie seine vor Lebensfreude strotzende Frau eifrig an einer Winde drehte, um das Hauptsegel einzuholen. Unwissenheit war ein Segen. Die Seeluft und das Segeln, aber auch die Zeit ohne Internet und somit ohne Verbindung zu ihren Kollegen taten ihr sichtlich gut. Nur zu gut wusste Aidan, wie sehr sie unter ihrem Arbeitsklima litt. Doch nun sah Fiona so frei und glücklich aus, wie sie in ihrer Jugend gewesen war. Sie so glücklich zu sehen, erfüllte auch ihn mit einem kurzen Glück. Doch sobald sie von seiner Zeugungsunfähigkeit erfahren würde, wäre all ihre Hoffnung zerstört. Vielleicht sogar mehr als Hoffnung, vielleicht sogar die Grundlage für ihre Ehe? Würde sie möglicherweise alles in Frage stellen, auch, dass sie für einander bestimmt waren? Würde sie ihn vielleicht sogar verlassen? Er wagte nicht, diesen Gedanken zu Ende zu denken. Verzweifelt schloss er die Augen und versuchte angestrengt, gleichmäßig zu atmen, um sich zu beruhigen.

Als Aidan das nächste Mal aufschaute, näherten sie sich der Isle of Mull. Er war froh darüber, dem Schiff für eine Weile zu entkommen und wieder festen Boden unter den Füßen zu spüren. Was für seine Frau die große Freiheit bedeutete, fühlte sich für ihn entsetzlich beengend an.

Mit Feuereifer half Fiona dabei, das Ankern vorzubereiten, während er sich an der kargen Landschaft, die sich ihnen auf der Insel bot, kaum sattsehen konnte. Hinter der menschenleeren Bucht erhoben sich schroffe Hügel, auf denen lediglich Gräser zu wachsen schienen, denn Bäume und Blumen konnte er nicht erkennen. Dafür aber Mauern und Häuser aus eben jenem grauen Stein, der für die Gegend so typisch war. Die weißen Flecken, die sich langsam über die Hänge bewegten, mussten Schafe sein. Dieses schottische Idyll fügte sich mit dem glasklaren und türkisfarbenen Wasser zu einem wunderbaren Bild des Friedens.

»Können wir auch irgendwie helfen?«, rief Lucas, der bislang untätig mit einem Cocktail in der Hand auf der Bank gesessen hatte.

»Nein, danke, wir haben alles im Griff!«, lehnte Struan ab und rief Fiona eine weitere Anweisung zu, deren Reaktion Aidan das Blut in den Adern gefrieren ließ. Errötete sie tatsächlich oder war es nur das Licht? Oder ein leichter Sonnenbrand vielleicht? Nein, es war nicht das Licht, denn da waren auch dieses Lächeln, und dieser Glanz in ihren Augen. Mit einem Mal kam es ihm vor, als gingen sie nicht gerade in einer windgeschützten Bucht vor Anker, sondern trieben mitten in einem verheerenden Sturm auf hoher See. Ein Sturm von einem so dramatischen Ausmaß, dass danach nichts mehr an Ort und Stelle stand.

Der Skipper, dieser wettergegerbte Draufgänger? Dieser arrogante Abenteurer? Überhaupt ein anderer Mann? Ja, ein anderer *Mann*, ein *richtiger* Mann! Einer der Kinder zeugen konnte. Nein, der Gedanke war völlig abwegig, geradezu absurd. Er schüttelte sich, suchte Halt in dem Anblick der Insel, schloss kurz die Augen und faltete die Hände. Fiona war seine Frau, sie interessierte sich nicht für andere Männer, schon gar nicht im gemeinsamen Urlaub auf einem winzigen Segelschiff. Er kannte sie; er hatte ihr immer vertrauen können, blind sogar, und weil er sie so gut wie sich selbst kannte, konnte er mit Überzeugung behaupten, dass sie niemals mit einem anderen Mann flirten würde, noch dazu neben ihm. Er selbst würde etwas Derartiges ja auch nicht tun.

Nein, entschied er. Er musste sich täuschen. Vertrauen war der Grundstein einer guten Idee.

Es war gewiss nur das Licht.

»Willkommen in Ardalanish!«, rief der Skipper wie ein Fremdenführer und prompt applaudierten Daphne und Liz wie in einem Ferienflieger, was er mit einem selbstgefälligen oder spöttischen Lächeln quittierte; bei ihm konnte man nie sicher sein, woran man war. »Ich kann jeden, der die Insel erkunden will, mit dem Beiboot ans Ufer bringen. Wie ihr wisst, gibt es dort viele Sehenswürdigkeiten, zum Beispiel die Höhlen, die Standing Stones, die an Stonehenge erinnern, ein Aquarium, eine Weberei etc. Für das meiste wird die Zeit jedoch nicht reichen. Was ihr hingegen gut schafft, ist ein schöner Spaziergang am Strand entlang. Ihr könnt aber auch hierbleiben und euch sonnen, baden, faulenzen, ganz wie ihr wollt. Es ist ja schließlich euer Urlaub!«

Kaum hatte er fertiggesprochen, rief Fiona begeistert, dass sie am Strand gerne Muscheln für das Abendessen suchen würde. Als zunächst niemand in Begeisterungsrufe ausbrach, schoss ein Bild wie eine Kanonenkugel durch Aidans Kopf. Und was er dachte, war: Nur der Skipper begleitete seine Frau. Doch suchten sie keine Muscheln, sondern liebten sich leidenschaftlich in einer einsamen Bucht. Dabei empfing sie das langersehnte Kind, welches er in der Folge stillschweigend als sein eigenes annahm. Und wer sollte jemals vermuten, dass das Baby nicht seins wäre! Es wäre die einfachste Lösung.

Nur ... Er rang nach Atem; sein Puls raste, stolperte, überschlug sich beinahe.

Panik und Ekel überfielen ihn wie ein Rudel ausgehungerter Wölfe. Schon zerrten sie an seinen Eingeweiden. Er wollte sich wehren, um sein Leben kämpfen, schreien und um sich schlagen, doch im fehlte die Kraft. Nur sein vor Eifersucht vergiftetes Herz schlug weiter.

Wie konnte er so etwas denken! Noch dazu, wo er felsenfest davon überzeugt war, dass jeder Gedanke das Potenzial hatte, wahr zu werden. Vergeblich versuchte er, die Vision auszulöschen, denn je mehr er sich bemühte, desto stärker wurde der Horror.

Als die Clique schließlich geschlossen zum Muschelsuchen aufbrach, schickte er ein Dankgebet gen Himmel und wich den Rest des Tages nicht mehr von Fionas Seite.

Kapitel 7

Aus den Boxen dröhnte lautstark Popmusik. Laut genug, um das Knarzen des Bettgestells und die süßen Lustlaute zu übertönen.

»Mhm, Aidan ...«, stöhnte Fiona gerade mit geschlossenen Augen und drückte ihren Kopf tiefer in das Kissen. Ihre Finger gruben sich in seinen knabenhaften Rücken, während sie die zarten Küsse mit voller Hingabe genoss.

Leider war die Musik auch laut genug, um Sally Macmillan die Tür aufreißen und mit hochrotem Kopf in das Zimmer stürmen zu lassen.

»Was ...«, kreischte sie, bevor ihre Stimme versagte und ihr Kopf noch röter wurde. Dann schlug sie eine Hand vor den Mund, die andere auf die Brust, riss die Augen auf und rang hektisch nach Luft. Mit weit aufgerissenen Augen starrte sie ihre Tochter und ihren Pflegesohn an, die sich bis eben nur spärlich bekleidet in dem zerwühlten Bett vergnügt hatten. Außer sich vor Wut zerrte sie den Stecker der Stereoanlage aus der Dose.

»Mum!«, schrien die zwei Teenager entsetzt, fuhren wie von der Tarantel gestochen auseinander und starrten die nun kreideweiß erbleichte Sally fassungslos an.

»Was ist das?«, schrie diese und ihre Stimme überschlug sich. »Was treibt ihr da? In meinem Haus? Seid ihr von allen guten Geistern verlassen?« Rote Flecken bildeten sich in ihrem Gesicht und auf ihrem Hals.

»Wir – Mum –«, stammelte Fiona. »Wieso klopfst du nicht?«, schrie sie dann.

»Es tut mir leid«, murmelte Aidan mit vor Scham gesenktem Blick. »Es ist nur so, dass ...«

Sally ließ ihn nicht ausreden. »Was ist wie? Ihr habt Sex, hier? Unter meinem Dach? In diesem Haus gibt es keinen Sex! Schon vergessen?« Sie spuckte beim Sprechen, so aufgeregt war sie.

»Erstens haben wir gar nicht richtig Sex«, belehrte Fiona sie nun mit einer Hochnäsigkeit, zu der nur Jugendliche vor den ersten schweren Schicksalsschlägen fähig sind. »Und zweitens: Was ist mit dir und Dad? Kein Sex? Oh – nein!«, rief sie gekünstelt, drehte den Kopf zur Seite und schirmte ihre Augen mit einem Handrücken ab. »Sag lieber nichts davon.«

»Fiona!«, fauchte die nun vor Zorn schäumende Mutter. »Für deine vorlaute Art wirst du büßen. Und erst recht für das, was ihr hinter unserem Rücken treibt! Ihr seid doch noch Kinder!« Auf einmal schlug ihre Stimmung in Verzweiflung um und sie verbarg ihr Gesicht hinter ihren Händen. Ein kurzes, heftiges Schluchzen drang daraus hervor.

»Wir sind keine Kinder mehr! Wir sind beide achtzehn und offiziell dürfen wir schon Sex haben.«

»Aber nicht in meinem Haus!«, kreischte Sally wieder. »Nicht. In meinem Haus!«

Aidan dankte Gott dafür, dass er zumindest nicht völlig unbekleidet war, angelte sich sein T-Shirt und die Jeans vom Boden und schlüpfte hinein. Da sich Sallys Aufmerksamkeit nur noch auf ihre Tochter konzentrierte und diese ihm durch eine Handbewegung zeigte, dass er unerwünscht sei, schlich er aus dem Zimmer. Er schämte sich entsetzlich für das, was er seiner liebevollen und fürsorglichen Pflegemutter angetan hatte. Er wusste, dass er sie in gewisser Weise hintergangen und ihre Gastfreundschaft ausgenutzt hatte. Würde er das, was in den letzten Jahren sein Zuhause geworden war, verlassen müssen? Würden sie ihn rüde vor die Tür setzen? Warum nur waren sie so unvorsichtig gewesen! Monatelang hatten sie alles dafür getan, dass ihre Liebe zueinander unentdeckt blieb. Bis in den Herbst hinein hatten sie sich nur an einer geheimen Stelle im Wald oder in einer Scheune getroffen. Doch im Winter blieben ihnen diese Möglichkeiten verwehrt. Aidans Herz verkrampfte sich; sein Atem ging so flach und stoßweise, dass er glaubte, zu ersticken. Beinahe lautlos zog er die Tür ins Schloss und drückte anschließend von außen sein Ohr dagegen, um dem Gespräch zwischen Mutter und Tochter zu lauschen.

»Mum, jetzt mal im Ernst«, fuhr Fiona mit mühsam unterdrücktem Zorn fort. »Es ist doch nichts Schlimmes dabei, dass Aidan und ich uns lieben!.«

»Doch, das ist es! Daran ist alles schlimm!«, beharrte die Mutter mit bebender Stimme. »Alles!«

»Aber was denn genau? Warum?«

»Es ist einfach falsch.«

»Wieso falsch? Wir sind nicht miteinander verwandt. Er ist nicht mein Bruder, nur weil er seit drei Jahren bei uns wohnt. Er ist so was wie ein Mieter!«

»Ein Mieter, hahaha, dass ich nicht lache!«, schnaubte Sally spöttisch.

Fiona, die nun die Oberhand zu gewinnen glaubte, bohrte weiter: »Sag mir bitte, was daran nicht in Ordnung sein soll!«

»Alles!«, rief die Mutter nochmal. »Darüber rede ich jetzt nicht mit dir. Ich bin eigentlich wegen etwas anderem gekommen.« Ihre Stimme wurde weich und leise. Mit einem Lächeln setzte sie sich zu Fiona, die sich inzwischen ein Kleid übergestreift hatte, auf das Mädchenbett.

»Was denn?« Neugierig strich sie sich ihre langen braunen Haare aus dem Gesicht und beugte sich zu ihrer Mutter hinüber.

»Das ist gerade mit der Post gekommen«, sagte diese und lächelte erwartungsvoll.

»Und was ist das?«

»Das ist von Cambridge!« Ihre Augen leuchteten voll Stolz, als sie Fiona den Umschlag reichte.

»Cambridge?«, wiederholte Fiona und sah zum zweiten Mal binnen kurzer Zeit aus, als stünde ein Gespenst in ihrem Zimmer.

»Ja!«, jubelte die Mutter. »Cambridge! Du hast bestimmt einen Platz bekommen! Los, mach endlich auf!«

»Schon klar ...« Fionas Kräfte schwanden und sie stützte ihr Gesicht in beide Hände. »Mum, ich kann da aber nicht hin.«

»Was? Wieso nicht?«, kreischte Sally jetzt wieder aufgebracht und stand auf. Die roten Flecke kehrten in Windeseile zurück. »Bist du – du bist ja nicht mehr ganz bei Trost! Was ist bloß in dich gefahren? Willst du nicht mal reinschauen?«

»Es ist egal, was drin steht, weil ich so oder so nicht hingehe!«, brauste Fiona trotzig auf.

»Fiona! Cambridge!«, rief ihre Mutter und griff sich an die Stirn.

»Ja, Mutter. Cambridge!«, fauchte die Tochter und sprang ebenfalls auf.

»Darf wenigstens ich den Umschlag öffnen?«, fragte Sally den Tränen nah.

»Sicher«, meinte Fiona schulterzuckend. Dann steckte sie den Daumen in den Mund und begann, nervös an dem Nagel herumzukauen.

»Fiona!«, stieß Sally atemlos mit großen Augen hervor. »Das ist dein Traum! Du hast wirklich einen Platz in Cambridge! Du hast es geschafft!«

»Okay, aber wie gesagt, ist das komplett egal. Ich geh da nicht hin«, bekräftigte Fiona ihren Entschluss.

»Kind, bitte nimm doch Vernunft an! Die ganze Welt will nach Cambridge und du kriegst einen Platz und – und willst nicht hin?« Ihre Stimme erstickte in Tränen. »Das darf doch nicht wahr sein! Dafür hast du doch die letzten Jahre so viel gelernt!« Ungläubig schüttelte sie den Kopf. »Du wolltest doch immer weg von zu Hause. Jetzt kannst du neue Leute kennenlernen, mehr von der Welt sehen und mit dem Abschluss

stehen dir alle Türen und Tore offen! Die ganze Welt reißt sich um Oxbridge-Absolventen!«
»Ja, ich weiß ... Aber Karriere ist nicht alles im Leben.«
»Aber du weißt nicht, was das Leben sonst noch für dich bereit hält! Fiona! Du bist erst 17! Du weißt nicht, was du tust! Diese Chance kommt nie wieder! Eines Tages wirst du es bitter bereuen! Was sind denn schon drei Jahre. Oder vier. Schlaf erst mal darüber, bitte!«, flehte Sally.
»Muss ich nicht. Mein Entschluss steht fest. Ich bleibe hier bei Aidan.«

Dessen Gefühle fuhren Achterbahn, denn wenn Fiona nicht nach Cambridge ging, würden die Macmillans ihn hinauswerfen. Daran bestand für ihn kein Zweifel. Es berührte ihn tief, dass sie sogar bereit war, seinetwegen auf den Studienplatz an der Elite-Universität zu verzichten. Dass sie das tat, konnte er jedoch nicht zulassen. Er war maßlos stolz auf ihren klugen, scharfsinnigen Kopf und ihren Fleiß, die beiden Attribute, denen sie die Zusage zu verdanken hatte. Gleichzeitig wurde sein Herz schwer, wenn er sich ein Leben ohne sie vorstellte. Er selbst hatte einen Platz in Edinburgh bekommen, was zwar nicht schlecht, aber eben doch kein Vergleich war. Vielleicht konnte er sein Studium ein Jahr später antreten und in der Zwischenzeit einen Job in Cambridge annehmen? Dann wären sie nur zwei Jahre getrennt, überlegte er fieberhaft.
Wenn sie nach England ging, würde sie ihn schnell vergessen, davon war er überzeugt. Denn was konnte er einem hochnäsigen, womöglich adeligen Cambridge-Studenten schon entgegenhalten!
Wenn sie ging, und er nicht mitkam, würde er sie verlieren. Und mit Fiona ihre Familie, die zu seiner Ersatzfamilie geworden war. Sie waren alles, was er hatte, denn seine Mutter war inzwischen so stark von der Alkoholsucht beeinträchtigt, dass sie sogar den Geburtstag ihres Sohnes vergaß. Das Letzte, was er von ihr gehört hatte, war, dass sie vorletzten Winter mit einem Mann nach Wales gezogen war.

»Du überlegst dir das noch, und zwar gut«, befahl Sally ihrer Tochter in scharfem Ton und erhob sich dem Geräusch zufolge. »Ich gehe jetzt und rede mit Aidan. Der – ähm – Nachmittag kann nicht ohne Folgen bleiben!«

Kurz erstarrte Aidan vor Schreck, dann sprintete er die Treppe hinab in den Garten, stürmte durch das Tor hinaus auf das weite Feld und hinein in den Wald. Hierher konnte sie ihm nicht folgen, da sie zu Fuß zu langsam und der Weg für Autos unpassierbar war. Als er zu der Lichtung kam, an der er sich oft heimlich mit Fiona getroffen hatte, ließ er sich völlig außer Atem auf den bemoosten Baumstumpf sinken. Hier saß er oft, um in Ruhe über Gott und die Welt nachzudenken. Erst da bemerkte er, dass er keine Schuhe anhatte. *Ironie des Schicksals*, dachte er, dass er genau wie an dem Tag, an dem er zu den Macmillans kam, auch heute barfuß war.

»Ich wusste, dass du hier bist«, vernahm er nach einer Weile Fionas traurige Stimme an seiner Seite. »Rutsch mal«, meinte sie. Niedergeschlagen sah er zu ihr auf, zog sie auf seinen Schoß und legte sein Gesicht auf ihr nach Vanille duftendes Haar, das weich in ihren Rücken fiel.

»Ich habe einen Platz in Cambridge bekommen«, verkündete sie in sachlichem Ton.

»Ich weiß.«

»Bist du deswegen weggerannt?«

Er zuckte mit den Schultern. »Vielleicht«, murmelte er. »Ich geh da aber nicht hin.«

Er schwieg kurz und hielt die Luft an, dann rief er zu seiner eigenen Überraschung: »Was? Du *musst* da hin, Fiona! Dafür hast du doch die ganze Zeit gelernt! Ich kenne niemanden, der den Platz mehr verdient hätte als du.«

»Trotzdem. Es ist doof und ich sage ab«, schmollte sie. Dann fuhr sie herum und starrte ihn an: »Oder willst du etwa, dass ich zusage?«

»Nein.« Er konnte sie nicht anlügen, auch wenn er wusste,

dass ein Ja sie so stark getroffen hätte, dass sie aus verletztem Stolz gegangen wäre.

»Also.«

»Nein, nicht *also*. Du musst gehen und ich komme mit. Ich habe mir schon alles genau überlegt«, rief er eifrig.

»Wie, du kommst mit? So ein Quatsch! Dich haben sie doch nicht genommen!«

»Ich komme trotzdem mit. Du *musst* zusagen! Die Chance kommt nie wieder!«

»Spinn du nicht auch wie meine Mutter. Gar nichts muss ich. Ich nehme den Platz in Edinburgh an, das ist doch ganz klar. Es lohnt sich nicht einmal, darüber zu reden!«

»Aber Edinburgh ist nur Edinburgh und das war nie dein Traum!«

»Edinburgh zählt zu den besten Universitäten des Landes. Es ist ja nicht so, als würde ich statt in Cambridge an der örtlichen Polytechnischen studieren«, spottete sie.

Aidan schüttelte stumm den Kopf. Es schien aussichtslos.

»Ich könnte mir doch dort einen Job suchen ...«, setzte er wenig überzeugt an.

»Was, und auf dein eigenes Studium verzichten? Kommt gar nicht in Frage! Wir studieren beide in Edinburgh und damit hat sich die Sache«, entschied sie für sie beide, nahm sein Gesicht in beide Hände und sah ihn lange durchdringend an.

»Wenn du wirklich meinst ... Danke«, flüsterte er den Tränen nahe.

»Wofür denn?«, fragte sie und richtete sich auf.

»Dafür, dass wir diese Lösung gefunden haben und du ... verzichtest. Andernfalls hätte ich mit dir Schluss machen müssen.«

»Mit mir Schluss machen? Damit ich gehe, oder was?«, brachte sie ungläubig hervor.

»Ja, genau.«

»Oh Aidan! Tu das nie. Niemals, hörst du? Du bist viel wichtiger als Geld oder Karriere!«

70

Wieder bejahte er nickend und drückte ihre Hand. »Versprochen.«

»Gut.« Nun hellte sich ihr Blick auf und sie lächelte zuversichtlich. »Stell dir nur vor: Bald wohnen wir allein zusammen! Wir werden ganz ungestört sein und tun und lassen können, was wir wollen. Ohne ...« Die restlichen Worte blieben in ihrem Mund stecken, denn nun küssten sich die beiden so stürmisch wie zwei Menschen, die soeben dem Tod entronnen waren.

Kapitel 8

Der Morgen graute über dem vom Wind aufgewühlten Meer. Auf leisen, wenn auch unsicheren Sohlen folgte Fiona Struan in das kleine Beiboot, mit dem er sie anschließend an Land ruderte.

»Mach dir keinen Sorgen«, beruhigte er sie, als er ihren ängstlichen Blick auf die *Lady Jane* bemerkte. »Wir machen nur einen kleinen Badeausflug, zum Frühstück sind wir schon wieder bei den anderen.«

»Aber warum gehen wir überhaupt vom Schiff weg? Wir können doch genauso gut hier schwimmen«, protestierte sie schwach.

»Das schon, aber dann sehen uns die anderen!« Seine Worte rollten wie das Knurren eines hungrigen Wolfes aus seiner Kehle und das dunkle Lachen, das ihnen folgte, ließ Fiona weiter erschauern. »Und das wollen wir doch nicht, nicht wahr?«

»Was denn?«, fragte sie mit angehaltenem Atem und großen Augen. Angst und Verlangen rangen in ihr; mit beiden Händen klammerte sie sich an das Boot. Erst da bemerkte sie, dass sie allein mit dem Skipper war.

»Das weißt du ganz genau!«, rief er mit einer Mischung aus Spott und Provokation, die verführerisch klang. Schon sprang er aus dem Boot und half ihr beim Aussteigen. Willenlos folgte sie ihm. Zielstrebig zog er mit der einen Hand das Boot, mit der anderen sie an Land, hinter einen Felsen, hinein in eine Höhle.

»Endlich«, raunte er ihr dort angekommen zu, packte sie mit seinen kräftigen, rauen Händen und zog sie mit einem

Ruck an sich. Seine Finger gruben sich in ihre Oberarme, von wo sie zu ihrem Po und ihren Brüsten wanderten. Die rohe Selbstverständlichkeit, mit der er sich ihrer bemächtigte, mit der er ihr unterdrücktes Verlangen erkannte, erregte sie mindestens genau so sehr wie sein fordernder Kuss, sein heißer Atem und die Laute, die er von sich gab, als er ihr das Kleid vom Leib zerrte und unmittelbar danach in sie eindrang.

Entsetzt fuhr sie in die Höhe.

Was war das? Ihre Gedanken rasten ebenso wie ihr Herzschlag. Wo war sie? Im weichen Sand mit Struan, dem Skipper? Oder hier, in der Koje neben Aidan?

Sie war hier. Auf dem Boot. Der Badeausflug war nur ein Traum. Gott sei Dank. Vor Erleichterung benommen legte sie eine Hand auf die Brust und sank zurück ins Kissen. Bis die Angst verflogen war, starrte sie mit in den Ohren rauschendem Blut an die Decke, an der die vom Meer gespiegelten Sonnenflecken trügerisch heiter tanzten.

In ihr tobte Tumult.

Aidan.

Friedlich schlummernd lag er neben ihr. Sie rutschte näher zu ihm, legte einen Arm um ihn und zog sich an ihn. Dankbar sog sie mit geschlossenen Augen seinen vertrauten Geruch ein. Wie gut, dass sie hier und alles andere nur ein Traum war! Doch in dem Maße, in dem der Schrecken abebbte, flutete abgrundtiefe Scham durch sie. Scham für ihre Erregung, die sie zweifelsohne noch immer im Griff hatte, und Scham für die bittere Dankbarkeit, durch einen Schlafsack von ihrem Mann getrennt zu sein. Hoffentlich spürte er durch den Stoff ihren Aufruhr nicht! Was, falls doch? Sie würde vorgeben, ihm *vortäuschen*, korrigierte sie sich sodann, dass er es war, von dem sie geträumt hatte. Begann so Betrug? Wenn man versuchte, einen Fehler, eine Schandtat, ein Geheimnis durch die nächste Täuschung zu verbergen? Verwickelte man sich so immer weiter? Verriet man so zuletzt auch sich selbst?

Fiona fühlte sich, als würde jeden Moment das kochende

Blut ihre Adern und die siedendheißen Gedanken ihr Gehirn zerbersten.

Träumte nicht jeder einmal von einem anderen Partner? Nicht tagsüber, nein nachts? Geschah das nicht vollkommmen unbewusst? Man hatte doch keinen Einfluss auf, und keine Kontrolle über seine Träume! Gewiss hatte das nichts zu bedeuten. Gewiss würden moderne Psychologen ihr versichern, dass dies *normal* sei und bei den stärksten Ehen vorkam.

Aidan war ihr Mann. Der Mann, den sie liebte und begehrte. Der Mann, dem sie vor Gott lebenslange Treue geschworen hatte. Der Mann, mit dem sie zusammen alt werden würde. Er und sie, ein Paar, unzertrennlich, das war ihr vorgegebener Lebensweg. Niemals würde sie davon abweichen. Niemals würde sie mit einem anderen mit-, von ihm fort- und ihm fremdgehen. Niemals.

***

»Oh nein, Liz! Du alte Exhibitionistin, schäm dich!«, kreischte Daphne am späten Vormittag und lehnte sich über die Reling zu dem pechschwarzen Schopf hinab, der aus dem glasklaren Wasser ragte.

»Was hast du denn? Es sieht uns doch keiner!«, rief Liz kokett zurück. »Komm auch rein!«

»Spinnst du! Nie im Leben! Was sollen die anderen von mir denken! Außerdem ist das Wasser eiskalt!«

Sie ist nackt, schoss es Aidan durch den Kopf und er sah von seinem Buch auf, in dem er heute sogar einige Seiten gelesen hatte. Dass Liz derart offensichtlich, wenn auch seiner Meinung nach geschmacklos, versuchte, Struans Aufmerksamkeit zu erregen, kam ihm mehr als gelegen. Denn so sehr er sich auch bemühte, so wenig wollte es ihm gelingen, den Eindruck abzuschütteln, dass zwischen dem dahergelaufenen Skipper und seiner geliebten Frau eine spürbare Spannung bestand.

»Überhaupt nicht! Es ist angenehm, los! Komm rein! Es ist total geil! Hey, Skipper! Spring doch auch rein, wenn du dich traust!«, rief sie und lachte laut.

»*Nah*, lass nur, vielleicht ein anderes Mal!«, erwiderte der Gerufene, ohne von der Karte, auf der er gerade die Tagesroute absteckte, aufzusehen.

»Wie du willst!«, meinte Liz betont gleichgültig und schwamm um das Boot herum.

Einige Minuten später saß sie, in ein dickes Handtuch gehüllt, bibbernd an Deck. Sie schlotterte und schielte verstohlen zu Struan, der sie jedoch weiterhin keines Blickes würdigte. So viel offen zur Schau gestellte Gleichgültigkeit war ihr nicht nur fremd, sondern erzürnte sie hochgradig.

»Hey, du hast echt ganz schön Mumm!«, meinte Fiona aufheiternd, doch Liz schnaubte nur abfällig, sprang auf und stürmte »Abwärts!« schreiend den Niedergang hinab, wo sie lautstark Ben aus der gemeinsamen Kajüte vertrieb.

Kaum war sie unter Deck verschwunden, drehte Struan sich zu Fiona um. »Hey, wenn du willst, zeige ich dir, wie der Kartenplotter funktioniert.«

Aidan spürte, dass die gesamte Crew den Atem anhielt. Vergeblich hoffte er, sie würde unter einem Vorwand ablehnen, doch wie von einem Zauber geleitet, erhob sie sich mit großen Augen und fragte mit belegter Stimme: »Wow, super! Was ist das denn?«

»Das ist so was wie ein Navi für Boote. Die Seekarte hier ist elektronisch«, erklärte er und tippte auf den Bildschirm, was sie höchst interessiert verfolgte. Mit Erleichterung registrierte Aidan, dass Ben sich unaufgefordert zu ihnen stellte und über Fionas Schulter spähte.

»Und darauf nehmen wir jetzt Kurs?«, erkundigte er sich prompt und zeigte mit ausgestreckter Hand auf eine Stelle, die Aidan nicht sehen konnte.

»*Aye*«, bejahte der Skipper. »Das Wetter sieht gut aus; ruhig genug, dass wir vor Iona ankern können. Bei rauer See ist es dort zu ungemütlich, weil die Insel keinen Schutz bietet.

Also, wollen wir los?« Die beiden nickten eifrig, woraufhin der Skipper lautstark »Klar zum Wenden!« rief. Auf sein Kommando hin nahmen Fiona und Ben an den Winden Position ein.

Dies war die zweite Wende, bei der Fiona mithalf. Inständig hoffte sie, dass dieser Versuch besser als der erste verlaufen möge. Am Vortag nämlich hatte sie schreckliche Angst und das Manöver hätte beinahe in einer Katastrophe geendet, wenn Struan nicht rechtzeitig eingegriffen hätte. Was für ein hervorragender Segler er war, zeigte sich darin, wie gelassen er selbst bei Gefahr das Steuerrad zurückdrehte und ruhig Anweisungen zur Korrektur gab. Auf ihn konnte man sich verlassen und sicher fühlen, dachte sie. Er wusste, was zu tun war.

Kurz sah sie zu den anderen. Aidan hielt sich ängstlich am Sitz fest, als das Schiff davonzog. Liz, die inzwischen in einem blau-weißen Segeloutfit wieder aufgetaucht war, gab sich betont gleichgültig und steckte die Nase in »Die Vögel der Westküste«; ein Titel, den ihr niemand zugetraut hätte. Neben ihr lag »Effi Briest«, das sie aber nach wenigen Seiten abgebrochen hatte. Dabei hätte es in gewisser Weise weit besser zu ihr gepasst als ein Tierbuch, dachte Aidan. Lucas und Daphne saßen sich gegenüber und schauten mit ausdruckslosen Gesichtern aneinander vorbei aufs Meer. Das Wetter war sonnig, nur der Wind kam aus einer ungünstigen Richtung.

»Wenden!«, schrie Struan seinen Gehilfen zu.

Ben wollte Seil geben, doch dabei löste es sich von der Winsch und das Großsegel schlug wild hin und her. Mit aller Kraft versuchte Fiona, die Schot wieder aufzulegen und so das Großsegel zu bändigen. Tränen der Verzweiflung und der Scham drängten in ihre Augen, doch wiederum war Struan sofort zur Stelle. Nachdem er die Schot wieder unter Kontrolle hatte, beruhigte sich der Baum. Er war wieder Herr der Lage, oder zumindest so weit, dass sie sich in einem Zickzack-Kurs auf das Ufer zubewegten.

»Sorry, Folks, war keine Absicht!«, rief er lässig lachend, als das Schlimmste überstanden war. »Hoffentlich wird es ein bisschen ruhiger, sobald wir die Landspitze umrundet haben.«

»Das ist heute ja mal kein Cocktail-Wetter«, meinte Aidan trocken zu Lucas, der neben ihm saß und an einer Flasche mit stillem Wasser nuckelte.

»Ah, sag das nicht. Du kennst doch Daphne«, gab er mit einem Seitenblick auf seine Freundin zurück. Aidan fragte sich, ob sein Lachen ernst oder besorgt war, denn Daphne schien tatsächlich keine Gelegenheit, Alkohol zu trinken, auszulassen.

»Warst du schon mal in Dubai?«, wollte Lucas da völlig unvermittelt wissen.

»Nein, noch nie. Warum? Wie kommst du jetzt darauf?«

»Also, ich war letzte Woche dort und da gibt es einen Cocktail, der ›27.321‹ heißt. Er heißt deswegen so, weil das der Preis in Dirham, der lokalen Währung, ist. Das sind 7.500 Pfund! So viel Geld für einen Cocktail, stell dir das mal vor!«, rief er fassungslos und warf die Hände in die Luft.

»Wie viel?«, stammelte Aidan ungläubig.

»7.500 Pfund!«

»Und was ist da drin?«

»Hauptsächlich Single Malt.«

»Im Ernst? Na, dann können wir den doch hier auch selber machen!«, meinte Aidan. »Hast du einen probiert?«

»Ich? Bin ich Krösus? Oder ein Ölscheich? Nein, natürlich nicht!«

»Hätte ja sein können, dass du eingeladen warst.«

»Nein, leider nicht. Ich glaube, er wird auch nicht mehr verkauft, weil er nach Originalrezept in einem 18-Karat-Goldbecher serviert werden muss.«

»Aha«, meinte Aidan und nickte mit gespielter Kennermiene. »Klar. Verstehe. Dann brauchen wir ihn gar nicht erst nachzumachen, weil wir den Geschmack ohne das Gold eh nicht hinbekommen.«

»So ist es«, stimmte Lucas zu und zuckte die Schultern. »Dubai ist übrigens wirklich so übertrieben extravagant, dass es sogar mir manchmal zu viel wird. Man kann echt alles, was man will, kaufen. Alles. Oder sogar: Alle!« Verschwörerisch blinzelte er Aidan zu, der jedoch nur stumm nickte, denn es dauerte eine Weile, bis er begriff, worauf sein Kommilitone hinauswollte. Als der Groschen fiel, zuckte er innerlich zusammen. Lebten so seine Freunde? Wusste Daphne davon? Beide waren erfolgreiche Anwälte und arbeiteten bis spätnachts und auch an den Wochenenden, wobei Daphne wahrscheinlich weniger »Unterhaltung« und »Ablenkung« geboten wurde als ihm.

»War das eine Geschäftsreise?«, fragte Aidan bemüht unberührt.

»Ja. Potenzielle Neukunden. Davor haben sie mich schon drei Wochen nach China und Vietnam geschickt. Kein schlechtes Leben, sag ich dir!«, meinte er selbstgefällig.

»Bestimmt nicht. Wenn man gerne reist, ist das sicherlich toll. Aber was sagt denn Daphne dazu, wenn du so oft weg bist? Vermisst sie dich nicht?« Er konnte sich nicht vorstellen, was Fiona sagen würde, wenn er so wenig Zeit mit ihr verbrächte.

»Ach, Daphne! Die kriegt das doch gar nicht richtig mit. Vor 22 Uhr kommt sie ja nie aus dem Büro, und um sechs, halb sieben Uhr morgens geht sie schon wieder aus dem Haus. Manchmal schläft sie sogar dort. Sie muss da vollen Einsatz bringen, sonst ist sie schneller weg vom Fenster, als sie schauen kann. Schlimm ist das mit den Frauen, echt schlimm.« Er presste die Lippen aufeinander und nickte nachdenklich.

»Im Ernst? Das klingt ja schrecklich! Wie findet ihr denn da noch Zeit füreinander?«, rief Aidan erschrocken und schielte zu Daphne, die mit ausgebreiteten Armen in den Himmel schaute.

»Ach!«, antwortete Ben mit einer wegwerfenden Handbewegung und lehnte sich weit zu ihm herüber. »Das ist alles nicht so wild. Ich sage dir mal was. Das bleibt aber unter uns, ja?«, flüsterte er mit Verschwörermiene. Neugierig spitzte Aidan die Ohren und wartete gespannt auf eine intime Enthüllung, als Daphne eben diese vereitelte, indem sie mit einer Marilyn-Monroe-Geste ihre große Sonnenbrille abnahm, aufstand und hüftschwingend zu ihnen kam.

»Lucas, Liebe meines Lebens«, säuselte sie und stemmte eine Hand in die Hüfte.

»Jetzt geht's los!«, flachste Lucas, stieß seinen Ellbogen leicht in Aidans Rippen und schaute Daphne aus großen Augen an, wie ein kleiner Knabe, der auf ein Geschenk wartet.

»Tu nicht so!«, brauste sie da ohne jede Vorwarnung auf. »Mir ist nur gerade etwas eingefallen.«

»Ja, meine Herzallerliebste?« Lucas' Lächeln gefror. »Was denn?«

»Hast du meine Mutter angerufen?«

»Deine Mutter? Wieso, warum, wann?«

»Letzte Woche«, entgegnete Daphne streng und tat so, als spräche sie mit jemandem, der schwer von Begriff war. »Ihr Geburtstag!«

»Nein«, gestand er langsam und runzelte die Stirn. »Ich dachte, du rufst sie an. Ist das jetzt schlimm?«

»Ja, natürlich ist das schlimm! Jetzt weiß sie, dass sie dir egal ist!«

»Aber du hast sie doch angerufen und von mir gegrüßt!«, wandte er händeringend ein.

»Selbstverständlich habe ich sie angerufen. Sie ist ja meine Mutter! Aber das ist doch nicht das Gleiche. Ich bin schließlich nicht du. Wir sind zwei verschiedene Personen! Wieso also hast du sie nicht angerufen?« Sie verengte die Augen zu gefährlich dünnen Schlitzen und ihre Stimme klang wie ein scharfes Messer aus Stahl.

Lucas hob um Frieden bittend die Hände. »Weil mir nicht klar war, dass ich es tun sollte!«

»So ein Quatsch! Ich habe es dir ausdrücklich gesagt!«, fauchte sie. »Sie hat auf deinen Anruf gewartet!«

»Oh Mann! Ich war in Dubai!«, seufzte er und fuhr sich mit der Hand über das Gesicht. Unruhig rutschte er auf der Bank hin und her.

»Es ist mir vollkommen egal, wo du warst«, keifte Daphne.

»Ich hätte es dir nicht gesagt, wenn es nicht wichtig gewesen wäre! Sie ist bestimmt beleidigt und ich bin mal wieder diejenige, die es alles ausbügeln kann.«

»Sag mal, was ist denn überhaupt los? Warum führst du dich auf einmal so auf?«, stammelte Lucas perplex.

»Ach, ist schon egal. Wir reden später darüber«, schnappte sie, winkte ab und drehte sich auf dem Absatz um.

»Ich will aber nicht später darüber reden, das ist doch dumm!«, rief Lucas ihr nach.

Sie zuckte nur die Schultern und meinte gleichgültig: »Lass gut sein. Ich lege mich unten eine Runde hin. Mir ist schlecht. Seekrank.«

»Eher verkatert«, murmelte Lucas kopfschüttelnd, woraufhin sie wie eine Furie herumfuhr und »Das habe ich gehört!« fauchte.

»Hey, was war das denn?«, staunte Aidan fassungslos. »So kenne ich Daphne ja gar nicht!«

»Keine Ahnung!« Lucas' Augen waren noch immer groß und starr. »Sie ist manchmal so. Da bricht sie einfach einen Streit vom Zaun. Das kommt völlig aus dem Nichts. Peng!« Er schnippte mit den Fingern und schüttelte verständnislos den Kopf. Doch unmittelbar darauf lachte er gekünstelt und tat so, als sei das völlig unwichtig und normal.

»Du, ist bei euch alles okay?«, wagte Aidan einen Vorstoß, denn ihm erschien ein derartiges Verhalten zum einen mehr als ungewöhnlich, zum anderen hochgradig gewöhnungsbedürftig.

»Jaja, alles klar. Alles in Butter. Wir sind eben sehr verschieden.«

»Wie funktioniert das denn bei euch? Ich meine, seit der Uni warten wir darauf , dass ihr euch entweder trennt oder im nächsten Monat heiratet. Was habt ihr denn nun vor?«

»Ach Gott, nein! Wir heiraten ganz bestimmt nicht. Keine zwei Tage nach der Hochzeit könnten wir schon die Scheidung einreichen. Wir sind nur deswegen noch immer ein Paar, weil wir es nicht tun, sondern selbstständig bleiben. Getrennte Konten. Fast getrennte Leben.« Lucas drehte sich zu Aidan und sah ihn ernst an. »Sie kann jeden Tag gehen, wenn sie will. Einfach so. Es wäre kein großer Aufwand.«

Aidan erschrak bei den berechnenden Worten, versuchte aber, sich sein Unbehagen nicht anmerken zu lassen.

»Das klingt aber nicht gerade vielversprechend«, brachte er schließlich hervor.

»Doch, das tut es sehr wohl! Das verstehst du nur nicht. Es *ist* gut. *Richtig* gut sogar! Deswegen bleibt ja alles so *sexy*. Verheiratete haben ein stinklangweiliges Sexleben. Und wenn es beim Sex nicht mehr funkt, kann man eine Beziehung gleich in die Tonne treten. Dann werden die Beteiligten entweder fett und faul, oder sie schauen sich nach einem anderen um! Irgendwann ist man nur noch zusammen, weil man aneinander hängt, weil man sich aneinander gewöhnt hat und allein nicht mehr lebensfähig ist. Oder eben, weil man vertraglich gebunden, sprich verheiratet ist. Das Tragische dabei ist, dass es keinen Zauber, keine Magie, einfach nichts mehr gibt, was den Partner noch irgendwie erotisch und geheimnisvoll erscheinen lässt! Man kennt sich in- und auswendig und sorry, das ist echt ätzend! Danke, ohne mich!« Lucas gähnte, um seine Worte zu unterstreichen. »Na ja, nicht alle Verheirateten, natürlich«, lenkte er ein und sah Aidan von der Seite an.

Dem wurde immer unwohler. Anfangs erschrak er, dann wollte er seinem Freund helfen und seine falsche Einschätzung korrigieren, dann empfand er Mitleid für die offensichtlich kranke Seele, doch am Ende fühlte er sich persönlich angegriffen und verunsichert. Wollte Lucas ihm damit etwas über seine eigene Ehe sagen? Wusste er etwas von Fiona, das er nicht wusste?

»Mhm ... Schon okay«, stieß er zwischen den Zähnen hervor und starrte auf die Tischplatte. »Für mich wäre es unerträglich, wenn Daphne und ich zu einem einzigen faulen *Ding* verschmelzen würden. Wir brauchen unsere Unabhängigkeit und Freiheit. Nach einer Weile Abstand ist der Sex jedes Mal umso aufregender.«

Aidan nickte zögerlich, denn innerlich schüttelte er sich. Die Vorstellung, ein von Fiona weit gehend abgekoppeltes Leben zu führen, ließ ihn frösteln.

»Das ist es, was ich dir vor ihrem Auftritt schon sagen wollte. Wir haben das mit dem Zusammenleben ja probiert. Aber es hat uns fast umgebracht. Wir haben uns beide überhaupt nicht weiterentwickelt, sondern sind einfach stehen geblieben. Stagniert. Uninteressant und lahm sind wir geworden, und dabei immer abhängiger voneinander. Es war die Hölle! Beinahe hätten wir uns für immer getrennt, doch dann haben wir uns geschworen, niemals zu heiraten. Ich sag dir, wenn man sich absolut nicht zu einander bekennt, bindet das stärker als das Ja-Wort!«

Aidans Magen verkrampfte sich und er rang nach Luft. Empfanden alle Menschen so? Auch seine Fiona? Strahlte sie deswegen den Skipper so an?

»Wir sind da übrigens nicht die Einzigen, die so ticken! Ich lerne immer mehr Paare kennen, die Ja zum Nein sagen!«, setzte Lucas triumphierend noch eins drauf.

»Echt?«, staunte Aidan kraftlos. »Aber ihr streitet doch die ganze Zeit!«, wandte er ein.

»Doch nicht ernsthaft! Das ist nur zum Antörnen ... Oh Shit! Das war das Stichwort!«, rief er, schlug sich an die Stirn, grinste breit und sprintete den Niedergang hinunter.

Aidan blieb endgültig die Luft weg. Die beiden würden doch nicht ... auf einem Segelboot, mit allen Mann an Bord? Gleich unter ihnen? Auch wenn sie nur ein Deck voneinander trennte, kam es ihm vor, als wären es Welten.

Kapitel 9

»Aidan«, brüllte Fiona aus voller Kehle. »Was machst du immer für einen Scheiß! Du bist doch wirklich zu nichts zu gebrauchen! Du raubst mir noch den letzten Nerv!«, fluchte sie und schlug mit der Hand gegen die Waschmaschine. »Wie blöd muss man sein, dass man seine Taschen nicht ausräumt, bevor man die Hose in die Wäsche gibt?«

Ihr Zorn brach völlig unvorbereitet über Aidan, der sich gerade die Schuhe anzog, herein. Ihre Worte trafen ihn wie Schläge, von denen er benommen zurücktaumelte. Er dauerte eine Weile, bis er sich, vor Angst wie gelähmt, wieder fing, sich aufrappelte und zu ihr ins Bad ging. Dort saß Fiona mit hochrotem Kopf und Tränen in den Augen auf dem Boden.

»Was ist denn?«, fragte er verschüchtert.

»Deine verdammten Büroklammern haben die Waschmaschine ruiniert! Echt, manchmal frage ich mich ...«, schimpfte sie, sprang auf, stapfte in die Diele, wo sie einen Schraubenzieher holte, und damit begann, das Vorderteil des Geräts abzumontieren.

»Ich ... Das tut mir leid«, stotterte er leise und sah sie um Verzeihung bittend an. »Aber komm jetzt doch, wir sind spät dran. Ich kümmere mich nach der Vorlesung darum. Es ist doch nur eine Waschmaschine!«

»Nur eine *Waschmaschine*? Du weißt ja nicht einmal, was du sagst!«, keifte sie. »Und nein: Das muss jetzt sein! Wenn ich es jetzt nicht repariere, muss ich die ganze Zeit daran denken und kann mich nicht konzentrieren. So ist das eben als Ehefrau.«

»Aber Fiona! In zwei Wochen sind Prüfungen!«, rief er verzweifelt und sah ihr dabei zu, wie sie wild weiter werkelte. »Das weiß ich!«, fauchte sie. »Aber ich bin ohnehin so weit hinten, dass ich durchfalle. Und jetzt auch noch das! Immer ist etwas, einfach immer!«

Bewegungslos stand Aidan neben ihr. Dann wurde ihm bewusst, dass er nichts tun konnte und dass es besser war, ihr erst wieder unterzukommen, wenn ihr Ärger verraucht war. So rannte er zur Universität und suchte auf dem Weg dorthin fieberhaft nach einer Lösung. Er konnte ihren Zorn und seine Hilflosigkeit nicht ertragen, ebenso wenig wie die Schuld an ihren schlechten Noten schuld wäre. Wobei das relativ war, denn schlechter als mit einem B+ war sie in diesem Jahr noch nie bewertet worden. Als das Geschichtsgebäude vor ihm auftauchte, schaute er auf die Uhr und traf eine Entscheidung. Abrupt drehte er um und rannte zur Bushaltestelle, wo der Shuttlebus zum King's Building stand. Beinahe alle wartenden Studenten waren bereits eingestiegen. Er schrie und winkte und hatte Glück, denn der Fahrer ließ ihn noch einsteigen.

Im King's Building kannte er sich nicht besonders gut aus. Er hatte nur eine vage Vorstellung davon, wo welcher Hörsaal, aber bestimmt nicht, wo der von Fiona war. Glücklicherweise kannte er ihren Stundenplan auswendig und auch die nach berühmten Persönlichkeiten benannten Hörsäle. Er erinnerte sich an Alexander Fleming, suchte den Saal auf einem Gebäudeplan und schlüpfte in der Hoffnung, am richtigen Ort zu sein, mit zwei anderen Studenten, die ebenfalls spät dran waren, hinein. Zum Glück handelte es sich dabei um eine Vorlesung, nicht um eine Laborstunde. Mit einem entschuldigenden Lächeln rutschte er neben ein Mädchen mit hellblauem Haar. Die folgenden neunzig Minuten verbrachte Aidan damit, jedes einzelne Wort mitzuschreiben. Er hatte nicht die leiseste Ahnung von Biologie, ganz zu schweigen davon, worum es in der Vorlesung genau ging, aber er konnte Fiona nicht hängen lasse. Sorgfältig notierte er alles, so gut er konnte, ohne zu wissen, was wichtig und was unwichtig war. Die Tatsache, dass in seinem Geschichtskurs gerade die nächste große Hausarbeit besprochen wurde, verdrängte er.

Erschöpft lief er anschließend zu dem Computerlabor, die es damals noch gab, um einen Waschmaschinen-Reparaturservice zu finden. Fiona schrieb er eine SMS, um zu sehen, wie es ihr ging, erhielt aber keine Antwort. Natürlich wusste er nicht, ob die Handwerker gut und zuverlässig waren, aber alles war besser als Fionas Tränen und ihr Zorn. Von seinem Handy aus rief er eine Nummer an und vereinbarte einen Termin. Der Preis für die Reparatur ließ ihn kurz zögern, doch da es keinen Ausweg gab, sagte er zu. Dann ging er in den Supermarkt, weil er wusste, dass nicht mehr viel Essbares zu Hause war. Normalerweise erledigte sie die Einkäufe, aber dazu war sie heute bestimmt nicht in Stimmung. Noch immer hatte sie ihm nicht auf die SMS geantwortet. Das schlechte Gewissen nagte an ihm und so legte er noch eine teure Schachtel ihrer Lieblingspralinen in den Einkaufswagen.

Mit schweren Tüten bepackt betrat er wenig später ihre kleine Wohnung, die sie seit ihrer Hochzeit teilten, und in der von Fiona jede Spur fehlte. Niedergeschlagen räumte er die Sachen auf, stellte die Pralinenschachtel auf den Küchentisch und schrieb »Ich liebe dich« auf einen Zettel. Dazu malte er ein großes Herz. Anschließend machte er sich auf den Rückweg zur Universität, denn er durfte von seinem eigenen Stoff nicht noch mehr verpassen, auch wenn sein Kopf voll mit dem Streit war.

Vor sich hinbrütend bemerkte er nicht, dass Ben auf ihn zukam, ihm die Hand auf die Schulter schlug und gut gelaunt »Yo, Bro!« rief.

»Mann, Ben! Dein *gefakter* amerikanischer Slang ist ja echt grauenhaft!«, sagte Aidan, musste aber auch lachen.

»Macht nichts. Ist aber cool. Hey, was geht ab? Bock auf einen Joint im Park? Bei dem Wetter?« In der Tat schien die Sonne aus einem wolkenlosen Himmel, was Aidan bislang noch nicht aufgefallen war.

»He? Spinnst du? Wir können doch nicht in aller Öffentlichkeit kiffen!«

»Komm schon! Stell dich nicht so an, das tun doch alle! Du siehst aus, als könntest du ein bisschen Aufmunterung brauchen.«

»Okay, hast recht. Aber ich hole mir ein Bier.«

»Auch gut, Weichei.«

Kurz darauf spazierten sie durch den George Square Campus, der zur Universität von Edinburgh gehörte, zu dem Park *Meadows*. Überall saßen und lagen Studenten auf Decken, lasen, lachten, verzehrten ein spätes Mittagessen. Hier und dort probierten ein paar Jongleure neue Kunststücke aus.

Aidan hatte den Gedanken an weitere Kurse an diesem Tag bereits gestrichen, denn solange er sich nicht mit Fiona versöhnt hatte, konnte er sich ohnehin auf nichts konzentrieren. Das spürte auch Ben, der, sobald sie im Schneidersitz im Gras saßen, fragte: »Und, sagst du mir jetzt endlich, was los ist?«

»Ich weiß es nicht, das ist ja das Problem!«, begann Aidan und erzählte alles. Niedergeschlagen fügte er hinzu: »Das ist noch nie passiert. So kenne ich sie gar nicht!«

»Ich fühle deinen Schmerz, Bro«, sagte Ben betont pathetisch-amerikanisch, streckte sich im Gras aus und blies genüsslich den Rauch in die Luft. »Aber mach dir nicht zu viele Gedanken darüber. Das ist nur PMS. Hormone, weißt du. Klingt für mich ganz danach. So kenne ich sie nämlich auch nicht. Und glaub mir, bei PMS gibt es nichts, absolut *nichts,* was du tun kannst. Vergiss es einfach und lass sie in Ruhe, bis sie sich wieder beruhigt hat.«

»Aber ich bin doch schuld! Ich war in ihrer Vorlesung, habe eingekauft, einen Termin zur Reparatur ausgemacht und sie antwortet mir noch immer nicht auf meine SMS!«

»PMS, sag ich's doch.« Ben zuckte die Schultern. »Liz nennt das ihre *Hormontage* und wenn sie die hat, traue ich mich gar nicht in ihre Nähe. Da ist es echt so, dass die winzigste Kleinigkeit sie völlig aus der Bahn wirft und zum Heulen bringt. Sie kann nichts dafür und ich hab nichts dagegen.« Er zuckte wieder die Schultern und sah seinen Freund fragend an, der die Stirn runzelte und dann langsam nickte. Bis er sich auf die Ellbogen stützte und nun seinerseits Ben fragend anschaute. »Moment mal – du und Liz? Seid ihr etwa zusammen?«

»Ja. Nein. Es ist kompliziert«, druckste Ben herum. »Ich musste ihr hoch und heilig schwören, niemandem etwas davon zu erzählen. Also halt bloß den Mund! Ich habe dir das nur erzählt, weil ich dir bei deinem Problem helfen will. Aber jetzt geht es auch nicht um Liz und mich, sondern um dich und Fiona. Du hast dich echt mächtig ins Zeug gelegt für sie. Jetzt ist sie dran. Tu ja nichts mehr für sie, komm nicht noch weiter angekrochen, sonst stehst du bald unter ihrem Pantoffel. Hörst du?«

»Jaaa«, antwortete er gedehnt, und es war klar, dass er schwindelte. »Das geht aber nicht«, gestand er dann.

»Warum denn nicht? Du kannst ihr doch nicht dein Leben lang nachlaufen!«

Frustriert stöhnte Aidan auf, denn genau das würde er tun, nur um sie nicht zu verlieren.

»Es geht einfach nicht. Ich liebe sie nun mal.«

Bens zynischer Blick verunsicherte und störte ihn so sehr, dass er hinterherschob: »Sie ist eben alles, was ich habe.«

»Und deswegen setzt du dich für sie sogar in eine Bio-Vorlesung«, versuchte Ben, die Stimmung aufzuheitern.

»Ja, genau«, stieg Aidan darauf ein und stieß ein kurzes Lachen aus.

»Es ist nur PMS. Sie meint nichts so, wie sie es dir an den Kopf geworfen hat.« Aufmunternd lächelte er ihn an.

»Danke.« Schweigend starrte er vor sich hin. Dann gab er sich einen Ruck und fragte betont heiter. »Aber sag mal, du und Liz, was ist das jetzt?« Die Vorstellung der beiden zusammen heiterte Aidan auf. Sie waren das komplette Gegenteil voneinander. »Seid ihr ... ich meine ...«

»Ja, klar!«, rief Ben und warf ihm einen Blick zu, als sei er nicht ganz bei Trost.

»Aber warum haltet ihr es geheim?«

»Weil sie es so will.«

»Aber wenn es was Ernstes wird?«

»Keine Sorge, das wird es nicht«, versicherte Ben bitter. »Kein Wort zu niemandem, auch nicht zu Fiona, versprochen?«

»Okay«, willigte Aidan ein und verstand nicht, warum etwas so Einfaches wie Liebe so kompliziert sein konnte.

Kapitel 10

Kurze Zeit später ankerten sie vor dem Eiland Iona, das sich wenig von der Nachbarinsel Mull zu unterscheiden schien. Auch hier dominierten schroffe Hügel, Felsbrocken, grüne Wiesen und alte Gebäude aus Stein.

Gutgelaunt kletterten Lucas, Liz und Fiona in das kleine Beiboot, in dem Struan bereits mit laufendem Motor saß und auf sie wartete. Die Muskeln seines kräftigen Körpers spielten verführerisch unter dem dunkelgrünen T-Shirt. Fiona kam nicht umhin, festzustellen, dass es unglaublich sexy zu den gold-grünen Augen, der sonnengebräunten Haut und dem wilden, braunen Haar aussah. So oft sie sich auch zwang, woanders hinzusehen, so oft wanderte ihr Blick nur Sekunden später zu ihm zurück.

»Willst du wirklich nicht mitkommen?«, fragte Lucas Struan, der die anderen drei bereits an Land chauffiert hatte und nun sie ebenfalls dort abladen würde.

»Nein, danke, lasst nur. Ich muss mich um ein paar Dinge kümmern«, lehnte er ab und schaute hinaus aufs Meer.

Bestimmt braucht er Ruhe von uns, dachte Fiona.

»Kann ich dich was zu den Segel-Qualifikationen fragen, wenn wir zurückkommen?«, fragte sie unüberlegt und verwünschte sich sofort dafür. Auch ohne die Blitze, die aus Liz› Augen schossen, wurde ihr siedendheiß bewusst, wie lächerlich sie sich gerade machte. Sie hatte doch nicht allen Ernstes vor, einen Segelschein machen!

»Klar, jederzeit! Schieß los! Bis zum Yachtmaster brauchst du schon ein bisschen Zeit, aber dann kannst du international als Skipper anheuern«, erklärte er mit einem tiefen, vielversprechenden Blick, der das Blut in ihren Adern zum Kochen brachte.

»Na ja, wir wollen es mal nicht übertreiben«, wiegelte sie mit verräterisch hoher Stimme ab. »Aber wer weiß, für den Fall, dass ich wirklich kündige, kann das doch eine gute Übergangslösung sein.« Sie lachte nervös und konnte selbst nicht sagen, ob sie scherzte oder tatsächlich mit dem Gedanken spielte.

»Also, ich mag meinen Job! Ich brauche keinen neuen!«, schaltete Liz sich beifallheischend ein, stemmte beide Hände auf den Sitz, drückte die Arme durch, die Brust heraus und sah Struan strahlend an. »Ich bin nämlich Ingenieurin.«

»Im Ernst?«, fragte er verblüfft.

»Ja, ich arbeite mit erneuerbarer Energie. Das ist echt toll!«

»Viele Männer dort, was?«, feixte Lucas und grinste breit.

»Genau. Da muss man sich als Frau schon behaupten können«, verteilte Liz Seitenhiebe.

Struan schwieg, und sah Liz auf eine Weise an, die Fiona nicht zu deuten wusste. Glücklicherweise erreichten sie in dem Moment den Anlegesteg, sodass die Unterhaltung ein natürliches Ende fand. Struan stellte den Motor ab, bevor er aufstand, sich mit einer Hand am Holz festhielt und mit der anderen seinen Passagieren an Land half, wo die übrigen Freunde schon warteten. Während Fionas linke Hand in der des Skippers lag, streckte Aidan seine nach ihr aus. Blitzschnell entzog sie Struan ihre Linke mit einem entschuldigenden Lächeln und ließ sich von Aidan helfen. Sie spürte Struans Blick in ihrem Rücken und zum ersten Mal schämte sie sich für die stumme, selbstverständliche Bindung zwischen Aidan und ihr. Sie waren das sprichwörtliche alte Ehepaar! Sobald sie diesen Gedanken zu Ende gedacht hatte, schämte sie sich dafür und starrte mit rotem Kopf auf die Holzlatten.

»Bis später dann! Viel Spaß und ruft mich an, wenn ich euch abholen soll!«, rief Struan und fuhr schon wieder zum Segelschiff zurück.

Sie winkten ihm und machten sich auf wackeligen *Landbeinen* auf den Weg. Wie ungewohnt es doch war, nach der Zeit auf dem Schiff wieder festen Boden unter den Füßen zu haben!

Iona war mit einem Umfang von 9 km eine kleine Insel, auf der wenig mehr als hundert Menschen dauerhaft lebten. Die Mehrheit wohnte in der Abtei, wo sie Pilger willkommen hießen. Beeindruckend ragte die imposante romanische Anlage aus dunkelgrauem Stein hinter dem Dorf auf. Voll Vorfreude rieb Aidan sich mit glitzernden Augen die Hände. Fionas Verwirrung hielt an, denn im ersten Moment fand sie ihn süß und freute sich mit ihm, im zweiten jedoch war er ihr peinlich.

»Endlich!«, jubelte er auch noch wie ein Kind. »Iona Abbey steht seit Jahren ganz oben auf meiner Liste von Orten, die ich sehen will!«

»Ach?«, fragte Daphne ein wenig spitz, die sich erstaunlich gut von ihrer Seekrankheit erholt hatte. »Ich hätte schwören können, der Geschichtsprofessor sei schon mal hier gewesen.«

»Leider nein«, antwortete Aidan mit einem verwunderten und leicht verwundeten Blick, auf den hin Fiona sofort Mitleid bekam.

»Dann geh mal voraus, Mr Fremdenführer!«, forderte Lucas ihn mit einem gutmütigen Lachen auf, woraufhin Aidan sich nervös räusperte und unsicher von einem zum anderen schaute.

»Also, der gälische Name der Insel ist *Eilan Idhe*«, setzte er an, »und sie ist für die Ankunft des Heiligen Columban um das Jahr 560 in Schottland bekannt. Das ist der Mann, der das Christentum zu uns brachte. So begann er 563 mit dem Bau des Klosters, das sich im Lauf der Jahrhunderte zu einem religiösen Zentrum des Landes entwickelte. Wie ihr vielleicht wisst, sind bis auf zwei Ausnahmen alle schottischen Könige hier begraben.«

»Echt?«, rief Liz. »Auch Macbeth?«

»Ja, der auch«, bestätigte Aidan grinsend.

»Wow«, staunten die Freunde und gingen in Richtung Kloster weiter. Dabei hängte Liz sich bei Fiona ein, was diese störte, da sie lieber mit Aidan gegangen wäre. Das Leuchten und die leidenschaftliche Freude in seinen Augen hatten letztendlich doch ihr Herz berührt und sie bedauerte ihre untreuen Gedanken und Gefühle bereits schrecklich. Da er jedoch ohnehin gerade mit Ben ins Gespräch vertieft war, beschloss sie, Liz zu erdulden, was ihr kurz darauf leidtun sollte. Die ehrgeizige Ingenieurin ließ sich nämlich hinter die Gruppe zurückfallen und als sie außer Hörweite waren, zischte sie bösartig: »Ich weiß, was du vorhast!«

»Ich? Was denn?«, stammelte Fiona verwundert.

»Struan. Unser Skipper!« Liz` Worte waren wie giftige Pfeile.

»Was soll denn mit ihm sein?«, fragte Fiona erschrocken. Wäre sie bloß zu Aidan gegangen!

»Ich habe dir doch gesagt, dass er mir gehört! Ich habe Vorrang. Außerdem bist du verheiratet. Was soll das also, du machst dich doch komplett lächerlich!«

»Wie bitte? Ja, natürlich bin ich verheiratet!«, rief Fiona leise. »Was willst du überhaupt von mir?«

»Schau, wir sind seit ewigen Zeiten befreundet«, fuhr Liz nun so ruhig fort, als spräche sie mit einem zurückgebliebenen Kind. Ungemein große Wut ballte sich in Fionas Magen zusammen und sie hatte Mühe, sich zu beherrschen. »Ich will gewiss nicht garstig oder gemein sein, aber jeder kann sehen, wie du dich an ihn ranschmeißt. Das ist wirklich peinlich! Man merkt richtig, dass du absolut keine Erfahrung im Flirten hast. Woher auch! Also, lass es lieber, bevor Aidan was mitbekommt ...« Lange sah sie Fiona aus gefährlich zusammengekniffenen Augen an, bevor sie eiskalt nachsetzte: »Reiß dich zusammen. Wenigstens deinem Mann zuliebe.«

»Was denn?«, rief Fiona nun panisch.

»Hör auf mit ihm zu flirten!«, grollte Liz und schnitt mit der Hand durch die Luft.

»Tu ich doch gar nicht!«

»Das tust du sehr wohl, meine Liebe. Ich habe schließlich Augen im Kopf«, fuhr Liz fort und ihre Stimme war drohender denn je. »Ich sehe, wie er dich ansieht, und ich sehe, dass du ihn dazu anstiftest.« Laut atmete sie zwischen zusammengebissenen Zähnen aus.

»Liz, komm jetzt! Das ist doch albern! Als ob ich mit Struan flirten würde! Noch dazu vor Aidan! Unser Skipper interessiert mich nicht die Bohne. Den kannst du gerne haben.« Beinahe hätte sie »zu deiner Sammlung hinzufügen« gezischt, unterließ es aber gerade noch rechtzeitig, denn das hätte die geltungsbedürftige Frau nur weiter aufgebracht. So versicherte sie beschwichtigend: »Da du die einzige Singlefrau an Bord bist, gehört er selbstverständlich dir.«

»Ja? Wirklich?«, fragte Liz noch immer zweifelnd, wenn auch merklich beruhigt. Fiona wusste, dass Liz einen unerklärlichen Minderwertigkeitskomplex hatte, der Schuld an ihrem Verhalten war und so bemühte sie sich um Nachsicht.

»Natürlich!«, beteuerte sie. »Ich liebe Aidan! Es hat immer nur Aidan für mich gegeben und es wird immer nur Aidan für mich geben!«, behauptete sie und hoffte, dass nur sie das verräterische Zittern in ihrer Stimme wahrnähme.

»Cool«, sagte Liz dann in einem kühlen, arroganten Ton. »Nimm's mir nicht übel, ja?«

»Eh nicht«, schwindelte Fiona. Erleichtert bemerkte sie, dass Liz ihren Schritt beschleunigte und sich von ihr entfernte. Wie betäubt schaute sie ihr nach, bis sie selbst loslief, um mit der Gruppe aufzuschließen.

In der großen, dunklen Abtei sammelten sie sich um Aidan, der mit ansteckend guter Laune die Bauweise, die Funktionen der Räumlichkeiten und das Klosterleben erklärte. *Er wirkt so gelöst und frei, ganz anders als in den letzten Tagen,* dachte Fiona liebevoll und legte ihm sanft die Hand auf den Rücken. Sie liebte es, ihm zuzuhören. Die Tatsache, dass er so viel wusste und sein immenses historisches Wissen so leicht verständlich weitergeben konnte, erfüllte sie mit Stolz.

Seine Augen leuchteten wie die eines Kindes vor dem Weihnachtsbaum.

Doch lag das nur an der Geschichte im Allgemeinen oder an dem Ort im Besonderen?

Mehr als einmal war Fiona, als würde sein Blick länger und höher als gewöhnlich auf dem Altar haften bleiben; und als würden seine Fingerspitzen geradezu andächtig über die alten, wurmstichigen Sitzbänke oder das Taufbecken gleiten.

Kapitel 11

»Und dann hat er allen Ernstes behauptet, dass das Universum viel zu komplex sei, als dass es durch reinen Zufall entstanden sein könnte!« Mr Macmillan schlägt mit der flachen Hand so fest auf die Tischplatte, dass Wasser aus den vollen Gläsern schwappt.

Aidan zieht die Schultern hoch und starrt auf seinen halb leer gegessenen Teller.

Schallendes Gelächter ertönt. Hastig stimmt Aidan mit ein, hebt kurz zaghaft den Blick und schiebt sich ein paar kalte Erbsen in den Mund, um sich nur ja nicht zu verraten.

Kapitel 12

»Jahahaha«, schrie Fiona in den tosenden Wind, der ihr die Gischt ins Gesicht spritzte und die Wellen aufpeitschte. »Yohoho!«, rief Struan sichtlich begeistert zurück. »Segeln ist echt dein Ding, was?« Wie schon so oft blitzten seine Augen schelmisch, als er sich zu ihr lehnte und sie von der Seite ansah. Seine Hand schwebte eine Weile über dem Steuer, so, als wäre er unsicher, ob er eingreifen sollte oder nicht. Als hätten das Lob und der Blick Fiona nicht schon zur Genüge berauscht, so berührte er sie auch noch mehrmals; ob unabsichtlich oder nicht, das konnte sie nicht sagen. Inmitten der überschäumenden Lebensfreude, die sie durchströmte, waren das die Momente, in denen ihr Blut und Atem stockten. Einerseits verzehrte sie sich vor Verlangen nach Erfüllung ihres Traums, andererseits wuchs die Angst vor dem Unvorstellbaren ins Unermessliche. Schuldbewusst dachte sie an Aidan und konzentrierte sich wieder aufs Segeln, was bei den Windverhältnissen ohnehin ratsam war.

Erneut krängte das Schiff heftig, doch diesmal schrie sie nicht wie die anderen ängstlich auf. Im Gegenteil: Sie hatte richtig hineingesteuert und war mit der Kraft mitgegangen, denn nun spürte sie, was Wind und Wasser wollten. Sie war voll und ganz in ihrem Element, oder mehr noch: Sie war eins mit den Elementen. Sie fühlte sich so sicher, dass sie Mut fasste und laut sagte: »Ich glaube, wir sollten das Hauptsegel reffen. Der Wind nimmt zu und da vorne wird er wohl noch stärker.« Mit einer Hand zeigte sie steuerbord zu einer dunklen Wasserfläche.

»Ganz richtig, Steuermann«, lobte Struan sie mit diesem gefährlichen Glitzern in den gold-grünen Augen. Er drehte sich um und rief Ben etwas zu. Dann ging er zu ihm, um ihm bei den Winden zu helfen. Unruhe erfasste Fiona, die mehrmals trocken schluckte, als ihr bewusst wurde, dass er ihr alleine das Steuer überlassen hatte. Bald jedoch legten sich die Zweifel an ihren Fähigkeiten, denn Struan war ein hervorragender und verantwortungsbewusster Segler, wie er schon mehrmals bewiesen hatte. Wenn er sie alleine ließ, bedeutete das folglich nichts anderes, als dass er ihr die Aufgabe zutraute! Und das wiederum bedeutete im Klartext, dass sie tatsächlich gut sein musste. Vielleicht gäbe es also in der Tat einen Weg, den Segelschein zu machen und, zumindest eine Zeit lang, als Skipper zu arbeiten ... Sollte es möglich sein, aus den Zwängen auszubrechen und wenigstens vorübergehend die Freiheit zu spüren? Aber was war mit Aidan? Würde er mitkommen? Warum nur hing immer alles von ihm ab?, überlegte sie mit aufkeimenden Groll. Warum konnte sie nie wie die anderen Frauen an Bord etwas ohne ihren Ehemann entscheiden?

Sie schielte zu Struan, der sich gerade über den Baum beugte. Auch wenn sich der Himmel bewölkte, so war es doch warm genug, um nur in einem, in seinem Fall hellblauen, Sweatshirt zu segeln. Hingerissen verfolgte sie das Spiel seiner Muskeln unter dem sichtlich weichen Stoff. Wie breit seine Schultern waren! Er war nicht der Typ Mann, der sich in Fitnessstudios stählte, überlegte sie, dazu hätte er in den Krisengebieten gewiss auch keine Gelegenheit. Folglich musste seine sportliche Statur dem Segeln und möglichen anderen Sportarten geschuldet sein. Es war nicht so, dass Aidan unsportlich, dicklich oder unattraktiv gewesen wäre. Nein, ganz und gar nicht. Bislang war er für sie der schönste Mann der Welt gewesen, was wohl daran lag, dass sie andere Männer bislang schlichtweg nicht wahrgenommen hatte. Dass die goldenen Härchen in Struans Nacken und sein kräftiger Körper sie nun derart beschäftigten, war Aidan gegenüber nicht fair und verhieß nichts Gutes. Plötzlich rieselten abwechselnd eiskalte und siedend heiße Schauer über ihren Körper, denn der hellblaue Pullover war nach oben gerutscht und offenbarte den Blick auf einen braun gebrannten Rücken, über den eine lange Narbe verlief. Sie schluckte, denn in diesem Bild bündelte sich alles, was einen wahren Mann ausmachte. Natur, Wind und Wetter, überstandene Gefahren, Muskeln und verheißungsvoll leidenschaftliche Lenden, wenn auch von hinten. In Gedanken strich sie vorsichtig mit dem Zeigefinger darüber. Sie meinte, den Schmerz bei der Entstehung zu spüren und fragte sich, woher sie wohl stammte. Gleichzeitig glitt sie in ihrer Vorstellung mit der zweiten Hand über seine nackte Haut, die bestimmt fest und heiß war, ganz anders als Aidans, die am Oberkörper so weich wie die eines kleinen Jungen war.

»Okay«, rief Struan da fachmännisch und unterbrach ihre verhängnisvollen Gedankengänge. Flink kletterte er durch das Cockpit zu ihr. »Wir nähern uns der Inselgruppe, also ändern wir den Kurs in etwa einer Minute auf 242. Verstanden?«

»Aye, aye!«, versicherte sie stolz und mit rasendem Herzen. »Sag mir einfach, wann«, fügte sie hinzu und biss sich auf die Unterlippe, um nicht noch verräterischer zu lächeln.

»Jetzt wäre gut«, sagte er einen Augenblick darauf milde lächelnd und beobachtete ihr Tun. »Yep, genau so. Super! Du machst das echt gut!«

»Ich bin ja auch ein Naturtalent, schon vergessen?«, konterte sie keck und blinzelte ihn an.

»Aber nein, wie könnte ich das! Ich habe doch Augen im Kopf!« Übermütig zwinkerte der große, kräftige Mann mit dem vom Wind zerzausten Haar ihr zu. Diese kleine, vertraute Geste jagte ihr erneut einen heißen Schauer über den Rücken und passte so gar nicht zu dem Bild, das sie in den ersten Tagen von ihm gewonnen hatte. »Hast du denn schon darüber nachgedacht, ob du nach dem Törn mit dem Segeln weitermachen willst?«, erkundigte er sich da völlig unerwartet.

»Hm?«, machte Fiona geistesabwesend.

»Also, ich glaube, den *Competent Crew* kannst du überspringen. Aber du könntest nächstes Jahr den *Day Skipper* oder *Coastal Skipper* in Angriff nehmen, wenn du vorher ein bisschen Theorie gelernt hast«, fuhr er unbeirrt fort. Zwar hatte sie bereits von den Ausbildungsstufen, die zum international anerkannten *Yacht Master* führten, gelesen, dennoch sah sie ihn einen Moment lang an, als wisse sie nicht, wovon er sprach.

»Ja, vielleicht, mal schauen«, antwortete sie gedehnt und wich seinem forschen Blick aus. Ihre gute Laune sank, denn sie wusste nicht, woher sie neben Arbeit, Haushalt, Ehe und ein bisschen Sport auch noch die Zeit zum Theoriepauken finden sollte.

»Hey, was ist denn plötzlich mit Miss Ich-will-mein-Leben-ändern-und-rauf-aufs-Meer passiert?«, fragte er mit einer Spur Spott und einer Prise Besorgnis in der Stimme. »Oder war das nur eine spontane Flause?« Er sah sie so provozierend an, dass sie sich unter seinem Blick wand.

»Wenn dann Mrs«, murmelte sie und fühlte sich noch kleiner neben ihm. Gleichzeitig jedoch gab ihr die Betonung, verheiratet zu sein, Sicherheit.

»Okay, Fiona«, seufzte Struan und fuhr sich mit gespreizten Fingern durch das lange Haar, das ihm wie so oft in die Stirn fiel. »Es geht mich ja nichts an, aber als ich dich das erste Mal gesehen habe, hast du ganz schön müde und gestresst auf mich gewirkt. Nimm's mir bitte nicht übel, aber so war es nun mal. Doch schon nach ein paar Tagen auf See wirkst du wie ausgewechselt, wie ein neuer Mensch. Du hast Farbe im Gesicht und Feuer in den Augen. Die Veränderung ist wirklich enorm, denn anfangs hätte ich nicht vermutet, dass so viel Power in dir steckt!«

Die Worte versetzten sie in eine Art Rauschzustand. Ihr war, als würde sie schweben. Das Blut rauschte so laut in ihren Ohren, dass sie weder Wind noch Wellen hörte. Er hatte eine Veränderung in ihr bemerkt?

»Danke. Vielleicht hast du recht, denn seit ich klein war, wollte ich segeln.« Sie spürte selbst, dass ihre Stimme vor Aufregung krächzte. Noch immer schlug ihr Herz rasend schnell und noch immer war ihr, als würde eine warme Welle Glück nach der anderen durch sie rollen. Sein undurchdringlicher Blick streifte ihren und blieb daran hängen. Fühlte er das Gleiche wie sie? Oder ging es nur ihr so? Er war doch ein Profi und würde gewiss nie mit einer Klientin ... Nein, bestimmt nicht, entschied sie und schüttelte sich leicht, um sich zur Vernunft zu bringen. Bestimmt konnte er zwischen Privat- und Geschäftsleben trennen, denn sogar gegen Liz` ostentativ zur Schau gestellte Reize schien er immun. Nein, er erweckte tatsächlich nicht den Eindruck, als würde er sich mit Kundinnen, denn eine Kundin war sie nun einmal, einlassen. Entschlossen raffte sie die Schultern und hob das Kinn, nur um im nächsten Moment eine zarte Stimme in sich zu hören, die verführerisch flüsterte: *Es kann also gar nichts passieren! Du bist sicher! Genieß dein Verknalltsein. Zumindest bis zum Rest des Urlaubs. Sei noch mal jung, nur einmal!*

Moment, dachte eine andere mahnende Stimme in ihr und sie zuckte jäh zusammen. Hatte sie sich soeben eingestanden, dass sie verknallt war? Immerhin nur verknallt, nicht verliebt? Ihr wurde schwindelig und kurz schloss sie die Augen.

»Danke. Ich finde es lieb von dir, dass du dich um mich sorgst, auch wenn wir uns gar nicht kennen«, brachte sie hervor, nachdem sie sich wieder gefangen hatte.

»Aye, aber wir kennen uns doch!«, rief er und seine Stimme kam warm und flüssig aus seiner Kehle. »Auf einem Schiff ist man wie eine große Familie. Abgesehen davon erinnerst du mich an eine gute Freundin.«

Das alles fühlte sich verboten an. Fiona hätte nicht sagen können, was richtig und was falsch war. War seine Fürsorge normal? Hatte sie nichts weiter zu bedeuten? Waren sie wirklich nur wie eine große Familie auf Zeit? Falls ja, wäre ja alles gut ...

Sie wagte nicht, an Liz und erst recht nicht an Aidan zu denken. Aber Aidan ... was wusste sie in letzter Zeit schon noch von ihm! Er war bedrückt, schweigsam und hatte sich zurückgezogen, als wolle er mit niemandem etwas zu tun haben. Und das ausgerechnet im Urlaub! Nun, so ganz stimmte das nicht, denn seit dem Ausflug nach Iona war er merklich entspannter und lachte häufiger. Auch wenn er nie religiös gewesen war, so hatte die spirituelle Atmosphäre möglicherweise positiv auf ihn gewirkt.

Während Struan einen Sturm in ihr entfachte, gönnte sich Aidan seelenruhig mit den anderen ein Glas torfigen Single Malt.

***

Es war Nachmittag und Aidan döste gemütlich vor sich hin, als Gesprächsfetzen an sein Ohr drangen und seine Aufmerksamkeit erregten. Er rührte sich nicht, sondern stellte sich weiterhin schlafend, um weiterhin unbemerkt lauschen zu können.

»Klar mag ich Kinder. Die von anderen Leuten«, verkündete Daphne gerade im Brustton der Überzeugung und mit abstoßendem Hochmut. Aidan blinzelte und öffnete die Augen einen Spalt weit, um die beiden Frauen, die sich zum Kochen bereit erklärt hatten und gerade etwas in kleine Stücke hackten, zu beobachten. Die anderen waren mit Struan in dem Beiboot irgendwohin gefahren, was ihn nicht interessiert hatte. »Ich meine, ich hätte ja auch gar keine Zeit für die Bengel«, fuhr Daphne fort, verzog ihr Gesicht und machte eine wegwerfende Handbewegung.

»Ja, schon, aber sehnst du dich denn gar nicht danach, die kleinen Dinger im Arm zu halten, sie ins Bett zu bringen, ihnen ihr Lieblingsessen zu kochen oder so was in der Richtung?«, erwiderte Fiona mehr bestürzt als verwundert. »Ich dachte, davon träumen alle Frauen.«

»Ich sicherlich nicht. Mag sein, dass es solche Frauen gibt, aber ich kenne wenige davon. Gut möglich, dass es auch auf die Umwelt ankommt, oder auf den Partner, keine Ahnung, aber für mich wären Kinder der Fleisch gewordene Albtraum.«

»Meinst du damit, dass dir dein Unterbewusstsein sagt, dass die Sache mit Lucas nicht stabil genug ist?«

»Ha ha, das ist aber mal sehr feinfühlig von dir!« Daphne lachte schallend, und da war sie wieder, diese Arroganz, die Aidan so abstoßend fand. »Aber mach dir mal keine Sorgen um uns. Wir sind stark. Wir haben einfach die Entscheidung getroffen, dass wir keine Kinder wollen. Es würde die gesamte Erotik restlos zerstören. Das tun Kinder nun mal. Sie ruinieren das Sexleben. Da kann man gar nichts dagegen machen. Und uns ist Sex nun mal lieber als Reproduktion und Aufzucht.«

Reproduktion und Aufzucht, bei den Worten wurde Aidan eiskalt. Er musste seine Frau nicht ansehen, um zu wissen, dass es ihr gleich ging. In Daphnes Stimme lag so viel Verachtung und Abscheu, dass er sich fragte, wann ihr Herz so kaputt gegangen, oder ob sie schon so auf die Welt gekommen war. Konnte man mit so wenig Fähigkeit zu lieben geboren werden?

»Echt?«, stieß sie mit trockener Kehle hervor.

»Ja, echt. Die Beziehung, die wir jetzt führen, ist die beste, die wir je hatten. Sie ist das einzig Wahre für uns. Sie passt zu uns. Ein bisschen Distanz und Reibung, das ist es, was wir brauchen. Aber unter diesen Umständen kann man natürlich keine Familie gründen. Dazu müsste man ein Team sein.«

Wir sind so ein Team, dachte Fiona und ein Kloß bildete sich in ihrem Hals. Warum nur war es ihnen nicht vergönnt, Kinder zu bekommen? Dann würde dieser schroffe Segler sie bestimmt kalt lassen!

Ähnliches in Bezug auf die Familiengründung dachte auch Aidan, der jedoch im Gegensatz zu ihr die Antwort kannte. Vor Scham und Selbsthass über sein Versagen als Mann und vor hilfloser, verzweifelter Liebe zu Fiona zitterte er heftig. Schnell drehte er sich zur Seite und gab vor, noch immer zu schlafen. Seine bodenlose Traurigkeit wich einem plötzlichen

Zorn auf die Selbstgefälligkeit, mit der Daphne und Lucas auf andere Paare herabschauten und sie ständig zu belehren versuchten. Was bildeten die sich eigentlich ein! Die beiden schienen ja wirklich davon überzeugt zu sein, dass es im Leben oder in einer Partnerschaft nur um Sex ging! Natürlich war der schön, erfüllend, verbindend und von daher wichtig, aber er konnte doch nicht das alles bestimmende Element sein! Er, Aidan, würde seine Fiona auch dann lieben, wenn sie alt, krank oder dick war, und nur noch Händchenhalten wollte!

»Aber sag doch mal, wie es bei euch so läuft«, forderte Daphne Fiona geradewegs heraus. »Wir fragen uns schon die ganze Zeit, warum ihr noch keine habt. Schließlich habt ihr doch nur deswegen so früh geheiratet.«

»Was?«, rief Fiona entsetzt und starrte ihre vermeintliche Freundin aus weit aufgerissenen Augen an.

»Na, sorry«, winkte diese mit ihrem immer unerträglicher werdenden Hochmut ab. »War doch so! Von Anfang an hast du nur von Kindern geredet und wir haben alle fest damit gerechnet, dass wir noch im Studium zum Babysitten eingeteilt werden.«

Fiona ballte die Fäuste und atmete gepresst aus. »Damals sicher nicht. Für wie dumm haltet ihr uns eigentlich? Ihr habt doch nicht im Ernst geglaubt, dass wir uns und dem Kind das Leben unnötig erschweren, indem wir es ohne ein abgeschlossenes Studium und ohne festes Einkommen in die Welt setzen? Also echt!« Sie schnaubte entrüstet und schüttelte den Kopf.

»Na, sorry, ich glaube, so krass haben wir das damals gar nicht gesehen. Aber was ist seitdem passiert? Jetzt ist es fast 15 Jahre später! Da wäre doch genügend Zeit gewesen.«

»Es war eben noch nie der richtige Zeitpunkt. Erst das Studium, dann der erste Job, dann hatte ich keinen Job, dann Aidan nicht, dann haben wir die Haushälfte gekauft ... Es war einfach immer was!«, verteidigte sich Fiona und nur Aidan wusste von den unzähligen fruchtlosen Versuchen.

»Es passiert, wenn es passieren soll«, fügte Fiona hinzu und Aidan fragte sich, ob sie damit vorrangig sich selbst oder Daphne beruhigen wollte.

»Na, das klingt ein bisschen zu beiläufig für mich«, bemerkte diese prompt scharfzüngig. Dann stützte sie eine Hand in die Hüfte, hob den Kochlöffel, den sie in der anderen hielt, legte den Kopf zur Seite und sah Fiona herausfordernd an. »Komm, raus mit der Sprache: Was ist der wahre Grund?«

»Nichts, echt!« Fiona zuckte die Schultern. »Wir gehen die Sache nur langsam an. Es ist alles so hektisch und stressig, das ist alles. Es kommt schon noch.«

»Mhm ... Das klingt nach ein wenig zu viel Protest. So, als ob du dir das als Ausrede zurechtgelegt und selbst eingeredet hättest.«

Fiona schnappte bei so viel Frechheit nach Luft, doch Daphne verengte kühl die Augen zu Schlitzen, streckte den Kopf vor und fuhr eiskalt fort: »Vielleicht willst du ja insgeheim gar keine Kinder mit Aidan.«

Der erschrak und zuckte zusammen. Fiona hatte genug von den Unterstellungen und knallte das Messer auf das Schneidebrett.

»Was erlaubst du dir eigentlich? Natürlich will ich das!«, fauchte sie vor Wut bebend. »Du hast vollkommen recht. Alles, was ich mir mein Leben lang gewünscht habe, sind Kinder. Eine Familie. Mit Aidan! Aber es muss etwas zu bedeuten haben, dass ich einfach noch nicht schwanger geworden bin. Jedes Mal, wenn wir es probieren, passiert etwas, wo ich hinterher froh bin, dass wir doch noch keine bekommen haben.«

»Fiona, du bist echt eine hundsmiserable Lügnerin. Du kannst mich nicht mal anschauen«, bekundete Daphne mit einem herablassenden Grinsen. *Kein Wunder, dass sie als Anwältin so erfolgreich ist,* dachte Aidan, dem sterbenselend zumute war. Dass sie keine Kinder hatten lag nicht daran, dass ihnen das Schicksal, oder *Universum,* wie es seit einiger Zeit hieß, etwas mitteilen und auf den richtigen Zeitpunkt warten wollte. Es lag einzig und allein an seinen zu 98 % unfruchtbaren, nutzlosen Spermien! Wie konnte es sein, dass nur ein Bruchteil von den Dingern in der Lage wäre, eine Eizelle zu befruchten? Warum nur schafften es die zwei brauchbaren Prozent nie rechtzeitig zum Ei, oder lagen da nicht gar mehrere bereit? Er wusste, dass er endlich mit Fiona reden musste und nahm sich fest vor, dies zu tun, sobald sie wieder Ruhe hatten. Ihr Lebensglück hing von Kindern ab, und um ihr diesen Wunsch zu erfüllen, musste er sie notfalls freigeben. *Aber bitte lass es nicht den dahergelaufenen Draufgänger sein!*, flehte er und ballte die Faust.

Es gab jedoch ein weiteres Thema, das ihn plagte: Hatten Daphne und Lucas möglicherweise recht mit dem, was sie über die Erotik in einer Beziehung behaupteten? Bislang hatte er immer gedacht und gefühlt, dass es kein größeres Glück gab, als den Partner in- und auswendig zu kennen. Für ihn war nichts verbindender und erfüllender, als zu wissen, was Fiona dachte, wollte, brauchte. Ihr den Salzstreuer geben, bevor sie danach fragte. Lag er damit falsch? Langweilte Fiona sich mit ihm? Vielleicht war es doch das Schicksal, das ihnen seit Jahren einen Wink nach dem anderen gab und sie aus ihrer Illusion aufrütteln wollte. Konnte es sein, dass Fiona einen anderen Mann brauchte? Sollte er ihr die Freiheit geben, damit sie nicht innerlich verkümmerte und ihn letzten Endes ganz verließ? Er erschrak so sehr, dass ihm die Haare zu Berge standen. Denn was wäre, wenn sie von einem kleinen Abenteuer mit dem Skipper tatsächlich schwanger würde?

Das Blut brodelte in seinem Körper. Mehrmals schluckte er, presste die Augen zusammen und riss sie wieder auf. Schon wieder hatte er das Unvorstellbare gedacht.

Das Geräusch des herannahenden Beibootes riss ihn aus den Gedanken. Endlich kamen die anderen an Bord zurück und sie konnten essen.

»Mhm, was riecht denn da so gut?«, fragte Struan.

»Spaghetti puttanesca«, antwortete Daphne und sah ihn Beifall heischend an.

»Die Arbeit hättet ihr euch sparen können«, stahl Liz ihr die Show. »Wir haben nämlich tonnenweise Makrelen gefangen.«

»Oh, oh, oh! Übertreib mal nicht. Die reichen nicht für alle«, unterbrach Struan sie.

»Ach! Tun sie bestimmt. Wir müssen ja nicht so viel davon essen. Es hat sich nämlich herausgestellt, dass ich ein echtes Naturtalent im Fischen bin!« Sie klang so aufgekratzt wie ein kleines Kind. »Stimmt's nicht, Skipper, das hast du doch gesagt, nicht wahr?«, fragte sie und klimperte mit ihren langen Wimpern.

»Oh, ja, das bist du auf alle Fälle!«, gab er mit einem flirtenden Unterton und einem tiefen Blick zurück. »Sobald du die Angel ausgeworfen hattest, konnten wir die Dinger gar nicht schnell genug reinholen. Für uns waren gar keine mehr übrig!«

Fionas Mimik verhärtete sich, ihre Sprache wurde schroff und ihre Gestik fahrig. Verwundert versuchte Aidan, die Geschehnisse einzuordnen und zu begreifen, denn bislang hatte er nicht den Eindruck gehabt, als stünde der Skipper auf Liz. Dazu hatte er Fiona viel zu lange und intensiv angesehen. Aber vielleicht täuschte er sich, der Segler ließ schlichtweg nichts anbrennen. Der Mann wurde ihm immer unsympathischer. Aber warum verhielt Fiona sich so ruppig?

»Aidan, wach auf! Essen ist fertig!«, schrie Liz übermütig und Fiona rief leiser: »Wartet, ich hole ihn!«

Aidan stellte sich schlafend und zog sein Kissen über den Kopf. »Hallooho«, machte Fiona, als sie eintrat und sich neben ihn auf das Bett setzte. »Aufwachen! Wir essen gleich!«, summte sie und strich ihm mit den Fingerspitzen zärtlich über die Wange.

»Nein, lass mich«, nuschelte er und gab vor, gerade erst aufgewacht zu sein. »Es ist so gemütlich hier.«

»Oooh«, machte sie, lachte leise, zog die Schlafsackkapuze über seinen Kopf und rieb sie liebevoll hin und her. »Komm, Schatz, die anderen warten auf dich. Bald kannst du ja weiterschlafen.«

Seufzend schälte er sich aus dem Schlafsack, frisierte sich, zog sich an und folgte ihr an Deck, wo die anderen schon beisammen saßen. Natürlich hatte Daphne bereits zwei Flaschen Rotwein geöffnet und befüllte gerade sechs Gläser, denn Struan blieb hartnäckig bei seinem alkoholfreien Bier. Mit einem gezwungenen Lächeln verteilte Fiona Pasta auf die Teller, während die Fische auf dem Grill brutzelten.

»Isst man in Italien nicht den Fisch vor der Pasta?«, fragte Daphne, woraufhin sie sich einen vernichtenden Blick von Aidan einfing.

»Nein«, sagte er betont langsam und sah sie prüfend an. »Pasta läuft doch nicht umsonst unter *Primi*, Fisch und Fleisch hingegen unter *Secondi*«, belehrte er sie von oben herab und hoffte, sich so zumindest ein wenig gerächt zu haben. Die anderen schienen die Feindseligkeit zu spüren. Unbehaglich starrten sie auf ihre Teller und versuchten, Liz› und Struans offen zur Schau gestellten Flirt zu ignorieren. Betont heiter erzählte Daphne von einem lustigen Film, den sie vor Kurzem gesehen hatte, was in ein Gespräch über britische Komödien im Allgemeinen und im Besonderen mündete. Nur Fiona beteiligte sich nicht an der Unterhaltung; stattdessen verdüsterte sich ihr Gesichtsausdruck von Minute zu Minute und verdarb Aidan den Appetit. Früher als die anderen verabschiedete er sich und versuchte vergeblich, in seinem Schlafsack Schlaf zu finden.

Kapitel 13

Es war früher Morgen, als Fiona den Niedergang hinauflief. Die Sonne hatte das Schwarz der Nacht beinahe vollständig verdrängt und erhob sich wie eine dunkelrot glühende Scheibe aus dem Meer. Über der friedlich schwojenden *Lady Jane* zogen Seevögel ihre stummen Kreise, nur ein paar Möwen kreischten ab und zu. Ansonsten war der Klang der an die Schiffe schwappenden Wellen das einzige Geräusch. Es war beinahe windstill, doch im Gegensatz zu den Vortagen zogen im Westen dunkle Wolken auf.

»Komm, Aidan!«, rief Fiona freudig und drehte sich zu ihm um. »Fahren wir an Land! Ich muss dringend mal wieder eine Weile spazieren gehen, du nicht?«

»Spazieren? Um die Uhrzeit?«, fragte er müde und gähnte herzhaft.

»Ja, die Morgenstimmung ist doch ein einziger Traum. Wer weiß, wann wir so etwas wieder erleben dürfen!«

»Jaja, schon gut«, murmelte er und rieb sich den Schlaf aus den Augen, denn er war lange wachgelegen, während die anderen an Deck Poker spielten und Cocktails tranken.

»Aber sag mal, wie sollen wir denn dahin kommen? Was ist mit Struan?«, wandte er zweifelnd ein.

»Ach, den brauchen wir nicht!«, rief Fiona übermütig. »Ich weiß schon, wie man ein Beiboot fährt, also komm! Beeil dich, wir haben nicht viel Zeit! Nur du und ich! Komm schon!« Sie beugte sich vor, legte die Unterarme auf die Oberschenkel und versuchte so, ihn wie einen Hund zu locken.

In der Tat mussten sie sich beeilen, denn an dem Tag wollten sie zeitig zu einer Bucht vor der Isle of Mull fahren, um dort mit etwas Glück Riesenhaie zu beobachten. Die zweitgrößten Fische der Welt, so hatte ihnen der Skipper erklärt, seien für Menschen vollkommen ungefährlich, da sie sich ausschließlich von Plankton ernährten. Zur Aufnahme schwämmen sie permanent mit ihren sperrangelweit aufgerissenen Riesenmäulern herum, damit die Nahrung von selbst den Weg in ihre Mägen fände.

Fiona spürte Aidans Angst vor der Bootsfahrt und versicherte ihm:»Keine Sorge, da kann gar nichts passieren. Ich habe doch zugeschaut!« Mit einem auffordernden Blick öffnete sie das kleine Tor am Heck, zog das Boot heran und sprang betont leichtfüßig hinein. Sie setzte sich und beobachtete mit einem aufmunternden Lächeln, wie Aidan zögerlich über die Leiter zu ihr kletterte. Er presste die Lippen aufeinander, blies die Backen auf und hielt sich mit beiden Händen an der Sitzbank fest.»Okay«, sagte er mit schwacher Stimme und nickte. Als sie jedoch den Motor anriss, zuckte er unweigerlich zusammen.

Ihm war alles andere als wohl bei dem Unternehmen. Weniger was die Bootsfahrt, als was die gemeinsame Zeit zu weit anbelangte. Dabei sollte er sich doch auf einen romantischen Spaziergang an diesem einsamen weißen Strand freuen. Er war froh, dass Fiona vollauf mit dem Boot beschäftigt war, da es offensichtlich nicht so einfach zu fahren war, wie sie behauptet hatte.

Mit gemischten Gefühlen blickte Aidan zum Schiff zurück. Fionas Reaktion auf Liz und Struan hatte einen bitteren Geschmack hinterlassen. Brütete sie während der Mahlzeit bestenfalls einsilbig vor sich hin, so lief sie bei der anschließenden Pokerrunde zu ungewohnter Höchstform auf. Mit voller Wucht warf sie sich zwischen die beiden und kämpfte wie eine hungrige Löwin um jeden Happen von Struans Aufmerksamkeit. Während er es sichtlich genoss, von zwei Frauen gleichzeitig umgarnt zu werden, lynchten sich die Freundinnen beinahe mit Blicken. Aidan fühlte sich, als bestünde sein Körper aus ätzender Säure. Anfangs hatte er sich daran festgehalten, dass Fiona ihre Hand auf seine oder ihren Kopf an seine Schulter legte. Die Gesten verwirrten ihn jedoch zunehmend, denn für ihn lag ein unüberbrückbarer Widerspruch zwischen dem Bezug auf ihn und dem Streben zu dem Skipper. So musste er tatenlos zusehen, wie sie sich unaufhaltsam von ihm entfernte und ihm immer weiter entglitt. Als er die Qual schließlich nicht länger ertrug, verabschiedete er sich wortkarg und ging ins Bett.

Was danach an Deck geschah, wusste er nicht, und wollte es auch nicht wissen. Allerdings musste es Fiona einerseits beflügelt, andererseits bekehrt haben, denn wie sonst sollte er sich ihre plötzlich heitere Laune und den Wunsch, mit ihm allein zu sein, erklären.

Das Boot schrammte auf Sand. Erschrocken schauten sich beide an, doch schon im nächsten Augenblick kicherte Fiona und sprang ins seichte Wasser, um es an Land zu ziehen. »Ah, ganz schön kalt!«, kreischte sie übertrieben heiter. Verwundert folgte Aidan ihr und half, das Beiboot an Land zu ziehen. Als es weit genug vom Meer entfernt im Sand lag, hüpfte sie vor ihm, strahlte ihn an, fuhr mit den Händen unter seine Arme und kuschelte sich eng an ihn. Zufrieden atmete sie tief ein und aus. »Oh, das habe ich so vermisst«, murmelte sie dabei.

Er wusste, dass er »ich auch sagen« sollte, doch er brachte keinen Ton heraus. Die Last der letzten Tage schnürte ihm die Kehle zu. Alles, wozu er fähig war, war, ihr wort- und kraftlos über das weiche Haar zu streichen und »Okay« zu nuscheln.

Nach einer Weile sah sie fragend zu ihm auf. »Was hast du denn?«, fragte sie leise und mit jenem einfühlsamen Ton, der für ihn nach Geborgen- und Vertrautheit klang. Zärtlich strich sie ihm dabei mit den Fingerspitzen über die Wange.

»Nichts, was soll ich denn haben?«, wich er aus und lächelte sie matt an.

»Sicher? Du wirkst so weit weg. So, als wärst du gar nicht richtig da.«

Eine warme Woge Hoffnung und Liebe rollte durch ihn. Die Verbindung zwischen ihnen, das Verstehen ohne Worte bestand noch immer. Es war nicht alles verloren. Sie sorgte sich um ihn! Deswegen wollte sie mit ihm alleine sein. Doch kalt und bitter war die Erkenntnis, dass es nichts gab, was er ihr hätte sagen können. Auf keinen Fall wollte er ihr vorwerfen, dass sie in einen anderen Mann verschossen war, denn ohne jeden Zweifel würde sie es leugnen und sich in Folge dessen mit ihm streiten.

»Echt?«, fragte er mit einem müden Lächeln, um Zeit zu gewinnen. »Sorry, aber das ist mir gar nicht aufgefallen. Es ist nichts. Wirklich nicht. Vielleicht liegt es nur an dem Schiff. Es ist einfach ungewohnt für mich, ständig so viele Leute um mich zu haben, auch wenn sie meine Freunde sind. Man ist einfach nie allein und hat nie seine Ruhe!«

Fiona legte den Kopf zur Seite, verengte die Augen und sah ihn unschlüssig an.

»Struan ist nett, nicht wahr?«, hörte er sich sagen, unfähig, die Worte aufzuhalten. Dabei hatte er sich doch vorgenommen, sich nichts anmerken zu lassen, so lächerlich und jämmerlich kam er sich in seiner Eifersucht vor.

»Ja, ich glaub schon ...«, antwortete sie ausweichend und wandte den Blick ab. »Glaubst du, Liz kriegt ihn rum? Sie scheint ja wild entschlossen.« Ihre Stimme klang gekünstelt, so, als müsse sie sich bemühen, beiläufig und unbeschwert zu klingen.

Wie die Faust eines unsichtbaren Feindes traf ihn die Erkenntnis. Von sich widerstreitenden Gefühlen hin- und hergerissen sah er sie schweigend an. Seine Mundwinkel zuckten. Am liebsten hätte er sich auf den weißen Sand geworfen und geweint. Es gab keine Zweifel: Seine Frau war eifersüchtig. Nicht auf ihn, sondern auf einen anderen Mann. Um sie vor dem Schmerz zu bewahren, der ihm selbst das Herz zerriss, behauptete er: »Nein, das glaube ich nicht. Der steht nicht auf sie. Er tut nur so.« Noch während er sprach, ballte sich die Säure in seinem Magen zu einem eiskalten Klumpen, der ihm beinahe die Kraft zum Stehen raubte. Das Wissen, nicht die Angst, dass er schon dabei war, sie zu verlieren, legte sich wie eine bleierne Decke um ihn und drohte, ihn zu Boden zu zwingen. Er sah das Leuchten in ihren Augen, und wenn er einen glücklichen Moment lang, aus alter Gewohnheit, wie selbstverständlich annahm, dass ihr Grund zur Freude auch seiner sei, so durchzog ihn Sekunden später eine alles auslöschende Enttäuschung. Entkernt und kalt stand er vor ihr, eine Hülle seiner selbst, ähnlich wie damals, als seine Familie zerstückelt wurde.

Aidan schloss die Augen, schwankte, rang nach Luft und ballte die Fäuste. Schließlich seufzte er, öffnete die Augen, sah sie vor sich stehen, fasste ihre Oberarme mit beiden Händen, um sich an ihr oder sie an ihm festzuhalten, das war schon egal. Er hob den Kopf und starrte in den Himmel, damit sie sein vor Schmerz zuckendes Gesicht nicht sähe. Er rang nach Worten, nach irgendwelchen, nach irgendetwas, das er sagen, das er tun könnte, um den weiteren, unvermeidlichen Verlauf aufzuhalten, doch er war zu langsam.

»Sooooo, mein Lieber«, raunte sie schon mit einem verführerischen Augenaufschlag und kicherte vergnügt. Dann ließ sie den Blick schweifen und ein Lächeln überzog ihre Lippen. »Das da drüben sieht doch wie eine verlassene Schafhütte aus ...«

»Was ist denn eine Schafhütte?«, fragte er benommen und zwang sich, unbeschwert zu klingen. Dabei war er nahe daran, laut aufzuschreien und vor ihr zusammenbrechen. Eindeutig war die stumme Verbindung zwischen ihnen gekappt. Fiona fühlte nicht mehr, was er fühlte.

»Och, das weiß ich auch nicht so genau, aber nennen wir sie doch einfach so.« Ausgelassen zwinkerte sie ihm zu, drückte seinen Arm und klimperte mit den Wimpern. »Damit wir unserem Kind später sagen können, wo es entstanden ist.«

Aidan ruderte mit den Händen und schnappte nach Luft, doch unbeirrt sprach sie weiter und fuhr mit ihrer kalten Hand unter seinen Pullover. »Was meinst du? Sollen wir sie uns mal von innen anschauen?«

Als er sich wortlos versteifte, zog sie ihre Hand abrupt fort. Jähzorn flammte in ihren eben noch so lasziv dreinblickenden Augen auf.

»Was ist denn?«, fragte sie scharf und warf den Kopf zurück.

»Nichts!«, rief er mit erstickter Stimme.

»Das glaub ich dir nicht! Irgendetwas hast du doch!«, fauchte sie. »Ich dachte, wir könnten ein bisschen Spaß haben, in Ruhe, nur wir zwei! Ohne die anderen. Da verschaffe ich uns Gelegenheit dazu und jetzt willst du wieder nicht! Was ist überhaupt los mit dir?«

Woher kamen so plötzlich diese Vorwürfe? Sie hatte doch mit dem Skipper geflirtet! Also musste er annehmen, dass sie auf ihn stand, oder nicht? War das am Ende nur eine Masche, die sie Daphne abgeschaut hatte, weil sie ihn, Aidan, eifersüchtig machen und aus der Reserve locken wollte? Er verstand die Welt nicht mehr. Er verstand Fiona nicht mehr.

Gerade als er sich so weit gesammelt hatte, um sie zu fragen, was denn mit ihr los sei, schimpfte sie weiter und machte damit die Gelegenheit zunichte. »Na schön«, schnaubte sie vorwurfsvoll. »Tut mir leid. Ich kann nichts für meine Hormone. Es sind nur meine fruchtbaren Tage.«

Fruchtbaren Tage, wie sehr er dieses Wortpaar inzwischen hasste. Schon als Kind hatte er beim Lesen stets das R und das U vertauscht. Nun waren diese Tage in der Tat *furchtbar* geworden. Schweißperlen bildeten sich auf seiner Stirn.

»Wenn wir wirklich ein Kind kriegen wollen, dann wäre jetzt ein günstiger Zeitpunkt ...«, versuchte sie es noch einmal, diesmal versöhnlicher. »Ich finde es hier sehr romantisch. *Sex on the beach,* sozusagen, verstehst du?«

Langsam taute er aus seiner Schockstarre auf, denn wenn sie nach wie vor Kinder mit ihm wollte, wollte sie eine gemeinsame Zukunft mit ihm! Dann konnte es mit dem räudigen Skipper nicht allzu viel auf sich haben, überlegte er und zart keimte Hoffnung in ihm auf. Jedoch lag jegliches Lustempfinden weiterhin in weiter Ferne. Reglos ließ er die

113

Tirade über sich ergehen. Nur der Wind blies ihm ins Gesicht und spielte mit seinem Haar.

»Jetzt ist die richtige Zeit! Ich habe es satt, immer zu warten. Ich kann und ich will nicht mehr warten. Ich bin 34! Die Uhr tickt. Ich hasse meinen Job und ich will endlich eine Familie, um die ich mich kümmern kann. *Jetzt* ist der richtige Zeitpunkt.«

»Ja, Fiona, ich verstehe dich ja«, versicherte er schleppend langsam.

»Ja?«, fragte sie hoffnungsfroh. »Es fühlt sich einfach richtig an, verstehst du? Uns steht doch nichts im Weg und vielleicht können wir sogar noch für ein paar Wochen abhauen, mal was erleben, bevor das Baby kommt!« Bittend lächelte sie ihn an.

Aidan war wie gelähmt. Jetzt auch noch der Wunsch nach Freiheit! Wusste sie, was sie eigentlich wollte? Freiheit oder Familie? Ihn oder Struan? Längst verwünschte er den irrsinnigen Gedanken, den er nicht mehr zu denken wagte. Doch da war es wieder, das unheilvolle Bild: *Ihr Sohn ist nicht dein Sohn.*

Je öfter es in ihm auftauchte, desto stärker war er davon überzeugt, dass es sich dabei um eine Prophezeiung handelte.

»Aber was ist mit meinem Job? Wie soll ich denn so einfach weg?«, fragte er jämmerlich, da ihm nichts anderes einfiel.

»Ach, was soll da schon groß sein! Du siehst immer und überall nur Probleme. Nimm dir doch ein Sabbatical!«, rief sie, warf die Hände in die Luft, starrte ihn trotzig an und tat so, als wäre ein Jahr unbezahlter Urlaub die einfachste Entscheidung des Lebens. Ganz konnte er ihr den Gedanken nicht verübeln, denn angesichts ihrer eigenen Jobsituation hatte er ihr die drohenden Stellenkürzungen bislang verschwiegen. Gewiss würde ein Antrag auf ein Sabbatical einen willkommenen Anlass für eine Entlassung bieten. Und wie sollten sie ein Baby großziehen, wenn niemand von ihnen Arbeit hatte? Vielmehr musste man bereits vor der Geburt sparen, um in Mutterschutz gehen und dem Kind einen angemessenen Lebensstandard bieten zu können. In dem Punkt waren sie sich doch stets einig gewesen.

»Jetzt komm schon!« Ungeduldig zerrte sie an seinem Ärmel. »Wir müssen doch mal *leben*!« Dieses *leben* war eine der dümmsten Wortwahlen, mit denen er in den letzten Jahren bombardiert wurde. Was tat man schließlich sonst, vom ersten bis zum letzten Atemzug, außer leben? Er wusste, was sie meinte und schwieg. Flehend sah sie ihn an. »Bitte. Aidan! Ich stecke fest. Mich erdrückt einfach alles. Ich muss raus! Das kann doch nicht alles gewesen sein!«, rief sie trotzig.

Aber wir haben doch alles, dachte er kläglich. *Bis auf die Kinder, die ich dir nicht geben kann.*

Für ihn stand fest, dass etwas sie in den letzten Tagen vergiftet haben mussten. Schmerzhaft wurde ihm bewusst, dass sie dabei war, ihre Flügel auszubreiten und davon zu fliegen. Ohne ihn. Er hatte keine Flügel. Nicht ohne sie.

»Sag doch was!«, flehte sie und legte die Hände aneinander.

Verzweifelt blinzelte er und sagte schwach, mit einem gezwungenen Lächeln: »Klar. Natürlich. Wir sollten was tun, damit du schwanger wirst.«

Erneut schien Fiona nur seine Worte zu hören, denn begeistert klatschte sie in die Hände und hüpfte in die Luft. Dann schlang sie die Arme um seinen Hals und küsste ihn auf den Mund. Schon wollte sie ihn zu der Hütte ziehen, als er sie mit letzter Kraft aufhielt. Es ging einfach nicht. Er konnte nicht. Es wäre ihm unmöglich, bei allem, was unausgesprochen zwischen ihnen stand, mit ihr zu schlafen, und dabei so zu tun, als sei alles in Ordnung.

»Aber nicht hier«, flüsterte er hilflos und ließ den Kopf hängen.

»Warum denn nicht?«, schnauzte sie.

»Auf dem Boot, im Bett«, vertröstete er sie. »Nicht in einem Schafstall.«

»Aber da ist es so eng und jeder hört uns!« Verständnislos sah sie ihn an.

»Ach, es ist einfach zu viel Druck!«, rief er verzweifelt und starrte in den wolkenverhangenen Himmel. »Ich glaube, ich kann gar nicht ...«, begann er zaghaft. »Fiona, bitte! Lass uns erst mal reden, es ...«

»Reden?«, schnaubte sie. »Jetzt? Was ist denn jetzt dringender als meine fruchtbaren Tage? Tut mir leid; mir ist jetzt nicht nach Reden!«, schrie sie und stapfte zum Boot.

»Los, fahren wir«, giftete sie, zog es ins Meer und wartete gerade lange genug, dass Aidan hineinspringen konnte.

Die kurze Fahrt über mieden sie jeden Blickkontakt und starrten schweigend vor sich hin. In beiden brodelte es, doch zum ersten Mal in ihrem Leben fanden sie nicht zueinander.

Als sie das Segelschiff erreichten, saßen die anderen bereits bei dem traditionellen englischen Frühstück, das Struan wie gewohnt für sie zubereitet hatte.

Obwohl keiner von ihnen Appetit verspürte, setzten sie sich zu den anderen und griffen, dankbar für die Ablenkung, zu.

Kapitel 14

Sichtlich erleichtert kletterte die Crew an Land. In der Tat war die Marina sehr modern und bot neben penibel sauberen Duschen und Strom aus der Steckdose auch einen schnellen Internetzugang. Freudig wie Kinder an Weihnachten steckten sie ihre Handys zum Laden ein, wobei Fiona nach einigem inneren Ringen darauf verzichtete, ihre E-Mails abzurufen, damit sie sich nicht wieder über die Arbeit aufregen musste.

»Das da drüben sieht nach einem richtig guten Pub aus«, bemerkte Lucas, als schließlich alle schön geduscht im Aufenthaltsraum versammelt waren.

»Das ist es auch«, bestätigte Struan. »Sie haben super guten und vor allem fangfrischen Fisch.«

»Oh, für frischen Fisch täte ich jetzt fast alles!«, seufzte Daphne.

»Echt?«, fragte Lucas gedehnt und legte mit den Augenbrauen zuckend den Arm um sie. »Dann nichts wie hin. Kommt, die Rechnung geht auf mich! Nach einem Tag wie diesem haben wir uns was Ordentliches auf alle Fälle verdient!«, verkündete er lachend und alle schlossen sich ihm gut gelaunt an.

»Komm, Skipper, wir laden dich ein!«, rief Daphne über die Schulter. »Und wenn ich *wir* sage, meine ich natürlich Lucas!«, fügte sie kichernd hinzu.

Der Pub sah aus wie in einer Werbebroschüre des schottischen Tourismusverbandes: Die niedrigen Decken, das viele dunkle Holz und die geschmackvoll mit Tweed und Leder bezogenen Möbel verliehen dem Raum einen heimeligen Charakter. An einem langen Tisch neben dem offenen Kamin, in dem ein knisterndes Feuer brannte, fanden sie Platz. »Was trinkst du, Skipper?«, fragte Lucas mit einem Blitzen in den Augen. »Und sag bloß nicht ein Wasser! Komm schon, trink was mit! Jetzt bist du ja nicht auf dem Boot!« »Okay, dann ein Lager. Aber nur eins«, willigte er widerstrebend ein.

Fiona achtete peinlich darauf, so weit wie möglich von ihm entfernt zu sitzen und rutschte mit einem breiten Lächeln neben Aidan. Während Lucas an der Bar die Getränke bestellte, studierten die übrigen die Speisekarte.

»Danke, das ist echt nett von euch«, sagte Struan, als die Bedienung ein Tablett voll Bier und G&Ts auf dem Tisch abstellte.

»Gern, Skipper. Wir haben zu danken! Denn bis jetzt war der Törn einfach fantastisch!«, lobte Lucas mit leuchtenden Augen und hob das Glas. »Auf die *Lady Jane*! Prost!«

»Prost!«, riefen sie, stießen an und begannen, über dies und das zu plaudern.

Struan scrollte unterdessen durch sein Handy und runzelte die Stirn. »Sorry. Ich will euch nicht enttäuschen, aber das Wetter morgen sieht nicht viel besser aus als heute.«

»*Hölle auf hoher See?*«, fragte Daphne entsetzt. Die Gruppe verzog das Gesicht und machte abwehrende Gesten. Nur Ben entgegnete ruhig: »Ach, so schlimm war es doch gar nicht. Du hättest dich einfach in eine warme Decke wickeln, dich hinlegen und auf den Horizont schauen sollen.«

Beleidigt zog Daphne die Schultern hoch und wandte sich von ihm ab.

»Also, ich glaube auch nicht, dass ich noch so einen Tag überstehe«, kam Liz ihr zur Hilfe.

»Nun, wir sind zeitlich nicht festgelegt«, meinte Struan. »Wir können morgen ruhig hier bleiben. Übermorgen soll es besser werden. Dann haben wir immer noch genügend Zeit für eine entspannte Rückfahrt nach Oban. Wenn ihr also wollt, gehen wir es gemütlich an und verbringen den Tag hier.«

Unschlüssig und auf die Entscheidung der anderen wartend schauten sich die Freunde an und zuckten ratlos mit den Schultern.

»Also, mir macht das Lüftlein nichts aus«, ergriff schließlich Ben als erster das Wort. »Außerdem würde ich gerne noch ein bisschen was sehen, bevor wir wieder zurück müssen.«

»Ich auch«, stimmte Fiona ihm sofort zu, doch niemand hörte sie, denn Liz rief lautstark: »Ohne mich! Keine zehn Pferde bringen mich bei so einem Wetter noch mal auf ein Schiff!« Erwartungsvoll blinzelte sie zu Struan und fügte mit einem kehligen Lachen hinzu: »Und auch kein Hengst.«

»Okay«, schaltete Lucas sich mit einer beruhigenden Geste ein. »Was kann man auf Mull denn so machen?«

»Och«, setzte Struan an. »Man kann zum Beispiel die Whiskey Destillerie besichtigen oder ein Auto mieten und die Gegend erkunden. Für einen Ausflug an Land ist das Wetter nicht schlecht, nur auf See fühlt es sich turbulent an.«

»Klingt doch gut. Schauen wir uns die Destillerie an! Oder will jemand morgen lieber segeln?«, fragte Lucas in die Runde.

»Wie gesagt, ich«, wagte Fiona sich vor und spürte Liz` Blick wie einen Dolch in ihrem Rücken. »Ich würde gerne das meiste von unserem Segeltörn herausholen, aber da bin ich wohl die Einzige, oder was ist mit dir, Ben?« Der jedoch schwieg und fixierte mit zusammengekniffenen Lippen Liz.

»Sorry, Süße, ich bleibe auch lieber hier«, lehnte Daphne ab und alle stimmten ein.

»Mir geht es wie den anderen«, bekannte Aidan entschuldigend zu Fiona gewandt. »Aber wenn du segeln willst, dann tu das ruhig. So eine Gelegenheit bekommst du so schnell nicht wieder.«

Fionas Herz machte einen Satz aus Freude und einen aus Angst: Was war in ihn gefahren? Warum schlug er das vor? Vertraute er ihr so sehr oder wollte er sie auf die Probe stellen? Er hatte sich so verändert.

»Klar. Ich stehe euch zur Verfügung«, meinte Struan lässig. »Wenn du echt Segeln lernen willst, bietet es sich an.«

Fiona zitterte vor Aufregung, bemühte sich aber, sich nichts von dem Sturm in ihrem Inneren anmerken zu lassen. So gleichgültig wie möglich sagte sie: »Ja, schon. Ich glaube, ich könnte dabei gut herausfinden, ob ich nur ein Schönwettersegler bin oder nicht. Wir würden doch segeln und nicht wie heute mit Motor fahren? Aber bitte mach dir wegen mir keine Umstände. Es ist genauso okay für mich, mit den anderen hier etwas zu unternehmen. Mull soll ja sehr schön sein.«

Wahrscheinlich wäre sie sogar erleichtert gewesen, wenn der Skipper einen Rückzieher gemacht und sie somit vor jeglichen Gewissensbissen bewahrt hätte. Doch von einer Sekunde auf die andere änderte Ben seine Meinung und rief begeistert: »Mensch, das klingt super! Ich hätte auch gerne eine Schlechtwetter-Stunde!«

»Okay, dann ist es abgemacht! Wir drei gehen morgen segeln und ihr schaut euch die Insel an«, fasste der Skipper zusammen und hob sein Glas. »Slàinte!«

Die Würfel waren gefallen. Wieder hatte sie jemanden für sich entscheiden lassen.

Nach einem köstlichen Mahl, etlichen Drinks und viel Gelächter nahm der Abend eine unerwartet grauenhafte Wendung, sobald sie im Salon des Schiffes saßen. Dort nämlich brachen Daphne und Lucas eine Diskussion vom Zaun, die sich gegen die Ehe an sich richtete. So verfochten sie nicht nur vehement offene Beziehungen, sondern outeten sich zudem als enthusiastische Swinger, die weder häufigen Partnerwechseln noch regelrechten Orgien abgeneigt waren.

»Neben den beiden fühle ich mich zu alt für diese Welt«, gestand Fiona, als sie sich in der Koje versöhnlich an Aidan kuschelte. Zärtlich strich sie im matten Mondlicht mit den Fingerspitzen über seine Nase und die Augenbrauen und küsste ihn auf den Hals.

»Das geht mir genau so. Ich weiß, was du meinst«, antwortete er nachdenklich und zog sie an sich.

»Für sie müssen wir die größten Nullen sein! Und dabei dachte ich immer, wir seien Freunde.« Betrübt schüttelte sie den Kopf.

»Tja, das dachte ich auch. Aber ihre Meinung von uns scheint nicht allzu hoch zu sein.«

»Warum verteidigen wir unsere Ehe eigentlich nicht genauso lautstark wie die beiden ihre, nun, sagen wir mal, sehr *modernen* Ansichten?« Sie stützte sich auf einen Ellbogen auf und sah ihm ins Gesicht.

»Das ist eine gute Frage«, antwortete er mit einem Seufzer und befürchtete, die Antwort zu kennen.

»Liebst du mich noch?«, fragte sie mit dünner Stimme, aus der Zweifel und Angst deutlich herausklangen. »Nach all den Jahren?«

»Ob ich dich noch liebe? Ja, natürlich! Fiona, du bist doch mein Ein und Alles! Warum sollte ich dich nicht mehr lieben?«, rief er leise und drehte sich zu ihr.

»Ich weiß nicht ... Es war nur ... Ach, es ist alles so anders. Du bist so anders, so verschlossen, hast mich zweimal zurückgewiesen und, nun ja, da frage ich mich natürlich ...« Sie ließ den Satz unvollendet und wartete Aidans Reaktion ab. Der holte tief Luft und sagte nach einer kurzen Pause gepresst: »Frag dich bitte nichts. Bitte. Ich liebe dich, mehr als alles auf der Welt, okay?«

Auch wenn die Frage, ob *sie ihn* denn noch liebte, auf seinen Lippen brannte, so fand sie nicht den Weg darüber. Stattdessen zog er sie wortlos an sich und küsste sie mit der versengenden Leidenschaft eines dem Tod Geweihten.

Lange liebten sie sich im Rhythmus der wogenden Wellen, während Struan wahrscheinlich schlief und das Trinkgelage der anderen aus dem Ruder lief.

Kapitel 15

Am nächsten Morgen wurde Fiona von widerlichen Würge-Geräuschen, die aus der Toilette neben ihrer Kajüte kamen, geweckt. Der Ekel passte so gar nicht zu der wohligen Stimmung, in der sie sich nach der liebevollen Nacht mit Aidan befand. So musste sie nicht zweimal überlegen, welches stille Örtchen sie aufsuchen wollte, und zog rasch ihre Jacke über. Wozu lagen sie schließlich in einer schicken Marina? Schlaftrunken tapste sie den Niedergang hinauf und war mit einem Schlag hellwach. Auf einer Bank lag ein in eine Decke gewickelter Mann, der lautstark schnarchte. Leise schlich sie näher zu ihm und erkannte Ben, der bei Wind und Nieselregen seinen Rausch ausschlief.

»Na, so früh auf?«, neckte sie ihn und blieb vor ihm stehen.

»Aua, ach, lass mich in Ruhe«, murrte er übelst gelaunt und drehte sich ächzend zur Seite.

»Oh, das klingt ja gar nicht gut. Ging das gestern etwa länger?«

»Keine Ahnung, echt nicht.« Er klang hundeelend. »Die haben einen schlechten Einfluss auf mich. Wirklich. Ich rühre normalerweise keinen Tropfen an!«

»Eh nicht«, sagte Fiona und lachte, bis ihr schlagartig etwas bewusst wurde: Ben würde heute nicht segeln. Der Boden schwankte. Sie musste absagen! Oder war sie nach der erfüllenden Liebesnacht gefeit vor allen fremden Reizen?

»Oh Hilfe, mein Kopf!«, stöhnte Ben erbarmungswürdig und legte sich den Unterarm über die Stirn.

»Du hast aber nicht die ganze Nacht hier draußen geschlafen, oder?«

»Nur ab da, wo Liz mich hinausgeworfen hat, weil ich so laut schnarche.«

»Verstehe. Ich hoffe, das ist nicht allzu lange her. Willst du nicht lieber reingehen? Du wirst ja noch krank!«

»Lass nur, schon gut«, stöhnte er und scheuchte sie mit einer schlaffen Hand fort.

»Okay, dann – bis später!«, verabschiedete sie sich zögernd.

Verwirrt ging sie die frische Seeluft einatmend zu den Toiletten. So sehr sie ihre Seetauglichkeit und Segelkünste auch austesten wollte, so laut schrie ihr eine innere Stimme zu, dass sie nicht alleine fahren sollte. Sie war gerade dabei, sich schweren Herzens zu einer vernünftigen Entscheidung durchzuringen, als Struan vor ihr auftauchte und jegliche Überlegung zunichtemachte. Er trug Flip-Flops, eine beige Hose und ein dunkelblaues T-Shirt. Unter einem Arm klemmte sein Kulturbeutel. Das feuchte, weiße Handtuch hatte er lässig um seine Schultern gelegt und sein nasses Haar stand wild nach allen Seiten ab.

Schon von Weitem hob er die Hand zum Gruß und rief lächelnd »Guten Morgen«. Ungewöhnlich nah blieb er aufrecht vor ihr stehen und sah sie aus seinen gold-grün funkelnden Augen spitzbübisch an. Aufgrund seiner Körpergröße starrte Fiona zunächst allerdings genau auf seine breite Brust. Als sie zaghaft zu ihm aufschaute, erkannte sie die feinen Falten, die sich beim Lächeln in seine Augenwinkel gruben. »Gut geschlafen?«, fragte er. Sie sah die Bewegung seiner Lippen, bevor sie die Worte hörte und nickte, bevor ihre kratzige Stimme ohne Einverständnis ihres Verstandes sagte: »Sieht so aus, als würden wir heute alleine rausfahren.« Sie schluckte. Das Blut rauschte so laut in ihren Ohren, dass sie wie durch eine wabernde Wand hörte:

»Ach, wie denn das?«

»Ben hat sich ins Aus gesoffen.« Sie presste ihre Handflächen auf ihre Oberschenkel und sang gekünstelt, um die Situation aufzulockern:»What shall we do with the drunken sailor?« »Early in the morning«, stimmte er mit einem vagen Lächeln und einem aufflammenden Blick ein, bevor er sich mit einem Ruck aufrichtete und in sachlichem Ton sagte:»Okay, ist vermerkt.«

Schon tippte er sich mit zwei Fingern an die Schläfen und war im Begriff, weiterzugehen, als er innehielt und sie von oben bis unten musterte. Mit leicht zur Seite geneigtem Kopf und schelmisch verengten Augen bemerkte er:»Der Schlafanzug ist übrigens echt der Hit!« Während er leise lachte, legte er kurz eine Hand auf ihre Schulter und grinste sie breit an. Dann zwinkerte er und ließ sie nach einem»Bis dann!«, mit butterweichen Knien, hochroten Wangen und einem Magen, in dem ein Kosakenchor Polka tanzte, allein.

Als sie nach einer ausgiebigen warmen Dusche auf die Lady Jane zurückkehrte, machte Struan sich gerade auf den Weg zum Scotmid, wo er für ihr gemeinsames Picknick einkaufen wollte. Sie stellte sich vor, wie der große, kräftige Mann Essen für sie auswählte und mit seinen schwieligen Händen in den Einkaufskorb legte. Das kam ihr so fürsorglich vor, dass ihr der Atem stockte. Selbstverständlich ging auch Aidan einkaufen, doch das war normal und hatte ihren Puls noch nie beschleunigt. Wohingegen Struan ...

Nach einem fettigen und salzigen Katerfrühstück war die Crew endlich so weit, um sich schwerfällig an Land zu schleppen.

»Tut nichts, was ich nicht auch tun würde!«, rief Daphne mit einem verschwörerischen Zwinkern, das Fiona maßlos erboste. Was nahm die Frau sich eigentlich immer heraus? »Was soll das denn bitte heißen?«, blaffte sie und wagte es nicht, Liz anzusehen. Doch die war von den Nachwehen ihrer Trinkfreudigkeit so geplagt, dass sie mit einem gequälten Gesichtsausdruck schwieg. Zum Abschied zog sie Aidan fest an sich, flüsterte ihm »Danke für die Gelegenheit, mein Schatz. Ich liebe dich.« ins Ohr und küsste ihn auf den Mund.

Dann begann das Abenteuer.

»Wir melden uns, wenn wir wieder da sind«, rief Struan und hob die Hand zum Gruß.

Während die fünf mit Jacken und Rucksäcken bepackt müde winkend auf dem Steg standen, halfen einige der Umstehenden bereitwillig mit den Tauen. Sie waren sichtlich erleichtert darüber, dass der Skipper so geschickt aus dem engen Liegeplatz manövrierte und keines der Boote touchierte. Wirkte die See im Hafenbecken verhältnismäßig ruhig, so hüpfte das Schiff immer kräftiger auf den Wellen, je weiter sie auf das offene Meer hinauskamen.

Mit wachsender Unruhe fragte Fiona sich ein ums andere Mal, ob das Wetter nicht eine glaubhafte Ausrede böte, die »Einzelstunde« doch noch abzublasen. Oder ob es sogar ein Zeichen war, das ihr sagen wollte: *Kehr um!*

Sie ließ sich so lange von ihren Wünschen und Ängsten hin- und herreißen, bis Struan ihr erneut die Entscheidung abnahm, indem er fragte: »Na, kannst du sehen, aus welcher Richtung der Wind kommt?«

Nun war sie aus ihrer Grübelei gerissen und achtete zunächst auf die Wellen, dann auf die brechenden Wellenkämme. »Von da?«, fragte sie zögerlich und zeigte nach Norden, wo sie eine weiße Wolke erkannte, die wie eine lange Walze oder Rolle aussah.

»Richtig!«, lobte er anerkennend und bot ihr an, das Steuer zu übernehmen. »Ich schätze, wir haben Windstärke 6. Was müssen wir also tun, wenn wir zur Küste dort drüben fahren wollen?«

Sie überlegte und gab eine Antwort, an der es nur wenig zu verbessern gab. Allmählich schwand die Anspannung und wich der Freude am Segeln so sehr, dass sie Aidan aus den Gedanken verlor.

Sie segelten etwa eine halbe Stunde weitgehend ruhig dahin, bis der Wind plötzlich stark zunahm. Fiona erschrak und schrie ängstlich auf, doch der Skipper stand nur weiterhin wie der sprichwörtliche Fels in der Brandung neben ihr und sah ihr zu.

»Du musst es gut festhalten«, erklärte er sachlich. Keine Sekunde später krängte das Schiff so weit, dass Fiona glaubte, es läge waagrecht auf dem Wasser. »Hilfe!«, brüllte sie und endlich griff er ein.

»Es hat quergeschlagen. Solche Fehler passieren am Anfang immer mal«, meinte er.

»Aber wenn es umkippt, ertrinken wir«, bibberte sie.

»Mach noch mal«, forderte er sie auf.

»Muss das sein?«, fragte sie zittrig.

»Klar, du willst doch was lernen.«

Furchterfüllt schaute sie zur Seite. »Okay.« Sie zitterte am ganzen Körper und ihr Magen war flau.

Wieder ging es eine Weile gut, bis ihr der gleiche Fehler noch einmal passierte und Struan nicht rechtzeitig eingriff. Das Wasser war entsetzlich nahe, vielleicht nur noch fünf Meter von dem Masttop entfernt, und sie wartete nur darauf, dass ein starker Windstoß auch noch die Spitze des Mastes ins Meer tauchen würde. »Ich kann das nicht! Hilf mir! Bitte!«, brüllte sie mit Tränen der Verzweiflung in den Augen.

»Hey, es ist doch alles gut. Ganz ruhig! Wir kentern nicht!« Noch immer befanden sie sich in der elenden Lage. Struan lächelte und kam ihr endlich zur Hilfe. Da allerdings richtete sich das Schiff endlich wieder auf. Am ganzen Leib zitternd blieb sie neben ihm stehen und versuchte, den Schwindel und die Übelkeit durch einen starren Blick und gleichmäßiges Atmen niederzuringen.

Fachmännisch erklärte er ihr: »Im Rumpf ist ein großes Gegengewicht, das uns immer wieder aufrichtet. Das ist der Kiel. Ich war in Schiffen von dieser Größe sogar schon bei Windstärke 10 mitten auf dem Atlantik! Selbst da war noch alles in Ordnung. Du musst dir und dem Boot vertrauen.«

Als wenn das so leicht wäre, dachte Fiona verzweifelt.

»War das ein Auftrag, für einen Kunden?«, erkundigte sie

sich schließlich tapfer, um die Unterhaltung in Gang zu halten und um sich abzulenken.

»Eine Überführung, ja. Da hat man einen richtig strengen Zeitplan und kann keine Pause einlegen und auf besseres Wetter warten. Man ist zu zweit und schläft und fährt abwechselnd.«

»Oh, verstehe. Das klingt ein bisschen stressig. Macht es dir trotzdem Spaß?«

»Ja, sicher. Es ist kein Stress, sondern einfach gute Teamarbeit. Auch wenn es schade ist, dass man an Bord nichts benutzen darf, weil ja alles tipptopp sein muss. Aber es ist echt ein tolles Abenteuer. Ja, schon auch eine Art Freiheit«, fügte er nachdenklich hinzu. »Deswegen bin ich auch bei den *Ärzten ohne Grenzen.* Man muss sich immer weiter vorantreiben, neue Ziele setzen, bis an die Grenze und darüber hinaus gehen, sonst verkümmert man.«

Eine Weile dachte Fiona über seine Worte nach. *Sich vorantreiben, weiterentwickeln ...* Wenn sie ihn so reden hörte, klang alles ganz einfach und einleuchtend, verlockend und überzeugend, aber könnte sie das auch? Seit dem Einschiffen hatte sie in der Tat das Gefühl, in ihrem bisherigen Leben zu *verkümmern* und nur halb zu leben. Aber wenn sie sich vorstellte, allein in einem Segelboot über das offene Meer zu segeln, wurde ihr speiübel.

»Aber vermisst du dein Zuhause denn gar nie?«, fragte sie voller Hoffnung.

»Doch, natürlich, ab und zu schon. Aber der Reiz des Weggehens und des Unabhängigseins liegt ja auch darin, dass man merkt, was man hat. Jedes Mal, wenn ich zurückkomme, gibt es nichts Schöneres, als Zeit mit meinen Söhnen zu verbringen. Ohne sie hätte ich bestimmt kein so großes Bedürfnis, oder eigentlich gar keinen Grund, ab und zu heimzukommen. Aber die zwei sind wie ein Anker für mich. Die halten mich echt am Boden. Wer weiß, wo ich sonst schon längst wäre!« Er stieß ein hohes Lachen aus und schaute gedankenverloren in den grauen Horizont.

Stumm dachte Fiona über das Gesagte nach. So offen mit ihm zu reden und so viel Privates von ihm zu erfahren, fühlte sich verboten an. Wie eine Grenzüberschreitung in ein verbotenes Gebiet, aus dem sie nicht heil zurückkehren konnte. »War die Trennung dann nicht schwer?«

»Oh, doch, sehr sogar. Sie war verdammt anstrengend, teuer und kompliziert«, gestand er seufzend. »Aber ich würde es noch mal machen. Die Freiheit ist es mir wert. Auch wenn die Kinder echt die Welt für mich sind, so bin ich nach ein paar Wochen echt immer ganz schön froh, wenn ich wieder Ruhe habe.« Er machte eine Pause und gab ein schnaubendes Lachen von sich. Der Wind pfiff stärker. »Aber meine Ex und ich waren – nun, sagen wir so: Wir waren einfach nicht für einander geschaffen. Es war die Hölle.«

Eine Weile segelten sie schweigend durch die stürmische See. Etwas nagte an Fiona.

»Für die Kinder kann es aber nicht leicht sein, dass ihr Vater fast nie da ist, sondern lieber durch die Welt streunt!«, fielen die Worte schließlich aus ihrem Mund. Entsetzt schlug sie sich mit der Hand davor und sah ihn aus großen Augen erschrocken an.

»Schon gut, mach dir nichts draus. Das denken sicher viele, nur sagen sie es nicht so direkt.« Er seufzte wieder. »Nein, für die ist es bestimmt nicht leicht. Das ist es für mich ja auch nicht. Ich bin echt heilfroh, dass ich nicht noch mehr habe!«

Fiona nickte und sagte langsam: »Also, ich hätte gern so ein Leben wie du. Aber genauso gern will ich Kinder. Und beides zusammen geht nicht. Nicht als Frau.« Schicksalsergeben zuckte sie mit den Schultern.

»Doch, alles geht, wenn man es nur genügend will«, versicherte er. Dann wandte er trotz Wind und Wetter den Blick vom Bug zu ihr und sah sie so durchdringend an, dass es sich anfühlte, als flatterte ein Schwarm Schmetterlinge in ihrem Bauch herum. Oder hob sich ihr Magen wegen des Seegangs?

Wortlos überließ er wieder ihr das Steuer und ging zu den Winden. Als er genügend daran gedreht hatte und wieder neben ihr stand, beugte er sich zu ihr und fragte besorgt: »Was ist los? Geht es dir nicht gut?«

»Doch, doch! Alles bestens!«, schwindelte sie, denn in Wahrheit wurde ihr immer schlechter. Wie sie es gelernt hatte, fixierte sie einen festen Punkt am Horizont und versuchte, die zunehmende Übelkeit zu ignorieren.

»Dann ist es ja gut. Aber sag du doch mal: Wie sieht dein Traumleben aus?«

»Das ... Och, also ... Keine Ahnung.« Sie wand sich und starrte auf den nassen Boden, was ihre Übelkeit prompt verschlimmerte. Blitzschnell griff er ins Steuer, bevor das Deck erneut fast im rechten Winkel zum Wasser stand.

»Wenn du es nicht weißt, kann es auch nicht wahr werden«, bekundete er mit einer warmen, samtigen Stimme.

Fiona erschauderte.

»Ich weiß nicht. Ich habe nie wirklich darüber nachgedacht, sondern bin immer davon ausgegangen, dass mein Leben irgendwie, na ja, vorbestimmt war. Aidan heiraten, Arbeit finden, Haus kaufen, Kinder kriegen, das meine ich.« Mit jedem Wort fühlte sie deutlicher, dass sie alles, was ihr heilig war, offen infrage stellte und verriet. Und doch konnte sie die Worte nicht aufhalten.

»Und jetzt tut es dir leid? Bedauerst du ...« Er ließ den Satz unvollendet. Hörte sie da Hoffnung in seiner Stimme?

»Nein, ich bedaure nichts! Ach, ich weiß es einfach nicht. Ich kann mir nur nicht vorstellen, dass Aidan mit mir um die Welt segelt, das ist alles«, wiegelte sie ab.

»Und das willst du? Um die Welt segeln? Das Abenteuer?«, fragte Struan mit merkwürdig hoher Stimme. Dann legte er seine Hand neben ihre auf das Steuerrad, suchte ihren Blick und sah sie durchdringend an. Langsam, damit sie ihm auch ja aufmerksam zuhörte, sagte er schließlich: »Fiona, ich mache mir ein bisschen Sorgen um dich.«

Sie zuckte zusammen und rief aufgeschreckt: »Um mich? Warum denn?«

»Nun ja, du wirkst so unglücklich und frustriert. Nimm es

mir nicht übel, dass ich das sage, aber den Eindruck habe ich nun mal und ich täusche mich selten in Menschen.«

Sie zog die Schultern hoch und sah ihn unsicher an. Doch da redete er schon so dicht an ihrem Ohr weiter, dass sie seinen warmen Atem auf ihrer Haut spürte:»Ich sage das nur, weil mir etwas an dir liegt.« Fiona stockte der Atem.»So etwas würde ich nämlich normalerweise nie zu einem Klienten sagen.« Er machte eine Pause, strich sich mit der freien Hand übers Gesicht, blickte in den Himmel und fuhr noch eindringlicher fort:»Etwas scheint dich zurückzuhalten, zu bremsen. Du kannst dich nicht frei entwickeln, sondern du stagnierst. Du lebst nicht mal einen Bruchteil dessen aus, was in dir steckt. Das ist mein Eindruck von dir. Verzeih mir, wenn ich mich irre. Und ...« Wieder ließ er den Satz unvollendet.

Fionas Herz schlug so laut, dass sie ihre eigene Stimme kaum noch hörte, als sie»Und?«, krächzte.

»Und ich mag dich.«

Fionas Welt wankte, während der Wind und die Wellen das Schiff in eine gefährliche Schieflage brachten. Sie wusste, dass sie jeden Moment den Halt verlieren und untergehen konnte.

Er mochte sie. Also war sie keine lächerliche, mickrige Kreatur, auf die er herabschaute.

»Ich meine: Ich mag dich *echt*«, bekräftigte er und lächelte sie mit zusammengepressten Lippen an. Ihr wurde heiß und kalt. Ihr Magen hob sich so bedrohlich, dass auch sie ihre Lippen aufeinanderpresste. Die Schwärmerei sollte doch nur ein Hirngespinst, ein schöner Tagtraum sein, nichts weiter! Panik ergriff sie; sie wollte hier weg und wünschte, sie wäre niemals mit ihm allein an Bord gegangen.

»Du sagst ja gar nichts!«, stellte er nach einer Weile mit einem Anflug von Unsicherheit fest. Kurz schielte er zum Bug und steuerte sie sicher durch die tobende See.»Ich weiß, dass das dumm von mir ist und dass wir niemals zusammen sein können. Keine Ahnung, warum ich das gesagt habe. Tut mir leid. Echt, sorry. Es ist nur ... na ja, es kam mir wie die einzige Möglichkeit vor, jetzt, wo wir alleine sind«, erklärte er mit einem schüchternen Lächeln. Während er sprach, senkte er die Stimme immer weiter, bis sie nur noch ein Raunen war. Dann legte er einen Finger unter ihr Kinn und hob ihr Gesicht zu seinem, bis es ihm ganz nah war und sie außer seinen dichten dunklen Wimpern, den grün-goldenen Regenbogenhäuten und großen pechschwarzen Pupillen keine Welt mehr sah. »Mir liegt echt viel an dir, das ist alles, was ich dir sagen will. Richtig viel«, flüsterte er mit rauer Stimme.

Seine stets kühle Gefasstheit war verschwunden; stattdessen suchte er in ihrem Gesicht nach einem Anzeichen der Gegenseitigkeit. »Sag doch was«, bat er sie mit leiser und leicht bebender Stimme.

»Ich ... ich weiß nicht, was ich sagen soll«, krächzte sie. Noch immer hielt er ihr Kinn mit Daumen und Zeigefinger und zwang sie, auf seinen Blick, der im Sekundentakt zwischen Bug und ihr hin- und hersprang, zu warten wie eine Süchtige auf den nächsten Schuss.

»Was denn?«, stammelte sie atemlos.

»Dass es sich anfühlt, als würden wir uns schon seit Jahren kennen? Dass du meinst, mit mir über alles reden zu können?«, flüsterte er und beugte sich weiter zu ihr. »Oder dass du unglaublich sexy bist?«

Fionas Mund war trocken; ihr Blick irrte ziellos umher. Sie zitterte. Lautlos bewegten sich ihre Lippen, doch kein Ton kam heraus.

»Tut mir leid. Ich sollte so was nicht sagen«, schloss er plötzlich kalt und drehte sich mit einem Ruck von ihr fort.

In dem Moment fuhr der Wind in die Segel und krängte das Schiff so stark, dass Fiona den Halt verlor und über das Deck gefegt wurde. Sie schrie. Blitzschnell griff er nach ihr und hielt sie am Oberarm fest. Ihr war schwindelig und schlecht. Aufgewühlt sah sie ihm in die Augen. Da zog er sie mit einem jähen Ruck an sich und erstickte ihren Schrei mit seinem Kuss.

Während er zum Bug schielte und mit einer Hand steuerte, legte er die andere zwischen ihre Schulterblätter und presste sie an sich.

Sein Kuss war fordernd, und seine Lippen waren hart. Vergeblich versuchte Fiona, sich zu wehren. Mit schwacher Kraft stemmte sie sich gegen seine Brust, um ihn von sich zu drücken. Doch alles, was sie erreichte, war, dass er sie nur noch enger an sich drückte. Je länger er sie küsste, desto einfühlsamer wurde er. Zärtlicher und zugänglicher. Sie ließ sich fallen. Und halten. Ja, halten! Mit einem Mal wusste sie nicht mehr, wo oben und unten, wo back- und wo steuerbord war, ob sie stand oder lag oder schwebte. Es war schön, es war stürmisch und so, als löste sich ein Teil von ihr und flöge davon. Sie war frei. Sie tat, was sie tun wollte. Sie küsste ihn. Leidenschaftlich. Begehrlich. Hingebungsvoll.

Ihr Herz raste.

Der Wind wurde zu einem Sturm.

Mit einem klagenden Laut löste er sich von ihr, wischte sich mit dem Handrücken über den Mund, sah sie aus verschwommenen Augen an und murmelte: »Mhm ... Sorry, Babe, aber ich befürchte, die *Lady Jane* verlangt nach meiner geballten Aufmerksamkeit.«

»Ja ... sicher«, brachte sie benommen hervor. Es dauerte, bis sie begriff, dass sie sich nun nicht mehr küssten, aber geküsst hatten und dass sich ihre Finger noch immer in seinen Rücken pressten. Ihr Kopf verstand nicht, was ihr Körper wollte, und das war: mehr. Alles. Und zwar jetzt.

»Da vorne ist eine relativ geschützte Bucht. Was meinst du, sollen wir dort ankern und Mittagspause machen?«

»Oh ja, gute Idee!« Ihre Stimme war heiser. Sie nickte und wollte ihre Hände unter seiner Jacke hervorziehen, doch er hielt sie auf, indem er grinsend sagte: »Sch, lass die mal schön da.«

Auch sie lächelte, biss sich auf die Unterlippe und drehte sich um, sodass sie nun hinter ihm stand und ihre Hände über seinen Bauch wandern könnten. Überwältigt seufzte sie, als eine weitere Welle der Übelkeit durch sie wogte. Reflexartig riss sie die Hand von ihm weg und schlug sie vor den Mund.

»Was hast du denn?«, rief er.

»Nichts«, schwindelte sie kläglich.

»Los, komm, sag's mir! Was ist?« Er klang verunsichert oder ärgerlich, bevor er sich schlagartig beruhigte und in um Nachsicht bittendem Ton sagte: »Es tut mir leid, was gerade passiert ist. Das kam so über mich. Ich konnte dir einfach nicht widerstehen. Es tut mir leid, entschuldige bitte, ja?«

»Das, nein, das ist es nicht ...« *Oder doch?* Sie atmete stoßartig ein und aus. »Ich ... mir ist nur ...«

»Ist dir nicht gut?«, rief er, plötzlich besorgt.

»Mir ist so schlecht«, stöhnte sie.

»Schwindelig auch?«

»Ja, auch.« Sie presste sich den Unterarm vor den Magen.

»Seekrank? Aber du nimmst doch Tabletten!«

»Nein ... Heute nicht ... Du hast gesagt, dass ich sie nicht mehr brauche«, jammerte sie.

Er verdrehte die Augen und seufzte, dann befahl er ihr: »Los, runter mit dir. Nimm deine Medizin. Leg dich flach hin und fixiere einen festen Punkt.«

Das Boot hob und senkte sich immer stärker. Sogar der Wind hatte seine befreiende Kraft verloren und ließ sie frösteln.

»Aber Ankern ...«, entgegnete sie schlaff.

»Ankern kann ich alleine. Los, runter mit dir! Leg dich endlich hin und stirb mir hier nicht weg. Also mach schon!«, herrschte er in unerwartet grimmigem Ton.

Brav gehorchte sie, torkelte unter Deck, nahm ihre Tabletten und legte sich auf das schwankende Bett, wo sie sich mit ihrem und Aidans Schlafsack zudeckte. Sein vertrauter Geruch tat gut. Segeln und Abenteuer waren etwas für andere Menschen, aber nicht für sie. Das Letzte, was sie dachte, bevor sie eindöste, war, dass sie nie mehr einen Fuß auf ein Schiff setzen und Aidan niemals verlieren wollte.

Doch dann wachte sie auf, und Struan saß mit einem Teller voll Sandwiches und einem Glas Cola auf ihrer Bettkante und lächelte sie besorgt an.

»Na, geht's dir besser?«, fragte er leise und beugte sich zu ihr.

»Ja, danke, ich glaub schon«, murmelte sie.

»Mit so einer Seekrankheit darf man nicht spaßen, weißt du? Ich habe dir das Picknick ans Bett gebracht«, erklärte er das Offensichtliche mit einem verlegenen Lächeln. »Draußen ist es ohnehin zu ungemütlich.«

Fiona strampelte die wärmenden Schlafsäcke von sich und richtete sich auf. »Danke«, flüsterte sie ergriffen von so viel Fürsorge. »Das ist echt lieb von dir.«

»Gern geschehen. Hier, trink was. Das ist gut für den Magen.«

»Ich weiß«, nuschelte sie und nahm ihm das Glas ab. Als sich ihre Fingerspitzen dabei kurz berührten, schoss erneut tosendes Verlangen durch ihren Körper, doch sie senkte den Blick. Zaghaft nahm sie erst einen, dann noch einen und schließlich einen dritten Schluck. Sie musste Zeit gewinnen, musste überlegen, was zu tun war, allein: Sie war außerstande, einen klaren Gedanken zu fassen, denn er hatte sich noch weiter zu ihr gebeugt, und in dem Maß, in dem sein heißer Atem über ihren Hals strich, verstrich die letzte Gelegenheit, sich seiner Macht zu entziehen.

»Was?«, fragte er mit einer Stimme aus Samt und Feuer.

»Ich ...«, begann sie leise und hob ihren Blick.

»Du?«, wiederholte er rau und die Zeit wurde langsamer. Wie vorhin an Deck legte er die Spitze seines Zeigefingers unter ihr Kinn. Er hob es an und als er den Finger krümmte, folgte sie ihm, ja, eilte ihm beinahe voraus, um endlich seinen warmen Mund wieder auf ihrem zu spüren. Tiefer diesmal, drängender, haltloser.

Schon glitten ihre Hände unter sein und seine Hände unter ihr T-Shirt. Schon erkundete sie mit nie geahnter Neugierde und längst vergessener Lust jeden Winkel seines Körpers. Wie er roch, wie er schmeckte. Schon zogen und zerrten sie an Haut und Haar, an Stoff und Schuhen, bis sie endlich nackt, Haut an Haut, neben-, auf-, vor- und hintereinander lagen. Überall Hände, überall Münder und Beine, die sich umeinanderschlangen und die Vereinigung forcierten. Zu der es jeden

Augenblick kommen sollte. Schon war alles bereit und willig. Nach Atem ringend lag sie zitternd und bebend unter ihm, als er – die Kondompackung zwischen Zähnen und Fingern ... ein Riss – ein Schrei – eine Flucht.

Ufer – Anker.

Vor dem Bullauge waren Klippen. Sehr nah. Zu nah. Sie stürmte hinauf.

Nackt rang Struan in Sturm und Regen mit dem Steuer. »Hol den Anker rauf! Schnell! Beeil dich!«, brüllte er. Sie rannte über das wankende Deck zu der automatischen Winde, bei der man höllisch Obacht geben musste, dass einem nicht aus Versehen ein Finger weggerissen wurde. Sie hielt die Hand über den Knopf und schaute zu Struan.

»Auf mein Kommando; wenn ich es sage!«, brüllte er und startete den Motor. »Jetzt!« Sie drückte den Knopf, die Kette ratterte hoch und brachte einen übelkeitserregenden Geruch von Seetang und Schmieröl mit. Da erkannte sie, dass sie nicht direkt über dem Anker standen. Sofort schlug sie wieder auf den Knopf und schrie, so laut sie konnte, »Weiter nach backbord!«. Ohne Antwort steuerte er nach links und als die Position stimmte, hob sie den Anker ganz.

Fiona zitterte, vor Kälte, aber auch angesichts der Gefahr, in die sie sich begeben hatten, nur weil ... Sie wagte nicht, den Gedanken zu Ende zu denken. Die Folgen einer Havarie waren unvorstellbar. Das Schiff wäre zerstört, der Schaden immens. Möglicherweise wären sie verletzt oder gar gestorben. Und jeder wüsste Bescheid. Jeder. Auch Aidan, der Mann, der ihre Untreue mit nichts in der Welt verdient hatte.

Bibbernd vor Kälte saß Fiona neben der Winde und wagte nicht, sich zu bewegen, so unberechenbar schien Struans Jähzorn. Mit fahrigen Bewegungen steuerte er vom Ufer weg. Sobald sie in sicherer Entfernung waren, stoppte er den Motor, befahl ihr, den Anker wieder zu setzen und rannte wortlos unter Deck.

Zusammengekauert wartete Fiona, bis er eine Minute später bekleidet zurückkehrte und ihr stumm, durch eine einzige kurze Kopfbewegung die Erlaubnis erteilte, ihrer Nacktheit nun ebenfalls ein Ende zu bereiten. Wo vorhin seine und ihre Kleidung ineinander vermengt herumgelegen hatten, lag jetzt nur noch ihre, dazwischen ein angebissenes Käsesandwich und ein unbenütztes Verhütungsmittel.

Sie zog gerade die Hose hoch, als sie spürte, dass er den Anker hob. Noch bevor sie in den Pullover schlüpfte, trat er den Rückweg an. Fassungslos und von den jäh einsetzenden Gewissensbissen gepeinigt, sank sie auf das Bett, stieß die Schlafsäcke beiseite und stützte den Kopf in ihre Hände. Was hatte sie nur getan.

Wie konnte sie nur!

Wie konnte sie es nur genießen und sich selbst jetzt noch nach mehr sehnen?

Nach langer Zeit stemmte sie die Füße auf den Boden, stand auf, machte das Bett, hob das aufgerissene Kondom hoch und warf es über Bord. *Schlecht für die Fische, gut für die Ehe.*

Ihr Blick streifte Struan, der breitbeinig am Steuer stand und dem weder Wind noch Sprühregen etwas anhaben konnten. Warum war er plötzlich so abweisend und unnahbar? Warum behandelte er sie wie Luft? Gab er etwa ihr die Schuld an dem Debakel? Sie konnte doch gar nichts dafür! Unsicher stellte sie sich neben ihn.

»Hey«, sagte sie leise.

»Hey«, erwiderte er barsch, ohne sie anzusehen.

»Das ist gerade noch mal gut gegangen, was?«, versuchte sie, ins Gespräch zu kommen und die auf unerklärliche Weise so eisig gewordene Stimmung aufzutauen. Wieder suchte ihr Blick seinen und diesmal bekam sie beinahe, was sie wollte. Ein höhnischer Zug lag um seine Augen und Lippen, als er mit leicht kratziger Stimme »Wie man es nimmt« erwiderte und leise lachte.

»Wie ist das denn passiert?«

»Keine Ahnung. Das weiß man nie so genau.«

Fiona runzelte die Stirn, doch er fuhr murrend fort. »Schlechter Untergrund, vermute ich. Steinig oder Seegras, keine Ahnung.«

»Ich«, begann sie leise.

»Hm?«, machte er und sah sie väterlich an.

»Es ...«

»Ja?«

»N– nun ja«, stammelte sie. »Ich wollte dir nur sagen, dass es dir nicht leidtun muss. Also, dass du dich nicht schuldig fühlen sollst.«

Da legte er den Kopf in den Nacken und gab ein undefinierbares Geräusch von sich. *Wie ein Schluchzen klingt das nicht,* dachte Fiona, *aber so ähnlich. Ein Lachen kann es doch nicht sein!* Er senkte sein Kinn wieder und schaute aufs Meer.

»Mach dir um mich keine Sorgen, Kleines«, sagte er schließlich betont lässig und schmunzelte. »Ich komm schon klar. Deinetwegen bin ich aber ganz froh, dass sich der Anker nicht richtig eingegraben hat und geslippt ist.«

»Meinetwegen?« Sie fühlte sich bevormundet.

»Ja. Für mich wäre es kein großes Thema gewesen.«

»Wie bitte?«, stieß sie völlig perplex aus. »Kein großes Thema?« Sie schluckte. Wie konnte das, was zwischen ihnen war, was sie so völlig mit sich gerissen und aus der Bahn geworfen hatte, wie konnte die sengende Begierde *kein großes Thema* sein!

»Nicht so. Ich meine, dass es Aidan gibt. Den Sex mit dir ... na ...« Er zwinkerte ihr zu und grinste verschmitzt. Dann raunte er ihr mit einem tiefen Blick zu: »Den hätte ich sehr gerne noch weiter und vor allem länger genossen.«

»Oh!«, stieß Fiona überrascht aus. »Das ... hm ...« Sie räusperte sich und lachte.

»Siehst du!« Nun lachte auch er. »Allein die Art, wie du jetzt reagierst, zeigt mir, dass du nicht die richtige Frau für eine Affäre bist.«

»Eine ... Affäre.« *Ich? Ich nicht. Nein. Bin ich nicht. Affäre? Wieso Affäre?* Fiona wusste, dass sie erleichtert sein sollte und verstand doch nicht, warum sie sich von den Worten erniedrigt fühlte. Sie verstand, dass sie zu brav und zu langweilig für die aufregende Welt der in Freiheit lebenden, selbstbestimmten Erwachsenen war. Allemal für einen Mann wie ihn.

»Eben, siehst du? Das bist du nicht.«

»Woher willst du das wissen?«

»Süße, glaub mir, ich kenne genügend Frauen.«

»Ach ja?« Ihr Blick wurde schmal.

Belustigt betrachtete er sie, dann wurden seine Gesichtszüge ernst und sein Blick stählern.

»Ja?«, stieß er heiser hervor, schlang einen Arm um sie und zog sie mit einem Ruck an sich. Anders als am Vormittag drehte er sich jedoch blitzschnell um, damit sich seine Männlichkeit in ihren Schoß presste und sie spürte, wie bereit *er* für eine Affäre war.

Entsetzt riss sie die Augen auf, was anscheinend Antwort genug für ihn war.

»Siehst du! Du hast Angst! Aber hey, das ist nichts Schlimmes. Es ist eigentlich sogar ganz schön, wenn man treu ist oder zumindest Skrupel hat! Es ist selten, okay, das gebe ich zu, aber ja, so bist du nun mal. Ich glaube, ich mag das sogar an dir. So eine Frau wie du – ich glaube, die erdet einen.«

»Aha ...« Seine Worte ergaben keinen Sinn und wirbelten wild durch ihren Kopf.

»Sei froh, dass was dazwischen gekommen ist. Du würdest schwer damit leben können, glaub mir. Von mir aus hat es das alles nicht gegeben, okay?«

»Ja, gut!«, rief sie mit erstickter Stimme und verabscheute ihn mit einem Mal. »Niemals ...« Sie schluchzte auf und presste die Faust vor den Mund. In ihren Augen standen Tränen.

Wie betäubt wankte sie in die Kajüte, in der sie zwar längst alle Spuren beseitigt hatte, nun aber fieberhaft begann, alles nach einem möglichen Haar oder Brösel abzusuchen. Roch der Schlafsack nach Struan? Panisch hängte sie ihn in den Wind. Das da vorne war schon der Hafen von Tobermory! Ihr Herz raste und sie schwitzte vor Kälte zitternd.

Was konnte sie tun, jetzt, wo das Geschehene nicht mehr rückgängig zu machen war? Wie konnte sie Struans zernagender Zurückweisung entkommen? Und wie Aidan gegenübertreten?

Aidan.

Da stand er und wartete auf sie.

Aidan – war das wirklich er oder war es nur ein Trugbild ihres Wunschdenkens?

Es war wirklich Aidan, der in seiner roten Windjacke, die Hände in den Hosentaschen, mit hochgezogenen Schultern am Steg stand und ein wenig unsicher lächelte, als er wortlos das Tau fing, das Struan ihm mit einem lässig gelachten »Hey, Kumpel!« zuwarf. Sein besorgter Blick und sein liebes Lächeln drückte Fiona beinahe in die Knie.

Struan sprang vom Schiff und schlug Aidan kameradschaftlich auf den Rücken »Na? Alles klar? Du konntest es wohl gar nicht erwarten, was?«, rief er und lachte. Ohne eine Antwort abzuwarten, begann er, das Tau um den Poller zu schlingen.

Mit zitternden Knien kletterte Fiona an Land und fiel Aidan mit einem erstickten Schrei um den Hals. »Hallo!«, rief sie leise und verbarg ihr Gesicht an seiner Brust. Mit beiden Händen fasste sie seine Jacke und ballte mit dem Stoff zwischen den Fingern die Fäuste.

»Was ist denn mit dir los?«, fragte er einfühlsam. »Was hast du denn?«

»Ich – mir ging es so übel. Ich war total seekrank!«, brachte sie hervor, wobei es eher wie ein Würgen klang.

»Wirklich? Aber warum denn?«

»Ich habe die Tablette nicht genommen. Oder zu spät.«

»Ach mein Schatz«, flüsterte er und strich ihr besorgt über den Kopf. »Du wolltest es mal wieder ganz genau wissen, hm?«

»Ja«, schniefte sie und rang eine Woge Übelkeit nieder, die nichts mit dem Seegang zu tun hatte. »Aber jetzt ist wieder alles gut?«

»Ja, aber ich habe dich so vermisst.« Das war nicht gelogen, denn als sie wie ein Häufchen Elend in ihrer Koje lag, traf das durchaus zu. »Aber warum bist du hier und nicht bei den anderen?«

»Das ist eine lange Geschichte. Wir haben eine kleine Wanderung gemacht, als es zu regnen anfing und Liz meinte, dass man einen Kater am besten mit mehr Alkohol bekämpft. Sie sind also in die Destillerie gefahren und ich bin alleine rumgezogen. Mir war gar nicht wohl dabei, dass du bei dem Wetter da draußen unterwegs warst.« Fest drückte er sie an sich und legte seine Wange an ihre. »Mir war auch total schlecht. Aber jetzt weiß ich ja, warum.« Er lächelte und fasste ihr Gesicht mit beiden Händen. Liebevoll sah er sie an und küsste sie zart.

Fiona versteifte sich, obwohl sie sich nach seiner einfühlsamen Zärtlichkeit sehnte.

Was, wenn er die Lüge in ihrem Kuss schmeckte?

»Komm«, wisperte sie rau, nahm seine Hand und zog ihn von dem Landungssteg fort. »Gehen wir ein bisschen spazieren.«

Kapitel 16

»Komm mit, ich zeig dir was Schönes!«, flüsterte Aidan und zog sie an sich, um sie erneut zu küssen.

Er war froh, sie wieder bei sich zu haben. Den ganzen Tag über war ihm mulmig gewesen. Er konnte nicht sagen, weswegen und ob es an dem Wetter oder an der Tatsache lag, dass sie mit dem Skipper alleine unterwegs war. Dass sie nun wohlbehalten zurück war und sich sichtlich freute, ihn zu sehen, erfüllte ihn mit Glück. Dankbar strich er ihr über ihr liebes Gesicht und den Hals.

»Was denn?«, flüsterte sie sanft in seinen Mund.

»Einen wunderschönen Flecken Erde, von dem aus wir einen herrlichen Blick über die Bucht und das Meer haben. *Antobar* heißt das Künstlercafé. Dazu müssen wir aber ungefähr fünfzehn Minuten zu Fuß gehen, schaffst du das?«

»Mit dir bestimmt«, antwortete sie lächelnd. »Und wenn es dort etwas Warmes zu essen gibt: umso besser. Ich sterbe nämlich vor Hunger!«

Gut gelaunt machten sie sich auf den Weg. Es regnete leicht und der Boden war stellenweise rutschig. Fiona bedauerte, dass sie ihre weißen Segelschuhe anhatte, doch auf das Boot zurück wollte sie nicht und immerhin boten die Schuhe einigermaßen festen Halt. Den brauchte sie, denn der Weg zu Antobar erwies sich als unerwartet steil.

»Na, erzähl doch mal, was du alles gelernt hast!«, forderte Aidan sie ehrlich interessiert auf.

»Also, gelernt habe ich vor allem zwei Dinge: Wie man in

die Wellen hinein segelt, und dass ich nicht die geborene Seglerin bin.«

»Ach? Wie das denn? Wegen der Seekrankheit?«

»Ja.« Sie ließ die Schultern und Mundwinkel hängen.

»Aber glaubst du nicht, dass viele gute und leidenschaftliche Segler etwas gegen Seekrankheit nehmen?«
Sie runzelte die Stirn und sah ihn verwundert an. »Nee, das glaube ich nicht.« Sie lachte und schüttelte den Kopf. »Das wäre doch komplett albern!«

»Ja? Wieso denn?«

»Ich meine, sie machen sich doch was vor!«
Er legte den Kopf zur Seite und schaute sie interessiert an und wartete darauf, dass sie weitersprach.

»Ich meine, wenn man zu etwas geboren ist, dann ist man doch mit allem, mit Körper und Kopf dafür geboren. Dann sollte doch irgendwie alles stimmen und passen. Von Natur aus, meine ich. Wenn ich etwas nur toll finde, weil ich mich austrickse, dann kommt mir das komisch vor. Falsch.«

»Hm ...«, machte er und sah sie schweigend an. Was war nur in sie gefahren? Woher kamen diese Überlegungen? »Du meinst, man täuscht sich und trickst sich bewusst aus, damit man etwas schön finden kann, was man ohne Medikamente oder Drogen nicht schön finden würde?«

»Ja, genau!«, rief sie begeistert, doch klang sie dabei zu seiner Verwunderung ein wenig wütend.

»Hm, darüber muss ich nachdenken. Ist das nicht normal? Das macht man doch ständig. Ich meine, man ist müde, hat aber keine Zeit oder keine Lust zum Schlafen – also trinkt man Kaffee oder Red Bull.«

»Zum Beispiel, ja. Man macht sich ständig etwas vor!« Nun schwang deutlich Wut in ihrer Stimme mit.

Aidan blieb stehen und sah sie verwirrt an. »Wie kommst du denn jetzt überhaupt darauf?«

»Ach, ich weiß auch nicht!«, fauchte sie, riss die Hände hoch und stapfte weiter. Der Regen fiel nun in schweren Tropfen und auch der Wind nahm zu.

»Warte!«, rief Aidan, der gerade dabei war, seine Kapuze fester zu zurren. Fiona jedoch reagierte nicht, vielleicht war sie schon außer Hörweite, und so lief er ihr, ohne auf den Weg zu achten, nach. Der Boden war uneben und glitschig.

Fiona war froh, dass Aidan schwieg und sie ihre Ruhe hatte. Genau so war es doch! Man machte sich ständig etwas vor, tat dies und das, nur um sich etwas schönzumalen, bis man überzeugt war, »man sei so«. Dabei hatte man längst vergessen, oder es noch gar nie gewusst, wer und wie man wirklich war! Was war überhaupt echt und nicht nur in Folge einer anderen Täuschung, oder Ent-täuschung, entstanden? Und war das Resultat von Lug und Trug nicht auch wieder eine Wirklichkeit? Wie »echt« waren sie und Aidan? Wie echt war das, was sie für Struan empfand? Woher kam plötzlich dieses Kribbeln? Nie zuvor hatte sie sich für einen anderen Mann interessiert, in all den gemeinsamen Jahren nicht. Auch nicht da, als die Verliebtheit zwischen ihr und Aidan abnahm und sich der wohl unvermeidliche Alltagstrott einschlich.

Musste sie Aidan von dem, was geschehen war und was nur der gelichtete Anker unterbrach, erzählen? Nein. Das konnte sie nicht. Er würde nur sinnlos leiden und ihre Schuld wäre dadurch nicht gemildert. Was hätte sie von einer Beichte? Sein Urteil, das ihr die Entscheidung, ob sie bei ihm bleiben oder sich trennen wollte, abnahm. Das wäre feig. Nein, beschloss sie. Nur wenn sie ihn sicher verlassen wollte, konnte sie ihm davon erzählen. Aidan sollte nicht leiden. Bei der Vorstellung an ein Leben ohne ihn verkrampfte sich ihr Magen, und ihr Atem ging so flach, dass sie nach wenigen Schritten Seitenstechen bekam.

Voll Selbstzorn stapfte sie weiter. Aber Aidan – natürlich wollte sie nicht ohne ihn leben! Sie konnte sich ein Leben ohne ihn überhaupt nicht vorstellen. Doch das wäre gewiss der Preis, wenn sie ihre Abenteuerlust ausgelebt, wenn der rettende Anker nicht im rechten Moment geslippt wäre.

Wie eine unsichtbare Faust hielt die Schuld ihre Kehle umklammert.

Trotzdem war da dieser Widerstand, dieses Aufbegehren, diese Sehnsucht nach Mehr, nach etwas Neuem, nach einem Ausbrechen aus ihrem öde gewordenen Leben. Könnte sie nicht wenigstens ein paar Tage ohne ihn verbringen? Wann war das zuletzt der Fall gewesen? Abgesehen von den Junggesellen- und -gesellinnenabschieden: nie. Sie brauchte mehr Raum und Zeit für sich allein. Sie selbst musste jemand werden. Sie konnte und wollte nicht länger nur als ein farbloser Teil von ihm existieren. Er engte sie ein. Er klammerte. Wie er am Steg auf sie gewartet hatte! So peinlich. Wie ein kleines Kind. Außerdem lieferte er Struan den Beweis, dass sie viel zu fremdbestimmt, viel zu feige, viel zu gefügig für eine aufregende Affäre, oder überhaupt für ein aufregendes Leben, war.

Das Stechen wurde unerträglich.

Fluchend presste sie eine Hand in die Seite, blieb stehen und beugte sich nach vorne. Vor Schmerz kniff sie die Augen zusammen und stöhnte. Jetzt konnte es nicht mehr weit zum Ziel sein. »Aidan, wie weit ist es noch?« Warum kam er ihr nicht zur Hilfe? Merkte er nicht, dass es ihr nicht gut ging? Und warum antwortete er ihr nicht?

Zusammengekrümmt drehte sie sich um und hielt inne. Panik vertrieb den Schmerz.

»Aidan? Aidan! Wo bist du?«, brüllte sie. Kein Aidan. Keine rote Jacke. Keine Spur weit und breit. So schnell sie konnte, rannte sie den rutschigen Weg zurück, stolperte, strauchelte, fing sich auf, rannte weiter, immer weiter, pausenlos »Aidan! Wo bist du?« rufend. Da – endlich! So weit weg! Dort war etwas Rotes. Am Boden! Gestürzt? Reglos.

»Aidan! Hörst du mich!«, brüllte sie gegen den Wind und rannte so schnell sie konnte zu ihm. »Aidan! Wach auf!« Sie kniete nieder und hob seinen Kopf an. Er war warm. Die Lider flatterten leicht. Er atmete. »Aidan! Mach die Augen auf!«, rief sie leise und tätschelte seine Wange. »Aidan!« Er blinzelte. »Aidan!«, schluchzte sie erleichtert. »Schau mich an! Sag was!«

»Hm?«, brummte er und blinzelte wieder. »Was ist denn?«, murmelte er matt.

»Du bist hingefallen. Tut dir was weh?« Besorgt schaute sie auf ihn herab und streichelte seinen Kopf.

Vorsichtig bewegte er sich und verzog vor Schmerz das Gesicht. »Ja ...«, stöhnte er.

»Bestimmt Prellungen. Und eine Gehirnerschütterung, vermute ich. Aber du reagierst, das ist gut.«

»Ja. Und du bist da«, flüsterte er schwach und schloss wieder die Augen.

»Bleib da!«, flehte sie ihn an.

»Ja ... Immer ...«, flüsterte er.

Angstverzerrt überlegte sie, ob sie ihn alleine lassen konnte. Warum nur war sie ohne Handy losgegangen?

»Kannst du aufstehen und zurückgehen?«, fragte sie, denn es war zu kalt und nass, als dass er lange hier bleiben konnte.

»Ich glaube schon«, stöhnte er und rappelte sich mühsam hoch. Auf Fiona gestützt humpelte er den kurzen Weg zur Marina zurück, wo er auf einem Sofa liegen konnte, während sie Hilfe holte.

Zum nächsten Krankenhaus brauchte man mehr als eine halbe Stunde und von den beiden Krankenwagen war einer gerade in Reparatur, der andere bei einem Einsatz.

»Es ist ja nichts Akutes«, redete sie sich selbst gut zu. »Ruhe allein hilft bestimmt auch.«

Sie setzte sich neben ihn und streichelte sein Gesicht, als Lucas hereinkam. »Da seid ihr! Was ist denn mit euch los?«, rief er und starrte sie ungläubig an. »Ist etwas passiert?« Besorgt blieb er vor ihnen stehen.

»Ja, Aidan ist ausgerutscht und hat sich einiges geprellt. Ich befürchte, dass er auch eine Gehirnerschütterung hat, weil ihm schlecht ist. Wir warten gerade auf den Arzt, oder Krankenwagen.«

»Oh, oh. Das ist ja schrecklich, ihr Armen! Damit ist nicht zu spaßen, das weiß ich von mir selbst!«, bekundete er.»Wann kommt der Krankenwagen denn?«

»Das wissen sie nicht so genau. Er ist gerade woanders unterwegs. Vielleicht in einer Stunde.«

»Ah – es gibt nur einen oder wie?«

»Leider ja.«

Lucas überlegte eine Weile, dann rief er:»Du, in dem Zustand kann er nicht zurücksegeln. Schon gar nicht bei dem Wetter!«

»Stimmt!«, rief Fiona erschrocken und Aidan drehte stöhnend den Kopf zur Seite.»Daran habe ich gar nicht gedacht!«

»Gut, dass du mich hast. Ich kenne da nämlich jemanden. Gib mir drei Minuten!« Schon zückte er sein Handy, drückte ein paar Tasten und als er zu sprechen begann, zog er sich zurück. Leute wie Lucas kannten immer *jemanden*, dachte Fiona. Sie konnte nicht verstehen, was er aushandelte, allerdings fiel ihr ein Stein vom Herzen, als er strahlend zurückkam und verkündete:»So, beeilt euch! Pack eure Sachen, ich bleibe so lange bei ihm und passe auf, dass er hier nicht alles vollreihert, ja, Kumpel?«, meinte er und gab ihm einen freundschaftlichen Klaps auf die Schulter. Verdattert schaute Fiona ihn an.»Greg, mein Freund, schickt einen Helikopter. Er hat einen Flugservice, das heißt, er transportiert Waren und Menschen auf die kleinen Inseln. Ich habe, glaube ich, schon ein paar Mal von ihm erzählt. Ihr fliegt direkt nach Oban, weil dort euer Auto steht, richtig?«

»Wie bitte? Lucas! Das – das geht doch nicht! Wer soll das bezahlen?«

»Lass nur, mach dir darüber keine Gedanken. Er ist ein guter Freund und schuldet mir ohnehin noch ein paar Gefallen. Außerdem hat er gerade einen in der Nähe, der in spätestens einer halben Stunde hier ist.«

»So schnell!«, staunte Fiona.

»Ja, beeil dich. Ich bleibe bei Aidan. Wenn ihr etwas an Bord vergesst, schicken wir es euch, okay?«

»Okay!«

Erleichtert und beklommen zugleich rannte sie zum Schiff, das glücklicherweise nicht verschlossen war, obwohl es alleine vor sich hindümpelte. Hastig packte sie alles in ihre Taschen. *Jetzt kann Aidan wenigstens nichts finden!*, dachte sie erleichtert und schämte sich umgehend dafür. Ihr blieb keine Zeit, lange zu grübeln, wie unbeschwert die Reise begonnen hatte und wie dramatisch sie endete.

Sie war froh, dass von Struan jede Spur fehlte, denn so blieb ihr eine Verabschiedung, bei der sie nicht gewusst hätte, was sie sagen, wie sie sich verhalten sollte, erspart.

Lucas musste alle aus dem Pub geholt haben, denn zum Abschied standen sie in der Kälte bibbernd da, bekundeten ihr Mitleid und umarmten sie der Reihe nach.

Von »Gute Besserung«, »Macht's gut« und »Kommt gut nach Hause«-Rufen begleitet stiegen Fiona und Aidan in den Helikopter.

Das da unten ist unser Schiff, dachte Fiona wehmütig, als sie sich in die Lüfte erhoben. Friedlich schaukelte es an seinem Liegeplatz hin und her. Sie lehnte den Kopf an die Scheibe und schloss die Augen. Fest presste sie die Handflächen auf die Oberschenkel und holte tief Luft. Doch nichts half: Wie eine Keule schlug der Abschiedsschmerz zu und hallte dumpf in ihr nach.

Dort unten lagen ihre Freiheit, ihr Traum, ihr Abenteuer. Schon schrumpften sie zu kleinen, blassen Punkten und rückten in immer weitere Ferne. Ungelebt, nur gestriffen, eine Fantasie, schon gar nicht mehr wirklich ... Bis auf die Schuld. Und das Wissen, Aidan beinahe verloren zu haben. Aidan, der ihr noch nie das Gefühl gegeben hatte, nicht gut genug zu sein. Wortlos nahm sie seine Hand und streichelte mit dem Daumen seinen Handrücken. Das hier war ihr wahres Leben.

Teil 2

Auf offener See

Kapitel 17

Glasgow, Anfang September 2014

»Schon dich. Versuch viel zu schlafen, wenig lesen und fernsehen, keine Computerspiele, und vermeide jegliche Aufregung«, riet Phil. Der junge Allgemeinmediziner wohnte und praktizierte im Haus gegenüber und hatte sich freundlicherweise nach Fionas Anruf bereit erklärt, auf sie zu warten. Die Fahrt war reibungslos verlaufen, denn am Donnerstagnachmittag herrschte wenig Verkehr, worüber Fiona dankbar war, da sie sich nur mit Mühe konzentrieren konnte. Immer wieder drifteten ihre Gedanken zu Struan, zu Aidan und nun, da der Urlaub so plötzlich vorbei war, auch zu ihrem verhassten Job ab.

»Wann kann ich wieder arbeiten?«, erkundigte Aidan sich mit schwacher Stimme.

»Also, was die Gehirnerschütterung betrifft, würde ich sagen, am Donnerstag. Bis dahin müssten die Prellungen auch gut abgeheilt sein. Hier hast du ein Rezept für eine Salbe. Eine Woche solltest du dich, und vor allem deinen Kopf, schon erholen. Schau am Mittwoch noch mal in meiner Sprechstunde vorbei.«

»Das sind drei Arbeitstage ...«, setzte Aidan an. »Dafür bekommt man keine Krankschreibung, oder?«

»Dafür braucht man keine, nein«, bestätigte Phil und sah ihn prüfend an. »Hättest du gern eine?«

»Ja schon. Kann ja nie schaden.«

Fiona runzelte die Stirn.

»Klar, kein Problem. Außerdem hättest du morgen ja noch Urlaub.«

»Richtig ... Ein Jammer, wirklich.«

»Schlechtes Timing, was?« Phil hob nicht nur die Stimme, sondern auch den Kopf und sah sie belustigt an. Fiona errötete, stieg aber auf den Spaß ein. »Na, einen Tag hätte er schon noch warten können!«

»Ach Schatz«, flachste Aidan bemüht lässig. »Ich wollte dir doch nur zu einem kostenlosen Helikopter-Rundflug verhelfen! Undank ist der Welten Lohn. Tststs!«

»Dank dir, das werde ich dir nie vergessen!« Fiona zwang sich, weiter unbeschwert zu klingen und drückte seine Hand.

Zuhause bereitete Fiona als Erstes ein weiches Lager auf der Couch, worauf Aidan sich ächzend bettete. Dann kochte sie Tee, legte Kekse auf einen Teller und fuhr in die nächste Apotheke, um die Salbe zu holen. Zum Abendessen holte sie bei ihrem Lieblings-Inder ein höllisch scharfes Vindaloo für Aidan und ein mildes Tikka Masala für sich, dazu Naan und bunten Reis, das sie in der Küche auf schöne Platten legte.

Aidan schien zu schlafen, denn er lag mit seinen Kopfhörern und geschlossenen Augen auf dem Sofa. Wie friedlich und entspannt er wirkte. Es war einfach, ihn zu lieben, dachte sie, vielleicht zu einfach ... Vielleicht war genau das das Problem. Eine Weile betrachtete sie ihn, dann kniete sie neben ihm nieder und legte ihre Hand auf seine. Ein Lächeln zog über seine Lippen, als er seine Finger um ihre schloss und sie sanft drückte. »Danke für alles, mein Engel«, flüsterte er und nahm die Kopfhörer ab.

»Wofür denn?«

»Dafür, dass du immer für mich da bist«, wisperte er noch immer mit geschlossenen Augen. Er führte ihre Hand an seine Lippen, drückte einen Kuss darauf und legte sie auf seine Brust. Gleichmäßig und ruhig schlug sein Herz. Aus den Kopfhörern drang ein hoher Choral, der zeitlos, über allem erhaben klang und an den Himmel erinnerte, obwohl sie ihn weder kannte noch daran glaubte. Dann erstarb die Musik, denn Aidans freie Hand drückte etwas auf dem MP3-Player. Langsam kehrte er aus den himmlischen Sphären auf das Sofa zurück und öffnete mit einem breiten Grinsen die Augen.

»Das klingt schön«, sagte sie leise. »Ich kann mir gut vorstellen, dass sie dem Gehirn guttut. Wie mit Mozart und ungeborenen Babys.« Zärtlich strich sie über seinen Kopf, auf dem sich eine Beule gebildet hatte.

»Ich glaube auch, dass sie heilende Kräfte hat«, stimmte er ihr bei.

»Wie heißt die Gruppe denn?«, fragte sie.

Verwunderung huschte über sein Gesicht, bevor er leise sagte: »Um ehrlich zu sein, weiß ich das gar nicht.«

»Ach, schade«, meinte sie und stand auf. Ruhig ging sie von einer Kerze zur nächsten und zündete sie an.

»Wie ich dich kenne, und so köstlich wie es riecht, verwöhnst du uns heute, hm?«, fragte er freudig und strahlte sie dabei so unschuldig wie ein kleines Kind an. Gerührt hielt Fiona inne, sah ihn stumm an, dann ging sie wieder zu ihm, kniete nieder, legte ihre Hände auf seine Schultern und ihren Kopf an seine Brust.

»Oh Aidan«, murmelte sie. »Ich bin so froh, dass dir nichts passiert ist und dass ich dich habe.« Nun konnte sie ihr Schluchzen nicht länger unterdrücken. »Ich liebe dich so sehr, mehr als mein Leben.« Sie klammerte sich fest an ihn, als könne sie so den Lauf der Dinge aufhalten.

In den folgenden Tagen kümmerte sie sich liebevoll um Aidan. Sie hatte beschlossen, Struan aus ihrem Leben zu verbannen. Diese Verbannung beinhaltete nicht nur ihre Gedanken und Gefühle, sondern auch den Dank dafür, einen rücksichtsvollen, einfühlsamen, zuverlässigen Ehemann zu haben. Auch wenn er anhänglich, ängstlich und des Öfteren zu häuslich war, so war er doch der Mensch, bei dem sie sich geborgen und geliebt fühlte, und dem sie blind vertrauen konnte. Was war da schon das bisschen Kribbeln und Flirten!

Nichts als Träume und Schwärmereien, nichts, was Bestand hatte.

So dachte sie, kochte Tee und Essen, half ihm im Bad, salbte seine Prellungen, saß neben ihm und las ihm aus der Zeitung vor. Dabei ließ sie die Themen oder Sätze aus, bei denen er sich aufgeregt hätte. Er wusste, dass sie ihm den Großteil verschwieg und seufzte, tief in die Kissen gelehnt: »Ich wünschte, die Welt wäre wirklich so, wie du sie darstellst.«

Abends schliefen sie friedlich aneinander gekuschelt ein und wachten morgens miteinander auf. Die Nähe und Wärme des anderen war erfüllend und begeisternd. Die zufriedene Ruhe, die nach nichts verlangte, außer fortzubestehen, war das reinigende Element, das ihnen nach den stürmischen Tagen half.

Nach den stürmischen Tagen in der rauen See waren die ruhigen Tage im trauten Zuhause wie ein Bad in einem warmen Weiher, dessen Oberfläche sich nur gelegentlich ein wenig kräuselte.

Wenn es doch nur ewig so bleiben könnte!

Doch unaufhaltsam näherte sich der Sonntagabend wie eine Klippe, von der Fiona in die *Realität* springen musste.

Sie zwang sich, hinauszugehen, in den Bus zu steigen und das Handy anzuschalten. Wenn es ihr anfangs schwergefallen war, ihre E-Mails nicht abzurufen, so kostete es sie nun große Überwindung, genau das zu tun. Innerlich wappnete sie sich für das Schlimmste. Während die Nachrichten luden, klickte sie auf Instagram.

Schlagartig war es vorbei mit lauen Lüftlein und warm wogendem Wasser.

Tosend wie ein Tornado schoss der Zorn in sie. Alles, was wunderbar war, stürzte in sich zusammen, wurde hochgerissen, gegen das, was noch aufrecht stand, geschleudert und fiel polternd zu Boden. Siedend heiß und ätzend strömte Eifersucht durch sie. Hass zerfurchte ihre Stirn, und Neid zerfraß ihre Seele: Liz und Struan.

Selfies zu fünft. Struan neben Liz, Struan allein mit Liz. Liz und Struan, lachend, schäkernd, flirtend. Unbeschwert. Gleichgültig. Spöttisch. Herablassend.

Arme Fiona. Schön, dass du weg bist. Du warst nur im Weg. Endlich gehört er mir, hörte sie Liz' Stimme in sich.

Struans Kopf in Liz' Armen.

Daphne und Lucas mit Struan und Liz vor dem Sonnenuntergang. Ohne Ben. Wo war Ben? Ben! Ben schlafend.

Fotos über Fotos. Fotos ohne Fiona und ohne Aidan.

Ohne uns. Ohne mich. So viel Spaß, so viel Leben – und wir mal wieder zu Hause auf dem Sofa.

Wir gehören da nicht dazu, redete sie sich ein, doch der Jähzorn hämmerte hinter ihren Schläfen und trieb Tränen in ihre Augen. *Wir sind besser. Wir sind stark. Wir wissen, was eine echte Partnerschaft ist; die nicht!*

Die Stimme verklang, sie verlor den Kampf gegen den grenzenlosen Hass:

Nichts weißt du, nichts! Du warst nie frei. Du bist lahm. So schnell vergisst er dich. Du warst nichts wert. Liz ist tausend Mal heißer als du. Du bist nicht heiß, Mütterchen ohne Kinder.

Aidan! Aidan war an allem schuld! Wieder einmal. Wieder einmal hatte sie sich nach ihm gerichtet, wieder einmal wurde ihr Leben von ihm bestimmt! Wie eine Klette, wie ein tödlicher Schmarotzer hing er an ihr und saugte ihr das letzte bisschen Kraft aus dem Leib. Er vernichtete ihr Glück und ihre Lebensfreude! Da waren sie einmal Segeln! Da war sie einmal frei, hatte einmal Spaß – und dann musste er stürzen und sich so heftig verletzen, dass sie den Urlaub abbrechen mussten! Warum? Warum nur? Wenn er sich nicht so dumm angestellt hätte, wären diese Fotos nie entstanden. Dann hätte es die Gelegenheit dazu nie gegeben! Niemals hätte Liz .... denn sie hatte bestimmt, oder nicht?

Nein. Nein. Das hatte sie nicht! So weit würde Struan nicht gehen. Nicht mit diesem Flittchen, dieser billigen – Matratze! Nicht nach dem, was dieser verfluchte Anker verhindert hatte! Von wegen *rettend!* Anker ruinierten ihr Leben, das war es: mehr als ein Sinnbild. Sie war gebunden und gefesselt und schaffte es einfach nicht, sich zu befreien.

Da war mehr. Da war etwas, das sie und Struan verband. *Sie*, nicht Liz! Das zwischen ihm und Liz war nur ein Flirt, bedeutungslos, nichts weiter. Nichts weiter als eine niederträchtige Gemeinheit von diesem Weib mit dem armseligen Geltungsbedürfnis! Oh, wie sie die Frau hasste. Verabscheute. Verachtete. Den Tod und die Pest wünschte Fiona ihr an den Hals, als sie gerade noch rechtzeitig aus dem Bus sprang und in das Büro stürmte. Es war zu spät für die E-Mails. Fiona war so voll Hass und Zorn, dass sie die Unbekannte mit den langen schwarzen Haaren und der beinahe weißen Haut an ihrem Schreibtisch sofort als Feindin einordnete und erst, als es beinahe zu spät war, eine Gleichgesinnte in ihr erkannte.

Fionas erster Arbeitstag verlief grauenhaft. In ihrer Abwesenheit waren einige Änderungen beschlossen worden, die auch ihren Aufgabenbereich betrafen. Angeblich sollte Sophie, die Neue, ihr assistieren. *Wer's glaubt!*, giftete sie stumm. *Die will doch nur meinen Job!*

Als sie am Abend nach Hause kam, wäre sie am liebsten aus der Haut gefahren. Immer wildere Szenen entstanden in ihren vergifteten Vorstellungen. Sie musste joggen, duschen, frische Luft atmen! Ach, wie gut täte es jetzt, am Meer zu sein, auf einem Segelschiff ... mit Segeln Geld verdienen. Tabletten und Tricksereien hin oder her, das war doch egal. Jeder täuschte, anders war das Leben schlichtweg nicht erträglich. Die Tabletten halfen einfach! Mann! Was für einen Schwachsinn hatte sie sich auf dem Weg zu dem Künstlercafé nur zusammengereimt!

Umziehen, laufen, duschen, Essen kochen, nichts mehr hören und sehen, lautete ihr Plan für den Abend.

Doch als sie die Tür aufsperrte, stand Aidan in der Küche und hantierte wild herum. Er sollte doch liegen und keinen Saustall fabrizieren und schon gar kein ...

»Was riecht denn hier so?«, fauchte sie ohne Gruß.

Er zuckte zusammen und das Lächeln verließ sein Gesicht. »Spaghetti Frutti di Mare«, antwortete er gepresst und sah sie ernst an.

»Und wie kommst du darauf, dass ich darauf Lust habe?« Sie schleuderte die Tasche auf die Ablage, zog Jacke und Schuhe aus und trampelte ins Schlafzimmer.

Da stand Aidan mit den frischen Meeresfrüchten, die er extra von seinem Freund Bernard hatte besorgen lassen, um Fiona zu überraschen. Er wollte ihr nach dem ersten Arbeitstag eine Freude bereiten, doch nun stürmte sie in Laufsachen an ihm vorbei und rief nur »Sorry, hab keinen Hunger. Vielleicht später. Muss mich erst mal auspowern.«

Aidan ließ die Schultern sinken und holte tief Luft. Dann rührte er um, würzte nach, stellte die Platte ab, deckte den Topf zu und schob ihn zurück. Seine Prellungen schmerzten und ein dumpfer Druck umgab seinen Kopf. Er humpelte zum Sofa und setzte sich mit zusammengebissenen Zähnen. Es war gut, dass der Körper wehtat, denn das lenkte vom Herzen ab.

Apathisch starrte er auf die Decke. Es war, als wäre jeder Klang, jede Farbe, jeder Geruch aus dem Haus gewichen. Es gab nur noch ihn, seine Atemzüge, seinen Herzschlag und den Schmerz.

Nach einer Weile nahm er das Notizbuch, das viele Jahre unberührt und fast vergessen in seinem Schreibtisch gelegen hatte, und schrieb auf die erste Seite:

7. September 2014

Fiona ist mir abhandengekommen.

Nach einem harmonischen Wochenende kam sie grußlos nach Hause und schnauzte mich an. Es wäre zu einfach, zu denken, dass sie »nur« einen schlechten Tag in der Arbeit hatte. Ich befürchte vielmehr, dass sie nach Tagen offline das Handy eingeschaltet hat und Liz' Fotos auf Instagram gesehen hat. Falls ja, ist sie eifersüch-

tig. Auf Liz und ihr Leben? Oder auf Liz und den Skipper, der mir immer mehr die Galle zum Überlaufen bringt? Ich hoffe nicht. Der Gedanke an den Kerl regt mich so sehr auf, dass meine Schläfen pochen. Dass Phil gesagt hat, ich soll mich schonen, ist unwichtig. Wichtig ist nur, was Fiona fühlt, wie es ihr geht und was sie will. Mein einziger Trost, mein oberflächlicher Trost ist, dass der Kerl in Aberdeen haust. Es rührt nicht an dem Grundproblem, falls es eines gibt, und davon muss ich ausgehen. Aber es gibt mir Zeit. Und es verhindert das Schlimmste.

Ihr Verhalten zerreißt mir das Herz. In den letzten Tagen ist alles, woran ich seit <u>damals</u> geglaubt habe, zerbrochen. Ich quäle mich mit der Frage, wie ich ihre Unzufriedenheit nicht bemerken konnte. Für mich war alles wunderschön und ich war glücklich, bis das Untersuchungsergebnis kam. Heute wollte ich ihr davon erzählen, da ich mir sicher war, sie würde mich deswegen nicht verlassen. Ich habe mich nach Möglichkeiten der künstlichen Befruchtung und Adoption erkundigt; alles Dinge, die ich ihr nicht sagen kann, nicht sagen muss, da sie wahrscheinlich von einem anderen träumt. Von einem anderen Mann und einem anderen Lebensstil. Ich wusste nicht, dass ich ihr so lästig war. Was hätte ich anders machen können?

Ich erkenne sie nicht wieder. Nach zwanzig Jahren ist sie mir binnen weniger Tage fremd geworden.

8. September 2014

Fiona hat die Spaghetti gestern Abend nach dem Laufen kalt gegessen, weil sie behauptete, man könne Meeresfrüchte nicht aufwärmen. Ich habe meine Portion aufgewärmt, es hat mir trotzdem nicht geschmeckt. Die Stimmung war so eisig wie nie zuvor. So gut es geht, habe ich Bad und Küche geputzt und abgestaubt. Morgen sauge ich, doch für heute war es zu anstrengend. Ich habe nach neuen Stellen für sie geschaut und zwei ausgedruckt. Eine neue Aufgabe und andere Kollegen würden ihr guttun. Für mich waren drei passende Anzeigen dabei, denn eine schlechte Vorahnung plagt *mich. Die Krankentage sind bestimmt schädlich. Zumindest hier gibt es Hoffnung.*

Ich hoffe, sie wird wieder die Alte. Was kann ich dazu beitragen?

Was ich nicht begreifen kann, was so unendlich weh tut, ist: Hat es mit dem Skipper, dem fürchterlichen Draufgänger, zu tun? Er ist alles, was ich nicht bin! So wie er werde ich nie sein, kann ich nie sein, möchte ich nicht sein. Der Kerl hat keinerlei Werte, er legt jede flach, die er kriegen kann, das sehen alle, nur sie nicht! Ich will nicht wissen, was auf dem Schiff passiert ist. Aber könnte sie mich anlügen? Nein, das würde sie nicht tun. Dafür ist sie nicht der Typ. Der Gedanke ist zu schrecklich.

10. September 2014

Fiona sagte schulterzuckend, sie habe die Fotos auf Instagram gesehen. Will sie sich selbst oder mir weismachen, dass es sie nicht berührt? Ich hoffe auf das erste. Die Stellenanzeigen hat sie mit einem trotzigen Blick an sich genommen. Ihre Augen waren schmal und ihre Stimme gepresst. »Danke«, sagte sie. »Das wäre nicht nötig gewesen. Vielleicht gehe ich erst mal segeln, wenn ich schon nicht schwanger werde.« Mir wurde heiß und kalt. »Fi – warte!«, rief ich ihr nach, doch da fiel die Badezimmertür schon hinter ihr zu.

Ich muss es ihr sagen. Wenn sie mich deswegen verlassen will, sollte ich es akzeptieren. Oder nicht? Ich weiß nicht, ob ich das kann. Ich liebe sie. Ich habe immer um sie gekämpft. Auch, weil ich es ihrer Familie und ihr schuldig bin. Sie haben so viel für mich getan; Fiona hat wegen mir in Glasgow studiert und auf das Jahr in Australien verzichtet. Ich weiß, dass sie mir die Schuld gibt, dass sie nicht schon als Teenager segeln lernen konnte. Aber warum hat sie es im Studium nicht getan? Warum danach nicht? Ich weiß, ich darf nichts sagen, weil ich ohne ihre Familie ein mit Sicherheit grauenhaftes Leben gehabt hätte. Wer weiß, was aus mir ohne sie geworden wäre. Da spielt es keine Rolle, dass auch ich auf vieles verzichtet habe, doch daran denkt niemand.

Morgen muss ich wieder in die Arbeit. Ich freue mich, die Leute zu sehen, aber die böse Vorahnung bleibt.

11. September 2014

Die böse Vorahnung hat sich bestätigt. Ich bin arbeitslos. Die Firmenpolitik schreibt vor: Sobald man gekündigt ist, darf man die Räume nicht mehr betreten. Als ob es dort Geheimnisse oder dergleichen zu stehlen gäbe! Ich hatte nicht einmal Gelegenheit, mich von allen zu verabschieden, sondern habe meinen Schreibtisch ausgeräumt und wurde anschließend bis zur Tür begleitet.

Wie sage ich es Fiona? Sage ich ihr gleich alles? Dann kann sie sich von dem Totalversager trennen, denn der bin ich zurzeit in ihren Augen. Und darüber hinaus auch in meinen. Ein pflegebedürftiger, zeugungsunfähiger, klammernder Mann.

Das bringt mich wieder zu der Frage, ob ich um sie kämpfen würde oder nicht. Ich würde es wollen, aber möglicherweise wäre es nicht gerecht. Wenn sie gehen will, sollte ich ihr den Wunsch gewähren und sie freigeben, wenn sie sich so gefangen fühlt? Wenn ich sie – und dabei erstickt mich der Kloß in meinem Hals beinahe – so unglücklich mache?

Da ich nicht wusste, wohin mit mir, bin ich mit ziellos losgezogen und in einem kleinen Café gelandet, das mir noch nie aufgefallen war. Dort habe ich einen Cappuccino mit hausgemachter Mandelmilch getrunken. Das klang absurd, schmeckte aber gut, ebenso wie der Apfelkuchen mit Custard Cream. Die Sonne schien golden und mir fiel ein Satz ein, den ich vor langer Zeit einmal gelesen hatte: »Wenn die Trauer keinen Ort findet.« Treffender kann man es nicht beschreiben, denn genau so komme ich mir vor: Entwurzelt und verhöhnt von der Schönheit, die mich umgibt, die ich aber nur gedämpft wahrnehme, wie durch einen grauen Schleier. Eine Schönheit, die zweifelsohne vorhanden ist, die außerhalb des Auges des Betrachters existiert, die mich aber nicht erreicht, die ich nicht empfinden kann, weil ich in meiner Trauer Ort und Zeit entrückt bin. Ich ringe mit mir, was ich mit Fiona, mit uns, tun soll und frage mich in einem fort, ob ich kampflos zulassen würde, dass wir uns trennen.

Heute müssen wir reden, habe ich beschlossen, und sie in einer WhatsApp gefragt, was ich ihr kochen kann. Bis jetzt hat sie nicht geantwortet.

Später am Abend:
Fiona ist noch immer nicht zu Hause. Sie hatte ihr Handy aus und sich bereits mit einer Kollegin verabredet.

Endlich kann ich weinen. Es tut gut, auch wenn es jämmerlich ist. Doch irgendwie passt es zu dem bemitleidenswerten Häuflein Elend, in das ich mich in den letzten zwei Wochen verwandelt habe. Ich habe lange geweint. Was mir Trost gibt, sind die gregorianischen Gesänge, die auf geheimnisvolle Weise ihren Weg auf meinen MP3-Player gefunden haben. Das erste Mal habe ich sie nach dem Besuch des Klosters in Iona bemerkt. Ich kann mich nicht erinnern, sie heruntergeladen zu haben.

Heute wird es nichts mehr mit dem Gespräch mit Fiona. Morgen.

Sie weiß noch nicht einmal, dass ich arbeitslos bin und zu Hause bleiben kann. Oder muss.

12. September 2014

Fiona kam gegen Mitternacht nach Hause. Sie stank nach Alkohol. Ich habe nicht gefragt, weil Gespräche mit Betrunkenen noch nie zu etwas geführt haben.

Wie immer bin ich kurz vor ihr aufgestanden, ins Bad gegangen und habe das Frühstück bereitet. Sie brauchte so lange, dass sie den Kaffee nur hinunterstürzen konnte und das Toastbrot in der Hand mitnahm. Erst in der Tür drehte sie sich noch einmal um, sah mich prüfend von oben bis unten an und fragte dann: »Was ist los? Willst du etwa so in die Arbeit?«

»Nein«, habe ich geantwortet.

»Was, wieso nicht?« Sie klang gehetzt und genervt, blieb aber im-

merhin in der Tür stehen. Sie hatte ihr Haar glatt geföhnt, was sie sehr selten tat. Über die Schulter trug sie eine große Tasche, durch die sich etwas Spitzes drückte, die aber sonst mit etwas Weichem ausgepolstert schien.

»Weil sie mich gekündigt haben«, gestand ich mit fester Stimme und sah sie direkt an.

»Was? Und das sagst du mir erst jetzt?«, schrie sie.

»Ich weiß es doch auch erst seit gestern«, versuchte ich mich zu erklären, doch meine Worte gingen in ihrem Gebrüll unter.

»Das ist echt die Höhe! Echt, Aidan! Findest du nicht, dass ich davon wissen sollte? Dass ich es bin, die jetzt uns alle beide ernährt? Dass ich alleine den Kredit zurückzahle? Und ich mal wieder – ach, vergiss es!«, keifte sie und schlug die Tür hinter sich zu.

Ich weiß, was sie sagen wollte: »Dass ich mal wieder nicht machen kann, was ich will. Nämlich segeln.«

Wenn wir so gut wie Ben und Daphne verdienen würden, oder verdient hätten, könnten wir alles stehen und liegen lassen und lossegeln. Wir haben nur nie so gut wie sie verdient, und werden es wohl auch nie tun, weil uns beiden ein Leben außerhalb der Arbeit und unsere gemeinsame Zeit immer wichtiger war. Wenn nur sie, ohne mich, geht, während ich nach einer neuen Stelle suche? Nur ein paar Wochen? Würde ihr das genügen? Aber was, wenn ich keinen neuen Job finde?

Selbst wenn.

Dann haben wir noch immer kein Kind, und das will sie doch mindestens genauso sehr. Ob sie das begriffen hat, dass es nie geboren werden wird? Warum will sie immer alles? Warum kann es nicht genügen, am Wochenende zu segeln? Warum muss sie gleich ein Leben daraus machen! Alles nur wegen diesem Skipper.

Ich war so leer, dass ich an dem warmen Spätsommertag hinausgegangen bin. Die Prellungen sind so weit abgeklungen, dass ich gehen kann. Ich war wieder in dem Café von gestern und habe das Gleiche gegessen. Auf dem Weg zu den Toiletten ist mir ein Zettel aufgefallen, auf dem stand, dass ein Chor neue Mitglieder sucht. Ich habe die Nummer abgerissen, denn bevor alles anders wurde, habe ich gerne im Kinderchor gesungen. Es hat mir immer geholfen. Beim Singen habe ich mich frei und erhaben gefühlt. Es war schön. Vielleicht probiere ich es. Es kann nicht schaden.

Mit meinem Vater und Bruder war ich oft in der Kirche, mindestens jeden Sonntag, und wenn Dad nicht gestorben wäre, wäre ich noch zur Firmung gegangen. Doch bei den Macmillans hat nie jemand danach gefragt und in mir war zu viel betäubt, als dass ich daran gedacht hätte.

Kapitel 18

»Donna, das glaubst du nicht! Du glaubst einfach nicht, was passiert ist!«, schrie Fiona in ihr Handy. Es war ihr egal, dass sich sämtliche Passagiere nach ihr umdrehten und dass sie Donna seit vor dem Urlaub nicht mehr gesprochen hatte. »Aidan hat seinen Job verloren und sagt mir nichts davon! Kein Sterbenswörtchen!«

Aufgebracht klatschte sie die flache Hand an die Stirn und schnaufte wie ein Stier, vor dem ein Tuch weht.

»Wann denn?«, rief Donna, die ebenfalls auf dem Arbeitsweg sein musste, erschrocken.

»Keine Ahnung. Ich vermute seit gestern ... Aber das muss man sich mal vorstellen! Er sagt mir einfach nichts davon!«

»Vielleicht hatte er Angst? Oder er schämt sich?«, versuchte Donna zu besänftigen.

»Quatsch! Aber ja, das würde zu ihm passen. Mann!«, fauchte sie. »Das Ärgste ist ja, dass ich jetzt in meinem beschissenen Job bleiben muss und mich weiter schikanieren lassen kann, während er daheim herumhängt und verrückte Musik hört«, keifte sie.

»Was für verrückte Musik?«, fragte Donna.

»So Chöre. Gregorianische Chöre oder so was.«

»Huch!«

»Ja, eben. *Huch.*«

»Vielleicht beruhigt ihn das.

»*Er* muss sich doch gar nicht beruhigen, sondern ich! Immer bleibt alles an mir hängen! Wahrscheinlich muss ich mich sogar um einen neuen Job für ihn kümmern!«

»Ach, komm. So unselbstständig ist er auch wieder nicht.«

»Wenn du wüsstest! Du hast ja keine Ahnung!«, keifte sie und verbiss sich gerade noch den Kommentar, dass sie natürlich keine Kinder bekommen konnte, denn sie hatte ja schon eins. Eins mit 35 Jahren. Stattdessen seufzte sie: »Ich muss echt alles für ihn tun.«

»Na, na. So stimmt das aber nicht ganz«, wandte Donna ein. »Ich kenne echt keinen Mann, der so viel im Haushalt hilft und alles für seine Frau tut wie Aidan. Beruhige dich doch erst mal! Natürlich bist du schockiert, aber es gibt bestimmt eine Erklärung, warum er ...«

Fiona hörte schon gar nicht mehr zu, denn sie wollte sich nicht beruhigen. »Mach ich, danke Donna«, würgte sie die vermeintliche Freundin ab. »Ich muss aufhören. Bin gleich im Büro. Wir sehen uns. Danke. Ciao.« Sie suchte eine Verbündete, die Mitleid mit ihr hatte und aus eben diesem Gefühl heraus mit ihr einen trinken gehen würde. Doch bei so viel Verständnis für Aidan schied Donna bei dem geplanten Verlauf des heutigen Abends von vornherein aus.

Wild entschlossen tastete sie nach den hochhackigen Schuhen in der Tasche und dachte grimmig: *Zur Not gehe ich alleine!*

Dass es nicht so weit kam, verdankte sie der neuen Kollegin Sophie, die mit zwei Tassen Cappuccino an ihren Schreibtisch kam. »Du siehst aus, als könntest du den Feierabend kaum erwarten«, bemerkte sie mit einem mitfühlenden Lächeln und stellte die mintgrüne Tasse mit dem Aufdruck »*Thank God it's Friday*« neben Fiona ab.

»Frag nicht!«, stöhnte Fiona.

»Was ist denn passiert?«

»Frag lieber, was *nicht* passiert ist!«

»Ist etwas passiert, das ein paar Gläser Wein nicht heilen können?«

»Du!«, rief Fiona mit einem plötzlichen Blitzen in den Augen. »Nein. Ein paar Gläser Wein können *alles* heilen!«

»Dann ist es ja gut! In der Firma scheint es ja nicht üblich zu sein, am Freitag noch etwas gemeinsam trinken zu gehen, oder?«

»Nicht, dass ich wüsste«, gab Fiona verächtlich von sich.

Sophie zog die Augenbrauen hoch und schien auf mehr zu warten. »Aber ich habe von einem tollen Pub gehört, das ich schon lange mal ausprobieren wollte. Porterhouse heißt es, kennst du das?«

»Porterhouse kenne ich nicht, aber das Porter's Pub, wenn du das meinst. Es ist nicht weit von meiner WG.«

»Pub? Ja, kann sein ...«, meinte Fiona, die hätte schwören können, dass Struan *House* gesagt hatte. »Und ist es gut dort?«

»Oh ja! Es ist immer brechend voll. Wird dir gefallen!«, versicherte Sophie mit leuchtenden Augen und nickte zur Bekräftigung.

Dann werden wir ja sehen, ob er auf mich oder Schneewittchen steht, dachte Fiona in unbekannter Angriffslust. Innerlich rieb sie sich die Hände. Denn dass Struan da sein würde, stand für sie fest.

Der Nachteil, dass sie mit Sophie dorthin ging, lag darin, dass sie nicht wie geplant in ihr enges Top und die hohen Schuhe schlüpfen konnte, ohne sich lächerlich zu machen. Der klare Vorteil hingegen war, dass Sophie Aidan nicht kannte und sie somit nicht verraten konnte.

Auf der Toilette frischte sie rasch ihr Make-up auf. Dort holte sie auch ihr Handy hervor und stellte zu ihrem Erstaunen fest, dass sie es den ganzen Tag noch nicht eingeschaltet hatte. »Hi Aidan«, tippte sie, während immer mehr Nachrichten und Benachrichtigungen hereinkamen. »Ich gehe mit Sophie noch was trinken. Kann spät werden. Warte nicht auf mich. Kuss, F.«

Keine Entschuldigung, keine Frage nach seinem Befinden, kein – nichts. Bevor sie sich schämen konnte, schaltete sie das Smartphone auf lautlos und steckte es wieder ein. Die

E-Mails etc. würde sie am nächsten Tag lesen, nicht jetzt. Jetzt war Feierabend, Wochenende, Zeit für Spaß und Freiheit!

»Auf geht's!«, rief sie so unbeschwert, wie sie nur konnte und stieg mit Sophie zum zweiten Mal an diesem Tag in den Aufzug.

Das Porter's war ein typisch schottisches Pub mit niedrigen Räumen, Holzbalken an der Decke, bunten Fensterscheiben, einem dunkelroten Teppichboden und Sitzmöbeln aus dunklem Holz.

Obwohl sie bereits gegen 17:30 Uhr dort ankamen, fanden sie gerade noch zwei Plätze im Garten, der bei den milden Temperaturen gut besucht war. Aufgeregt sah Fiona sich um. Ob Struan schon da war? Siedend heiß durchzuckte sie der Gedanke. »Was, wenn nicht?« Auf einmal bezweifelte sie, dass es eine gute Idee war, hierher zu kommen. Was, wenn er ihr nicht abnähme, dass sie aus reinem Zufall hier war? Oder wenn dies das falsche Lokal war? Es sah zwar so aus, als ob es Struan hier gefiele, aber sicher konnte sie sich nicht sein.

Sie unterhielt sich überraschend gut mit ihrer neuen Assistentin, die außer ihrem Aussehen wenig mit Liz gemein zu haben schien. Als Sophie sich auf den Weg für die zweite Runde machte, holte sie ihr Handy hervor, denn sie musste sichergehen, dass es kein *Porterhouse* gab. Plötzlich befielen sie Zweifel und sie konnte es nicht riskieren, dass sie ihn verpasste! Sollte es doch ein *Porterhouse* geben, so müsste sie sich unter einem Vorwand verabschieden müssen. Noch immer ignorierte sie die Posteingänge. Erst als sie die Bestätigung hatte, dass das Pub das einzige mit *Porter* im Namen war, öffnete sie den Chat und verfluchte sich im nächsten Augenblick dafür.

Aidan.

Nicht jetzt!

Halb war sie versucht, die Nachricht nicht zu lesen, bevor sie es doch tat. Der kalte Schweiß brach ihr aus, als sie von dem geplanten Essen las und dass er mit ihr reden wollte. Sie zitterte und ihr wurde schwarz vor Augen. Was tat sie hier? Aidan war ihr Mann, er brauchte sie, war dabei, ihr etwas Leckeres zu kochen, weil es ihm leidtat. Wie konnte sie da hier in dem Gastgarten sitzen und auf das Erscheinen eines anderen hoffen? Auf einmal tat er ihr schrecklich leid und sie wollte auf dem schnellsten Weg zu ihm. Schon sprang sie auf und lief in den Barraum, um Sophie Bescheid zu sagen. Sie kämpfte sich durch die Tischreihen zu dem Kiesweg, der ins Innere führte und – vergaß auf einen Schlag Aidan. Um sie herum wankte alles, wie auf dem Schiff.

»Ho ho ho! Wenn das nicht mein liebstes Nachwuchstalent ist!«, klang eine bekannte, tiefe Stimme an ihr Ohr. Etliche Male hallte die Stimme in ihr wieder und löste ein Gefühl aus, als befände sich das Meer in ihr, als wäre ihre Haut ein Hafenbecken und als schwappten lauter kleine Wellen an ihre Ränder.

Benommen drehte sie sich in die Richtung, aus der die Worte kamen.

»Struan! Du hier! Das ist ja eine Überraschung!«, hörte sie sich selbst mit einer viel zu hohen und fremden Stimme sagen.

»Das ist es in der Tat! Fiona! Schön dich zu sehen. Ich hätte dich eher im *Porterhouse* vermutet als hier.« Seine Stimme ergoss sich über sie wie warmes, edles Rosenöl.

»Äh – wo bitte?«, fragte sie verwirrt, denn sie hatte doch gerade herausgefunden, dass es das Porterhouse nicht gab. »Das kenne ich nicht, ist das neu? Hier in der Gegend?«

»Nein, ist es nicht«, antwortete er ernst und langsam, wobei er sie nicht aus den Augen ließ.

»Aha«, machte Fiona ebenso langsam und versuchte, ihre Gedanken einzuordnen. Um sich nichts anmerken zu lassen, fuhr sie schnell fort: »Meine Kollegin Sophie wohnt in der Nähe, deswegen sind wir hier. Ah, da kommt sie ja schon!«

Erleichtert stellte sie die beiden einander vor. Dabei entging ihr nicht, dass sich Struans Augen weiteten, als er die Liz-Doppelgängerin sah. Sofort kochte giftig grüne Eifersucht in ihr auf, die nur seine Hand, die sich ruhig auf ihre Schulter legte, abkühlen konnte. »Schön dich zu sehen, wirklich. Ich habe dich in den letzten Tagen vermisst«, sagte er und sah ihr tief in die Augen.

Ihr Herz schlug schneller und die kleinen Wellen wurden höher und größer.

»Oh, wirklich?«, antwortete sie leise und sah ihn von der Seite an.

»Und wie!«

Fionas Knie waren weich und ihre Stimme zitterte ein wenig, als sie ihn fragte, ob er mit jemandem hier sei oder sich zu ihnen setzen wolle. Zu ihrer Überraschung nahm er das Angebot an, wollte sich aber vorher ein Bier holen.

Was nun?

»Wow, das ist aber eine Sahneschnitte!« Sophie wackelte mit den Augenbrauen und stieß einen anerkennenden Pfiff aus.

»Findest du?« Fiona bemühte sich, cool zu wirken.

»Haha, tu doch nicht so! Das findest du doch auch!« Sie lachte und schlug leise mit den Fingern auf den Tisch.

»Sieht man das so deutlich?«

»Mhmmm«, machte Sophie, zog eine Schnute und studierte Fiona eingehend. Dann legte sie den Finger ans Kinn und bekundete: »Nein. Nicht wirklich. Nur die sanfte Röte ist ein wenig verräterisch. Sie kann aber auch am Sonnenlicht liegen. Ebenso wie der sehnsüchtige Glanz in deinen Augen ...«

»Sophie!«, rief Fiona entsetzt. »Im Ernst?«

»Quatsch, nichts, wofür du dich schämen müsstest. Ich muss ohnehin bald los, was auch gut ist, so wie er dich angeschaut hat.«

»Mich angeschaut hat?«

»Oh ja!« Sophie nickte eifrig. »Und wie! Fast ausgezogen hat er dich mit seinen Augen!«

Ungläubig riss Fiona Mund und Augen auf. »Und jetzt schau, dass du wieder eine normale Gesichtsfarbe kriegst, bevor er dich so sieht. Da hinten kommt er nämlich schon.«

»Na, die Damen? Ist dieser Platz hier für mich frei?«, erkundigte Struan sich und zog, noch bevor er zu Ende gesprochen hatte, schon den Stuhl unter dem kleinen Tisch hervor. Es war eng und beim Setzen stieß zuerst sein Fuß, dann sein Knie an Fionas, was die Röte in ihre Wangen zurückholte.

»Sorry«, murmelte er belustigt und seinen Augen glitzerten in der Abendsonne, die sich in einem Fenster spiegelte. Gold-grün.

»Nichts passiert«, kicherte sie.

»Ehrlich, ich freue mich, dass du hier bist. Ich habe gehofft, dich noch mal zu sehen, war mir aber nicht sicher.«

Verwundert schaute Fiona ihn an. »Ob du mich sehen willst?«

Kurz schwieg er und sah sie prüfend an. Dann sagte er langsam: »Nein, ob *du* mich sehen willst.« Dann berührte sein Fuß ihren.

Fiona biss sich auf die Unterlippe und starrte auf die Spalte zwischen den Leisten, aus denen der Tisch gemacht war. Was meinte er damit? Er konnte doch unmöglich ahnen, dass sie ihn gesucht hatte?

»Wolltest du mich sehen?«, hakte er nach und seine Stimme klang so vertraulich, als säßen nur er und sie an diesem Tisch, um den herum es keine Welt gab.

»Ähm ... ja«, gestand sie, ohne den Blick zu heben. Etwas an der Spannung zwischen ihnen veränderte sich. Er schwieg und blieb weiterhin mit aufgestützten Armen sitzen. Vielleicht atmete er anders, vielleicht verengte er die Augen. Da war etwas, das sie hochriss und aus der Verzauberung riss. Sie wusste selbst nicht, was in sie gefahren war, als sie laut und hoch rief: »Ja, klar, warum nicht!« Dabei warf sie Kopf und Schultern zurück. »Wir hatten doch eine coole Zeit, oder nicht?« Sie kicherte verlegen.

Mit dieser Reaktion hatte er anscheinend nicht gerechnet, denn einen Moment lang sagte er nichts, bevor er bekräftigte: »Oh ja, klar! Auf alle Fälle!« Dann lehnte er sich zurück, nahm einen kräftigen Schluck aus seinem Glas und schaute lange auf die weiß gekalkte Fassade des Pubs.

Bis Sophie ihr Glas austrank, unterhielten sie sich über alle möglichen Themen, unter anderem vertrat Struan die Meinung, dass manche Frauen nur Kinder bekämen, um Männer an sich zu binden. Ihm würde das niemals passieren, denn ein untergeschobenes Kind würde er niemals akzeptieren, erklärte er so voller Nachdruck, dass Fiona sich nicht nur fragte, wie er auf das Thema kam, sondern auch ob das schon einmal eine Frau vorgehabt hatte. So etwas tat man nicht, nie und nimmer, das war ganz und gar verwerflich! Mit einem Kind konnte man ja auch keinen Mann an sich binden, im Gegenteil, das wusste sie, schon ... seit ... nun ja, seit ... Lucas und Daphne fielen ihr ein.

Er erzählte von seinem bevorstehenden Einsatz in Mali, der Anfang Oktober begann. Die Blicke, die er Fiona zuwarf, schickten ein Kribbeln und einen Schauer nach dem nächsten über ihren Rücken und ihre Arme. Unruhig scharrte sie mit den Füßen. Sie kannte niemanden, der jemals so eine ungeheure Wirkung auf sie gehabt hätte. Einerseits war sie süchtig nach dem Gefühl, andererseits wollte sie die meiste Zeit auf und davon laufen, so übermächtig und deswegen gefährlich erschien es ihr. Doch auch wenn das schlechte Gewissen und die Geborgenheit des Vertrauten, in ihrem Falle Aidan, immer wieder wie kleine, helle Punkte auf dem Weg durch das noch Dunkle, noch Unbekannte, aufleuchteten und ihr den sicheren Weg zurückgewiesen hätten, so war der Durst nach Neuland, nach Mehr von diesem Rausch, ja, nach Ekstase stärker.

Wo Aidan leise war, war Struan laut, wo Aidan zweifelte, wusste Struan die Antwort, und das, was Aidan niemals täte, hatte Struan längst getan.

Das Schönste beim Segeln, so schwenkte er zu einem neuen Thema über, sei die Unabhängigkeit und Freiheit. Auf einem Schiff, so seine Ansicht, fände man am schnellsten und treffsichersten heraus, ob man sich wirklich mit jemandem verstehe oder nicht.

Die darauffolgenden Gesprächsthemen bekam Fiona nicht mit, da sie vollauf damit beschäftigt war, die daraus resultierende Tatsache zu widerlegen, die da in großen Leuchtbuchstaben vor ihr aufflammte: Ihr Ehemann und sie passten nicht zusammen.

»So, ihr zwei, ich verlasse euch jetzt mal«, verkündete Sophie mitten in ihre Gedankengänge hinein und stand auf.

»Schon?«, fragte sie verdattert.

»Ja, ich bin ohnehin schon spät dran. Bis Montag, komm gut heim!«, verabschiedete sie sich mit einem Zwinkern. »War schön, dich kennengelernt zu haben!«, meinte sie zu Struan.

Stumm sahen sie ihr nach, bis sie im Gedränge verschwand.

»Und nun?«, fragte Struan mit einer Stimme, die wie ein schwerer, öliger Rotwein klang, und einem tiefen Blick in ihre Augen. Wie zuvor legte er beide Unterarme auf den Tisch und lehnte sich zu ihr vor. »Wer hätte gedacht, dass wir zwei noch einmal die Gelegenheit bekommen, mit einander allein zu sein«, fuhr er leise fort und streckte beide Arme über dem Tisch aus. Als er auch noch seine Fäuste öffnete und seine Fingerspitzen auf sie zeigten, wusste sie, dass sie ebenfalls gehen sollte. Doch sie tat es nicht. Das Leuchtfeuer der Lust und Leidenschaft brannte bereits heller als das matte Glimmen Aidans.

»Ja, wer ...« Unsicher kicherte sie. In einem Moment, in dem die Zeit stillzustehen schien, sah sie die Gefahr, dass sie in dem Feuer verbrennen konnte, ja, verbrennen würde, vor sich. Sie sah den Schmerz, den sie Aidan und sich selbst damit zufügen würde. Aber sie spürte ihn nicht. Er hatte keine Bedeutung.

Aber doch nur, wenn es herauskommt! In drei Wochen ist er weg. Was soll da schon passieren? Nur das eine Mal. Wenigstens heute. Vor Mitternacht rechnet Aidan ohnehin nicht mit mir. Nur das eine Mal ... Nur die drei Wochen. Aidan muss es nie erfahren ...

»Ja, Zufall oder Schicksal«, sagte sie bemüht fest und grinste ihn breit an.

»Sei's, wie's sei, ich freue mich. Und vielleicht bin ja nicht nur ich der Meinung, dass es da etwas, nun ja, sagen wir ...« Er senkte die Stimme und schaute auf ihren Unterarm, auf dem er mit dem Zeigefinger bedächtig eine Linie zog. »Dass es da etwas Unvollendetes gibt?«

Fiona stockte der Atem, sie hielt den Blick gesenkt und antwortete mit brüchiger Stimme: »Mhmmm.« Dann fuhr sie sich mit der Zungenspitze über die trockenen Lippen. »Mit der Meinung bist du in der Tat nicht alleine.«

»Sehr schön«, sagte er verführerisch rau und warm und sah sie direkt an. »Das habe ich zu hören gehofft«, flüsterte er mit so viel Timbre in der Stimme, dass wohlige Schauer über Fionas Haut rieselten. So verhielt sich ein Mann, der sich seiner Beute sicher war. Er schloss seine Finger um ihr Handgelenk und sah sie sanft, mit leicht geöffneten Lippen, an. »Sollten wir dann nicht besser den Ort wechseln? Ich kenne da einen Platz, wo wir ungestört wären.«

Fionas Beine zitterten, als sie sich wortlos erhob und ihm in seine Wohnung folgte, die nur eine Querstraße entfernt lag. Schweigend gingen sie dorthin, Struan ein oder zwei Schritte vor ihr. Fiona verstand nicht, warum, war ihm aber dankbar, denn sollte sie gesehen werden, so könnte sie Aidan gegenüber leichter eine Ausrede erfinden.

»So, Prinzessin«, raunte er, als die Wohnungstür hinter ihm ins Schloss fiel und sie erwartungsvoll zitterte. »Da wären wir.« Er machte einen großen Schritt auf sie zu und drängte sie so mit dem Rücken an die Wand, gegen die er die linke Hand stemmte. Mit der anderen strich er ihr eine Strähne aus dem Gesicht und sah sie mit einem Blick an, den sie nicht einmal aus Filmen kannte. Sanft und samtig, verheißungsvoll, aber auch stark und mächtig. Unterwerfend und siegesgewiss. Wie ein Wolf, der ein Lamm gerissen hat und ihm noch ein letztes Mal in die Augen schaut, während er sich schon auf das köstlich frische Fleisch freut.

Struans Hand glitt zu ihrem Hals. Den Daumen legte er an ihren Kiefer, die restlichen Finger in ihren Nacken. Dann drückte er ihren Kopf zurück und bannte sie mit seinem Blick. Sie atmete mit offenem Mund, genau wie er, der nun seine linke Hand von der Wand löste und damit über ihren Körper strich, bis er bei ihrem Po ankam. Dort packte er fest zu und riss sie mit einem lauten Knurren an sich. Fionas Stöhnen ging in seinem festen, rauen Kuss unter, der sich alles nahm, was er brauchte, und ihr gab, was ihm nötig erschien.

Schon waren seine Hände unter dem Stoff. Noch immer schwielig, noch immer rau.

Fiona war überwältigt und verwirrt, war ent- und begeistert zugleich. Sie wusste nicht, wie ihr geschah, begriff nur, dass sie nichts tun musste, endlich! Instinktiv verstand sie, dass Struan alles wusste, dass er Antworten auf Fragen kannte, die sie sich selbst noch nie gestellt hatte. Ein weites Feld tat sich vor ihr auf. Taumelnd fiel sie hinein. Struan war ein Mann, der nicht nur wusste, was er wollte, sondern sich genau dies nahm. Seine Bitten erwarteten keine Widerrede. Wozu auch! Er wusste, was ihr fehlte und was sie brauchte.

»Lass dich fallen«, murmelte er heiser, während seine Hände mit abwechselnd starkem Druck über ihre Haut strichen. »Vertrau mir. Gib dich mir hin. Ja, so ist's gut. Genau so mag ich das. So, ja …« Fiona verstand, dass sie endlich nicht mehr denken musste, dass er die Verantwortung übernahm und dass dies die Freiheit war, von der sie träumte. Sie war erlöst.

»Gefällt es dir?« Seine Stimme war heiser und hoch. Keine Frage, mehr ein Befehl. »Sag's mir!«

»Ja …«, wimmerte sie.

»Lauter!«, knurrte er und biss sie in den Hals.

»Ja!«

»Mhm … So ist's gut. Das will ich wissen. Nur so kann ich das genießen«, gurrte er und hob ihr Becken an.

»Warte!«, schrie sie voller Panik.

»Was hast du denn?«, murrte er unwillig.

»Kondom! Hast du keins?«

»Doch, aber ich würde dich so gerne richtig spüren!« Wie ein bettelnder Dackel sah er sie an, jegliche Männlichkeit war von ihm gewichen. Beinahe ließ sie sich davon erweichen.

»Aber ... bitte. Ohne geht es nicht!«, beharrte sie mit unsicherer Stimme.

»Im Ernst jetzt, oder was?« Seine Stimme klang hart, oder täuschte sie sich? Sie fröstelte. Sollte sie nachgeben? Er sah kerngesund aus. Und beim letzten Mal hätte er ja eins verwendet! Aber ... nein. Sie konnte das nicht verantworten, nicht Aidan gegenüber.

»Mit.« Fest blickte sie ihn an.

»Okay, Prinzessin, weil du es bist. Aber stell dir dabei vor, dass es ohne noch viel intensiver wäre. Viel näher!«

Fiona zauderte. Er hatte ja Recht ... und wenn ihm so viel daran lag? Und er sie *Prinzessin* nannte? Noch nie hatte sie jemand so genannt, und sie hatte immer gedacht, dass es albern wäre. Aber aus seinem Mund klang es so ... gut! Ja gut, und richtig, und nach etwas, das sie ihr Leben lang vermisst hatte. *Prinzessin .... Seine Prinzessin.* Das klang gut. Ihr sollte der Hof gemacht und jeder Wunsch von den Augen abgelesen werden. Man sollte sie verehren und anbeten und auf Händen tragen. Sie hatte es satt, zu gehen. Doch da wühlte er bereits in seinem Portmonee und war wieder bei ihr.

In ihr.

Tief und fest.

Sie verlor sich.

Anders. Ganz anders. Und gut. Oh, so verdammt gut.

Fallen lassen.

Aufhören zu denken.

Hingabe.

Sie suchte Halt, krallte eine Hand in seinen Rücken, die andere um den Türpfosten und wurde zwischen dem Schmerz, den der Aufprall an der Wand, und der süßen Lust, die sein Kreisen und Stoßen in ihr verursachten, hin- und hergerissen.

Es war gut. Richtig gut.

Ohne Rosarot, ohne Blümchen und Vanille. Erwachsen.

Und er sprach, nur von Küssen, Lecken und Saugen unterbrochen, beinahe pausenlos und fasste in Worte, was er tat, was sie tat, was sie in ihm auslöste. In Worte, die sie kannte, aber selten gehört und selbst nie in den Mund genommen hatte. Er war wild und roh. Animalisch. Er nahm sich, was er wollte. So wie ein Mann, ein richtiger Mann, das tat. Schnell. Sehr schnell. Viel zu schnell hörte sie sein Stöhnen in einem langgezogenen Schrei gipfeln und hörte er auf, sich zu bewegen.

Entblößt stand sie zwischen ihm und der Wand, als er den Kopf aus dem Nacken senkte und langsam die Augen öffnete. Was kam jetzt? Sie lächelte und streckte die Hände nach ihm aus. Gerade hatte er sich von ihr abgewandt, doch nun hielt er inne, schenkte ihr ein mattes, gesättigtes Lächeln und meinte.»Das war der absolute Hammer, Fiona. Echt. Davon habe ich die ganze Woche geträumt!« Er blickte gen Himmel, oder zumindest bis zur Zimmerdecke. Noch einmal beschrieb er ihre körperlichen Vorzüge, von denen sie bislang noch nichts geahnt hatte, und sie fühlte sich nicht nur wie eine Prinzessin, sondern wie eine Königin.

»Einen Moment, ich muss kurz telefonieren«, sagte er, bückte sich, nahm sein Handy aus der Jeans, ging ins Wohnzimmer und zog die Tür zu. Verloren stand sie in dem Flur, dessen Einrichtung sie im letzten Tageslicht nur noch in Grautönen erkennen konnte. Die Unordnung und der Staub störten sie nicht. Im Gegenteil, sie fand, dass sie zu ihm passten. Sie drückten Freiheit und Zwangslosigkeit aus. Struan scherte sich eben nicht um Konventionen, wie man auch an dem von seinen Schuhen bröckelnden Matsch erkannte.

Je länger er fort war, desto deutlicher empfand sie ihre Nacktheit. Sie wollte sich gerade anziehen, als die Tür aufging und er mit diesem matten Strahlen zurückkam.»Du willst doch nicht schon los?«, gurrte er, streckte die Arme nach ihr aus, fasste unter ihr langes Haar, griff ihren Nacken und küsste sie. Keuchend stand sie vor ihm und ließ sich fallen.

Das war, was er gemeint hatte! Jetzt, wo es um nichts mehr ging, konnte sie richtig genießen. »Komm mit«, flüsterte er rau und zog sie aufs Bett. »Ich will dich noch mal.«

Zu behaupten, dass es nur kurz gedauert hätte, wäre gelogen. Ebenso, dass es nicht *gut* gewesen wäre. Denn es war gut; erregend, aufregend und vollkommen anders als alles, was sie jemals mit Aidan erlebt hatte. Es wäre auch gelogen, zu behaupten, dass es nur um ihn ging, denn das tat es nicht. Und doch war er wieder vor ihr fertig.

Fertig. Auch so hatte sie das noch nie betrachtet. Aber als Struan auf den Rücken rollte, die Finger auf seiner nackten Brust verflocht und an die Decke starrte, da verstand sie es. Seine Füße standen schon auf dem Boden.

»Ich muss dich wiedersehen! Ich bin jetzt schon total süchtig nach dir. Du bist eine Wahnsinns-Frau, Fiona, weißt du das? Ich habe das Gefühl, dass viel mehr in dir steckt, als du selbst weißt!« Mit den Fingern spielte er geistesabwesend mit ihrem Haar. »Das alles muss raus, das alles schreit nach Leben!«, sagte er und tippte auf ihren Unterleib. »*Alles* in dir schreit nach Leben! Du bist voller Leidenschaft und Hingabe. Aber du lebst es nicht aus. Warum?« Er stützte sich auf einen Ellbogen und strich mit den Fingerspitzen über ihr Gesicht.

»Tu ich doch jetzt«, sagte sie mit einer merkwürdig hohen und heiseren Stimme.

»Wirklich?«

Breit lächelnd nickt sie mit matten Augen.

»Ich mache mir wirklich Sorgen um dich, Fiona«, bekräftigte er das, was er auf der Yacht bereits gesagt hatte. »Leb. Genieß das Leben.«

»Ja, das will ich doch!«

Er grinste und beugte sich über sie, küsste sie jedoch nicht.

»Bist du bereit, herauszufinden, wo deine Grenzen sind?«, fragte er leise, senkte sein Gesicht bis auf wenige Zentimeter vor ihres und sah sie durchdringend an.

»Ja«, behauptete sie, ohne zu verstehen, was er meinte. Doch sie spürte, dass sie ihm einfach folgen musste und dass dann alles gut werden würde. »Mit dir schon.«

Nun lächelte er breit. Schnell drückte er ihr einen Kuss auf die Lippen, bevor er aufstand und sich anzog.

»Kann ich bitte duschen?«, fragte sie verunsichert.

»Wie lange brauchst du denn?«, fragte er mit einem Blick auf die Uhr.

»Nicht«, sie verschluckte sich, da sie sich hinausgeworfen vorkam. »Nicht lange.«

»Klar«, meinte er mit einem milden Lächeln auf seinen zusammengekniffenen Lippen und reichte ihr ein frisches, aber nach nichts duftendes, hartes Handtuch aus der Kommode. Auch darin las sie Freiheit. Wer brauchte schon Weichspüler!

Als sie wenige Minuten später geduscht zurückkam, fiel kein Sonnenlicht mehr durch das Fenster. Sie wagte nicht, ihn zu stören und zu fragen, ob sie Licht machen konnte und in einer fremden Wohnung wollte sie es nicht ungefragt tun. Also kniete sie im Dunkeln nieder und suchte ihre Kleidungsstücke zusammen. Ein kühler Windstoß streifte sie. In diesem Moment begriff sie drei Dinge:

Sie war nicht die Frau, für die sie sich zeitlebens gehalten hatte.

Kein Wasser der Welt konnte ihr Gewissen reinwaschen.

Und sie war süchtig nach Struan.

Während Fiona also eine ungeahnte Leidenschaft entdeckte und fremdging ...

Kapitel 19

... ging Aidan zur Chorprobe und entdeckte dort seine lang vergessene Leidenschaft wieder.

Nun, wirklich zeitgleich ereigneten sich die Dinge nicht, denn während Aidan noch nach dem richtigen Raum suchte, hatte Fiona Struan bereits gefunden.

Aidan stemmte die schwere Tür zu der alten Kirche auf und trat in das spärlich beleuchtete Innere. Der eigentümliche Geruch war das Erste, was ihm auffiel. Es war vertraut. Ohne nachzudenken, was er tat, tauchte er seine rechte Hand in das Weihwasserbecken und bekreuzigte sich. Dann erst sah er sich um. Es war still. Zu seiner Rechten brannten Opferkerzen. Doch wo waren die anderen Sänger? Der Chor war doch immer oben, bei der Orgel. Datum und Uhrzeit hatte er bei seinem Besuch in dem Cafè noch einmal überprüft.

»Guten Abend«, vernahm er da eine männliche Stimme. »Kann ich Ihnen behilflich sein? Wir schließen gleich.«

»Wie bitte? Oh ja, natürlich. Sie schließen«, stammelte Aidan, der wie selbstverständlich davon ausgegangen war, dass Kirchen immer geöffnet seien. »Ich suche den Chor, das heißt, die Chorprobe.«

»Ach so, die sind im Pfarrheim. Wissen Sie, wo das ist?«

»Leider nein.« Aidan lächelte entschuldigend und fühlte sich genötigt, hinzuzufügen. »Ich war, ähm, in Glasgow noch nie in der Kirche.«

»Das macht nichts. Dafür sind Sie ja jetzt hier. Dann kommen Sie mal mit, ich bringe Sie hin«, bot der Messdiener mit dem schütteren grauen Haar an und ging voran. Sie überquerten den Platz und gingen auf ein Backsteinhaus zu, vor dem mehrere Frauen und Männer aller Altersklassen standen.

»Guten Abend, mein Gesangsverein!«, grüßte er heiter.

Aidan spürte, dass er den richtigen Ort gefunden hatte. Still verfolgte er, wie herzlich alle Anwesenden den Messner begrüßten und sich nach seinem Befinden erkundigten. In einer vergleichbaren Situation mit anderen Menschen hätte er sich gewiss unsicher gefühlt, doch die Ruhe der Kirche, oder das Wohlwollen, das die Gruppe ausstrahlte, ließ ihn sicher und willkommen fühlen.

»Keine Bange, Jungs und Mädls, ich will nicht mit euch singen!«, verkündete er dann wieder an alle gewandt. »Aber der junge Mann hier, der mir gerade in die Arme gelaufen ist, will.«

Etwa zwanzig neugierige Gesichter drehten sich zu ihm und lächelten ihn offen an. »Hallo! Willkommen!«, grüßten sie.

»Guten Abend, ich bin Aidan Preston und ich habe den Zettel in dem Café gesehen.«

»Ui, schön! Toll! Der Zettel hängt ja schon ewig dort!«, riefen alle durcheinander. »Was singst du denn? Bariton?«

»Also, um ehrlich zu sein, weiß ich das nicht so genau. Ich habe nämlich seit fast zwanzig Jahren nicht mehr gesungen. Das heißt, nein, so ganz stimmt das nicht. Ich habe gestern und heute ein bisschen geübt und ich – ach – das müsst ohnehin ihr selbst entscheiden. Vielleicht kann ich ja einfach mal was vorsingen?«

Und so kam es, dass Aidan den Freitagabend nicht damit verbrachte, sich über Fionas abweisendes Verhalten Gedanken zu machen, sondern von Minute zu Minute weiter aufblühte. Schon beim Einsingen wurde seine Brust weiter, floss sein Atem gleichmäßiger, lockerte sich seine seit Tagen und Wochen andauernde Anspannung. Er sang und sang, als hätte er nie etwas anderes getan. Wenn er einen Ton nicht traf oder ihm zu früh der Atem ausging, lächelte er und sagte sich: *Das nächste Mal wird es besser.* Denn dass er bleiben würde, stand von Anfang an fest.

»Wow, du hast echt eine klangvolle Stimme! Ein bisschen eingerostet manchmal«, meinte die Chorleiterin, die sich als Tilly vorgestellt hatte, »aber mit ein bisschen Üben singst du bald wie ein junger Gott!«

Alle lachten und Andrew, ein ungefähr vierzigjähriger stämmiger Mann mit rotbraunem Haar, lud ihn ein, noch auf ein Pint mit ins Pub zu gehen.

»Das *Porterhouse* ist unsere zweite Heimat«, fügte eine Frau, die Hannah hieß, grinsend hinzu.

Die Sonne war schon hinter den Häusern verschwunden, als sie sich um einen großen Tisch im Inneren setzten. Glücklich nahm Aidan einen tiefen Schluck Bier. Der Schaum haftete an seiner Oberlippe und er musste lachen, als er erkannte, dass Andrew genauso aussah wie er.

»Aber nun sag doch mal: Wie kommt es, dass du so lange nicht mehr gesungen hast?«, wollte Tilly wissen. Sie hatte kastanienbraunes Haar, das ihr in langen Wellen in den Rücken fiel. Auch wenn sie sportlich wirkte und sich flott bewegte, so war sie eher mollig als schlank, was jedoch zu ihrer Person passte. Tilly ruhte in sich und ihre Augen funkelten und glitzerten, weil sie stets alles um sich herum neugierig und wohlwollend betrachtete. Da Aidan großes Zutrauen empfand, begann er zu erzählen:

»Also, eigentlich habe ich einen großen Bruder, Ian, der leider schon vor vielen Jahren gestorben ist. Genauso wie mein Vater. Sie sind bei einem Autounfall ums Leben gekommen, als ich gerade vierzehn war. Mein Vater war katholisch, meine Mutter wohl auch, aber sie ist, wenn ich mich richtig erinnere, nie in die Kirche gegangen. Ich glaube, er war sehr gläubig, aber sie eher nicht. Mein Vater war auch sehr aktiv, er hat im Chor gesungen, in der Gemeinde geholfen und uns

Jungs immer mitgenommen. Ich war sogar Ministrant«, erzählte er mit einem melancholischen Lächeln auf den Lippen. »Nun, als die beiden plötzlich mitten aus unserem Leben gerissen wurden, hat meine Mutter den Halt verloren. Sie hat angefangen zu trinken und, nun ja, es war so schlimm, dass ich nicht bei ihr bleiben konnte. Zum Glück habe ich aber eine neue Familie gefunden, die Macmillans. Sie haben mich bei sich aufgenommen wie ihren eigenen Sohn. Nun ja, fast, aber das erzähle ich später, wenn du es hören willst.«

»Ja, natürlich.« Tilly nickte und hörte weiter aufmerksam zu, ohne ihn zu unterbrechen.

»Die neue Familie hatte mit Kirche und Religion nichts am Hut. Der Vater hat sich immer darüber lustig gemacht, das weiß ich noch …«, sagte er und die Erinnerungen an die zahllosen Unterhaltungen am Essenstisch geronnen zu einem starren Film. Auch daran hatte er Jahre nicht mehr gedacht. »Nun ja«, fügte er schulterzuckend hinzu, »so kam es wohl.« Er sagte nicht, was ihm erst jetzt dämmerte, nämlich, dass er seinen Glauben verleugnet und aufgegeben hatte, um dazu zu gehören. Er wollte weder Spott noch Ärger auf sich ziehen, er wollte dazugehören und bei der Familie bleiben.

Sie schwieg mitfühlend.

»Und irgendwie hingen Singen und Glaube für mich immer zusammen.«

»Dafür bist du ja jetzt hier. Es ist nie zu spät. Vielleicht verbinden sich das Singen und der Glaube ja wieder in dir. In ein paar Wochen kannst du, mit etwas Üben, bestimmt fest im Chor mitsingen. Dann hast du natürlich auch fixe Termine, besonders an den hohen Feiertagen.«

»Ja«, sagte er, atmete tief ein und richtete sich auf. »Das wird schön.«

Kapitel 20

»Nimm endlich das Ding ab! Das hat noch nie etwas geholfen!«, keift die Mutter und zerrt an der Kette, an der ein kleines, silbernes Kreuz hängt.

»Aber ... sie ist von Dad ...«, stammelt der Junge und legt beide Hände schützend darauf. Er will sich wegdrehen, doch die Frau hält ihn am Ärmel fest. Jäh schlägt sie seine Hände fort, reißt die Kette mit einem Ruck ab und hält sie wie eine wertvolle, aber giftige Beute in der geballten Faust. Dann faucht sie: »Der ganze Hokuspokus hat ihm nichts geholfen, rein gar nichts! Und uns auch nicht, oder siehst du irgendwo einen Beweis?« Sie reckte des Kinn vor und sah sich mit einer fahrigen Handbewegung im Raum um. Ihr Gesicht ist weiß vor Hass und in eine hässliche Fratze verzerrt. Sie spuckt beim Sprechen und ihr Atem stinkt nach billigem Gin.

»Wenn es einen Gott gäbe, würde er das nicht zulassen. Merk dir das!«, schreit sie, dreht sich um und stapft aus dem Zimmer, in dem Aidan sich in die Ecke seines Bettes zurückgezogen hat und sich so klein macht, dass er fast verschwindet und seine Leere alles, von der Zeit mit seinem Vater und Gott, auslöscht.

Wenige Wochen bis Jahre später, beim Abendessen

Aidan spürt, dass es wieder so weit ist. Bernard Macmillan zupft an seinem Bart, sieht jedem so lange ins Gesicht, bis er schweigt, räuspert sich, wählt einen aktuellen Anlass und bläut seinen Kindern und seiner Frau immer und immer wieder, mit der Vehemenz eines Besessenen, ein, was es zu glauben, nein: zu wissen!, gilt:

»Gott ist überflüssig ... Die Wissenschaft braucht keinen Gott oder Schöpfer ... Die Wissenschaft hat bewiesen, dass es ihn nicht gibt ... Alles ist erklärbar ... Das Weltall hat sich selbst aus dem Nichts erschaffen ... Wie erbärmlich und lächerlich, etwas anderes zu glauben! ... Dieser überkommene Glaube und die weltfremden Anhänger behindern die Forschung und den Fortschritt mit ihren ständigen Bedenken. Gott, wie sehr ich die hasse!«

Das Licht wird fahler, die Temperatur kälter und Aidan zieht die Schultern vor sich zusammen, die Hände zwischen den Beinen ineinander verflochten.

»Gott hat noch niemandem geholfen. Oder warum gibt es sonst Krankheiten, Kriege, Mord und Totschlag? Erdbeben und Vulkanausbrüche? Warum würde er das zulassen? Nein. Es gibt keinen Gott. Jeder, der etwas anderes behauptet, ist ein Idiot.«

»Und hör mir auf mit dem Vatikan! Die Katholiken sind die Allerschlimmsten. Der ganze Weihrauch hat ihre Sinne vernebelt. Haha. Die haben doch einen Skandal nach dem anderen. Ein scheinheiliger Verein, den es nur noch gibt, weil die alten Säcke an ihrer Macht hängen. Opium fürs Volk, merkt euch das, Kinder, das ist es, was Religion ist. Wer mündig ist, hält sich fern.«

»Ohne Religion gäbe es keine Kriege, merkt euch das.«

Aidans Haut friert. In ihm ist alles öd und leer.

Kapitel 21

»Wo warst du?«, fragte Fiona ungläubig und hörte auf, die Äpfel in kleine Schnitze zu schneiden. Es war bereits später Vormittag und die Sonne fiel matt-golden durch das große Küchenfenster. Am Vorabend kam sie zu ihrer großen Erleichterung vor Aidan nach Hause und stellte sich schlafend, als er sich behutsam zu ihr ins Bett legte. Zärtlich strich er ihr mit einer Hand über den Kopf und hauchte einen Kuss auf ihre Wange. Allein diese kleine Geste genügte, um in ihr die vollkommen naive Überzeugung zu gebären, dass er ihr verzieh. Heute Morgen waren sie gleichzeitig aufgewacht und das Erste, was Fiona tat, und was sie tun wollte, war, sich fest an ihn zu kuscheln und seine warme Haut zu küssen. Sehnsüchtig klammernd und stumm um Vergebung bittend.

Sie kannte Aidan so gut wie sich selbst, und dass sie sich selbst nicht besonders gut kannte, verdrängte sie lieber.

Sie war erleichtert, als er auf ihre Zärtlichkeiten einstieg und damit den Streit aus der Welt schaffte. Seine Berührungen und die Art sie zu lieben unterschieden sich fundamental von der Struans, weswegen einem zum Geschlechtsakt des Skippers auch sämtliche andere Adjektive in den Sinn kamen, nur nicht »zärtlich«. Struan nahm, was er wollte und gab, was er für gut hielt. Aidan gab, was Fiona wollte und was sie für gut hielt, und er nahm, was sie ihm gab.

Das mochte beim ersten Lesen wunderbar klingen, war es jedoch nicht. Nicht für Fiona und nicht nach zwanzig Jahren des immer gleichen Umhegt- und Gehätschelt-Werdens. Sie schloss die Augen und versuchte, sich auf den Sex mit ihrem Ehemann einzulassen. Doch es ging nicht. Nicht ohne das Rohe, das Derbe, das Verruchte – allesamt Dinge, die sie erst jetzt kennenlernte und die ihr den Verstand raubten.

»Hey, was ist los mit dir?«, fragte Aidan verunsichert, als sie auch lange nach ihm nicht ihren Höhepunkt erreichte.

»Keine Ahnung. Ich weiß es nicht. Muss an der Arbeit oder an dem Druck mit dem Kind liegen. Sorry«, sagte sie, reckte den Kopf hoch und küsste ihn auf die Nasenspitze. »Aber es war trotzdem wunderschön mit dir«, flüsterte sie und lächelte ihn an. Dann stand sie auf und ging, ein Liedchen pfeifend, ins Bad.

Nun standen sie gemeinsam an der Anrichte und schnitten Obst und Gemüse für das ausgiebige Frühstück in mundgerechte Stücke.

»Ich war bei einer Chorprobe, du hast richtig gehört. Und sie haben mich genommen«, bekräftigte er und strahlte sie an. Auch er legte das Messer beiseite und sah sie mit einem entrückten Glanz in den Augen an. Doch seine Freude erreichte sie nicht.

»Ich – ich wusste gar nicht, dass du singen kannst!«, stieß sie schließlich hervor und musste anschließend husten, so trocken war ihre Kehle. Wieso konnte es sein, dass sie das nicht wusste? Sie wusste doch sonst alles von ihm! Oder hatte auch er Geheimnisse vor ihr?

»Ich hatte es auch vergessen«, sagte er besänftigend und schnitt weiter.

»Wie kann man das denn vergessen?« Sie runzelte die Stirn und zog einen Stuhl heran, auf den sie sich setzte und ihn aufmerksam anschaute.

»Es war einfach weg. Nach dem Unfall – da war es weg.« Er presste die Lippen aufeinander und hob die Schultern.

»Wie ... du hast ... nach dem Unfall nie mehr gesungen, aber davor schon?«

»Ja, genau.«

»Das ist … das ist heftig.« Sie atmete tief aus und schaute ihn erschüttert an. »Und du hast nie mehr daran gedacht? Dass du singen kannst? Wie geht das denn?«

»Das weiß ich nicht. Ich weiß, dass es absurd klingt, aber es war wirklich wie weg. Ich glaube, auf Partys und so hätte ich gerne gesungen. Ich kann mich noch an ein paar Feiern erinnern, bei denen wir *Happy Birthday* gesungen haben.«

»Aber du hast nie gesungen«, stellte sie nüchtern mit kraftloser Stimme fest.

»Nein?«

»Nein. Sicher nicht.«

»Siehst du, ich kann mich nicht mehr erinnern.« Er presste die Lippen aufeinander, stützte sich auf der Anrichte ab und sah aus dem Fenster in den wolkenverhangenen Himmel. Er ahnte, dass er das Singen nicht vergessen hatte, sondern vielmehr zu der Überzeugung gelangt war, dass es ihm nicht zustand und dass es albern war. Sein Singen hing mit der Kirche zusammen und die war lächerlich. Und da er sich nicht ausmalen wollte, was passierte, wenn Mr Macmillan ihn hinauswarf, verbannte er es in den stillsten Winkel seiner Seele.

»Also, wenn du gut gesungen hättest, wüsste ich das noch«, sagte sie bestürzt, besann sich dann aber. Sie wollte kein Gespräch über den Ton seiner Familie, sie wollte ihn nicht schon wieder mit Mitleid überschütten müssen, nein, sie wollte den Tag unbeschwert genießen.

»Da bin ich mir sicher.«

»Und nun?«, fragte sie in einem beiläufigen Ton und stand auf. »Gefällt es dir dort?«

»Oh ja, sehr! Es sind total nette Leute, wir waren gestern anschließend noch etwas trinken.«

»Wie schön für dich!« Fiona freute sich ehrlich mit ihm, denn als mit der Zeit die meisten ihrer Freunde Kinder bekamen, sank die Anzahl derer, mit denen sie gemeinsam etwas unternehmen konnten. »Ich war auch mit der neuen Assistentin, Sophie, was trinken. Sie wohnt nicht weit weg und ist echt nett.«

»Na, das ist doch super!«, rief er ehrlich erfreut und versuchte, ihr ins Gesicht zu sehen und sie anzustrahlen, doch sie war zu sehr damit beschäftigt, das Kleingeschnittene hübsch auf der Platte anzuordnen. »Neue Bekannte für jeden von uns! Wenn das kein guter Freitag für uns war! Vielleicht wird die Arbeit für dich mit ihr auch schöner.«

Sie seufzte und dekorierte verbissen weiter. Wenn er wüsste! Bestimmt wusste er es, er konnte doch immer ihre Gedanken lesen. Sie kniff die Augen zusammen, als könne das den Draht durchtrennen. »Das wäre fantastisch. Ich habe echt keinen Elan, mich zu bewerben«, sagte sie gepresst. »Danke auch für die Anzeigen, aber das bringt ja doch nichts. Erst recht nicht, wenn wir bald ein Kind wollen.«

Nun war es Aidan, dem abwechselnd heiß und kalt wurde. *Jetzt oder nie,* dröhnte die Stimme in ihm. Aber er konnte nicht. Nicht jetzt, nicht, wo er ohnehin schon der Totalversager ohne Job war.

»Mach dir bitte keine Sorgen, ich bin schon dran. Meinen Lebenslauf habe ich schon aktualisiert und auf allen wichtigen Seiten eingestellt.«

»Ich mache mir doch keine Sorgen!«, rief sie und lachte schrill. »Ich war nur sauer, weil ich es erst so spät erfahren habe, das ist alles.«

Aidan stützte sich mit beiden Händen auf der Ablage auf und sah sie stumm an.

Hastig fuhr sie fort und sah ihn um Verzeihung bittend an: »Ich meine, ich weiß ja jetzt natürlich, dass das total unfair von mir war, weil du ja gar keine Gelegenheit dazu hattest.«

Er nickte und sagte leise: »Genau.« Dann wandte er den Blick ab, atmete wieder normal und stellte die fertig dekorierte Platte auf den Tisch.

Fiona hielt ein Ei in die Luft, woraufhin Aidan nickte und Fiona das Handgelenk mehrmals drehte.

»Rühr- oder Spiegelei?«, fragte sie.

Er fuhr zusammen. »Ja! Aber das habe ich doch gesagt!«

»Nein, hast du nicht!«, brauste sie auf und war im gleichen

Moment froh, dass der Draht zwischen ihnen offensichtlich gekappt war. Wenn sie seine Gedanken nicht lesen konnte, konnte er ihre auch nicht lesen, oder?

Erneut starrte er sie zweifelnd an. Früher hätte sie nicht fragen müssen.

»Jedenfalls«, meinte er nach einer Atempause betont unbeschwert »ist das *Porterhouse* ein richtig ...«

Das Ei, das sie gerade aufschlagen wollte, fiel aus ihrer Hand und landete mit einem lauten Platsch auf dem Boden.

Wie versteinert stand Fiona da und starrte an sich hinunter auf die in zwei Hälften zerbrochene Schale, zwischen denen auf dem Eiklar der Eidotter schwamm.

Das sind wir, schoss es ihr durch den Kopf. Dann schrie sie. Kurz und schrill. Sehr schrill.

Kapitel 22

Das sind wir, das ist das ewig unbefruchtete Ei, dachte Aidan und schrie nicht.

Nachdem er aus seiner Schockstarre erwacht war, schloss er sie mit eckigen Bewegungen in seine Arme und bettete ihren Kopf an seine Brust. Sie dachte das Gleiche wie er, dessen war er sich sicher. In dem Schmerz waren sie vereint. Beruhigend streichelte er über ihren Kopf und ihr seidig glattes Haar und flüsterte in einem fort, um sie und sich zu beruhigen:»Es ist doch nur ein Ei. Alles wird gut.«
»Ach, sorry, Schatz. Es tut mir echt leid. Ich bin so empfindlich und dünnhäutig in letzter Zeit. Ich weiß auch nicht.«

Der restliche Tag verlief friedlich, wenn nicht gar harmonisch. Beide bemühten sich außerordentlich um den anderen und jeder, der sie sah, hätte geschworen, das glücklichste Paar von ganz Glasgow vor sich zu haben.

Fiona verbrachte einige Zeit damit, sich über Segelkurse und -scheine zu informieren, und meldete sich zu einem Online-Theoriekurs an. Während sie sich mit Feuereifer in die erste Lektion stürzte, vertraute Aidan seine Sorgen dem Tagebuch an. Dabei kam ihm die Idee, eine der unzähligen Romanideen, die ihm seit Jahren durch den Kopf spukten, niederzuschreiben. *Warum eigentlich nicht?*, dachte er. Solange er keinen Job hatte, hatte er Zeit. Lächelnd lehnte er sich zurück und überlegte, welche der Ideen er in einen spannenden, aber zugleich informativen historischen Roman verpacken wollte. Vielleicht die von den Mönchen auf Iona? Er schielte zu Fiona, die nach wie vor gebannt auf ihren Bildschirm starrte und ab und zu klickte. *Fiona und Iona,* das klang erfolgversprechend, dachte er und fing an, sich die Figuren und deren Leben auszumalen.

»Na, was treibst du Schönes?«, fragte sie nach einer ganzen Weile, klappte den Laptop zu und setzte sich neben ihn. Sie legte ihre Hände auf sein angezogenes Bein und stützte ihr Kinn darauf. »Hast du Lust auf einen kleinen Spaziergang? Wir könnten anschließend etwas essen.«

Aidan fand, dass das eine gute Idee war und so kam es, dass sie am frühen Abend zunächst zum und anschließend durch den *Queen's Park* schlenderten. Beide wurden unruhig. Beide dachten, sie sollten besser umdrehen und einen anderen Weg einschlagen, doch niemand tat es. Je näher sie dem Nordausgang kamen, desto stärker geriet ihr Gespräch ins Stocken. Er hatte ihr nichts davon gesagt, dass der Chor zu einer Kirche gehörte, und sie hatte ihm nichts davon gesagt, dass sie vor weniger als vierundzwanzig Stunden schon einmal in der Gegend war.

»Wir sind nicht weit von dem Pub, das ich gestern neu entdeckt habe. Es ist echt gut, hast du Lust?«

Fionas Gedanken rasten. Was, wenn Sophie dort wäre? Oder Struan? Sie würde sich bestimmt verraten, wenn sie ihn sah. *Bitte nicht,* dachte sie immer frenetischer. *Bitte sei nicht da.*

Schon da verfluchte sie den Umstand, dass sie auf das Gegenteil dessen, was sie eigentlich wollte, hoffen musste. Aber so zerrissen war sie mittlerweile. Denn natürlich hoffte sie nichts sehnlicher, als ihn zufällig zu treffen. Ja, sie musste ihm sogar zufällig über den Weg laufen, denn in der Eile gestern Abend hatten sie vergessen, Nummern zu tauschen. Wie sollten sie sich da wiederfinden? Oder würde er über Instagram Kontakt mit ihr aufnehmen? Die Uhr tickte doch! In nur drei oder vier Wochen wäre er in Mali. Einerseits wäre sie gewiss erleichtert, dass sie dann nicht mehr von Aidan erwischt werden konnte, und keine Gelegenheit mehr hatte, ihm fremdzugehen. Andererseits stellte sie sich ein Glasgow ohne ihn, ihren Lichtblick, entsetzlich leer und kalt vor.

Sie musste ihn sehen, aber nicht mit ihrem Mann zusammen! Immer war er im Weg, wirklich immer!

»Ja, das machen wir«, hörte sie sich sagen.

Sollte das Schicksal entscheiden!

Das Schicksal entschied, dass zunächst Aidan jemanden aus seinem neuen Lebensbereich treffen sollte.

»Na, wenn das nicht unser neuer Bariton Aidan Leod ist!«, rief Andrew freudig und kam mit einem Pint Guinness in der Hand auf ihn zu.

»Hi, Andrew!« Aidan strahlte den stämmigen Mann an.

»Was für eine Überraschung! Ich fand das Pub so schön, dass ich es meiner Frau Fiona zeigen wollte. Fiona – das ist Andrew. Er singt auch im Chor. Andrew – Fiona.«

Die beiden schüttelten sich die Hände und Andrew gesellte sich auf ein Pint zu ihnen.

»Du kommst doch morgen auch?«, fragte er.

Entgeistert schaute Aidan ihn an. »Morgen?«

»Nur Messe, nicht singen. Oder habt ihr eine andere Gemeinde? Welche denn?«

Aidan fuhr mit seinen schwitzigen Händen über seinen Oberschenkel. Fionas ratloser Blick brannte auf ihm.

»Ähm, doch, klar! Jetzt, wo ich bei euch singe, sollte ich auch mal bei euch vorbeischauen.«

»Bei uns«, korrigierte Andrew ihn warmherzig.

»Oh, ja, bei uns!« Aidan versuchte zu lächeln, doch Fionas spürbar geladene Stimmung ließ es ihm auf den Lippen gefrieren.

»Lass mich raten: Du singst in einem *Kirchenchor*?«, zischte sie, nachdem Andrew sich kurz danach verabschiedet hatte, und schlug mit der Hand auf den Tisch.

»Ähm, ja … Habe ich das nicht gesagt?«

»Nein, hast du nicht!«, rief sie aufgebracht.

»Aber wo gibt es denn sonst noch einen Chor außer in einer Kirche?«, versuchte er lahm, sich rauszureden, denn natürlich war er froh gewesen, das Thema zunächst nicht auf den Tisch bringen zu müssen.

»Jetzt bin ich die Dumme oder was? Es gibt auch andere Chöre!«, schoss sie zurück und nahm einen hektischen Schluck aus ihrem Glas.

»Hey, Liebling, lass uns doch deswegen bitte nicht streiten. Ja, es ist ein Kirchenchor. Na und?«

Sie schnaufte tief durch und verschluckte sich an ihrem eigenen Atem, denn in diesem Moment sah sie Struan in den Pub kommen. Hatte er sie gesehen? Sie musste zu ihm!

»Nein, natürlich nicht. Ich muss nur schnell aufs WC. Willst du noch ein Glas? Oder, was hältst du davon, wenn du mir die Kirche zeigst, da wir schon mal in der Nähe sind?«, sprudelten die Worte aufgeregt ohne Punkt und Komma aus ihr hervor.

Aidan sah sie an, als hätte sie den Verstand verloren. »Wenn du meinst … gerne«, willigte er dann unschlüssig ein, da er sich den plötzlichen Wandel nicht erklären konnte.

Ihr Herz raste, als sie mit feuchten Händen betont lässig an ihm vorbeischlenderte. Struan musste sie ansprechen, er *musste* einfach! Sie kam sich so albern vor; als wäre »Ich bin nur wegen dir hier« auf ihrer Stirn geschrieben.

»Na, meine sexy Seglerin? Hast du hier eine zweite Heimat gefunden?«, erlöste er sie da, als sie schon beinahe wieder außer Hörweite an ihm vorbeigegangen war.

»Oh, hi! Struan! Hach, so eine Überraschung! Ja, mein Mann, also Aidan, wollte den Pub sehen und deswegen … Er wartet draußen.« Nervös trat sie von einem Bein aufs andere und grinste ihn erwartungsvoll an. *Die Nummer, die Nummer,* dachte sie in einem fort und in der Hoffnung, ihre Gedanken würden auf geheimnisvolle Weise in seinen Kopf dringen, was sie jedoch nicht taten. So blieb ihr nichts anderes übrig, als so lässig wie möglich einen Stift aus ihrer Tasche zu ziehen.

»Weißt du was, damit wir uns das nächste Mal nicht wieder auf den Zufall verlassen müssen, geb ich dir mal meine Nummer, okay?« Er war beinahe einen Kopf größer als sie und hatte sich mit einem Arm lässig auf den Tresen gestützt. Mit einem Grinsen, das sie zwar nicht deuten konnte, das ihren Körper dennoch in höchsten Aufruhr versetzte, kritzelte sie ein paar Zahlen in ihr Notizbuch und riss das Blatt heraus. »Hier, bitte schön. Man sieht sich!«, haspelte sie und stolperte ohne einen weiteren Blick davon. Erst nach einigen Schritten fiel ihr auf, dass sie schon wieder auf dem Weg nach draußen war. *Verflixt!* Was tun? Aus den Augenwinkeln sah sie, dass er gerade versuchte, die Aufmerksamkeit der Bedienung auf sich zu ziehen – und huschte unbemerkt an ihm vorbei auf die Toilette.

Aidans Magen hob sich. Sein Herz schlug schneller, sein Kopf schwirrte und eine tiefe Unruhe überkam ihn. Schweiß brach aus und der vor wenigen Minuten noch so laue Wind war mit einem Mal kalt. Er schauderte und zwang sich, tief durchzuatmen. Vielleicht wurde er krank. Gestern Abend auf dem Weg zur Chorprobe erlitt er einen ähnlichen Anfall. Er hatte bereits mit dem Gedanken gespielt, umzudrehen und wieder nach Hause zu gehen, doch dort hätte ihn nur die kahle Stille des Fiona-losen Hauses empfangen und die Konfrontation mit seinem Versagen auf sämtlichen Ebenen hätte ihn erdrückt. Als er den Messner traf, ging es ihm besser, und als er die Chormitglieder kennenlernte, verschwand der Anflug von Ohnmacht vollständig. Er umklammerte die Stuhlkante, starrte auf den Tisch und atmete so ruhig und tief durch, wie er konnte. Wo blieb Fiona nur so lange?

Ihm wurde schwindelig und er schloss die Augen.

»Hey, Aidan, was hast du denn? Ist alles okay?« Ihre Stimme klang verzerrt, viel zu hell und hoch. Sie sprach auch viel zu schnell.

Er hob die Hände und legte sie vor sein Gesicht, bevor er langsam die Augen öffnete. »Nichts, glaube ich.«

»Was soll das heißen? *Glaubst du?*«

Er sah sie an und war verwundert, dass sie so nah bei ihm saß. Es kam ihm vor, als stünde sie weit weg von ihm.

»Es ist schon wieder vorbei. Mir war nur kurz schlecht.«

»Wirklich?« Sie runzelte die Stirn und schaute ihn zweifelnd an.

Ich bin krank, dachte Aidan. *Alles um mich herum ist so anders, sogar Fiona.*

»Ja, wirklich.« Aufmunternd lächelte er sie an und suchte ihren Blick, doch es gelang ihm nicht mehr, darin zu lesen.

»Sollen wir nicht besser gehen?«, fragte sie und stand auf, ohne seine Antwort abzuwarten.

»Okay, gut«, stimmte er zu und folgte ihr über den Kiesweg auf den Gehsteig.

»Weißt du, ich könnte dir die Kirche zeigen«, schlug er zu seiner eigenen Überraschung vor und sah ihr tapfer ins Gesicht, das sich prompt verdüsterte. Er hickste beim Weitersprechen: »Damit du weißt, wo ich bin.« Früher, das heißt, bis vor zwei Wochen, hätte er dies nicht zu sagen gebraucht, da war es noch selbstverständlich. Bis dahin, bis zu dem Untersuchungsergebnis, nicht nur bis zum Segeln, erzählte er ihr alles frei von der Leber weg. Und sie hörte zu. Aufmerksam. Stellte Fragen, wollte mehr wissen. Genau so, wie er es auch bei ihr tat. Doch nun schnaubte sie verächtlich. Vielleicht war es das falsche Thema. Sie war schließlich Naturwissenschaftlerin und die Tochter ihres Vaters. Umso verwunderter war er, als sie zwar mit hörbarem Widerwillen, aber dennoch umgehend einwilligte: »Also gut, zeig mir die Kirche.«

Aidan hat den Verstand verloren!, dachte sie und unterdrückte mit Müh und Not ihre Wut. *Kirche. Gott.*

Ich habe gesündigt, in Gedanken, Worten und Werken. Da waren diese verfluchten Worte wieder! Woher kamen die? Doch aus dem ganzen Zeug! In diesem einen Film, da – die alte Nonne, damals ... haarsträubend, wirklich! So ein Schwachsinn. Und jetzt fiel Aidan auf den ganzen Hokuspokus herein, nur, weil er singen wollte. Nur, weil er nicht mal weiter geschaut hatte, ob es nicht richtige Bands gab! Chor. Was war nur los mit ihm? Wann war er so rückschrittlich geworden? Aber – Moment mal! Es konnte ihr doch im Grunde egal sein, womit er seine Zeit verbrachte! Hauptsache, er war weg, hatte zu tun und fragte nicht allzu viel nach. Wenn er noch dazu regelmäßig Termine hatte, dann war das gar nicht so schlecht! Außerdem könnte ihm seine Religion nützen, wenn er – nun ja, falls ... sollte etwas herauskommen oder sollte sie ihn für Struan ... doch das war Schnee von morgen.

Drei von drei, hörte sie diese ferne, hohe Stimme in sich. Jähzornig schlug sie mit der Hand in die Luft. »Biene«, log sie spontan, da Aidan sie von der Seite anschaute.

Aidans Schritte beschleunigten sich, als die romanische Kirche vor ihnen auftauchte.

Mit einem eigenartig fremden Lächeln auf den Lippen und einem feuchten Glanz in den Augen drückte er die schwere Tür auf und hielt sie für sie auf. In dem Moment vibrierte ihr Handy zweimal wegen einer neuen Nachricht.

Was mache ich eigentlich hier? Ich schaue zu, wie er den Verstand verliert! Kein vernünftiger Mensch braucht das alles. Das ist Wahnsinn! Ein Altar aus Marmor! Das ganze Geld hätte man doch viel besser für andere Zwecke verwenden können! Und wie es schon riecht. Sind wir bald fertig? Genau so hat er in der Abtei auf Iona auch geschaut! Der gleiche Wahn. Damals ging es los und ich habe es nicht bemerkt. Gut, soll er machen, was er will. Weiß doch eh keiner, wie und ob überhaupt das mit uns weitergeht! Hauptsache, er kümmert sich um einen Job, weil ich es in meinem nicht mehr lange aushalte, Sophie hin und her.

Aidan stand da und starrte auf das Buntglasfenster. Heimlich zog Fiona ihr Handy hervor. Ihr Herz machte einen Satz, der so groß war, dass es beinahe aus ihrem Mund hüpfte. Reflexhaft suchte ihre Hand an einer Säule Halt. Die Nachricht war von Struan.

»Schöne Frau, schon wieder weg? Ich hätte dich da gerne noch mal gesehen.«

Oh. Mein. Gott.

Wie gelähmt starrte sie auf das Display. »Ich dich auch«, tippte sie, ohne nachzudenken.

Zuerst kam ein zwinkernder Smiley, dann lächelnder und schließlich: »Wann?«

»Morgen?« Wann begann das hier? »Am Vormittag?« »Frühstück im Bett? Oh, Cherie ... Auf dir ... Leckerrrrrr!«

Oh. Mein. Gott.

Siedend heiß jagte das Verlangen durch ihren Körper. Verklärt starrte sie an die hohe Decke.

»Wunderschön, nicht?«, fragte Aidan mit einer entrückt verzaubernden Stimme. Vor Schreck ließ sie beinahe das Smartphone fallen.

»Ja!« Ein neuer Schub Blut schoss ihr in die Wangen. »Wunderschön!«

Und so kam es am Sonntagvormittag, dass Aidan sich auf den Weg zu Gott und Fiona sich auf den zu Struan machte.

Beiden war unterwegs schwindelig und schlecht.

Fiona vor allem aus Vorfreude und ein wenig aus Gewissensbissen.

Aidan ebenfalls aus Vorfreude, aber auch aus diesem undefinierbaren Grund wie an den Tagen zuvor.

Fionas Anspannung verflog, sobald sie Struans starke Arme um sich spürte. Er hatte noch nicht geduscht und roch warm nach sich selbst.

Aidans Anspannung verflog, sobald er in die ruhige Kirche trat und spürte, wie sein Herz zur Ruhe kam.

Während Fiona sich immer weiter auf Struan und das Neuland devoter Lust einließ, verließ Aidan den jahrelangen Weg ohne Gottesdienst. Sie atmet Männerschweiß, er Weihrauch.

Beide entschwebten in höhere Regionen.

Vor der Kirche traf Aidan seine neuen Freunde. Das Gefühl, getragen und geborgen zu sein, lag wie ein wärmender Mantel um ihn. Er wusste, dass der Weg, den er eingeschlagen hatte, der einzig richtige war. Er musste Fiona nur endlich von dem Umschlag mit dem Laborbericht erzählen.

Ähnliches dachte Fiona, doch erst viel später. Zunächst ereignete sich Vereinigung. Anders und neu. Dominant. Tief. Devot. Die Welt konnte so einfach sein! Sich fallen lassen. Hingeben. Den Mann Mann sein lassen. Tun, was er sagt. Sagen, was er tut. Beides geil finden. Es war so einfach. So befreiend einfach! Da störte es nicht, dass sie nicht zum Höhepunkt kam. Es spielte keine Rolle. Ganz anders als mit Aidan, der immer alles wollte und vor Sorge beinahe verging, wenn sie einmal nicht kam. Keine Frau kam immer! Bei Struan war das egal. Er wollte sie auch, aber bedingungsloser. Noch nie hatte sie sich so weiblich und so begehrt gefühlt wie jetzt. Struan betete sie an. Immer und immer wieder sagte er ihr, wie überirdisch schön und wie himmlisch ihre Hingabe sei. Er vergötterte sie. Ihren Körper und das, was sie damit tat. Was sie damit in ihm auslöste. Sie schwebte.

.

Als Aidan nach Hause kam, kam Fiona gerade aus der Dusche. Sie strahlte, ja, sie glühte richtiggehend. Lebensfreude strotzte aus jeder Pore. Sein Glück hingegen war so leise und subtil, dass sie es nicht bemerkte. Es spielte jedoch keine Rolle, denn er war glücklich, dass sie glücklich war.

»Laufen ist so geil! Ich bin süchtig danach! Ab jetzt mache ich es jeden Tag!«, rief sie und warf die Arme in die Luft.

»Tu das, mein Schatz, wenn es dir guttut«, sagte er, trat hinter sie, schlang seine Arme um sie und küsste ihr Haar.

Es war schön, sie glücklich zu wissen.

Fiona spannte ihre Muskeln an. Ihr Körper versteifte sich. Oder täuschte er sich? Welchen Grund sollte es dafür geben? Sie war doch so glücklich! Aber sie atmete auch flacher. Aidan fühlte sich abgeschirmt, so, als baue sie einen Schutzschild gegen ihn auf.

»Ist«, fragte er bedrückt, »ist alles in Ordnung?«

»Wie bitte? Ja klar, was soll denn schon wieder sein?«

»Du bist so ... nun ja, nicht entspannt.«

»Was soll das denn jetzt bitte schön?«, brauste sie auf. »Natürlich nicht! Ich bin gerade fast zwei Stunden gelaufen!« Aidan ließ sie los und trat einen Schritt von ihr weg. Nachdenklich schaute er sie an und sagte langsam: »Das ist sehr lange, vor allem, wenn man so wenig Training hat wie du.«

Ihre Augen flackerten unruhig hin und her, bevor sie sagte: »Ich bin streckenweise gegangen. Intervalltraining. So wie man das eben machen soll.«

»Mhm, verstehe.« Aidan kniff die Lippen zusammen und nickte. Langsam drehte er sich um.

»Och, was ist denn nun schon wieder?«, rief sie bockig und eilte ihm nach. Nun legte sie ihre Arme um ihn und ihre Wange zwischen seine Schulterblätter.

Aidan hielt inne. Ihr Verhalten war so ungewohnt und widersprüchlich. Doch nun war sie ehrlich weich und anschmiegsam, daran bestand kein Zweifel, sodass auch er entspannte. Zärtlich küsste sie seinen Nacken, ihre Hände strichen über seine Brust und seinen Bauch, glitten unter sein T-Shirt, liebkosten und verwöhnten ihn, bis sie ihn auf die breite Couch zog.

Sex mit Aidan war grundlegend anders als Sex mit Struan.

Wie sie auf die Idee gekommen war, ihn zu verführen, konnte sie nicht eindeutig sagen. Sicherlich lag es zum einen an der nach wie vor in ihr schwelenden Lust, zum anderen auch an dem schlechten Gewissen und der Angst, er könne Verdacht schöpfen.

So sehr sie auch versuchte, sich ihm hinzugeben, fallen zu lassen und seine liebevollen Berührungen zu genießen, so wenig wollte es ihr gelingen. Es waren Struans Küsse, seine Hände, Arme, Beine, die sie auf ihrer Haut spürte, als sie endlich die Augen schloss. Es war Struan, dem sie sich hingab.

Hinterher drehte sie sich auf den Bauch und verbarg ihr Gesicht unter ihrem Haar und zwischen ihren Ellbogen.

»Leg dich auf mich«, flüsterte sie.

»Ja?«, fragte er freudig überrascht.

»Ja, bitte.«

Es war fast wie früher.

Kapitel 23

Sonntag, der 14. September 2014

Es regnet. Nach Tagen mit wärmendem Sonnenschein ist es jetzt kühl, grau und windig. Der Herbst ist da.

Ähnlich ist es mit Fiona. Seit Stunden sitzt sie vor dem Computer und lernt für ihre Segeltheorie. Wohin und wann sie segeln will, dazu sagt sie nichts. Vielleicht ist es wie mit dem Laufen – Hauptsache Action, Hauptsache weg. Ich befürchte, sie hat das Gefühl zu stagnieren, was verständlich ist angesichts der Jobsituation und der Kinderlosigkeit. Welch bittere Ironie des Schicksals, dass sie ihre verhasste Stelle behält, während ich meine geliebte verliere und ihr auf der Tasche liege. Sie hat es nicht direkt gesagt, aber angedeutet. Eigentlich habe ich mehr Vorwürfe und mehr Drängen, ob und wo ich mich denn schon bewerbe etc. Doch nichts dergleichen kommt. Es ist, als wäre sie durch ihr Segeln und seit heute Laufen in einer anderen Welt.

Sie bekommt nichts davon mit, wie ich mich fühle, dass ich mich schäme, dass ich Angst habe, keine gute neue Stelle zu finden; dass es mir um die interessante Aufgabe und die vielen netten Kollegen leidtut. Nun ja, es waren eben Kollegen. Einzig Tony und Gerald haben sich gemeldet; wir wollen mal auf ein Bier gehen.

Natürlich bin ich froh darüber, dass Fiona sich von ihrer eigenen Situation so gut ablenkt und einen Sinn in ihrem Alltag findet; dennoch wundert es mich, dass der Kinderwunsch nicht mehr so wichtig scheint. Oder tut sie nur so? Kann das der Grund sein, warum sie sich nicht mehr so auf mich einlässt bei der Liebe? Ich weiß es nicht. Ich weiß so vieles nicht.

Sie sitzt am anderen Ende des Sofas, etwa einen Meter und doch viel weiter weg. Jetzt lackiert sie ihre Fußnägel neu; dabei hat sie sie erst gestern in einem dunklen, fast schwarzen Rot angestrichen. Sie summt und sieht glücklich aus.

Am Freitagmorgen war sie so wütend, und vierundzwanzig Stunden später wie ausgewechselt. Wie ich; wegen des Chors, des Singens, der wunderbaren Menschen und auch wegen des Gottesdienstes, bei dem ich heute, nach zwanzig Jahren, zum ersten Mal wieder war. Es tat so gut, es war so erfüllend und beruhigend, wie ein Nachhausekommen. Wie eine Versöhnung mit allem, was war und worüber wir nie gesprochen haben. Nach dem Sterben ging bei den Macmillans alles einfach so weiter, als hätte ich davor noch kein Leben gehabt. Ich habe nie darüber nachgedacht, bis nach der ersten Chorprobe.

Färbe ich auf sie ab? Wirkt sich das, was ich fühle, auf sie aus? Ist möglicherweise doch nicht alles so schlimm und ich kann das Thema Adoption anschneiden?

***

Fiona versuchte gerade, den ausführlichen Erläuterungen ihres Chefs zu folgen. Schon seit einer Stunde saßen sie an diesem Montagvormittag in dem stickigen Besprechungsraum und lauschten seiner *Vision*, die leider wenig überzeugend klang.

Da riss das Vibrieren ihres Handys sie aus der Lethargie.

Struan: »Guten Morgen, meine Süße. Wann hast du heute Mittagspause?«

Im Nu rauschten alle Lebensgeister in sie zurück. Heimlich tippte sie unter dem Tisch:

»Eine Stunde zwischen 12 und 2. Warum?«

»Weil ich Sehnsucht habe. Große Sehnsucht.«

Beinahe hätte sie einen lauten Schrei ausgestoßen.

»Heute?«, tippte sie mit angehaltenem Atem.

»Ja. Am besten gleich. Ich liege noch immer im Bett und denke an dich.«

»Oh ... Ich sitze im Büro und denke auch an dich«, antwortete sie, weil ihr vor Schreck nichts Besseres einfiel.

»Mhm ... Sehr schön. ... Ich habe aber nichts an, du schon, nicht wahr?«

Der Rest des Chatverlaufs trieb ihr die Schamesröte ins Gesicht. Als sie um Punkt zwölf aus dem Büro und zu dem im Voraus georderten Taxi lief, das sie in die *Daisy Street* (was für ein Name!) fahren würde, war sie so erregt, dass sie und Struan schon im Türrahmen wie hungrige Tiere übereinander herfielen.

»Frau, du bringst mich um den Verstand«, seufzte er, als sie sich abschließend hastig die Bluse zuknöpfte.

»Ja?«, fragte sie heiser und warf ihm einen tiefen Blick zu.

»Du mich auch.«

»Wann hast du wieder Zeit?« Auch er stand auf, stieg in seine Boxershorts und gab ihr einen festen Klaps auf den Po. »Geiler Arsch«, knurrte er.

Sie kicherte und machte ein Hohlkreuz. »Hm ... Auf dem Heimweg nach der Arbeit vielleicht oder morgen Mittag?«

»Oh, là, là! Dann heute Abend.« Breit grinste er sie an. »Du bist ja genauso unersättlich, wie ich mir dich immer vorgestellt habe.«

»Du – hast was?«, fragte sie erschrocken und schlüpfte in ihre Schuhe. Sie war viel zu spät dran. Schon fünf vor eins.

»Natürlich, tu doch nicht so. Du weißt doch genau, dass ich schon auf dem Schiff total scharf auf dich war.«

»Wirklich?«

»Und wie!« Er lachte, beugte sich vor und küsste sie auf die Stirn. »Und jetzt schau, dass du nicht allzu spät kommst. Schreib mir wegen heute Abend. Ich bin hier.«

»Okay, mache ich.« Ihre Stimme zitterte, so unfassbar war das Glück.

»Oh, Struan«, seufzte sie am Feierabend, als sie erschöpft in seinen Armen lag und seinen herben Duft einatmete. »Du bist so wunderbar.«

»Danke! Aber du solltest dich mal selbst erleben.«

Sie lachte und kuschelte sich an seinen warmen Körper.

»Ich muss los«, murmelte sie schweren Herzens, rührte sich aber nicht.

»Dann bleib doch noch ein Weilchen«, gurrte er, drückte sie zurück ins Bett und begann, ihre Brüste zu küssen.

»Aber Aid...«, erstickte in ihre Kehle, aus der erneut süßes Stöhnen drang.

***

»Aidan! Sorry, ich – es war so viel zu tun und dann war mein Akku leer!«, rief sie noch von der Tür aus. Eilig stellte sie die Tasche auf die Kommode und streifte die Schuhe von den Füßen.

»Das dachte ich mir schon«, antwortete er freundlich aus der Küche. »Du kommst gerade rechtzeitig. Es gibt Wiener Schnitzel mit Pommes und grünem Salat!«

»Was? Im Ernst?« Verdattert hielt sie sich am Türrahmen zur Küche fest und bestaunte ihren Ehemann, der in seiner blauweiß gestreiften Schürze vom Küchentisch aufstand, wo er in einem Buch gelesen hatte. »Na klar! Wenn ich schon so viel Zeit habe, dann kann ich dich doch auch verwöhnen.«

»Oh Aidan!« Seine Fürsorge rührte sie. »Ich wasche mir nur schnell die Hände.«

»Tu das.«

Im Bad lehnte sie den Kopf an die kalten Fliesen. Wieso war Aidan nur so lieb, dass sie ihm nicht einmal für irgendetwas böse sein konnte? Er war lieb, aber ... lahm, besonders im Vergleich zu Struan.

»Ist alles okay? Kommst du?«

»Bin schon unterwegs!« Schnell drückte sie die Toilettenspülung, wusch sich endlich die Hände und setzte ein strahlendes Gesicht auf.

»Na, was hast du heute Schönes gemacht?«, fragte sie nach dem ersten Bissen des köstlichen, dünnen und weichen Fleisches. »Es schmeckt übrigens fantastisch. Du bist ein Schatz, echt.«

»Das freut mich. Also, ich habe zwei interessante Stellen gefunden und mich darauf beworben.«

»Sehr gut! Ich drücke dir die Daumen!«

»Dann hat Andrew angerufen und gefragt, ob ich Martha für zwei Stunden im Laden vertreten könnte.«

»Martha? Laden? Sag mal, wovon sprichst du eigentlich?«, fragte sie lachend und warf mit einer Kopfbewegung das Haar über die Schulter zurück.

»Martha singt auch im Chor und arbeitet im *Cross Care* und weil sie überraschend zum Arzt musste, habe ich sie vertreten.«

»Okay ...« Fiona schüttelte den Kopf. »Das ist doch super! Vielleicht kannst du ja öfter in dem Laden arbeiten und ein wenig verdienen, bis du etwas Richtiges hast.«

»Ähm ... also, dort arbeiten kann ich sicher. Werde ich auch, ich habe für die nächsten zwei Wochen schon Termine ausgemacht.«

»Das ist ja super!« Sie klatschte in die Hände. »Mensch, so viel Antrieb hätte ich dir gar nicht zugetraut!«

»Was?«, fragte er verletzt. »Wieso denn nicht?«

»Entschuldige, ich dachte einfach, dass du erst mal Zeit brauchst, um dich von dem Schock zu erholen«, beeilte sie sich zu sagen. Sein zweifelnder Blick auf ihr ließ sie jedoch nervös hin und her rutschen.

»Also, sag doch mal, was verkauft der Laden denn eigentlich?«, fragte sie betont neugierig.

»Ach, so alles Mögliche. Bücher, Kleidung, Schmuck, Kerzen, Kaffee, Tee, Schokolade.«

»Klingt ziemlich chaotisch und konzeptlos, findest du nicht?«, fragte sie kichernd.

»Nun ja, diese Läden sind, glaube ich, alle so.«

»Wie ... Moment mal ... Ist das etwa so ein gemeinnütziger Shop? Hat das mit dem Kirchenzeug zu tun?«

»Ja.« Er zog seine Schultern hoch, sah sie aber direkt an.

»Das heißt – du verdienst da gar nichts, oder?«
»Nein.«
»Mensch, Aidan!«, entfuhr es ihr. »Das ist doch – das ist ...«
»Was denn?« Bestürzt sah er sie an. Sie hatte die Ellbogen auf der Tischplatte – und das Gesicht in die Hände gestützt. »Nicht, nichts. Schon gut. Tut mir leid. Entschuldige bitte.« Sie holte tief Luft und richtete sich wieder auf. »Es ist ganz toll von dir, dass du ... so etwas machst.«
»Mhm«, machte er.
»Und du? Wie geht's dir«, fragte er nach einer Weile und sah sie versöhnlich an. »Du scheinst ja gar keinen Muskelkater zu haben. Kompliment!«
»Muskelkater?«, fragte sie verwirrt und sah von ihrem Teller auf. »Hä? Ach so! Nein. Null. Ich habe mich gut gedehnt und viel Magnesium genommen. Ich wusste gar nicht, dass du mir nachschnüffelst.«
»Nach –? Wie bitte?« Bestürzt schaute er sie an.
»Ach nichts, sorry, lass gut sein. Ich bin einfach ein bisschen gereizt. Tut mir leid.«
Schweigend aßen sie weiter, doch nun schmeckte das Schnitzel nicht mehr nach einem langen, verliebten Wochenende in Wien, sondern nach einem grauen Montagabend in Glasgow.

Montag, der 15. September 2016

Ich werde aus Fiona nicht mehr schlau. Sie wird mir jeden Tag fremder. Ja, ich kenne ihre Reaktionen, aber ich würde sie an anderen Stellen erwarten.

Nach ihrer Kritik an meiner ehrenamtlichen Arbeit habe ich ihr nichts davon erzählt, dass ich Stimmübungen gemacht habe, um bald richtig im Chor mitzusingen. Sie weiß noch immer nichts von meinem Romanprojekt und dass eine Stelle, auf die ich mich beworben habe, bei einem Verlag ist, der sich auf Biografien spezialisiert hat. Sie weiß auch nicht, dass ich nach dem Café in der Kirche war und lange für sie und für uns gebetet habe. Ob es etwas hilft, kann ich natürlich nicht sagen, aber es hilft mir, mich zu beruhigen, zu sammeln und sicher zu fühlen. Ich habe ihr auch nichts davon gesagt, dass ich im Cross Care in einem Buch lese, das Spiritualität im Alltag behandelt.

Sie weiß so vieles nicht und jeden Tag wird das, was wir nicht von einander wissen, mehr. Ich frage mich, was ich von ihr nicht weiß und was hinter ihrer guten, aber so leicht brüchigen Laune steckt.

Ich habe die Putzfrau bis auf Weiteres abgesagt, um Geld zu sparen, schließlich kann genauso gut ich sauber machen, auch wenn ich es gar nicht gern tue.

»Fiona! Guten Morgen, die Sonne geht auf!«, grüßte Sophie. »Hast du Lust, heute Mittag dieses neue vegetarische Restaurant auszuprobieren?«

»Vegetarisch ...«

»Am Eck vorne. Sie haben gestern eröffnet! Los, komm schon, sag ja!«

»Ich – sorry, Sophie, tut mir echt leid, aber ich habe schon was vor«, beeilte Fiona sich zu sagen.

»Oh, schade.« Sophie wirkte enttäuscht. »Dann vielleicht morgen?«

»Morgen! Ja, mal schauen ...«, versuchte Fiona weiter auszuweichen, denn sie wollte und konnte sich nicht festlegen. Jederzeit konnte Struan sich melden und sie sehen wollen!

Der Pubbesuch war ja wirklich nett gewesen, aber Sophie war eben nur ein Mittel zum Zweck gewesen. Unter anderen Umständen hätte sie bestimmt gern öfter etwas mit Sophie unternommen. Aber nun waren eben *diese* Umstände, und die Kollegin war im Weg. Struan würde sich gewiss jeden Augenblick melden und ihr ein weiteres Lunch-Date vorschlagen ...

Sie spürte selbst, dass ihre Augen glänzten und ihr Gesicht strahlte.

»Na, wenigstens muss ich mir keine Sorgen um deine Gesundheit machen«, meinte Sophie. »Du siehst aus wie das blühende Leben!«

»Danke«, murmelte Fiona. »Zurzeit ist ziemlich viel los, aber im Oktober wird es ruhiger.«

»Na, ist zwar noch eine Weile bis dahin, aber ich freue mich jetzt schon.«

Ich nicht, dachte Fiona bitter.

Struan meldete sich gegen elf Uhr, wie an jedem der darauffolgenden Tage. Er wurde ihr immer vertrauter und sie fühlte sich immer wohler und sicherer in ihrer neuen Rolle – als Geliebte. Wann immer sie anfangs dieses Wort dachte, wurde sie rot, doch das legte sich rasch. Auch die Ausreden Aidan gegenüber fielen ihr leichter, wobei sich Sophie wiederum als glaubwürdiger Vorwand für einen Kaffee nach der Arbeit oder einen kurzen Shoppingbummel erwies. Es traf sich gut, dass Aidan selbst so viel zu tun hatte. Sie wusste zwar nicht genau, womit er den Tag füllte, aber er war abgelenkt und stellte keine Fragen.

Je mehr Zeit sie Haut an Haut mit Struan verbrachte, desto schmerzlicher fehlte er ihr, wenn er nicht bei ihr war. Sein Körper war zu einer Fortsetzung ihrer selbst geworden.

»Ich bin süchtig nach dir«, seufzte sie.

»Und ich nach dir«, gab er zurück und biss sie sanft in die Schulter.

»Morgen Abend ist Aidan nicht da«, sagte sie beinahe beiläufig, als sie aus dem Bad kam.

»Ja?«, fragte er und horchte auf. »Lange?«

»So bis Mitternacht, nehme ich an. Jedenfalls ...«

»Jedenfalls ist das *die* Gelegenheit, endlich einmal etwas für dich zu kochen!«, rief er begeistert und hob sie hoch.

»Meinst du das ernst?«, fragte sie lachend. »Nur für mich?«

»Und ob! Ich koche dir etwas ganz was Feines, eine richtige Spezialität. Du isst doch Fleisch, oder?«

»Ja ... Du machst mich neugierig.«
»Geduld, Geduld! Lass dich überraschen.«

An diesem Abend hatte Struan keine Zeit, um sie zu treffen. Das war normal, munterte sie sich selbst auf, schließlich sahen sie sich jeden Tag mindestens einmal. Als er jedoch am Freitagvormittag nichts von sich hören ließ, sank ihr Herz. Auch wenn noch niemals sie ein Treffen initiiert hatte, so schrieb sie gegen halb zwölf: »Wann soll ich heute bei dir sein?« Vergeblich hoffte sie, er hätte nur übersehen, ihr wie sonst immer zu schreiben, und würde »Na, um fünf nach zwölf natürlich!« antworten.

Stattdessen schrieb er nur: »Komm einfach nach der Arbeit zu mir. Meine Freude auf dich ist riesig, wenn du weißt, was ich meine.« Er schrieb *riesig* mit mehreren *I*s und schickte ein paar Smileys dazu.

Sie errötete und biss sich auf die Unterlippe. Mit pochendem Herzen verfasste sie einen Text, der die Anspielung aufnahm. Sobald sie die Nachricht abgeschickt hatte, löschte sie den Chatverlauf, denn gewiss würde sie vor Scham sterben, sollte jemand Unbefugter die Nachricht lesen.

Die Vorfreude auf die vielen gemeinsamen Stunden und die Vorstellung, dass Struan, der kräftige, oft so unnahbare und geheimnisvolle Mann ein Abendessen nur für sie vorbereitete, machte sie benommen vor Glück. Auch Sophie freute sich, dass sie nun doch früher als geplant zu dem neuen Bistro gingen und erzählte ihr aufgeregt von diesem und jenem.

Endlich war es so weit. Obwohl Fiona bereits ungezählte Male vor dem schlichten und schmucklosen sandfarbenen Gebäude aus einem Taxi oder von ihrem Fahrrad gestiegen war, klopfte ihr Herz an diesem Freitag stärker als sonst. Vor Aufregung vergaß sie beinahe ihre Tasche mit der Bürokleidung im Auto und schlug mit der Flasche Wein beim Aussteigen so heftig an die Wagentür, dass sie fast zerbrach. Nach Dienstschluss hatte sie sich in den Toiletten nicht nur das neue, eng anliegende rote Kleid mit einem verführerischen Ausschnitt angezogen, sondern auch ein neues Unterwäscheset und sündhaft hohe Schuhe. Nichts davon durfte Aidan jemals zu Gesicht bekommen. Das lag nicht nur an den Preisschildern, sondern auch an dem Material, der Farbe und vor allem dem Schnitt. *Allein daran erkennt man den Unterschied*, dachte Fiona mit einem Lächeln, das nur Struan galt.

Aidan hätte all diese neuen Schätze ins Lächerliche gezogen, es als billig und nuttig verurteilt, sie auf seine oft so *unsexy* Art umarmt, gelacht und ihr zugeflüstert, dass sie so etwas nicht nötig hätte.

Struan war anders. Struan schätzte das Spiel und die zahlreichen Möglichkeiten, die sich einer Frau boten. Er liebte es, das *Maximum* aus ihr herauszuholen und ihr Seiten von sich selbst zu offenbaren, die ihr bislang verborgen waren. Bis sie Struan kennenlernte, war sie wie Aidan. Langweilig, eingespielt, fantasielos. Was für ein Geschenk war es da, endlich einen richtigen Mann zu haben, der ihren Horizont gehörig erweiterte!

Mit zittrigen Beinen ging sie auf den ungewohnt hohen Schuhen den kurzen, schmalen Weg zu dem Mehrfamilienhaus entlang. Zwar waren weder Absätze von zehn Zentimetern noch das Lackleder in schwarz-weißer Schlangenoptik für ein selbstgekochtes Abendessen in einer spartanisch eingerichteten Junggesellenbude üblich, aber wer scherte sich noch um Konventionen! Sie wusste, dass er auf diese Schuhe *abgehen* und sie auffordern würde, sie beim Sex anzulassen. *Verrucht*, ja, das war sie, und so gefiel sie sich. Frei!

Auch das war neu ... Wie konnte man überhaupt so alt werden, ohne jemals bewusst Sex in Stilettos gehabt zu haben? Sie lachte höhnisch in sich hinein und schüttelte den Kopf.

Der Türöffner summte, sie drückte die Tür auf und ging hinauf in den zweiten Stock, wo die Wohnungstür angelehnt war.

»Halloho!«, rief sie und schob die Tür ein wenig unsicher auf.

»Hallo! Komm in die Küche!«, rief er über die Musik zurück. Auch die Musik war ein Punkt, in dem sie noch viel von ihm lernen konnte. Er schien alle französischen und italienischen Liedermacher zu kennen und seine Leidenschaft waren der portugiesische Fado und der spanische Flamenco, der jetzt die Wohnung erfüllte, wenn sie nicht irrte.

»Das riecht ja köstlich«, schnurrte sie wie ein hungriges Kätzchen, als sie auf ihn zuging.

»Oh wow, meine Göttin der Schönheit! Womit hab' ich das nur verdient?«, seufzte er und zog sie mit einem Arm fest an sich. Seine große Hand drückte ihren kleinen Po, während er den Kochlöffel aus der anderen legte.

»Das Auge isst mit, oder nicht?«, entgegnete sie keck und bot ihm ihren Mund für einen Kuss an. Er drückte einen Schmatzer auf ihre ebenfalls dunkelrot geschminkten Lippen und knurrte: »Mehr Nährstoffe bräuchte ich gar nicht. Ich schwöre, ich könnte davon leben. Gott, siehst du geil aus!«

Er machte einige Schritte zurück und betrachte sie eingehend. »Heb den Rock hoch«, befahl er dann mit belegter Stimme. Fiona kannte die Momente des Erschreckens und der anfänglichen, aber immer schneller vorübergehenden Scham mittlerweile. Da sie wusste, wie sehr ihn das, worum er sie bat, erregte, gehorchte sie gehorsam. Mittlerweile erregte es sie sogar selbst.

»Oh wow«, staunte er mit zum O geformten Lippen, als sie ihm den Slip aus der neuen Anne Summers Kollektion offenbarte und erteilte ihr weitere, nicht jugendfreie Befehle. Als er ihren Blick auf den Ofen bemerkte, machte er »Sch!« und rieb seinen Unterleib an ihrem. »Das Essen dauert noch eine gute Dreiviertelstunde ...«

»Ach ja?«, raunte sie und sah ihn lasziv an. »Was gibt es denn?«

Seine Finger kneteten ihre weiblichen Rundungen. »Tajine.«

»Tajine? Was ist das denn Feines?«

»Das ist ein marokkanisches Gericht, eine Spezialität nur

für dich. Man muss das Fleisch über Nacht einlegen und dann schmort es zwei Stunden in einem Lehmtopf im Rohr.«

»Das klingt köstlich«, gab sie stöhnend zur Antwort, denn seine kundigen Finger machten es ihr schwer, an Essen zu denken.

»Du weißt ja, dass das Auge mitisst ...«, raunte er und forderte sie auf, nur in Unterwäsche, Strapsen und den Schlangen-Stilettos zu speisen.

Das Essen bestand aus gegartem Gemüse und Lammfleisch sowie einem frischen Salat. »Es ist wirklich köstlich. Ich kann gar nicht glauben, dass du das gemacht hast!«, lobte sie zwischen zwei Bissen.

»Nein, warum denn nicht?«, fragte er und grinste breit.

»Du wirkst gar nicht so häuslich.«

Er lachte, nahm einen Schluck des schweren Rotweins, den sie mitgebracht hatte, und meinte: »Das bin ich auch nicht. Ganz und gar nicht.«

»Nein?«, fragte sie, obwohl sie das längst wusste, aber offensichtlich war ihm das nicht bewusst.

»Nein! Das weißt du doch! Schau mich an – wo bin ich bitte häuslich?« Er schüttelte den Kopf und lachte.

Fiona sah sich in der Küche um und dachte an den Rest der Wohnung. Ja, sie war spartanisch eingerichtet, es gab viele weiße Flecken und leere Stellen, aber der Rest war so geschmackvoll. Überall fanden sich Möbel, Geschirr, Bilder und andere Erinnerungstücke aus den Ländern und Gegenden, die er bereist hatte.

»Nun ja ... Es ist nur alles so interessant und einzigartig. Dass du viel reist, stimmt schon, aber du hast diese Wohnung und sie ist zu hundert Prozent du! Daran ist nichts ...« Sie suchte nach dem passenden Wort. »Nichts so, wie es andere Leute haben. Nichts, was man einfach so kaufen kann. Alles ist wie ein Teil von dir.«

Er lehnte sich in seinem Stuhl zurück, nahm sein halbvolles Glas in die Hand, nippte daran und schaute sie lange eindringlich an. »Mhm ... Das hast du gut erkannt. Deswegen gebe ich die Wohnung hier auch nie her.«

»Sie ist wie ein Anker, oder?«, fragte Fiona, die sich an das Gespräch auf der *Lady Jane* erinnerte und nahm ebenfalls einen Schluck Wein. Über den Rand des Glases sahen sie sich in die Augen.

»Ja, das ist sie. Wie meine Kinder.«

»Wann siehst du die eigentlich mal?«, fragte sie neugierig.

Sein Blick verdunkelte sich. »Morgen«, war die einsilbige Antwort. Er beugte sich wieder über den Tisch, stellte das Glas ab und aß weiter.

Hatte sie etwas Falsches gesagt? Aber was denn? Hatte er Ärger mit ihnen? Schon öfter war ihr aufgefallen, dass er plötzlich abblockte, wenn sie ihn etwas fragte. So, als überschritte sie eine unsichtbare Grenze. Aber – eine Grenze bei derart harmlosen Fragen ergab doch keinen Sinn! Manchmal wurde sie nicht schlau aus ihm, was das Kennenlernen aber nur umso reizvoller machte.

Sie fröstelte in ihrer spärlichen Bekleidung. »Warte, meine Schönheit«, sagte er, ging aus dem Zimmer und kam mit einem dunkelblauen Trenchcoat zurück. »Hier.«

»Ein Mantel?«, fragte sie ungläubig, schlüpfte aber bereitwillig hinein. Väterlich krempelte er ihr die Ärmel hoch, schloss die Knöpfe und zog den Gürtel zu. »Dann kann ich dich zum Nachtisch wie ein Geschenk auspacken.«

»Sehen wir uns morgen?«, fragte sie trunken von Wein und unersättlicher Lust, als sie kurz nach Mitternacht in seiner Dusche alle möglichen Spuren ihrer Leidenschaft weggespült hatte. Wie aufmerksam er war! Jeden Tag bekam sie ein neues Handtuch von ihm, dabei wusch er bestimmt nicht gerne. Vergeblich suchte sie nach der kleinen Bodylotion, die sie zu seinen Flaschen und Tuben gestellt hatte, fand sie jedoch nicht. Vielleicht täuschte sie sich und sie hatte sie doch wieder eingepackt, denn er verwendete sicherlich keinen Vanille-Kakaobutter-Duft.

»Morgen kann ich nicht. Sorry. Die Kinder. Ich melde mich bei dir.«

Wie ein dumpfer Faustschlag traf Fiona die Enttäuschung, sowohl über die Bedeutung seiner Worte, als auch über die kalte Abweisung, mit der er sie vorbrachte.

»Okay«, murmelte sie und ließ den Kopf hängen. Vergeblich hoffte sie darauf, er würde sie an sich ziehen, küssen und ihr ins Ohr flüstern, er würde schon Zeit für sie finden, wenn auch nur für wenige Minuten. Vielleicht konnte man sich heimlich in einem Café sehen, einfach nur sehen? Doch er sagte nichts.

Gewiss wollte er sie nicht unnötiger Gefahr aussetzen, damit Aidan keinen Verdacht schöpfte. Dass er ihr nie Druck machte, indem er ihn ansprach, oder sie gar bat, ihn zu verlassen, rechnete sie ihm hoch an. So konnte sie die Stunden mit ihm unbeschwert genießen. Sie spürte, dass sich eine Lösung von selbst ergeben würde; einige Dinge brauchten einfach Zeit. Sie musste sich vor Augen halten, dass sie erst seit einer Woche so etwas wie ein Paar waren, da es sich wesentlich länger anfühlte. Was sie in den sieben Tagen mit Struan erlebt hatte, erlebte sie mit Aidan in einem Jahr nicht!

»Dann bis – bald«, brachte sie hervor und hob ihren Kopf. Sie beugte sich vor, er legte seine Hand auf ihre Wange und gab ihr einen Kuss auf die Lippen.

»Schönes Wochenende«, sagte er und sie war sicher, Wehmut in seiner Stimme zu hören.

»Dir auch«, wisperte sie und kämpfte gegen die Tränen an, dann drehte sie sich notgedrungen um.

»Dein Taxi steht schon unten«, sagte er mit einem Klaps auf den Po. Ein ganzes Wochenende ohne ihn! Nach so viel Nähe, so viel Intimität, so viel ... Sucht nach ihm. Ja, Sucht, das war es. Sie war abhängig von ihm. Er war wie eine Droge, die sie berauschte, schweben und fliegen ließ, eine Droge, von der sie niemals genug bekam und die ihr körperliche und seelische Schmerzen bereitete, wenn er nicht bei ihr war.

Wäre alles anders, wenn es Aidan nicht gäbe? Wartete Struan vielleicht nur auf ein Wort von ihr? War er beim Abschied so zurückhaltend und kalt, weil er wusste, dass sie zu ihrem Ehemann zurückging? Wütend stampfte sie mit dem Fuß auf, als sie das Haus verlassen vorfand. Wo war Aidan? Wie konnte er sich in diesem dämlichen Chor mit diesen pseudo-heiligen Menschen nur so lange amüsieren, während sie nach Hause eilte? Wo doch jede Minute mit Struan so kostbar wie Gold war! Sie nahm ihr Telefon, begann einen Nachrichten-Chat mit Struan und knipste erst dann hastig das Licht aus, als sie hörte, dass Aidan die Tür aufschloss. Ihr Herz schlug so laut, wie ihr Blut rauschte. Um die in ihr lodernde Lust abzubauen, richtete sie sich auf, umschlang im Dunkeln Aidans Hüften mit ihren Armen und zog ihn an sich, als er ins Bett kam.

Es tat gut, ihm etwas Gutes zu tun.

Glücklich und zufrieden entschwebte Aidan in das Reich des Schlafes. Nach einer herrlichen Chorprobe, in der er gelobt und ihm ein fester Platz zugesagt wurde, und einem heiteren Abend im *Porter's House*, liebte er Fiona hingebungsvoll. Im Dunkel der Nacht fühlte er sich ihr so nahe wie lange nicht mehr. Es wäre schön, am Wochenende in Ruhe Zeit mit ihr zu verbringen. Sie könnten nach Loch Lomond fahren, oder ... Er würde ihr von dem Ausflug nach Edinburgh erzählen, zu dem ihn die Gemeinde eingeladen hatte und sie würde sich mit ihm freuen, dass sich neue Wege für ihn auftaten. Liebevoll hielt er ihre Hand und lauschte ihren regelmäßigen Atemzügen, bevor er selbst einschlief.

Kapitel 24

Zu seiner freudigen Überraschung stimmte sie dem gemeinsamen Ausflug begeistert zu und so erreichten sie den See am späten Vormittag.

Sie stiegen aus dem Wagen und standen in der klaren Spätsommersonne auf dem großen Parkplatz.

»Erst spazieren und danach *Lemon Merengue Pie*?«, fragte er lächelnd und nahm ihre Hand, da er wusste, wie gut ihr der Zitronenkuchen mit Baiser schmeckte.

»Oh! Erst spazieren, würde ich sagen, dann haben wir ihn uns redlich verdient.«

»Gute Idee. Aber du bist ohnehin so sportlich geworden mit deinem ganzen Laufen. Du musst ja richtig fit sein, weil du nie einen Muskelkater bekommst«, sagte er anerkennend und strahlte sie an.

Blitzartig verdüsterte sich ihr Blick, und ihr Körper spannte sich an. »Was soll das denn jetzt?«, fauchte sie und riss sich von ihm los.

Verdutzt und verletzt starrte er sie aus großen Augen an. War das eine Falle? »Wie bitte?«, fragte er beinahe tonlos.

»Was ... ach, lass.«

»Was ist denn? Was hab' ich denn Falsches gesagt?«, rief er hilflos und ging ihr hinterher.

»Schon gut, sorry Aidan, ich habe dich nur falsch verstanden«, murmelte sie versöhnlich. Sie blieb stehen, nahm sein Gesicht in beide Hände, schloss die Augen und küsste ihn auf den Mund.

»Okay«, antwortete er und wollte sie länger küssen, doch sie löste sich sachte.

»Wir sind doch keine Teenies mehr, die kein Zuhause haben«, kicherte sie, nahm seine Hand und führte ihn zum Ufer.

»Wunderschön«, seufzte Aidan, breitete die Arme aus und atmete tief ein. Der längliche See war von Bergen und Bäumen umgeben, die in warmen Gold- und Rottönen leuchteten. »Wie schön die Welt doch ist«, seufzte er noch einmal und dachte still für sich: *Viel zu schön, als dass sie nur durch Zufall entstanden sein könnte.*

Schweigend zog er sie in die Arme und sog den Anblick und den Frieden, der sich in ihm ausbreitete, ein.

»Aber nun sag mal, wie ist es denn bei dir in der Arbeit? Ist der Stress positiv?«, erkundigte er sich nach einer Weile ruhig.

»Arbeit? Ach so, ja, nein, der ist positiv. Also, das heißt, es war schon mal schlimmer. Dank Sophie ist es viel besser geworden. Sie geht mir echt zur Hand und hat eine richtig positive Wirkung auf mich.«

»Das freut mich. Den Eindruck habe ich auch. Du bist viel gelöster und glücklicher als vor dem Urlaub, trotz der ganzen Arbeit.«

»Ja? Findest du?«, fragte sie, wandte ihr Gesicht zu seinem und strahlte ihn an.

»Oh ja, auf alle Fälle! Sophie tut dir gut, daran besteht kein Zweifel.«

»Danke«, flüsterte sie, stieß mit dem Fuß in das am Boden liegende Laub und ihre Hand glitt aus seiner.

Ein totes Blatt fiel vor Aidan auf den Weg. Er bückte sich, um es aufzuheben und bei sich zu behalten.

Doch nach einer Weile ließ er es fallen wie Fiona vorhin seine Hand.

Sie war anders als sonst, doch woran lag das? Warum empfand er das?

»Fiona«, begann er. »Kann es sein, dass du irgendetwas hast? Dass dich etwas bedrückt oder dass du ...«

Sie ließ ihn nicht ausreden. »Was soll denn sein?«, zischte sie und schlug mit der Hand durch die Luft. »Ich komme mir allmählich vor wie auf einer Polizeiwache. Die ganze Zeit soll irgendwas mit mir nicht stimmen!« Ihr Gesicht war rot und vor Wut verzerrt.

»Aber – so war das doch nicht gemeint! Fiona!«, rief er und lief ihr nach, fasste sie am Arm, doch sie schüttelte ihn ab. »Im Ernst. Mir geht es gut. Sehr gut sogar. Das hast du doch vorhin gerade selbst gesagt, oder etwa nicht?«

»Ja, schon, aber ...«

»Also. Mir geht es gut. Sehr gut sogar. Ich bin immer noch die Alte, die mit dir am Wochenende um den See geht, ansta...«

»Anstatt darauf zu segeln ...«, vollendete er ihren Satz mit Grabesstimme.

»Tja, wenn du es schon sagst!«, rief sie und zeigte ihm die kalte Schulter.

»Fiona, bitte! Ich weiß, dass es für dich nicht leicht ist, dass ich meinen Job verloren habe und du jetzt nicht sofort kündigen kannst. Das tut mir wirklich sehr leid. Ich bewerbe mich, ich ... ich schreibe ...«

»Was? Wie bitte?« Sie fuhr herum. »Du *schreibst*?«

»Ja ... ich, also nein, noch nicht wirklich. Ich konzipiere es erst ...«

»Du ... *konzipierst*!«, stieß sie erzürnt hervor. »Das ist doch unglaublich! Während ich mir den Arsch abarbeite, entwirfst du ein *Buch*? Aidan! Ich dachte, du siehst dich nach einem Job um, der dir Geld bringt?« Sie war stehen geblieben und funkelte ihn aus ihren dunkelbraunen Augen an.

»Ja ... das tue ich doch auch! Aber nebenbei plane ich eben einen Roman, den ich schon lange schreiben wollte ... Das ist doch ...«

»Das ist doch lächerlich! Einfach unfassbar! Ich segle doch auch nicht, oder?«

»Wie bitte?«

»Ich. Segle. Doch. Auch. Nicht. Wegen dir!«

»Aber – was hat das denn damit zu tun?«

»Alles!«

»Aber was? Ich verstehe dich nicht.«

»Ich gebe jeden Traum, einfach alles wegen dir auf. Und du? Du fängst hinter meinem Rücken an zu singen, einen Roman zu schreiben, anstatt nach einem bezahlten Job zu suchen. Was tust du eigentlich noch alles, von dem ich nichts weiß?« Sie brüllte jetzt und er konnte sich nicht erinnern, sie jemals so hässlich gesehen zu haben.

»Fiona! Ich tue doch nichts hinter deinem Rücken! Du warst nur so wenig zu Hause. Wir hatten keine Zeit ...«

»Keine Zeit, keine Zeit! Jetzt bin ich auch noch daran schuld oder was?«

Fassungslos starrte er sie an. Der vorherige Friede war von einer Eiseskälte ausgelöscht worden. »Ich ... dachte, du freust dich für mich! Dass ich das tue, was ich schon immer tun wollte: schreiben. Du hast doch selbst immer gesagt, ich soll es tun, wenn der richtige Zeitpunkt gekommen ist! Seit der Schule warte ich auf diese Gelegenheit, aber immer war etwas anderes wichtiger: Der Schulabschluss, Klausuren, Umzüge, neue Jobs.« Er sagte nicht: »Dass du so lange krank warst und keiner wusste, was du hattest.« Das wäre unfair gewesen und er wollte ihr nichts vorwerfen. Er wollte eigentlich gar nicht mit ihr streiten. Ruhiger fuhr er fort. »Also, wann, wenn nicht jetzt? Und ich suche doch einen Job! Ich habe mich beworben, mein Profil bei den Portalen eingestellt. Ich bin doch dran!«

»Ja, ha ha, dann bin ich ja beruhigt, dass du deine Zeit nicht nur mit lauter Sachen verträdelst, die niemanden weiterbringen.« Sie schnaubte abfällig. »Du – du bist ...«

»Was?«, forderte er mit erfrorener Stimme heraus und stand stocksteif neben ihr. Er nahm die Welt um sich nicht mehr wahr. Schwer, träge, gelähmt. »Sag mir, was ich bin.« Er fühlte, dass etwas durch seine Arme und Beine in seine Hände und Füße und von dort aus ihm hinaus floss. Er wankte. Er fühlte sich merkwürdig leicht und schwer zugleich, so, als wäre in seiner Mitte ein Loch.

»Du bist ...«, fauchte sie, bevor sie sich abdrehte, die Hände vor den Mund nahm und leiser, aber noch immer unwirsch sagte: »Du bist einfach auch auf der Suche, das ist alles.« Sie machte eine wegwerfende Handbewegung, mit der sie das Thema für beendet erklärte.

Stumm und reglos sah er sie an. Sein Mund war trocken. Ihre Worte hallten wie ein grollender Donner in ihm nach. Er stand reglos, während sich in ihm alles an neue Orte verschob. Allmählich nahm er den Wind, das Licht und seinen Körper wieder wahr.

Die Frau, die ihm gegenüber stand, war ihm fremd geworden.

»Gehen wir«, sagte er kraftlos, aber entschieden.

»Nein, wieso denn? Wir sind doch noch keine zehn Minuten unterwegs!«, rief sie, warf die Hände in die Luft und schaute ihn verständnislos an.

»Ja?« Er blieb stehen und betrachte seine Frau.

»Ja, natürlich! Du willst doch nicht umsonst so weit fahren, oder?«

»Das hatte ich ursprünglich auch nicht vor«, sagte er.

Entweder erkannte sie nicht, wie verletzt er war, oder sie ging darüber hinweg. »Na also!«, rief sie ungeduldig. »Dann komm, bevor es regnet!«, sagte sie und ging mit schnellen Schritten voraus.

Aidan steckte die Hände in die Taschen, als könne er sich so vor dem Auseinanderfallen abhalten, und folgte ihr. Rund eine halbe Meile ging er einige Schritte hinter ihr, bis sie ihn aufholen ließ und fragte: »Wo hast du dich denn eigentlich bislang beworben?«

Er erzählte ihr von mehreren Stellen.

»Klingt interessant«, meinte sie und nickte.

»Weißt du, ich habe mir überlegt«, setzte er an und erschrak selbst über seine eigenen Worte, »dass wir unser Haus vielleicht untervermieten und durch die Karibik segeln gehen könnten.«

»Karibik?«, fragte sie abweisend und kniff die Augen zusammen.

»Ja, das war doch dein Traum ...«, antwortete er und sah sie fragend an.

»Huch, wirklich? Stimmt! Karibik.«

»Wenn du kündigen willst, weil du deine Stelle nicht mehr erträgst ...«

»Hey, nein! Ich hab' doch gesagt, dass es besser geworden ist!«, sagte sie und lachte angespannt. »Das Risiko, dass wir beide danach lange nichts finden, ist viel zu groß. Lass nur. Es ist lieb von dir, das vorzuschlagen, Aidan, wirklich, danke.«

»Aber ...«

»Schon gut!« Ihre Stimme klang süß und ihr Mund lächelte ihn an.

»Aber wozu lernst du denn dann so eifrig für den Segelschein?«, fragte er unsicher.

»Ach – ich – das weiß man doch nie. Es erinnert mich an den Sommer, an Urlaub, und – es macht einfach Spaß!«, beteuerte sie.

»Mhm ... So so ... Dann willst du erstmal nicht als Skipper arbeiten?«, fragte er mit aufkeimender Hoffnung. War das alles doch nur eine Flause gewesen?

»Als Skipper, nein! Ganz sicher nicht. Vielleicht irgendwann, aber nicht jetzt.«

»Oh«, seufzte Aidan und ein schweres Gewicht hob sich von seinem Herzen. »Dann ... Ich dachte schon ...«

»Hey, das war nur so eine Phase«, lachte sie, zückte zum wiederholten Mal ihr Handy, schaute auf den Bildschirm und steckte es wieder ein.

»Okay!« Er richtete sich auf, sein Blick wurde klarer und von irgendwoher kam neue Hoffnung. »Ich hatte schon befürchtet ...«

»Ach du wieder!«, lachte sie und hakte sich bei ihm unter. »Fürchte dich doch nicht immer gleich so!« Sie blieb stehen, stellte sich auf die Zehenspitzen und drückte ihm einen Kuss auf die Wange.

Fürchtet euch nicht ... Als er die Worte letzten Sonntag in der Kirche hörte, dachte er, er sei von Furcht nicht betroffen.

Doch das war Trug, wie er vor fast einer ganzen Meile erfahren hatte. Er fürchtete nichts mehr, als Fiona zu verlieren. Die Möglichkeit hatte sich ihm bislang nur nie als realistisch dargestellt.

»Ich gebe mir Mühe«, versicherte er ihr mit einem schüchternen Lächeln. Er musste es ihr sagen, dachte er in einem Moment der Klarheit. *Jetzt oder nie.* »Und das mit den Kindern ...«, begann er, doch sie winkte sofort ab und sagte laut: »Ach, das mit den Kindern ist für mich momentan gar nicht so wichtig. Ich meine, jetzt, wo du keinen Job hast, würde es doch ohnehin nicht passen, oder?«

»Nein, das nicht, aber du willst doch so gerne Kinder ...«, gab er zu bedenken. Er wollte das jetzt besprechen, wo er sich endlich ein Herz gefasst hatte, doch sie ließ ihn nicht.

»Ja, sicher, das schon, aber man muss sich selbst nicht immer so sehr in den Vordergrund stellen.«

»Aber ...« Er konnte den Wandel in ihr kaum glauben und suchte ihren Blick, doch sie schaute gedankenverloren auf die sanft geschwungenen Berge.

Nach einer Weile löste sie sich von ihm, ging ein paar Schritte zum Ufer hinab, holte ihr Handy aus der Jackentasche und schoss ein Foto. Dann drehte sie sich um und fotografierte Aidan.

Noch immer keine Nachricht von Struan. Auch wenn sie wusste, dass er mit seinen Kindern beschäftigt wäre, so hatte sie doch auf ein kleines Zeichen, und sei es nur ein Kussmund, gehofft. Sie war froh und stolz, dass er so ein guter Vater war. Dass er keine weiteren Kinder mehr wollte, passte ins Bild, denn er wollte ganz für die zwei da sein. Und wenn sie an den Wochenenden zu Besuch kämen, hätte sie auch so etwas wie Stiefkinder ... Wenigstens das ... Sie sah sich in die *Daisy Street* ziehen, hier und dort ein paar Dinge verrücken, hinzufügen, erneuern, aber im Grunde ... Ihre Gedanken schweiften weit ab und sie verlor sich in Tagträumen und Erinnerungen, die den Ärger über Aidan und die Angst, sich zu verraten, verdrängten.

Dabei wusste sie, dass sie ihm eines Tages von Struan erzählen musste. Eines Tages. Bald. Doch nicht jetzt und nicht hier. Nicht jetzt. Sie hatte Angst vor dem Schmerz, den sie ihm zufügen würde. Außerdem spürte sie, dass es zu früh war, Struan vorzuschlagen, mit ihm nach Mali zu kommen oder ihn zumindest im Urlaub zu besuchen. Nach einer Fernbeziehung für das erste Jahr würde alles ganz anders aussehen. Er brauchte Zeit, das spürte sie, noch war er nicht so weit.

Wovon sprach Aidan da gerade? Von einem Ausflug? »Dienstag bis Mittwoch ... Edinburgh ...«

»Du fährst weg?«, fragte sie und unterdrückte gerade noch rechtzeitig ein Lachen.

»Ja! Freust du dich mit mir?« Er strahlte sie an und nahm ihre Hände.

»Oh ja, und wie! Das klingt toll! Ich freue mich riesig!« Beinahe hätte sie einen Luftsprung gemacht. Das musste sie Struan erzählen, sofort! »Warte mal eine Sekunde«, bat sie ihn aufgeregt und tippte mit zitternden Fingern: »Hey Süßer! Von Dienstag auf Mittwoch habe ich sturmfrei!«, und schickte ein paar küssende Smileys hinterher.

»So, worum geht es da genau?«, fragte sie und malte sich aus, womit sie ihn überraschen könnte. Eine ganze Nacht nur mit ihm! »Das ist ja ein Geschenk des Himmels! Vielleicht kannst du das öfter tun?«

»Ja, das wäre schön. Die Verbindung von Geschichte und ...« Den Rest hörte sie nicht mehr. Allerdings hörte und spürte sie auch kein Vibrieren, das den Eingang einer neuen Nachricht angekündigt hätte. Bestimmt war der Empfang hier schlecht. Mit wachsendem Unmut knipste sie ein Bild nach dem anderen, nur um unauffällig auf ihr Handy schauen zu können.

Erst am Abend, als sie nebeneinander vor dem Fernseher saßen, kam die Erlösung: »Mhm ... mit was für Nachrichten lenkst du mich denn ab ...«, schrieb er mit einem zwinkernden Smiley. Ihr Herz schlug höher, scharf atmete sie ein, denn sie sah, dass er weiterschrieb. *Er tippt aber ganz schön langsam,* dachte sie, da nach einer ganzen Weile noch immer nichts kam.

»Ich mich auch ... Ich sehne mich so nach dir ...«

»Ja? Das freut mich. Dann geht es dir wie mir.«

»Im Ernst?«

»Und wie. Du hast ja keine Ahnung ...«

Ihr Körper kribbelte wie wild.

»Bist du allein?«

»Nein, aber in Gedanken nur bei dir.«

Auf einen lachenden Smiley folgten detaillierte Fantasien und immer wieder die Worte, die sie mehr erregten, als alles andere. »Ich will, dass du mir gehörst. Sei mein. Sag, dass du mir gehörst.«

Sie schrieb es, wieder und wieder. Es war wie eine Beschwörung. Und es war so einfach, sich auf ihn einzulassen, sich mit ihm zu verbinden. Mit einem Mann wie Struan, der seine Wünsche klar formulierte und nicht so unsicher, zurückhaltend oder rücksichtsvoll wie Aidan. Bei Aidan hatte sie immer das Gefühl, er würde abwarten, vortasten, nachspüren, was in ihr vorging. Bei ihrem *Lover* hingegen wusste sie immer, was Sache war.

Da Struan geschrieben hatte, sie solle gegen 17:00 Uhr bei ihm vorbeischauen, stand sie wenige Minuten später vor seiner Tür. »Ich hab' dich so vermisst«, murmelte sie zwischen den üblichen zwei Runden Sex an seinen Hals. »Es war die Hölle ohne dich.«

»Wirklich?«, raunte er und fuhr mit einer Hand durch ihr seidiges Haar.

»Oh ja.«

»Ich dich auch. Es tat richtig weh.«

»Ja?« Sie richtete sich auf und strahlte ihn aus weit geöffneten Augen an. War jetzt der richtige Zeitpunkt? »Aber Mali ...«, begann sie.

»Pst, aber davon reden wir jetzt bitte nicht, okay? Es ist ja noch eine Weile hin.«

»Okay ...«, ließ sie sich vertrösten, drehte sich auf den Bauch und diesmal waren Worte überflüssig.

»Wir passen einfach perfekt zusammen, findest du nicht?«, flüsterte sie anschließend.

»Ja, das gibt es ganz selten. Ich habe so etwas noch nie erlebt«, antwortete er und küsste sie auf die Schulter. »Der Sex mit dir ist echt der Wahnsinn«, stieß er aus, drehte sich auf den Rücken und starrte an die Decke. »Unglaublich. Niemals hätte ich gedacht, was in dir steckt.«

Sie kicherte. »Das hast du ja auch erst aus mir herausholen müssen.«

»Da hast du recht.« Er lächelte und gab ihr einen kleinen Nasenstüber. »Ich hätte mir nie gedacht, dass du dich auf mich einlassen würdest.«

»Nein? Warum denn nicht?«

»Du und Aidan – ihr habt so verwoben gewirkt, so verwachsen. Man hat von Weitem gesehen, dass ihr zusammengehört.«

»Das sagen viele«, seufzte sie. »Ich habe mich echt in der Beziehung verloren, aufgelöst, es war, als gäbe es mich gar nicht mehr ohne ihn.« Sie schüttelte sich.

»Ja?« Er stützte sich auf die Ellbogen und sah sie mit gerunzelter Stirn an. »Inwiefern denn?«

»Na, in allem! Ich ...« Sie überlegte, gerade wollte ihr nichts einfallen. Aber da war doch so viel! »Ich bin wegen ihm nicht nach Cambridge gegangen.«

»Was? Nicht im Ernst, oder?«

»Doch. Ich war seinetwegen nie Segeln.«

»Krass.«

»Habe keine Kinder, wegen ihm.«

»Wegen ihm?«

»Ja, sicher!«

»Hm ... Und er hat für dich auf nichts verzichtet?«

»Er? Öhm ... Nö, auf nichts.« Sie dachte nach, doch die Gedanken, die ihr kamen, taugten nichts. War es wirklich sein innigster Wunsch gewesen, für die Unizeitschrift zu schreiben? Sie hatte es verlacht. Und die zwei Auslandssemester? Waren die ihm ernst gewesen? Oder der eine Job in Aberdeen? Nein, war es nicht. Er hatte nie ein großes Aufsehen darum gemacht. »Nein, ich glaube nicht. Ihm war ja nie etwas wirklich wichtig. Aber lassen wir das. Ich will nicht von ihm reden«, sagte sie, rutschte auf seine Brust und strich zart über seine Schlüsselbeine.

Allein die Tatsache, dass sie sich bereits bei ihrem Abschied für die Mittagspause verabredeten, freute sie, denn schließlich bedeutete es, dass sie in die Zukunft planten! »Und am Dienstag bringe ich ein Abendessen mit, abgemacht?«

»Gute Idee, ich freu mich jetzt schon!«

»Und ich mich erst.«

Alles war wunderbar.

Kapitel 25

Als Fiona Struan in der Nacht von Dienstag auf Mittwoch von ihrem Plan, sich im Urlaub zum Segeln vor der Küste Westafrikas zu treffen, erzählte, schien er gar nicht so abgeneigt. Dass er sich nicht festlegen konnte, verstand sie, da er ja noch nicht einmal wusste, wann er frei hatte.

Den ganzen Mittwoch über schwebte sie wie auf Wolken, sogar dann noch, als sie abends nach Hause kam. Erst als sie eintrat und das letzte Tageslicht die Küche und den Flur in ein dunkles Licht tauchte, als die Stille und die Kühle sie umfingen, fühlte sie sich auf einen Schlag einsam und leer. Sinnlos. Und von irgendwoher stank es erbärmlich. Der Geruch kam ihr vertraut vor, aber heute war er penetranter als zuvor. Mürrisch verfolgte sie die Spur, wühlte in dem Eck zwischen dem großen Abfalleimer, dem Serviertisch und der Heizung und fand schließlich eine halb verrottete Kartoffel in einer transparenten Tüte. *Aidan! Der Mensch kann doch wirklich nie etwas ordentlich machen!*, fluchte sie. *Nur er ist in der Lage, ein Nachtschattengewächs in etwas Durchsichtiges und noch dazu Luftdichtes zu stecken!* Sie lagerte Kartoffeln selbstverständlich richtig.

Der Gestank war bestialisch und die Knolle sah Ekel erregend aus.

Wie unsere Ehe, dachte sie. Wie lange das Ding wohl gebraucht hatte, um diesen Zustand zu erreichen? Auch so kurz wie sie? Sie warf die Tüte auf den Tisch, damit er einmal sähe, was er mit seiner Schlampigkeit anrichtete.

Bis er käme, würde sie es sich mit ihrem Handy und einem Glas Rotwein in der Badewanne gemütlich machen. Zu ihrer

Enttäuschung antwortete Struan jedoch nicht. Sie hatte vergessen, oder er hatte es nicht gesagt, was er vorhatte, aber sie sah ein, dass sie sich nicht rund um die Uhr sehen beziehungsweise schreiben konnten. Sie wählte Daphnes Nummer, die ihr zurückschrieb, sie sei gerade in einem Meeting. Dann wählte sie Liz', bei der der Anruf ins Leere ging. Ihre Mutter?, überlegte sie. Nicht in der Wanne. Und so überlegte sie fieberhaft, wie sie Struan dazu bringen konnte, sie mit nach Mali zu nehmen. Natürlich würde sie auch in Schottland auf ihn warten und sich mit Treffen im Urlaub begnügen; für das erste Jahr. Der Gedanke, ihn so lange nicht zu sehen, erschien ihr schrecklich und tat körperlich weh. Wie sollte sie das nur überstehen?

Aber wie sollte sie es Aidan sagen? Aidan, dem sie nichts Konkretes vorwerfen konnte. Nicht einmal, dass sie all ihre Träume für ihn geopfert hätte. Tief in sich drinnen wusste sie nämlich, dass das nicht stimmte. Sie hatte freiwillig verzichtet, ebenso wie er, weil das Wichtigste für sie immer das Beisammensein gewesen war. Wie konnte sie nur so dumm sein? Warum hatte ihr niemand gesagt, dass ihr das eines Tages zu wenig wäre, dass sie es bitter bereuen würde, dass sie sämtliche Chancen damit vertat? Doch. Sie hatten es ihr gesagt. Alle. Aber sie hatte nicht hören wollen. Es war ja auch schön gewesen, sehr schön sogar. Die Vertrautheit, die Sicherheit. Und noch etwas, gestand sie sich für einen kurzen, schmachvollen Moment ein: Das Gefühl, besser als andere Paare oder gar die ewigen Singles zu sein. Das hatte genügt, so lange, bis sie endlich etwas Neues und Aufregendes fand. Bis ihr endlich die Augen aufgingen! Mehr Schwung, mehr Elan, mehr überschäumende Lebenskraft. Mehr Sex, ja, viel mehr Sex und so viel aufregender. Das Leben war *sexy!* Nun verstand sie Lucas und Daphne, zumindest in weiten Bereichen. Sie hatten recht: Das, was am wichtigsten in einer Beziehung war, war Erotik. Und die war bei ihr und Aidan niemals richtig aufgeblüht, war in den Kinderschuhen steckengeblieben. Unterentwickelt. Gott, Aidan war ja so verklemmt.

*Eigenartig, dass wir uns zur gleichen Zeit so auseinanderentwi-
ckeln und zu uns selbst finden,* dachte sie.

Während Aidan immer weiter in Kirche, Glauben, Chor, freiwilliger Arbeit versank, stieg ihr Stern immer höher und leuchtete immer heller. Sämtliche Männer, und auch Frauen, würden sich nach ihr umdrehen. Schon jetzt fiel ihr immer öfter auf, wie ihr jemand anerkennend nachschaute. Dieses Lebensgefühl, für alle Welt attraktiv zu sein, von Menschen bewundert zu werden, war neu für sie. Es war berauschend. Und so einfach! Sie war einfach sie selbst geworden. Struan hatte sie dazu gemacht. Gut, sie half nach, schminkte sich mehr, lackierte sich die Nägel, trug Schuhe mit Absatz und dergleichen, aber dennoch: Es war so einfach und sie hatte ihre besten Jahre vergeudet. Sie wurde von Tag zu Tag schöner und selbstbewusster. Alles nur wegen Struan.

»Igitt, Fiona! Was ist das denn?«, riss Aidans Stimme sie aus ihren Fantasien.

»Was? Die Kartoffel? Das wüsste ich gern mal von dir.«

*Wieso legt sie diese halb verweste, stinkende Kartoffel auf den Tisch
und wirft sie nicht weg? Klar. Damit ich sie sehe und damit ich sie
wegwerfe. Weil ich schuld bin. Immer. Immer braucht sie einen
Schuldigen. Wird das jemals anders?*

Und da lag sie seelenruhig in ihrem nach Beeren duftenden Schaumbad, ein halb volles Glas Rotwein neben sich und zupfte sich die Augenbrauen. Er war knapp davor, ihr die Tüte ins Badewasser zu schleudern.

Einen Augenblick lang fragte er sich, wozu er überhaupt für sie betete. Machte er sich nicht komplett zum Idioten für sie? In letzter Zeit hatte er immer weniger den Eindruck, als läge ihr noch viel an ihm oder an der Ehe. Aber ein Leben ohne sie war vollkommen unvorstellbar.

Du würdest dich zum Idioten machen, nur um sie zu halten,
hörte er seine eigene Wahrheit in sich.

Fiona hatte schreckliche Laune. Keine Nachricht von Struan, nichts. Ihre Nachricht zeigte noch immer den Status »ungelesen« und schaltete erst am Donnerstag zwischen 09:20 und 09:24 Uhr auf »gelesen«. Das wusste sie deswegen so genau, da sie spätestens alle fünf Minuten auf das Display starrte. Es dauerte noch zwei Stunden, bis er ihr schrieb, er würde in einer Stunde in seinem Auto ein paar Meter vom Bürogebäude entfernt auf sie warten.

£ 9 *gespart*, schoss es ihr durch den Kopf und sofort schämte sie sich dafür. Dabei gingen die Ausgaben für die vielen Fahrten, die Kosmetik und neue Kleidung tatsächlich ganz schön ins Geld.

Sie war erleichtert und freute sich. Beiläufig würde sie ihn fragen, warum er so lange nichts von sich hatte hören lassen, doch dann fand sie wie so oft keine passende Gelegenheit.

»Bis bald«, verabschiedete sie sich.

»Ja ...«, sagte er merkwürdig fremd.

»Morgen habe ich wieder den ganzen Abend Zeit ...« Sie suchte seinen Blick, aber sobald sie ihm in die Augen schaute, wich er ihr aus.

»Morgen Abend ... Da ... Ich melde mich«, murmelte er ausweichend.

Panik ergriff sie. Wie? Was? Es war doch Freitag! Hatte er letzte Woche nicht verstanden, dass das ein regelmäßiger Termin von Aidan war?

»Ähm ...«

»Kann sein, dass ich nicht kann. Die Kinder«, war alles, was er sagte, als er sie sacht zur Tür schob. »Falls doch, sage ich dir natürlich Bescheid.«

»Struan ...«, rief sie leise fassungslos. Gerade lagen sie noch nackt im Bett, verrieten sich die schmutzigsten Fantasien (die Fiona größtenteils beim Reden erst noch erfinden musste), taten Dinge, von denen sie niemals auch nur geträumt hätte, hörte seine Worte, wie faszinierend, schön und erotisch sie sei ... und nun ...

»Fiona?«

»Was ist denn.« Sie schluckte und spürte Tränen in ihre Augen drängen.

»Nichts Wichtiges. Ich melde mich bei dir. Mach's gut, meine Süße.«

»A...«

»Dein Taxi wartet.«

Alles wankte, als die Tür hinter ihr ins Schloss fiel. Es dauerte, bis sie begriff, dass er sie hinausgeworfen hatte. Eine eiserne Kälte legte sich um ihr Herz und brachte es beinahe zum Stillstand.

Was hatte das zu bedeuten? Wie konnte er sich so schnell ändern? Das alles hatte sie sich doch nur eingebildet, oder nicht? Seine Stimme, sein Blick, seine Gesten – die waren doch wie eh und je? Nein, nicht? War er wirklich so kalt und abweisend gewesen oder war sie nur überempfindlich? Es musste am Licht, oder an dem Hallen im Treppenhaus liegen. Niemand änderte sich so schnell und schon gar nicht Struan, der immer so vertrauenswürdig gewesen war. Nicht Struan, den sie doch über Weihnachten in Afrika besuchen würde! Sie hatte sogar schon nach Flugverbindungen geschaut. Nicht billig, aber machbar. Bestimmt schickte er bald einen Kuss und fragte, ob sie nach der Arbeit Zeit hätte. Wenn nicht heute, dann morgen Mittag. Oder zumindest morgen Abend nach der Arbeit ...

Doch das Handy blieb still.

Und Fiona begriff, dass sie auf ein Zeichen von ihm zu warten hatte.

Fionas Welt wurde grau und leer. Wie in einem Vakuum ging sie zurück an den Schreibtisch, erledigte wie ein Roboter ihre Aufgaben, ging in ein Pub, starrte auf ihr Handy, ignorierte Aidans Anruf und kippte einen Gin Tonic nach dem nächsten. Irgendwann schrieb sie ihrem Ehemann, dass es später werden würde. Das letzte, was sie jetzt ertragen könnte, wäre ihn mit seiner hilflosen, unterwürfigen, anbiedernden Liebe zu sehen. Aidan war lästig.

Kapitel 26

Fionas Leiden nahm kein Ende. Von Minute zu Minute, in der sie nichts von Struan hörte, zermürbte sie sich weiter. Den Freitagabend verbrachte sie in dem leeren, dunklen Wohnzimmer auf dem Sofa. Keine Musik, keine Nahrung, kein Licht. Nur eine Flasche Rotwein und noch mehr Gin. Sie schnarchte, als Aidan nach Hause ihr kam.

Aidan hielt sich die Nase zu, starrte auf seine betrunken schnarchende Frau auf dem Sofa, holte ihr Decken und dachte an die Kartoffel.

Je mehr sie sich veränderte und je weiter sie sich von ihm zurückzog, umso schwerer fiel es ihm, voll Inbrunst und Überzeugung an ihre gemeinsame Zukunft zu glauben. Seine Gebete verkamen zu reinen Worten und ersetzten die einst so stark empfundenen Gefühlszustände. Er musste weder Andrew fragen, noch sich selbst, um zu wissen, was das bedeutete.

Wann nur hatte er begonnen, sie zu verlieren? Und seit wann schwand sein Glaube an sie?

Auf dem Segelschiff? Bei dem Flirt mit dem Skipper? Ein Glück nur, dass der in Edinburgh wohnte! Bei den Gesprächen mit Daphne und Lucas? Lag es an ihrer Arbeitsbelastung oder an seiner Arbeitslosigkeit? War sie da nicht das erste Mal so richtig unvorhersehbar ausgerastet? Oder als er ihr das Testergebnis verschwieg? Ihr nichts von der drohenden Kündigung sagte? Beide Male hatte er doch nur so gehandelt, um sie zu schonen! Oder fing alles viel früher an? Wann?

Weswegen? Was hätte er anders machen können? Hätte er überhaupt etwas anders machen können? Er fand weder Antworten noch Schlaf.

»Wir müssen einkaufen. Komm«, sagte er am nächsten Vormittag schleppend.

»Einkaufen? Aber wozu denn?«, stöhnte sie und hielt sich den schmerzenden Kopf.

»Weil fast nichts mehr da ist.«

»Keine Kartoffeln?«, giftete sie.

»Oder Alkohol?«, schoss er zurück und bereute es sofort. Ihr giftiger Blick hielt ihn davon ab, nach mehr zu fragen, auch wenn die Frage auf seiner Seele brannte. Erst im Auto wagte er einen Vorstoß: »Jetzt sag doch mal, Fiona. Was ist eigentlich los mit dir? Ich merke doch, dass es dir nicht gutgeht! Du hast doch noch nie ... zu Hause so viel getrunken, noch dazu allein!«

»Ach! Viele trinken allein, glaub mir. Du bist es doch, der den Freitagabend lieber mit anderen Leuten verbringt!«

»Was?«, rief er erstaunt und bremste gerade noch rechtzeitig ab, um nicht in den Transporter vor ihnen zu krachen. »Ist es das? Bist du eifersüchtig? Fühlst du dich ausgeschlossen oder vernachlässigt?«

»Was? Quatsch. Natürlich nicht!«, schnaubte sie und starrte aus dem Fenster.

»Was ist es dann? Bitte, sag mir endlich, was du hast!«

Erneut schnaufte sie tief aus. »Nichts, Aidan. Wirklich. Lass mich doch einfach mal in Ruhe.«

»Also hast du doch was!«

»Mensch, sag mal!«, brauste sie auf, drehte sich wutentbrannt zu ihm und haute mit der flachen Hand auf das Handschuhfach. »Muss ich denn wirklich alles mit dir besprechen?«

Entsetzt starrte Aidan die fremde Frau neben ihm an. »Nein. Natürlich nicht, aber – meine Güte, Fiona! Wir haben doch immer alles besprochen!«, stieß er fassungslos hervor.

»Ja. Richtig, das haben wir. Wir waren beinahe wie siamesische Zwillinge! Wir wussten einfach alles von einander.«

»Ja ...«. Er fuhr in einen freien Parkplatz und stellte den Motor ab. »Das war doch ... schön.« Hilflos sah er sie an.

»Ja, *war* es. Nur irgendwann wird das zu viel, verstehst du das denn nicht? Irgendwann ist so viel Nähe unerträglich. Ich – es erdrückt mich!« Sie schrie jetzt. »Es ist, als würde es mich nur mit dir geben, aber nicht allein. Als würdest du mich auslöschen.«

»*Auslöschen?*«, stammelte er und ihm war, als hätten ihre Worte sein noch schlagendes Herz herausgerissen.

»So war das nicht gemeint. Das ist mir nur so rausgerutscht. Himmel, dass du auch immer jedes Wort auf die Goldwaage legen musst!« Sie drückte die Tür auf und stürmte zu den Einkaufswagen.

Schweigend bahnten sie sich den Weg durch die Gänge, legten wahllos dies und das in ihren Wagen hinein. »£12« stand in leuchtend roten Ziffern über 10-Kilo-Säcken mit Basmatireis. Ohne zu fragen, hievte Aidan einen in den Wagen.

»Was willst du denn damit?«, war das Erste, was Fiona seit dem Streit zu ihm sagte.

»Essen?«, fragte er unschuldig.

»Aber wann? So viel Reis essen wir doch nie«, fauchte sie und verschluckte gerade noch das »mehr«.

»So viel ist das doch gar nicht und Reis hält ewig!«, verteidigte er seine Entscheidung. »Außerdem ist das ein super Angebot bei einer Spitzenqualität. Der hält doch mindestens ein halbes Jahr ...«

»Ein halbes Jahr ...«, seufzte Fiona. Der Gedanke, dass Struan dann noch immer nicht zurück sei, erdrückte sie. Wenn er sich doch nur wenigstens jetzt melden würde.

Fantasierte sie oder ... war er das wirklich? Struan, hier, im *Sainsbury's*?

Dort vorne, keine zwei Meter von ihnen entfernt, war ein Mann mit seinem Einkaufswagen stehen geblieben. Ein Mann, der aussah wie Struan und sich bewegte wie Struan. Der Raum gefror in der Zeit, als sich die Blicke der drei trafen.

»Str– Struan?«, stotterte Aidan.

»Ja, hallo!« Er fing sich, lachte und kam auf sie zu. »Hallo Aidan, schön, dich mal wieder zu sehen. Hallo Fiona!«

»Hallo Struan!«, grüßte Fiona heiser und lief tiefrot an. »Was machst du denn hier?«

»Einkaufen. Die Kinder kommen heute.«

»Heute? Oh, schön. Was – was kochst du denn Schönes?«, fragte sie und schaute auf die drei Flaschen Rotwein, das Lammfleisch, Gemüse und den Reis. Das Toilettenpapier und die Kondome.

»Tajine«, kam es wie aus der Pistole geschossen und wie eine Kugel trafen sie die Worte und der Anblick. *Kinder essen doch Schokolade*, dachte sie wie betäubt und musste hysterisch lachen. Und die Tajine war doch nur *ihr* Gericht gewesen.

»Wo sind sie denn?«, piepste sie kaum hörbar und hielt sich am Einkaufswagen fest. Dass ihre Hand dabei die Aidans berührte, dessen Knöchel weiß hervortraten, bemerkte sie nicht. Sie schwankte. Alles drehte sich um sie.

»Noch bei der Mutter. Ich muss sie abholen. Bis dann, hat mich gefreut! Oh, und der Reis ist wirklich ein super Angebot! Tschüss!«

»Tschüss«, nuschelte das Ehepaar und beide starrten auf den Reis, der für zehn Hochzeiten gereicht hätte.

Von weit her hörte sie verzerrt Aidans Stimme und schaute wie durch eine dicke Wand zu, wie er den Sack zurückstellte.

»Du hast recht. Den Reis essen wir nicht.«

Wie ferngesteuert ging er auf schwammigen Beinen zur Kasse, zog die Karte durch, unterschrieb, ging auf die Kundentoiletten und erbrach sich.

Verschwommen, wie durch dickes Plexiglas, sah Fiona, was passierte, registrierte es jedoch nicht. Kein Laut, keine Regung drang zu ihr durch. Mit einer Hand hielt sie sich das Herz, mit der anderen umklammerte sie den Bügel des vollen Einkaufswagens. Ihr Kopf dröhnte. Nichts ergab Sinn. Und der Sinn, der sich in ihr Bewusstsein drängte, durfte nicht wahr sein. Struan musste der sagenhafte Traummann bleiben! Ohne Traum, in echt.

Standhaft sträubte Fiona sich gegen die augenfällige Erkenntnis, dass ein Traummann per definitionem in der Wirklichkeit keinen Bestand hat. Und so klammerte sie sich mit aller Kraft an ihr Bild von ihm und den Plastikgriff. Immer wieder sah sie seine Einkäufe vor sich, hörte seine Stimme, die sagte, seine Kinder kämen erst heute. Nicht gestern.

Gekrümmt stand sie in dem Eingangsbereich des Supermarktes und stand allen anderen Einkäufern im Weg. Einige machten einen Bogen um sie, andere schimpften. Irgendwann schob sie den Karren zur Seite und setzte sich auf einen Sessel. Sie war zu schwach, um nach Struan oder Aidan Ausschau zu halten. Sie wollte Struan auch nicht sehen, nicht jetzt. Der Wein, die Kondome ... oder war das schon für morgen? Wenn er sich wieder bei ihr meldete? Neue Hoffnung keimte auf. Ein Strohhalm, an den sie sich klammerte.

Blass und zerzaust kam Aidan zurück. Wortlos nahm er den Wagen und schob ihn mit fahrigen Bewegungen hinaus zum Auto. Mechanisch warf er die Einkäufe in den Kofferraum, ließ eine Flasche Ketchup fallen, die auf dem Asphalt zerbrach. Er war zu erschöpft, um die rote Soße wegzuwischen.

»Was ist los?«, fragte Fiona, die tatenlos zugesehen und sich nicht getraut hatte, sich einzumischen.

Er fuhr herum. »Was mit mir los ist?«, fragte er ungläubig.

»Ja. Warum«, sie schluckte, »bist du denn so schnell weggelaufen?«

Mit einer sich immer weiter ausdehnenden Leere im Blick sah er sie an. »Warum hast du mir nicht gesagt, dass er hier wohnt?«

»Wie bitte? Was?« Sie richtete sich auf, schüttelte den Kopf und strich mit den Fingerspitzen über die Stelle zwischen Brust und Schultern.

»Warum du mir nicht gesagt hast, dass er in Glasgow wohnt?«

»Was? Aidan, spinnst du jetzt? Woher soll ich das wissen?«

»Du wusstest es«, stieß er hervor, hielt sich am Autodach fest und ging zur Fahrertür.

»Was soll das heißen? Sag mal, geht's noch? Was unterstellst du mir da eigentlich? Das ist ja die Höhe!«

Einen kurzen Moment zuckte Aidan zusammen. Normalerweise hätte er eingelenkt und sie um Verzeihung gebeten. Doch ohne es zu wollen, sagte er gefasst: »Tu nicht so. Ich habe eure Blicke gesehen.«

Er öffnete gerade die Tür und sank schwerfällig auf den Sitz, da stampfte sie mit dem Fuß auf und schrie. »Was? Welche Blicke? Sag mal, spinnst du jetzt komplett? Nimmst du Drogen? Ist das dein Weihrauch oder was? Was willst du überhaupt damit sagen?«

Wortlos sah er sie an, atmete tief aus, zog die Tür zu und ließ den Motor an. Stur schaute er geradeaus, bis sie vor Zorn schwungvoll neben ihm ins Auto plumpste. Lautstark knallte sie die Tür zu und brüllte: »Was. Willst. Du. Damit. Sagen!«

»Nichts«, antwortete er kraftlos und fuhr los.

»Nichts? Ach. Dann ist es ja gut. Ich dachte schon.«

»Mhm«, machte er und biss die Zähne über den eingezogenen Lippen zusammen.

Die Frau neben ihm war nicht seine Frau. Er kannte sie nicht.

Er wusste, dass sie log, aber er konnte es nicht glauben.

Nachdem sie schweigend und rumpelnd im Haus alles verstaut hatten, legte Aidan sich auf das Ehebett und kreuzte die

Arme über der Brust. Brütend starrte er an die Decke. Eiskalt durchzog das Schweigen jeden Winkel der Wohnung. Er wusste nicht, wo Fiona steckte, ob sie da oder weggegangen war. Es spielte keine Rolle. Sie war unerreichbar.

Als er die Lampe nur noch schemenhaft erkennen konnte, stand er auf, nahm seine Jacke vom Hacken und zog die Haustür wortlos hinter sich zu. Es war ein milder Abend, doch Aidan konnte die Schönheit nur sehen, aber nicht spüren, denn sein Herz war zu taub, als dass sie ihn hätte begeistern können.

»Können wir uns sehen?«, schrieb er an Andrew, den er zwar erst seit zwei Wochen kannte, zu dem er aber ungewöhnlich schnell tiefes Zutrauen gefasst hatte.

»Natürlich. Komm vorbei, wir essen bald.« Dazu schickte er die Adresse.

Als gäbe es keine andere Möglichkeit, machte Aidan sich zu Fuß auf den Weg.

»Hey, Aidan«, grüßte Andrew, »Komm rein. Es gibt Lasagne, selbst gemacht. Hast du Hunger?«

Aidan hatte seit Stunden nicht gesprochen. Er nickte, denn seine Zunge klebte von dem langen Schweigen noch an seinem Gaumen, als er »ja« sagen wollte.

»Und Durst hast du auch, was?«, stellte sein neuer Freund fest, legte ihm die Hand auf die Schulter und führte ihn in die Küche, wo seine Frau am Herd stand. »Hallo Aidan, schön, dich kennenzulernen. Andrew hat mir schon von dir erzählt. Ich bin Brigitte.« Ihr Lächeln war genauso herzlich wie das ihres Mannes. Sie reichte Aidan die Hand, der sich nun ebenfalls vorstellte.

»Ich will nicht stören«, sagte er, da ihm auf einmal bewusst wurde, dass er sich an einem Samstagabend bei einem Ehepaar, das er nicht einmal richtig kannte, selbst eingeladen hatte. »Ich ...«

»Dir drückt was auf die Seele«, sagte Brigitte. »Sei unser Gast. Iss und trink ein Glas Wein mit uns, danach könnt ihr zwei in Ruhe reden.«

»Ich – ja, das stimmt, aber ich will nicht, ich meine, ich sollte mich nicht selbst einladen, noch dazu an einem Samstagabend. Es tut mir leid«, stammelte er verlegen und konnte sich doch nicht zum Gehen wenden.

»Hey! Aidan.« Andrew fasste ihm am Arm und sah ihn aus warmen Augen an. »Jedem geht's mal schlecht. Bleib bei uns.«

Das ruhige Tischgespräch, das sich um den Chor, Ausflug nach Edinburgh und Ähnliches drehte, lenkte Aidan ab. Er fühlte sich wohl und es tat ihm gut, zu spüren, wie sehr Andrew mit Brigitte verwachsen war. So, wie er es einst mit Fiona gewesen war.

»Gehen wir in den Garten?«, schlug Andrew nach dem köstlichen Mahl vor.

»Gerne.«

Auf einer selbstgezimmerten Holzbank sitzend erzählte Aidan in knappen Sätzen, was sich ereignet hatte.

»Du spürst also, dass du es weißt«, fasste Andrew zusammen.

»Ja, genau so ist es. Ich spüre, dass ich es weiß.«

»Aber du hast keinen Beweis.«

»Nein.«

»Und du hast sie nicht direkt danach gefragt.«

»Nein. Ich kann ihr das nicht unterstellten, verstehst du? Es ist einfach zu monströs.«

»Das verstehe ich sehr gut.«

»Was soll ich denn jetzt nur tun?«, jammerte Aidan und stützte den Kopf in die Hände.

»Du gehst doch jetzt wieder in die Kirche und es gefällt dir dort, nicht wahr?«

»Ja, sehr sogar!«, nickte Aidan und zum ersten Mal seit Stunden glänzten seine Augen.

»Du erinnerst dich doch bestimmt an die zehn Gebote.«

»Ja.«

»Du sollst kein falsches Zeugnis ablegen.«

Nachdenklich schaute Aidan seinen neuen Freund an.

»Das heißt«, sagte er dann mit trockenem Mund, »dass ich – so tun muss, als sei nichts passiert? Als wäre mir nicht ganz klar, dass da etwas war?«

»Nein. Das heißt es nicht. Frag sie.«

»Das kann ich nicht.«

»Warum nicht?«

»Ich kann ihr das doch nicht unterstellen!«

»Nur heimlich?«

»Wie meinst du das?«

»Nun, für dich ist es die Wahrheit, dass sie ihn heimlich getroffen hat.«

»Ja.«

»Und du bist zu feig, ihr das zu sagen.«

Entsetzt richtete Aidan sich auf und starrte Andrew an. Er wollte etwas erwidern, doch es gab nichts, was er dagegen hätte sagen können, denn der Mann hatte recht.

»Das stimmt«, seufzte er. »Also?«

»Also? Entweder du fragst sie, was ich am besten finden würde, oder du löschst es aus deinen Gedanken. Komplett, so, dass nichts mehr davon da ist.«

»Als ob das so leicht wäre!«

»Das habe ich nicht gesagt. Aber mit der Unsicherheit vergiftest du nicht nur dich, sondern auch den Rest eurer Ehe. Das Misstrauen ist Unkraut, das alles Gute zerstören kann.«

Aidan nickte nachdenklich.

»*Was der Mensch sät, wird er ernten*, das steht schon in der Bibel.[2]«

Aidan nickte und atmete aus. »Also vergesse ich alles.«

»Ja, tu das. Und Aidan, merke dir immer Folgendes«, sagte Andrew und sah ihm bekräftigend in die Augen: »*Mehr als alles hüte dein Herz, denn von ihm geht das Leben aus.*[3]«

Aidan war froh, dass er am Sonntag in die Messe gehen konnte. Er fand dort Frieden und Zuversicht. Was der Pfarrer in seiner Predigt sagte, bestärkte ihn in dem Entschluss, sich nicht von

Zweifeln vergiften zu lasen. Solange er keine Beweise hatte, würde er Fiona vertrauen.

Vor der Kirche fand ein Kuchenbasar statt, bei dem die Kinder für einen Weihnachtsausflug Geld sammelten. Intuitiv spürte er, dass seine Frau Zeit für sich brauchte, genau wie er es tat, und so blieb er. Er verabredete sich mit Tilly, Matt und Susan zu einem Nachmittagsspaziergang und vertrieb sich die Stunden bis dahin in seinem Lieblingscafé, wo er vor seinem Notizbuch auf andere Gedanken kommen wollte.

Die Geschichte der Mönche auf Iona faszinierte ihn außerordentlich. Stets war er davon ausgegangen, dass er aus der Perspektive eines Inselbewohners schreiben würde, dessen Leben sich mit der Ankunft von St. Columban ändert. Doch was wäre, wenn er aus der Sicht des Heiligen schriebe und somit in die Rolle des Mannes schlüpfte, der das Christentum nach Schottland brachte? Was wäre, wenn er den Menschen Friede und Heilung bringen könnte? Bei dem Gedanken dehnte sich sein Herz so weit aus, dass er sich in dem gemütlichen Sessel zurücklehnte, die Arme ausbreitete und lange Zeit still lächelte. Ja, dachte er, das wäre eine Aufgabe. Eine so wunderbare Aufgabe, dass sie ihm durch diese schwere Zeit helfen könnte.

Als es nach dem harmonischen Spaziergang und noch mehr Tee und Kuchen unweigerlich Zeit war, nach Hause zu gehen, freute er sich beinahe. Er war sich ganz sicher, dass Fiona ihm ehrlich antworten würde. Sie würde sagen, dass sie Struan zum ersten Mal seit dem Segeltörn gesehen hatte.

Und das tat sie. Sie sah erschöpft aus, als er sie sah. Ihre Augen waren rot, ihre Haare zerzaust und ihr Gesicht war blass. Erschrocken erkundigte er sich, was denn sei, doch sie wies ihn mit einem genervten »Das Übliche, mir ist einfach alles zu viel. Reden wir nicht darüber.« ab.

»Ist es, weil wir uns gestritten haben? Es tut mir leid, Fiona«, sagte er und wollte ihre Hände nehmen, doch sie zog sie fort. Er richtete sich auf und sammelte allen Mut, um ihr die Frage zu stellen, wann sie Struan das letzte Mal gesehen hätte.

Zuerst schimpfte sie und warf ihm Misstrauen vor. »Glaubst du mir nicht mehr oder was?« Doch dann stand sie auf, legte die Hand auf die Brust und schwor, dass es zuletzt im Supermarkt, davor aber auf dem Schiff gewesen sei.

Daraufhin ging Aidan zu ihr, nahm sie in die Arme und schaukelte sie lange beruhigend hin und her. So lange, dass ihre Apathie zu erweichen begann.

Drei Mal bat er sie, ihm doch von ihrem Leid zu erzählen. Er versuchte, ihr zu zeigen, wie sehr er unter ihrer Entfremdung litt, doch sie blockte ab und antwortete jedes Mal, dass sie da selbst durch müsse.

Erst zwei Tage später verriet sie ihm, dass es mit dem unerfüllten Kinderwunsch, dem Job und der Sinnlosigkeit des gesamten Lebens zu tun hatte. Ihre Worte versetzten Aidan ungezählte Stöße ins Herz. Das Leben war ein Geschenk! Mit Gott im Leben war es reich, hatte es sehr wohl Sinn, doch sie verspottete alles, was damit zu tun hatte. Er wusste, er musste sie retten.

Doch zunächst erhielt Fiona am Donnerstag auf ihre teils schüchternen, teils wütenden und vor allem verzweifelten SMS und Mailbox-Nachrichten endlich, endlich!, eine Antwort. Mehrmals hielt nur ihr Stolz sie davor ab, zu seiner Wohnung zu gehen. Nun, das entsprach nicht ganz der Wahrheit, denn einmal, am Dienstag, war sie dort. Sie hatte geläutet und angerufen, hatte noch länger Sturm geläutet, aber es tat sich nichts. Er war wie vom Erdboden verschwunden.

Danach gab sie auf, denn es stand fest, dass er sie ignorierte. Sein Handy war an. Wenn ihm etwas passiert wäre, wäre es inzwischen aus. So klar sah sie das. Beinahe hatte sie gehofft, dass er bewusstlos in einem Krankenhaus läge und sich somit alles erklärte und in Wohlgefallen auflöste. Doch dann öffnete sie, am Schreibtisch sitzend, das Bild und schrie vor Schmerz. Auf dem Foto war er, mit einem großen Rucksack auf dem Rücken und seinem verwegenen Grinsen im Gesicht. Er stand auf der Treppe, die zu einem Flugzeug hinaufführte, und der Wind zerzauste sein Haar.

»Ich bin dann mal weg. Es war mir ein gewaltiges Vergnügen und eine große Ehre mit dir. Ich bin kein Mann für Abschiede, und noch weniger für Ehedramen. Mach's gut, meine Süße, pass auf dich auf und vor allem: *stay sexy*!«

Sie rannte auf die Toilette, sank in einer Kabine zu Boden und heulte sich die Seele aus dem Leib. Sophie lief ihr nach, hörte ihr Schluchzen und meldete sie für den Rest des Tages krank.

Doch wohin? Nach Hause konnte sie nicht. In ein Hotel? Es nieselte und ein starker Wind wehte, aber das war ihr egal. Geistesgegenwärtig stopfte sie eine Rolle Klopapier als Taschentuch-Ersatz in ihre Tasche, holte ihre Jacke und verabschiedete sich per Handzeichen. Sie saß so lange schluchzend im Park, bis die Kälte stärker war als der Schock und der Schmerz. Ihre Hose war vom Regen durchweicht, zum Glück war die Jacke wasserdicht. Zu Fuß schleppte sie sich die drei Meilen heim. Es war ihr egal, was Aidan dächte, wenn er sie so sah. In ihr war eine Wüste.

Alles war egal. Das Leben hatte keinen Sinn mehr.

Struan war weg, er hatte sie verlassen und alle Freude, alle Lust, alle Hoffnung mit sich genommen. Er war ihr Leben, ihr Herzschlag und ohne ihn fühlte sie sich tot.

Das war das Einzige, was sie momentan begriff. Dunkel erahnte sie, dass ihr wesentlich verheerendere Erkenntnisse noch bevorstanden.

Unerträglich waren Aidans Bestürzung und Sorge, als er sie sah, ihr ein warmes Bad einließ, sie anschließend ins Bett verfrachtete, Tee kochte und sich mit so viel Liebe um sie kümmerte, dass sie schreien und ihn treten wollte.

Er sollte sie in Ruhe lassen! Wenn er nicht wäre, wäre alles anders! Er war wie eine Mutter. Er erdrückte sie. Sie war jetzt erwachsen.

Sie wollte allein sein mit dem Schmerz, der ihr das Herz zerriss. Es fiel ihr schwer, zu stehen, zu gehen, ja, selbst zu atmen. Es war sinnlos. Wozu weiterleben? Struan war ihre Zukunft, ihr Ausweg gewesen. Nun war alles vorbei. Noch nie hatte Fiona so gelitten wie in diesen Tagen, in denen alles Licht erlosch und die Welt aus grauem Blei zu bestehen schien. Es war alles zu viel. Zu viel für einen Tag und vielleicht zu viel für ein Leben, dachte sie, bevor sie die Augen schloss und in einen bleiernen Schlaf sank.

Am nächsten Morgen hörte sie, wie Aidan am Telefon seine Schicht im *Cross-Care* absagte. »Geh, bitte!«, rief sie, so laut sie in ihrem Zustand konnte. »Ich bin nicht krank. Ich brauche nur Zeit für mich. Bitte, Aidan«, flüsterte sie und richtete sich auf, da er mit dem Telefon in der Hand ins Schlafzimmer kam. »Wirklich?«, fragte er unsicher. »Wirklich«, beteuerte sie und lächelte kräftig, um ihn loszuwerden.

Bevor er ging, erkundigte er sich noch unzählige Male, ob sie wirklich alles hätte, ob er wirklich gehen konnte und brachte sie damit zur Weißglut. Wie konnte er so gut sein? Warum war *er* trotz allem so gut? War er zu dumm, etwas zu merken? Oder war sie so eine gute Schauspielerin? Und warum, warum, warum, war Struan einfach so abgehauen? Ohne Abschied, ohne sie noch einmal zu sehen! Sie hatte ihm nicht mal ihren Plan, ihn an Weihnachten zu besuchen, erzählen können! Auch nicht, dass sie in seiner Wohnung wohnen und die Miete bezahlen konnte, wenn er nicht da war. Wie konnte sie es ihm jetzt mitteilen? Email? SMS? Anrufen? Ob das sehr teuer für ihn wäre? Er hätte anders reagiert, wenn er sie nicht mit Aidan gesehen hätte, da war sie sich sicher. Er hatte Angst vor dem Abschiedsschmerz, das schrieb er ja. Er litt wie sie. War sein Lächeln auf dem Foto nicht traurig und gequält? Aufgesetzt? Eine Maske? Wenn sie ihm doch nur mehr Sicherheit gegeben und ihm gesagt hätte, dass sie mit ihm käme. Alles, alles!, wäre anders.

Stundenlang zermarterte sie sich das Gehirn, wie sie was anstellen könnte. Sie ignorierte die Anrufe ihrer Mutter, von Sophie und Ben. Ben? Was wollte der überhaupt?

»Ich brauche Erholung, Zeit nur für mich. Ich habe mir ein Wochenende in einem Spa gebucht«, begrüßte sie am Abend Aidan, der mit Zutaten für eine frische Gemüsesuppe nach Hause kam.

»Das klingt gut. Da kannst du richtig ausspannen und dich erholen! Kommt jemand mit?«, sagte er und lächelte sie an.

»Wie meinst du das?«

»Na, Lynn, Hazel, Paula, Donna – eine Freundin eben. Du siehst sie selten in letzter Zeit, oder irre ich?«

»Doch, schon«, murmelte sie, da sie zum ersten Mal seit Wochen bewusst an ihre Freundinnen dachte. Sie hatten sich bei ihr gemeldet und warteten auf ihren Rückruf ... aber das eilte nicht.

»Soll ich dich hinfahren und abholen?«, fragte er, da er wusste, wie ungern sie Auto fuhr.

Die Frage ließ sie erneut in Tränen ausbrechen, sodass Aidan sich fragte, ob ein Spa-Aufenthalt genug sei. Er hoffte. Er zweifelte. Er betete.

***

Fiona nahm den Zug nach Ayrshire, wo sie in einem kleinen, nicht allzu teuren Spa eincheckte. Schon die Zugfahrt war eine Wohltat: Endlich herrschte Ruhe, endlich redete niemand sie an, endlich erwartete niemand etwas von ihr. Sie musste sich weder rechtfertigen noch fürchten, dass jemand etwas von ihrer Was-auch-immer mit Struan erfuhr.

Bei langen, entspannenden Massagen und Körperpeelings, in der Sauna und im Dampfbad, bei Klangschalenmeditation und Yoga-für-Anfänger schöpfte sie neue Kraft. Sie musste mehr auf sich achten, durfte nicht so viel an sich ranlassen, sollte ihren Weg gehen. Aber segeln? Nein. Auf Segeln hatte sie keine Lust mehr, das war für immer mit Struan verbunden. Außer ... Sollte sie ihm nicht doch schreiben? Nach wie vor war sie völlig zerrissen zwischen dem Schmerz, dass er sie einfach stehen ließ, und der Hoffnung, er würde sie vermissen. So grausam und eiskalt konnte kein Mensch sein, dachte sie ein ums andere Mal hartnäckig. Er hatte sie doch genau so geliebt! Sie hatte die Zweisamkeit gespürt, die Nähe in seinen Armen, sein Begehren, seine Leidenschaft! Das alles hatte doch etwas zu bedeuten! Struan war eine arme, gequälte Seele, das hatte sie schon immer erkannt. Nur, weil er in der Vergangenheit so viel gelitten hatte, verhielt er sich so, dessen war sie sich sicher. Es fiel ihm schwer, Vertrauen zu fassen. Deswegen wollte er sich nicht binden. Vielleicht hatte seine Frau ihn belogen und betrogen? Oder ihn schlecht behandelt? Oder vielleicht hatte er eine schlimme Kindheit? Der Arme. Mit viel Liebe würde sein Herz heilen. Durch Beständigkeit, dadurch, dass sie immer für ihn da wäre, wenn er sie brauchte, würde er mit der Zeit verstehen, dass nicht alle Frauen einfach gingen, redete sie sich ein.

Wie oft hatte er ihr gesagt, dass er *so etwas wie mit ihr noch nie zuvor erlebt hatte?* Dass ihr Körper ein Wunderland sei. Wie sehr hatte er, hatten sie, es genossen, weiter und immer weiter zu gehen. *Neuland* zu betreten. Er hatte sie gefesselt und geknebelt, und ein paar Dinge mehr – weil sie ihm vertraute, weil sie tief in sich spürte, dass es sie miteinander verband, dass das etwas Einzigartiges war. Er hatte sie *zu seinem Eigentum gemacht,* sie sollte ganz ihm gehören, das hatte er doch unzählige Male gesagt! Er konnte nicht oft genug hören, dass sie ihm, nur ihm gehörte! Sie musste ihm fehlen. Je mehr sie darüber nachdachte, desto sicherer wurde sie sich: Struan hatte heldenhaft auf sie verzichtet, um Aidan den Vortritt zu lassen. Und weil er sie nicht drängen wollte, ihr gewohntes Leben aufzugeben. Sonst hätte er das mit dem Reis nicht gesagt. Indem er ihnen empfahl, das Angebot zu nutzen, hatte er auf sie verzichtet. Was für ein Gentleman. Und das bei all der Leidenschaft. Nur weil er wusste, wie grausam eine Scheidung war.

Aidan hatte keine Ahnung von Heiligen. Einer, der diesen

Status verdient hätte, war Struan. Doch der pfiff ebenso wie jeder Mensch, den sie ernst nehmen konnte, auf den Irrsinn.

Sie schwang die Beine von der Liege, schlang sich ein Handtuch um das nasse Haar und ging in ihr in warmen Farben eingerichtetes Zimmer. Ein Glück, dass Aidan sich an die Abmachung, sich gegenseitig nicht zu kontaktieren, hielt, denn so konnte sie sich vollkommen auf Struan konzentrieren. Sie schrieb und schrieb und löschte und löschte, fing von vorne an, klappte den Laptop zu, öffnete ihn erneut. Dann bestellte sie einen Mojito und fasste schließlich in wenigen Zeilen und mit wenigen Wiederholungen zusammen, was ihrer Meinung nach unbedingt gesagt gehörte und den Verlauf der Dinge ändern würde. Ganz besonders hatte sie darauf geachtet, nicht wehleidig, gefühlsduselig oder schwach zu klingen, denn das fand Struan nicht gut. Sachlich, präzise und wohl überlegt waren ihre möglichst knappen Worte, die sie nach Afrika schickte.

Allein – sie irrte. Denn bei ihrer Abreise am Sonntagabend wartete sie noch immer auf seine Nachricht.

Ungläubig holte sie im Minutentakt ihr Smartphone hervor und rief die Nachrichten ab. Stille. Nichts. Auch nicht von Aidan.

Niedergeschlagen und geistesabwesend kehrte sie nach Glasgow zurück.

***

Während ihrer Zugfahrt saßen Andrew und Aidan bei frischem Tee zusammen.

»Ohne das Gespräch mit dir und ohne den Glauben würde ich den Verstand verlieren. Seit Wochen wird sie mir immer fremder, sie zieht sich immer mehr zurück. Ich komme nicht mehr an sie ran. Die Art, wie sie sich verhält und mich von sich fernhält, das ist irre. Und erst, dass ich sie das ganze Wochenende nicht melden darf, weil sie ihre Ruhe braucht. Ich versuche ja, es zu verstehen, aber es ist wirklich hart!«, gestand Aidan. »Ich meine, schau: Sie fährt über das Wochenende weg und ich darf sie nicht anrufen. Das stinkt doch gen Himmel nach Affäre, oder nicht? Eigentlich. Aber ich habe mich entschieden, ihr zu glauben und auf mein Herz zu achten. Nur immer geht das nicht. Manchmal sind da Zweifel und dann bin ich eifersüchtig.«

»Das ist normal. Du bist ein Mensch und du warst lange, nun ja, ganz anders. Sehr zeitgemäß, schnelllebig, nicht wahr. Vertrauen und Glauben wachsen. Aber du machst das großartig. Es stimmt, jeder andere hätte sich längst alle Haare ausgerissen und würde Gift und Galle spucken.«

»Ich spüre, dass noch Liebe in ihr ist und dass ich Fiona mit Gottes Liebe, und mit meiner, aus diesem dunklen Loch, in das sie geraten ist, heraushelfen kann«, sagte Aidan nach einer Weile.

»Das wirst du, das spüre ich. Auch wenn es ein langer Weg ist. Aber Aidan, versprich mir bitte, dass du die Anzeichen einer ernsthaften Depression nicht übersiehst, ja? Sie hat den Glauben nicht, und nicht mal Gläubige sind davor gefeit.«

Ernst sah Aidan Andrew an und nickte. »Das werde ich. Danke.«

***

Fionas Zug hatte eine halbe Stunde Verspätung. Anstatt auf dem zugigen Bahnsteig zu warten, setzte sie sich in ein Café. Zum ersten Mal seit Wochen hatte sie das Bedürfnis, mit einer Freundin über alles zu sprechen und von ihr Beistand zu erfahren. Solange mit Struan alles wunderbar lief, hatte sie niemandem ein Sterbenswörtchen von ihrer Liebschaft verraten; teils aus Angst, etwas könne ans Licht kommen, teils weil sie niemanden in die Traumwelt hineinlassen würde. Tief in sich drinnen hatte sie auch befürchtet, Außenstehende würden ihr Glück durch Fragen und Zweifel stören; würden ihrem Liebestaumel durch Neid schaden, sich nicht mit ihr freuen, mit Aidan Mitleid empfinden und einfach alles »kaputt-reden«. Niemand wusste von ihren gestohlenen Stunden der Freude. Wen konnte sie jetzt, in den Stunden, Tagen und Wochen der Verzweiflung, anrufen? Wem vertraute sie genug? Liz? Gewiss nicht. Daphne ebenso wenig. Ihre Freundinnen in Glasgow? Die kannten alle Aidan und sie waren mehr Bekannte als Freundinnen. War es denn möglich, dass sie keine Freundinnen mehr hatte? So sehr sie auch grübelte, sie fand niemanden.

Auch daran war die Ehe mit dem vereinnahmenden Aidan Schuld, dachte sie bitter, hatte aber keine Kraft, sich darüber zu ärgern.

Als zufällig ihre Mutter anrief, nahm sie nach einem tiefen Luftholen ab, denn ihre Eltern würden fast so sehr wie Aidan leiden, wenn sie erführen, dass die Ehe gescheitert war.

Nach den üblichen Vorwürfen, dass und warum sie sich so lange nicht gemeldet hätte, bemerkte sie die Veränderung in ihrer Tochter. »Was ist denn passiert? Wo steckst du überhaupt?« Als sie ihr erzählte, dass sie soeben auf dem Rückweg von einem *Wochenende nur mit sich selbst* sei, atmete Sally hektisch ein und aus. »Kind, was ist passiert? Habt ihr Streit? Ihr?«

»Das kommt doch in den besten Familien mal vor!«, wehrte Fiona ab, doch ihre Mutter ließ nicht locker und erfuhr somit, dass Aidan und Fiona sich einander etwas überdrüssig geworden waren, dass Aidan in dubiose religiöse Kreise abdriftete, arbeitslos sei und anstatt sich um eine neue Stelle zu kümmern, lieber gemeinnützig tätig war und einen Roman schrieb. Sie sah es vor sich, wie ihre Mutter sich an den Kopf griff, ihn schüttelte und sich mit der flachen Hand übers Gesicht wischte, den Blick abwechselnd zur Decke und zum Boden gerichtet.

»Das klingt ja schrecklich, ganz fruchtbar!«, stieß sie ein ums andere Mal aus.

»Das ist es auch, ja. Deswegen musste ich ja auch weg. Es erdrückt mich, verstehst du, Mom?«

»Aber ist er wenigstens gut zu dir? Hilft er im Haushalt?«

»Das schon ...«

»Kocht er?«

»Mhm ...« Fiona dachte an die anfänglichen Gerichte, mit denen er sie überraschte, die aber wegen ihrer *Überstunden* so oft ungenießbar kalt wurden, dass er sich alsbald auf Sandwiches und Suppe beschränkte.

»Kannst du mit ihm reden?«

»Das tu ich doch! Aber er ist – wie weggetreten.«

»So schlimm?«

»Schlimmer.«

»Geht er dir auf den Geist? Ich meine, nimm es mir nicht übel, das ist in jeder Ehe mal so.«

»Ja, Mom, tierisch.«

»Er, nun ja, er könnte uns ja mal besuchen? Wir sind doch schließlich so etwas wie seine Familie und können ein bisschen Hilfe im Garten gut gebrauchen, bevor der Winter kommt.«

»Wirklich? Oh, das wäre –« *gar nicht so gut,* dachte sie, bevor sie »fantastisch« jubelte. Auf keinen Fall durfte Aidan zu ihren Eltern fahren, nicht ohne sie! Dabei konnte er ja alles Mögliche erzählen. Auf keinen Fall würde sie ein Sterbenswörtchen von dem Telefonat erwähnen. Eher würde sie ihr schlechtes Gewissen und seine Fürsorge ertragen. Sie würde sich anstrengen, nett zu ihm zu sein und sich nichts anmerken zu lassen. Zumindest so lange nicht, bis sie Klarheit hatte. Klarheit in Form einer Antwort. Wahrscheinlich hatte Struan in dem Camp keinen Internetzugang, dachte sie und wartete weiter auf eine Entscheidung, die ihrem Leben Sinn und Richtung verleihen würde.

Doch allmählich schwand ihre Hoffnung immer weiter, bis nichts mehr davon übrig war.

Kapitel 27

So lebten sie eine Weile nebeneinander her und neigten gelegentlich dazu, es mit einem Wieder-Zusammenwachsen zu verwechseln.

Sally empfahl eifrig Selbsthilfe-Literatur und Esoterik-Workshops, die einem unter liebevoller Anleitung zu mehr Selbstliebe und Sinn im Leben verhelfen sollten. Fiona hörte verwundert mit einem halben Ohr zu, da ihre Mutter bislang von dem Schwachsinn noch weniger als von Religion gehalten hatte.

Allein, das alles half Fiona nicht über die quälende Leere hinweg, die Struans jähes Ausscheiden aus ihrem Leben angerichtet hatte. Auch gab es ihr keine Antworten auf die Fragen, die aus dem Nichts aufzutauchen schienen: Wo war ihre Bodylotion damals hingekommen? Und warum hatte er sich nicht gemeldet, als die Kinder doch nicht am Freitag kamen? Warum hatte er einen Damenrasierer im Bad?

In dem Maß, in dem die Hoffnung auf Antwort und Erlösung von ihren Qualen schwand, wuchsen die Zweifel.

Gelegentlich kamen sie den ehelichen Verpflichtungen nach und hatten Sex, manchmal liebten sie sich dabei auch. Einmal kam es zu einer unangenehmen Situation, als Fiona für einen Moment vergaß, mit wem sie das Bett teilte und in derbsten Worten um tiefere Erfüllung bat. Doch auch das wurde unter den Teppich gekehrt, ebenso wie die Tatsache, dass die Segeltheorie-Bücher in der Ecke verstaubten, Fiona seit dem Zwischenfall im Supermarkt keine Überstunden mehr hatte, sie nicht mehr lief und Aidan eine Absage nach der anderen erhielt.

Er wusste, dass er ihr endlich reinen Wein einschenken musste, doch so lange das Beziehungsgerüst derart fragil war, wollte er es nicht unnötig weiter strapazieren. Bevor er sie mit der mit Sicherheit niederschmetternden Umständen konfrontierte, wollte er mittels seiner Gebete in ein neues Arbeitsverhältnis gelangen und ihre Liebe zu ihm neu entfachen, oder festigen.

Aidans Tage waren erfüllt von Stimm- und Gesangsübungen, der Annäherung an St. Columban, der Tätigkeit im Laden, Bewerbungen und Vorstellungsgesprächen, den Gesprächen mit Andrew und anderen geistreichen Menschen. Fionas Tage waren auch voll, allerdings mit den ewig kreisenden Gedanken an Struan und dem Ärger in der Arbeit.

»Fiona, wir müssen reden«, nahm sich der Gatte Ende Oktober endlich ein Herz.

Er hatte lange genug gebetet und lange genug gewartet, dass Fiona wieder zu Kräften kam.

»Ja?«, fragte sie unerfreut und schaute ihn zweifelnd an. »Worüber denn?«

»Über uns, würde ich sagen. Und über mich.« Er bemühte sich, seine Stimme fest klingen zu lassen und schob das Glas, das vor ihm stand, nervös hin und her.

Sie schluckte und blickte auf die Zeitanzeige der Spülmaschine. »Ja. Sicher. Gut. Heute Abend?«

Ausgerechnet an diesem Abend verhinderten einige Widrigkeiten, darunter Überstunden, Stau, ein nervender Chef, ihre Heimkehr vor 21:30 Uhr. Dass sie nach Cider roch, überging er geflissentlich und hoffte auf den nächsten Tag.

Am nächsten Tag jammerte Garth Brookes sein Jahrzehnte altes »If tomorrow never comes« über den Äther, als sie die Tür aufsperrte und Aidan sang mit ebenbürtigem Pathos »Will you know how much I loved you« mit.

»Hey, das klingt ja echt gut«, entfuhr es der angesungenen Ehefrau, die sich in der Badezimmertür umdrehte und bewundernd die Augen aufriss. »Du hast ja echt Talent!«

»Danke«, murmelte der Ehemann, der ihr innerlich vorwarf, dass sie ihn in all den Wochen nicht ein einziges Mal um eine Kostprobe seines Könnens gebeten hatte. Auch diesmal ließ sie ihre Chance auf eine weitere Kostprobe ungenutzt verstreichen und zog die Badezimmertür hinter sich zu. Sie schloss sogar ab. Schloss wieder auf, nahm die Jacke vom Haken und stürmte mit einem genuschelten »Muss noch mal weg« aus dem Haus.

Zwei Streifen. Blau. Positiv.
Schwanger.
Schwanger!
Warum gerade jetzt?
Fiona schwitzte und fror. Sie hielt die Jacke zusammen, anstatt den Reißverschluss zu schließen. Es regnete und windete, der schottische Herbst hatte längst Einzug gehalten.
Schwanger.
Jetzt.
Ein Kind! Die so lange vermeintliche Rettung legte sich nun wie Fesseln um sie. Jeglicher noch so entfernte Gedanke, Aidan zu verlassen, zersplitterte. Die Gründe, warum sie aus dieser Ehe ausbrechen wollte, waren immer diffuser geworden. Nur noch verschwommen konnte sie die verheißene Freiheit, die betäubte Lebenslust, den endlos aufregenden Sex am Horizont ihres vernebelten Gehirns ausmachen. Wenn Struan doch nur nicht solche Angst hätte! Oder wenn er einfach ein anderer Typ Mensch wäre. Wahrscheinlich hing sein unsteter Lebenswandel ja mit der Angst vor einer Beziehung zusammen. Ob er über ihre Worte gelacht, ob er sie überhaupt gelesen hatte? Ob seine Antwort verloren gegangen war? Es war müßig, sich damit zu quälen, denn nur zu oft sah sie den Zeitstempel, wann er zuletzt in dem Chat

online war. Nicht einmal ihre Freundschaftsanfrage auf einer anderen Plattform hatte er angenommen.

Aber ein Kind. Mit Aidan.

Ihr jahrelanger Traum drohte in Erfüllung zu gehen.

Vielleicht log der Test ja. Sie zog ihn aus der Tasche und warf ihn in einen Abfalleimer. In einem *Boots*-Drogeriemarkt, der erst um Mitternacht schloss, erstand sie einen neuen. Es war ausgeschlossen, dass eine genetische Hälfte des Embryos in ihrem Leib von Struan stammte, denn mit ihm hatte sie immer Kondome benutzt. Zumindest, soweit sie das beurteilen konnte. Nicht immer war sie Herrin ihrer Sinne gewesen und nicht immer, eigentlich sogar sehr selten, wenn sie es sich genau überlegte, konnte sie sehen, was er tat.

Es war von Aidan, daran bestand für sie kein Zweifel. Kein Kind konnte in Knebeln und Fesseln gezeugt werden, das war völlig abwegig.

Gut, natürlich gab es auch andere Koitusse, aber an diese erinnerte sie sich weniger deutlich.

Aidan und ihr Kind. Endlich! Die Familie, von der sie schon so lange träumte. Segeln, Struan, Mali – wie schnell alles an Bedeutung verlieren konnte. Sie spürte förmlich, wie das letzte bisschen Hoffnung aus ihr hinausglitt und eine kalte, taube Leere in ihr hinterließ.

Was, wenn es doch sein Kind war? Wie würde er reagieren? Würde er umdenken?

Nein. Es war nicht sein Kind. Er würde sein Leben nicht ändern. Mehrmals hatte er gesagt, dass er keines mehr wollte. Das Kind war von Aidan. Sie sollte sich freuen. Das war ein Zeichen, Struan loszulassen. Sie sollte dankbar sein, dass sie diese Leidenschaft und Liebe hatte erleben dürfen. Jetzt war es Zeit, in einem anderen Bereich erwachsen zu werden.

Es war spät, als sie nach Hause kam. Zu spät für das Gespräch, das mit der Neuigkeit möglicherweise ohnehin überflüssig geworden war.

Erneut schloss sie sich im Bad ein und wartete, bis wieder zwei Streifen blau leuchteten.

Ja, sie freute sich.

Nein, sie freute sich nicht.

Sie freute sich.

Aidan gewiss auch. Aidan ganz bestimmt!

»Aidan!«, rief sie, setzte ein breites Lächeln auf und spürte sogar, wie es ihr Herz erwärmte. »Wir müssen reden«, verkündete sie heiter und setzte sich zu ihm auf die Couch.

»Ja, das sag ich doch!«, meinte er, schaltete den Fernseher aus und drehte sich mit einem erwartungsvoll freudigen und erwartungsvoll ängstlichen Lächeln an sie.

Nun wurde es ernst.

Es gab kein Zurück mehr.

Die Wahrheit musste auf den Tisch, danach musste sie entscheiden.

»Ich«, begann er und richtete sich noch weiter auf. Seine Kehle war trocken und so nahm er sein Glas in die Hand.

»Nein, warte. Lass mich zuerst. Bitte!« Nun freute sie sich schon riesig und hippelte auf dem Sofa aufgeregt hin und her. Sie hatten eine Aufgabe, Ablenkung, etwas, das alles andere verschwinden ließ. Ein Neuanfang!

»Okay«, meinte er, nahm einen Schluck und sah sie über den Glasrand an.

»Ich. Bin. SCHWANGER!«, trompetete sie in den Raum, zog den Teststreifen hinter ihrem Rücken hervor und sprang auf, um ihn zu umarmen.

Aidans Blut gefror. Sein Herz setzte einen Schlag aus, bevor es zum Zerbersten schnell hämmerte. Sein Glas fiel aus der Hand und zersplitterte tausendfach.

»Schwanger?«, stieß er hervor.

»Ja! Schwanger!«, jubelte sie und landete vor ihm. »Was ist los?«, fragte sie unsicher und suchte in seinem Gesicht nach

Zeichen der Freude. Sie hatte sich seine Reaktion anders vorgestellt. Freude, Jubel, Geschrei.

»Ich – darüber wollte ich mit dir reden.« Er räusperte sich, blickte auf die Rotweinlache am Boden und schaute ihr dann fest in die Augen. »Ich bin zeugungsunfähig.«

Teil 3

Anfang

Kapitel 28

»Was?«, stieß Fiona nach einer Weile entgeistert hervor. Totenstille drang bis in den letzten Winkel das halbdunklen Raumes. »Du bist – was? Was soll das heißen? Das geht nicht!« Sie schlug sich an die Stirn und drehte sich mit dem ganzen Körper von ihm weg, ohne jedoch die Füße zu bewegen. Dabei lachte sie hysterisch. Ihre Stimme war schrill und angespannt. »Das ist völlig unmöglich! Ich meine – ich bin schwanger!«, rief sie mit einem anklagenden Lachen. »Wie soll das bitte möglich sein? Kann dein Gott doch keine Wunder wirken oder was?« Wieder schnaubte sie verächtlich, schüttelte den Kopf, fuhr sich dann mit der Handfläche über das Gesicht und schaute zur Zimmerdecke hinauf.

Aidan zuckte mehrmals zusammen, ansonsten stand er stocksteif vor ihr.

»Lass meinen Glauben aus dem Spiel«, forderte er sie ungewohnt bestimmt auf. »Es geht um dich und um mich. Ich kann keine Kinder zeugen, so leid es mir tut.« Ernst sah er sie an. »Ich weiß, dass ich es dir früher hätte sagen müssen und es tut mir sehr leid, dass ich es nicht getan habe.«

»Das ist ja die Höhe! Die absolute Höhe! Ich glaub's einfach nicht! Hast du sonst noch Geheimnisse vor mir? Was verschweigst du noch alles vor mir?«

Wie oft hatte er das Gespräch mit ihr gesucht! Wie oft hatte sie ihn abblitzen lassen! Und wie wenig galt dies als Entschuldigung. Dennoch hätte er eine Möglichkeit finden müssen, es ihr zu sagen, aber letztendlich waren ihre Ausweichmanöver auch für ihn eine bequeme Ausrede gewesen.

Wie durch eine dicke Wand drangen ihre Worte verzerrt zu ihm durch.

Außer sich stapfte sie mit dem Fuß auf. Ihr Arm mit dem ausgestreckten Zeigefinger schnellte vor und stach in der Luft nach ihm. »Du gemeines, hinterhältiges Aas!«, brüllte sie. »Wie lange schon? Wie lange weißt du das schon?« Sie spuckte beim Reden. »Deswegen hat es nie funktioniert!« Sie rang nach Atem. Ihr Gesicht und ihr Hals waren puterrot. »Deswegen hat es so ewig gedauert! Sag mal, schämst du dich überhaupt nicht, mich so hinzuhalten? Hat es dir Spaß gemacht, mich für blöd zu verkaufen? Ja? Wie lange schon, sag's mir endlich, wie lange schon!«

»Fiona, bitte!«, versuchte er, sie zu beruhigen und die Übelkeit in sich niederzuringen. »Ich wollte es dir so oft sagen, aber es gab nie eine Gelegenheit.«

»Wie. Lange. Schon.« Bei jedem Wort schlug sie mit der Hand auf das Sideboard.

»Seit kurz vor dem Segeltörn.«

Ihre Augen wurden zu schmalen Schlitzen. Sprachlos schaute sie ihn an, dann stieß sie verächtlich »Unglaublich. Ich fasse es einfach nicht.« hervor.

Beide atmeten tief durch. Beide zitterten.

Sie fasste sich als Erste. »Dann lügt dein Test. Solchen Tests kann man nicht immer glauben. Die täuschen sich auch. Glaub, was du willst, aber das Kind kann nur von dir sein. Aus basta.«

»Fi– Fiona«, setzte Aidan schwach an. »Ich – noch mal – das Kind kann nicht von mir sein.« Noch nie in seinem Leben hatte er sich so erbärmlich wie jetzt gefühlt. Er hatte den Beweis, dass seine Frau ihn betrog, aber sie lenkte wie so oft ab und fand die Schuld bei ihm.

»Natürlich ist es von dir! Von wem denn sonst?«

»Das wüsste ich gerne von dir«, sagte er mit dünner Stimme, aber festem Blick. Dann wurde ihm wieder schwindelig und er schloss die Augen. Das Blut in seinen Ohren rauschte so stark, dass er ihre Antwort nicht hörte. Vielleicht war es besser, weil er ihre Lügen nicht länger ertragen konnte.

»Es ist dein Kind!«, brüllte sie und rüttelte an seiner Schulter. »Jeder andere Mann würde sich freuen! Aber du verleugnest die Vaterschaft!«

Zitternd stand Aidan auf. In seinen Augen schwammen Tränen.

»Das würde ich nicht, wenn es die Wahrheit wäre.«

»Was? Willst du mir etwa unterstellen, dass ich dich anlüge?«, keifte sie und packte ihn am Ärmel.

»Ja«, sagte er beinahe tonlos, drehte sich von ihr weg, nahm die Jacke vom Haken, steckte seinen Schlüssel ein und zog die Tür hinter sich zu.

»Du gehst? Du verdrückst dich, ja? Du bist ja noch viel feiger, als ich jemals gedacht hätte!«, schrie sie ihm nach.

***

Struan.

Aidan wusste, dass sie mit diesem widerlich draufgängerischen Skipper etwas am Laufen hatte. Bei der Vorstellung musste er sich an einem Laternenpfosten festhalten, so sehr schüttelte ihn der Ekel.

Wie oft?

Wie innig?

Wie lange schon?

Und ... Wieder würgte es ihn ... Er hatte nichts davon bemerkt.

Oder doch? Jetzt ergab alles einen Sinn. Er hatte es nicht sehen wollen, aber jetzt konnte er sich vor der Wahrheit nicht mehr verstecken. Ihre gute Laune. Ihr Strahlen. Wegen dem Skipper. Nicht wegen ihm. Nach dem Treffen im *Sainsbury's* wurde sie schlagartig beinahe depressiv. Hatte sie das mit den Kindern nicht gewusst? Irgendetwas stimmte da nicht.

Hatte sie vorgehabt, ihn, Aidan, zu verlassen? Ernsthaft? Er konnte nicht einatmen. Seine Brust war so schwer, dass seine Lungenflügel sich nicht mehr öffnen konnten. Er röchelte. Wie oft hatte sie ihn belogen? Wie oft betrogen? War sie von

Struan zu ihm ins Bett gekommen? Hatten seine Lippen ihre Haut berührt, an denen noch die Küsse des anderen hafteten? Er würgte und ihm war schwarz vor Augen.

Es konnte nur so sein. Es ging gar nicht anders! Rein zeitlich, rein ... Er erbrach sich in eine Hecke.

Ihm war so kalt.

Sein Gehirn waberte, schleuderte alte, nun falsche, Bilder hinaus und legte neue, grauenhafte, darüber.

Hilflos stand er neben sich und sah dabei zu, wie sein Leben ein anderes wurde.

Seine Frau hatte eine Affäre.

Er hatte sich im Supermarkt nicht getäuscht. Sie hatte ihn belogen und betrogen und log selbst jetzt noch. Vielleicht war das das Schlimmste: ihre selbstgerechten Beschuldigungen. Er konnte ihr nicht trauen.

Aidan wünschte, er könnte weinen, doch er hatte keine Tränen. Zu tief saß der Schrecken. Nichts ergab mehr Sinn. Nichts, woran er geglaubt, worauf er sein Leben seit dem Zerbrechen seiner Familie aufgebaut hatte. Nichts – außer Leere und dröhnender Stille. Totenstille.

Ein Teil, von dem er noch nicht wusste, wie groß er war, war für immer in ihm gestorben.

Als er nach Mitternacht völlig ausgefroren zurückkehrte, fand er die Tür zum Gästezimmer offen. Auf der ausziehbaren Couch lag sein Bettzeug. Ausquartiert, wortlos. Weil er schuld war. Natürlich. Er war schuld.

Wie sollte es sonst sein. Für einen Moment wurde es eigenartig licht in ihm. Zum ersten Mal sah er klar und deutlich, dass Fiona noch nie an etwas schuld gewesen war. Sie fand immer einen Weg, sich selbst als unfehlbar darzustellen und anderen die Schuld in die Schuhe zu schieben. Zumindest in den großen Dingen.

Dann wurde es wieder schwarz in ihm und er fiel vollkommen bekleidet auf das schmale Bett.

Alle Wege waren verbaut. Fiona würde nicht gestehen.

Die einzige Möglichkeit war, das Kind anzunehmen, ohne eine einzige weitere Frage zu stellen. Vordergründig akzeptieren, dass es ein Wunder war, und sie mit ihrer Lüge durchkommen lassen. Aber wollte er das? Konnte er das? Würde seine Liebe das überstehen? Würde das Kind nicht spüren, dass es in einer Täuschung aufwuchs? Vielleicht würden er und Fiona sich gegenseitig verabscheuen und zu verbitterten Menschen werden. Vielleicht würden sie nur noch das Nötigste miteinander reden und Striche durch die Wohnung ziehen, um ihre getrennten Bereiche zu markieren. Er würde kuschen und sich selbst belügen, nur um sie zufriedenzustellen.

Doch was war die Alternative?

Ein Leben ohne Fiona? Das war unvorstellbar.

Er saß in der Falle.

Kapitel 29

Fiona zitterte.

Das war knapp. Beinahe hätte sie sich verraten, doch dann hatte sie den Spieß gerade noch rechtzeitig umgedreht. Nicht auszudenken, wenn er etwas von Struan herausfände. Diese Schmach und Schande würde sie nicht überstehen.

Mit einer befremdlichen Klarheit wusste sie, dass sie Struan nichts von der Schwangerschaft sagen würde. Oft genug hatte er seine Meinung über Frauen, die Männern ein Kind anhängten, kundgetan und betont, dass er kein weiteres Kind wollte. Zu dieser Gruppe wollte sie nicht gehören. Sie würde seinen Hohn und seine Verachtung nicht ertragen. Abgesehen davon würde er es leugnen; sie müssten Tests machen, streiten und die ganze Affäre sowie ihre Dummheit kämen ans Licht. Auf ihn als Vater konnte sie nicht hoffen, lediglich auf ein paar mickrige Alimente. Aber eine Familie brauchte einen Vater und der sollte Aidan sein. Falls, ja, falls!, er überhaupt recht haben sollte, und er nicht der Vater des Kindes war. Vielleicht hatte er ihr ja nur eine Falle gestellt, weil er Verdacht geschöpft hatte?

Aber nein, das passte nicht zu ihm.

Das Kind war trotzdem von ihm. Es gab keine andere Möglichkeit.

»Es ist Aidans Kind. Es ist Aidans Kind«, redete sie sich mantra-artig ein. »Das Kind hat einen Vater und das ist Aidan.«

Sie würde ihn noch ein oder zwei Tage schmoren lassen und ihm dann verzeihen, dass er ihr nichts von seiner Unfruchtbarkeit gesagt hatte. Ja, das sollte funktionieren, damit er von sich aus den ersten Schritt machte.

Wobei das ja wirklich ein dickes Ding war! Je länger sie darüber nachdachte, desto *dicker* wurde das *Ding*. So *dick* und übermächtig, dass es ihre Untreue und Lügen überragte. Es stellte sie so sehr in den Schatten, dass im Vergleich zu Aidans Vergehen ihre eigenen geradezu lächerlich wirkten.

Zwar ärgerte sie sich gewaltig darüber, dass er sie ihrer Meinung nach so hintergangen hatte, aber gleichzeitig beruhigte sie somit ihr schlechtes Gewissen, sodass sie bereits schlief, als er zurückkehrte.

Fiona schlief schlecht, aber Aidan schlief noch schlechter. Stundenlang wälzte er sich hin und her, suchte einen Sinn, suchte Fragen und Antworten. Er versuchte zu beten und zu meditieren, bat Gott um Hilfe, bat darum, dass alles nur ein Albtraum sei, aus dem er, wenn er nur endlich einschliefe, wieder erwachte.

Wenn ihn die Kraft zu beten verließ, stellte er sich vor, wie er Struan in den Magen und in die Hoden trat und ihm die Finger in die Augen bohrte. Dann spuckte er ihm ins Gesicht und fühlte sich besser.

Wann immer seine Wut und sein Hass abflauten, hoffte er inständig, er möge sie ganz besiegen. Doch ein ums andere Mal scheiterte er. Die Rachegelüste waren stärker, bis er in einen kurzen Schlaf fiel und sich am nächsten Morgen zumindest Fiona gegenüber ruhig und vernünftig zeigen konnte.

Er saß am Küchentisch, als sie aus dem Bad kam. Heute hatte er kein Wasser für sie gekocht und kein Brot für sie geröstet.

»Guten Morgen«, grüßte er gefasst und sah ihr fest ins Gesicht. Er hatte nichts, was er sagte, vorbereitet. »Hast du noch einmal nachgedacht?«

Sie zuckte zusammen und riss die Schultern zur Seite, weg von ihm. »Worüber soll ich denn nachdenken?«, entgegnete sie mit hoher, bedeckter Stimme. »Darüber, ob ich schwanger bin oder nicht?«

»Nein, Fiona, das meine ich nicht. Darüber, ob du mir die Wahrheit sagen willst.« Er hielt den Atem an und faltete die Hände.

»Nun, es ist die Wahrheit: Ich bin schwanger«, erwiderte sie kalt und es klang nach Spott.

»Du weißt, was ich meine. Wer der Vater des Kindes ist.« Eindringlich sah er sie an, und diesmal hielt sie seinem Blick stand. Nur die Augen waren zusammengekniffen, als sie anklagend sagte:

»Das habe ich dir schon gesagt, Aidan. Ich weiß nicht, was ich dir noch sagen soll. Wir bekommen ein Kind und du leugnest die Vaterschaft. Stattdessen unterstellst du mir, dass ich dir fremdgegangen bin, weil du mir – angeblich – etwas ganz Entscheidendes verheimlicht hast. Dazu fehlen mir die Worte. Weißt du eigentlich, wie es mir damit geht?« Sie schnaufte laut aus und zog sich Schuhe und Mantel an.

Er wollte zu ihr laufen, sie in die Arme schließen und sich tausend Mal dafür entschuldigen. Aber er tat es nicht.

»Und ich habe geglaubt, du liebst mich«, fuhr sie anklagend fort und lachte verächtlich.

Etwas in Aidan brach auf. Etwas, von dem er nicht geahnt hatte, dass es in ihm existierte. Doch nun wurde ein Tor zu einer verborgenen Wahrheit aufgestoßen. Klar und deutlich erkannte er, was er aussprach: »Das habe ich auch, Fiona. Ich weiß, dass du eine Affäre hattest. Warum, das kann ich dir nicht sagen, ich weiß es einfach. Ich weiß auch, dass es mit Struan war. Das ist die Wahrheit. Ich weiß es seit dem Zusammenstoß im Supermarkt. Aber ich habe dir damals nichts unterstellt. Ich habe mit mir gekämpft und gebetet, es möge nicht wahr sein. Ich habe die ganze Zeit fest an dich und an uns geglaubt.«

Fiona wurde kalkweiß. Sie zitterte und auf ihrer Stirn bildete sich kalter Schweiß. Aidan fuhr fort: »Aber du lügst mich an. Eiskalt und berechnend. Ich kann und ich will nicht mehr den Schein leben, den du vorgibst. Ich will endlich frei sein und der Mann werden, der ich sein kann. Ich bin kreativ, stark und ich glaube an Gott, und das alles will ich endlich leben! Und ich weigere mich, noch länger als Sündenbock für deine Fehler zu dienen.« Er sprach ruhig, aber mit einer Stimme, die keine Unterbrechung duldete und ihre gesamte Aufmerksamkeit forderte. »Verstehe mich nicht falsch. Ich bin deiner Familie für immer dankbar, dass sie mich aufgenommen hat. Und ich liebe dich. Aber ich bin nicht länger bereit, das Leben, die Werte, die Ansichten, die du mir vorgibst, zu leben. Und schon gar nicht deine Lügen. Wenn du Hilfe brauchst, bin ich für dich da. Aber solange du mir weder die Wahrheit sagst, noch mich als mich selbst annimmst, bin ich nicht mehr dein Partner. Ich suche mir ein Zimmer. Meinen Schlüssel behalte ich. Mach's gut«, sagte er und ging, um ein paar Sachen zu packen.

Stocksteif, aber zitternd, stand Fiona da und fühlte seine Worte wie Schläge. Nachdem er die Küche verlassen hatte, sank sie auf einen Stuhl, stützte den Kopf in die Hände und rang nach Atem. Sie schämte sich abgrundtief, weil er sie durchschaut hatte. Aber gleichzeitig war sie wütend, weil er ihr Dinge unterstellte, die einfach nicht stimmten! Als ob er unter ihrem Pantoffel stünde! Als ob sie lügen würde! Und nicht nur einmal, nein, fast die ganze Zeit! Und was sollte das heißen, dass sie ihre Werte und Ansichten vorgab?

Aidan musste den Verstand verloren haben. Diese Kirche!

Das war nicht Aidan, ihr Mann, der da gerade so mit ihr gesprochen hatte.

Da war noch etwas, was sie nicht begriff: Hatte er sie gerade wirklich verlassen? Aidan? Ihr Aidan?

Etwas stimmte hier nicht. Die Hormone? War sie es am Ende, die den Verstand verloren hatte?

Kapitel 30

Nein, es war vollkommen absurd, zu denken, dass Fiona nicht mehr bei Verstand wäre. Nicht ganz bei Trost, ja, das schon, denn je öfter sie daran dachte, was Aidan ihr gesagt hatte und dass er *packen* wollte, desto unsicherer wurde sie und desto mehr Hoffnung verließ sie.

Als sie am Abend von der Arbeit nach Hause kam und das Haus verlassen vorfand, lachte sie noch kurz ungläubig auf. Er würde schon wiederkommen. Sie stellte Radio und Fernseher an, schickte Sprachnachrichten an Menschen, mit denen sie seit dem Sommer keinen Kontakt mehr gehabt hatte, aber nichts half: Es war still. Bedrohlich still. Zum ersten Mal in ihrem Leben war sie allein.

War das die Freiheit, von der sie so lange geträumt hatte?

Was hatte Aidan von *frei* gesagt? Auch er wollte frei sein? Wovon noch mal genau? Von ihren Lügen? Ha!

Sie war auch frei. Frei von seiner Bedürftigkeit. Sie konnte tun und lassen, was sie wollte! Sie könnte unbezahlten Urlaub nehmen, nach Mali fliegen, aber nein, nicht Mali ... nicht Struan ... Oder doch? Wenn Aidan schon so gemein war? Schließlich war sie im Recht! Er hatte keine Beweise. Kaum jemand war vollkommen unfruchtbar; fast immer blieben ein paar Prozent. Die Chance mochte so klein sein, dass es an ein Wunder grenzte, aber es gab sie. Aidan hatte ihr etwas Wesentliches verheimlicht und sie hingehalten. Das war niederträchtig. Aidan war doch selbst nicht ehrlich! Und nun drückte er sich vor seiner Verantwortung. Vielleicht suchte er ja auch nur eine Ausrede, weil sie in sein neues heiliges

Leben nicht passte? Vielleicht suchte er nach einer Frau, die zu seinem neuen Lebensstil passte und er nutzte die letzte Gelegenheit, um zu entkommen? Nur war die Kirche nicht entschieden gegen Scheidung? ... Und Ehebruch? Egal. Was hatte sie schon mit dem Verein zu tun! Doch nein ... So berechnend war Aidan nicht, dazu kannte sie ihn gut genug. Mehrere Tage zimmerte sie an ihrem Weltbild, bis es ihr wie eine zweite Haut passte. Nein, sie würde nicht den ersten Schritt machen, das war schlichtweg unmöglich. Er musste zu ihr kommen und sich entschuldigen. Mit dieser Überzeugung lebte es sich leichter. Doch je länger sie nichts von ihm hörte, desto weniger überzeugt war sie.

Dass Aidan der Vater war, das teilte sie auch dem Gynäkologen mit, der die Schwangerschaft in der sechsten Woche bestätigte. Sie lenkte sich gut damit ab, alte und ein wenig eingerostete Kontakte wieder aufzufrischen. Sie ging ins Kino und Theater, zu Konzerten und erzählte allen, sie mache eine Detox-Kur, aufgrund derer sie auf Alkohol verzichtete. Sie lief ein paar Mal und kaufte ein Buch für werdende Mütter, bei dem sie allerdings nur bis Seite 17 kam. Doch nichts half, um Aidans Abwesenheit und das Schweigen zwischen ihnen auf Dauer zu betäuben. Teils verteufelte sie ihn, dass er sie hatte sitzen lassen, teils vermisste sie ihn entsetzlich und dachte darüber nach, doch auf ihn zuzugehen. Die Traurigkeit, die sich zu einem immer schwereren Ballen in ihr verklumpte, lag gewiss an dem Entzug und der Hormonumstellung. Und an dem mangelnden Sex. Und daran, dass Struan weg war. Es war einfacher, Struan zu vermissen als Aidan, aber auch dieser Trick funktionierte nicht lange. Sie verbat sich, allzu sehnsüchtig an Struan zu denken, denn seine einst so berauschende Lust und verheißungsvolle Leidenschaft schmeckte von Tag zu Tag bitterer.

Immer wieder wurde sie in die Realität zurückgeworfen: Aidan hatte sie verlassen, weil sie ihn betrogen und belogen hatte. Und in ihr wuchs ein Kind, das einen Vater brauchte.

***

Aidan indessen war dankbar und froh, dass er in Andrews und Marthas Gartenhaus unterkommen konnte. Das grün gestrichene und gut isolierte Holzhäuschen bestand aus einem gemütlich eingerichteten Wohnraum, einem kleinen Bad und einer Nische mit Wasserkocher und zwei Kochplatten. Das genügte, denn außer Ruhe, sowie Gespräche mit Andrew und Gott brauchte er in diesen Tagen nicht viel zu essen.

Er schlief wenig und schlecht. In seinen wachen Stunden glaubte er, sein Herz zerreiße in seiner Brust. In Fetzen sah er es vor sich liegen und aus seinen Rippen quellen. Oft fiel ihm das Atemholen schwer und wenn der Schmerz nachließ, fühlte er sich taub. Schluchzend und weinend lag er auf dem Bett, suchte nach Gründen, nach Auswegen und einer Zukunft. Die Welt, wie er sie kannte, gab es nicht mehr; orientierungslos tapste er durch die Finsternis auf der Suche nach einer neuen. Selbst das Beten fiel ihm schwer, so sehr fraßen Leid und Schuldgefühle an ihm und verdrängten Liebe und Hoffnung. Nur ein kleiner, fixer Lichtpunkt in weiter Ferne hielt ihn davon ab, aufzugeben.

In einer Predigt sprach der Pfarrer von den Jüngern, die mit Jesus in einem Schiff auf einem See waren. Jesus schlief, als ein starker Sturm aufkam und die Wellen so sehr peitschte, dass sich das Boot mit Wasser zu füllen begann. Da weckten die Jünger Jesus und baten ihn um Hilfe. Jesus bändigte den Sturm und sprach zu seinen Jüngern: »Warum habt ihr solche Angst? Habt ihr noch keinen Glauben?«[4]

War es der Pfarrer oder eine Stimme in ihm, die zu ihm sagte: »Hab' keine Angst. Ich bin bei dir.«

***

Schon mehr als eine Woche war seit dem folgenreichsten Streit ihres Lebens vergangen und noch immer meldete Aidan sich nicht. Wo war er untergekommen? Was tat er? Vermisste er sie? Hatte er eine andere? Nein. Nicht Aidan. Er hatte doch gesagt, dass er immer für sie da sei und sie noch liebte! Oh, wie sehr er ihr fehlte. Körperlich, aber auch geistig. Er war doch immer da gewesen! Wie konnte er einfach gehen und wegbleiben?

Aidan, oh Aidan ...

Er hatte so viel mehr gesagt. So vieles, von dem sie ahnte, dass es darüber entschied, ob er zurückkam oder nicht. Aber lieber blieb er weg. Lieber begann sie ein eigenes Leben ohne ihn, als dass sie über seine Vorwürfe nachdenken müsste.

Vielleicht gab es ja doch Hoffnung und er würde sie mehr vermissen als sie ihn, dachte sie und weinte sich in den Schlaf.

So oft sie auch die Hand auf seine Seite ausstreckte, so griff sie doch jedes Mal ins Leere.

***

»Weißt du, was am schlimmsten ist ...«, sagte er eines Abends zu Andrew, mit dem er bei einem Bier zusammensaß.

»Was denn? Erzähl's mir.«

Aidan wurde rot und ein dicker Kloß bildete sich in seinem Hals. »Es gab da einen Moment auf dem Schiff, als ich – also, da habe ich mir vorgestellt, dass es die einfachste Lösung wäre, wenn Fiona ein kleines Stelldichein mit dem Skipper hätte und davon schwanger würde. Und später habe ich das noch einmal gedacht. Nur ganz kurz, aber trotzdem ...« Er verzerrte sein Gesicht und rang die Hände.

Andrew sagte lange nichts und schaute auf seine Hände.

»Und jetzt quäle ich mich, weil ich denke, dass ich mit schuld an dem ganzen Desaster bin. Als hätte ich sie dazu angestiftet! Und ...«

»Hm«, machte Andrew nachdenklich und schaute angestrengt aus dem Fenster. »Das mit der auslösenden Schuld kann man so nicht sagen, nicht wahr?«

»Nein, aber ... Verstehst du, was ich meine? Es ist, als hätte ich es ihr untergeschoben!«

»Ja, das verstehe ich. Also, ich glaube nicht, dass du schuld an dem Verlauf der Affäre bist. Aber der Gedanke an sich ist das Problem. Das findet sich auch in der Bergpredigt.«

Aidan nickte bedrückt. »Das ist die Sünde, nicht wahr?«

»Ja. Bei den Gedanken fängt es an. Deine Gedanken werden zu Worten, werden zu Taten. Das weißt du, nicht wahr?«

»Ja. Jetzt. Damals war es mir nicht bewusst, und ich wäre mir nicht sicher, dass ich jetzt vor solchen Gedanken gefeit wäre.«

»Natürlich nicht, denn du bist ein Mensch. Es ist normal, dass wir Fehler machen, deswegen verzeiht Gott sie uns auch, wenn wir sie bereuen.« Andrew lächelte milde.

»Was quält dich jetzt konkret?«

»Dass ich sie bereitwillig mit einem schlechten Gewissen hätte leben lassen, damit ich ihr nichts von meiner Untauglichkeit sagen müsste. Ich meine, das Ganze war nicht durchdacht, aber es kam aus mir. Ich meine, es steckte ja in mir drin!«

»Das stimmt allerdings. Auch wenn du es dir nicht bewusst bis ins letzte Detail ausgemalt hast. Da steckt eine Menge drin.«

»Das tut es, ja. Das ist so hinterhältig, berechnend und rücksichtslos. Ich wäre bereit gewesen, die Augen zu verschließen, nur damit ich selbst gut dastehe! Damit ich mich nicht schon wieder vor ihr kleinmachen muss! Ich hätte ihr Mitleid nicht ertragen. Es hätte mir sogar gefallen, dass endlich sie mal schlechter ist als ich, dass sie lügt, mich hintergeht, und ich? Ich hätte großzügig darüber hinwegsehen können. Es war wie – wie ein Wunsch nach Rache und gleichzeitig der Wunsch, mich selbst zu schonen. Krank, ich weiß.«

Wieder schwieg Andrew lange und beide dachten über das Gesagte nach.

»Du hättest das Kind also als deines angenommen, verstehe ich das richtig?«, fragte Andrew nach vielen Minuten.

»Natürlich! Ohne Frage. Das war ja das Ziel!«, rief er offen heraus. »Und zum anderen kann das Kind ja nichts dafür. Natürlich hätte ich das Kind geliebt wie mein eigenes.«

»Und warum geht das jetzt nicht?«

»Weil sie mich angelogen hat.« Aidan senkte den Kopf.

Andrew nickte. »Aber du hättest dich doch mit ihr freuen können und so tun, als ob es dein Kind wäre, oder nicht? Das hattest du doch vor?«

»Ja. Nein. Es ging nicht mehr. Es wäre eine Lüge! Wir hätten unser Leben lang mit der Lüge gelebt. Sie hätte uns verbittert und innerlich auseinander getrieben. Das Leben wäre ein Albtraum gewesen. Wer weiß, wie lange ich das Ganze überhaupt ausgehalten hätte.«

»Verstehe.« Andrews Augen erhellten sich. »Diese Erkenntnis unterscheidet dich von dem Aidan auf dem Schiff.« Andrew lehnte sich in seinem Sessel zurück und gab Aidan Zeit zum Nachdenken.

»Ja, das stimmt«, sagte Aidan, der sich seiner Veränderung nun erst bewusst wurde. Eine eigenartige Leichtigkeit überkam ihn, als weitere alte Trugbilder von ihm abbröckelten. Es war, als sei ein neuer Geist in ihn gefahren. »Ihre Lüge ist offensichtlicher und es war leicht für mich, sie zu entlarven. Meine Täuschung hingegen hätte sie nicht durchschauen können, denn ich habe sie gut getarnt. Ich muss mich fragen, warum ich mir das gewünscht habe. Warum ich bereit gewesen wäre, so zu leben.« Er seufzte und fuhr sich mit den Händen über das Gesicht. »Es ging immer um das Zusammenbleiben, weil wir *besser* waren als andere Paare. Weil wir *für einander bestimmt waren*, weil – ach, weil ich wirklich überzeugt war, ich käme ohne sie nicht zurecht und könnte ohne sie nicht leben!« Wieder unterbrach er sich. In ihm ballte sich eine ungeheure Wut wie eine Faust zusammen. »Weil ich nie genug war! Nie! Immer musste sie mir helfen. Ich hatte immer das Gefühl, dass ich es ohne sie nicht schaffe. Und jetzt bin ich nicht einmal genug Mann, um ein Kind zu zeugen! Ich hätte ihre Verachtung und ihr Mitleid nicht überstanden.« Er schlug mit der flachen Hand so fest auf den Tisch, dass er wackelte. Der Jähzorn verrauchte, als es ihm wie Schuppen von den Augen fiel:»Ich glaube, ich habe mich nie um meiner selbst willen geliebt gefühlt. Ich musste immer schwächer sein als sie«, erkannte er mit starrem Blick. Sein Herz wurde leer bei der Schwere der Erkenntnis. Leer, bis auf eine schwache Flamme, die die Dunkelheit erhellte.

»Kein Mensch ist vollkommen. Aber sie muss dich geliebt haben, auf ihre Art, da bin ich mir sicher.«

»Das spüre ich«, sagte Aidan mit belegter Stimme und ließ das kleine Licht die Finsternis vertreiben.»Fiona und ich, wir lieben uns, aber mit Fehlern.«

Andrew lächelte ergriffen.»Das glaube ich auch. Ihr braucht Zeit und Ruhe, um euch zu finden. Könntest du ihr vergeben, wenn sie dich aufrichtig darum bittet?«

»Ja, natürlich!«

»Das ist schön. Du lebst es wirklich, dass man andere so behandeln soll, wie man selbst behandelt werden will, nicht wahr? Fiona erscheint mir sehr stolz und perfektionistisch. Es mag dauern, bis sie sich ihre Fehler eingesteht, aber ich bin zuversichtlich, dass sie es kann.«

»Du meinst, dass wir wieder zusammenkommen können?«, fragte Aidan und richtete sich hoffnungsfroh auf.»Dass sie mir auch vergeben kann?«

»Warum denn nicht?« Andrew lachte leise.»Die meisten Paare durchlaufen Phasen der Veränderung und des Umbruchs. Abstand voneinander ist für viele heilsam, damit sie sich selbst weiterentwickeln oder überhaupt finden können.«

Aidan nickte und hörte weiter zu.»In deinem Leben hat sich doch auch, unabhängig von ihr, viel verändert, nicht wahr?«

»Oh ja. Die Arbeitslosigkeit, das Schreiben und Singen, du! Dass ich gemeinnützig und nicht nur für Geld und Karriere arbeite. Und vor allem natürlich der Glaube.«

Nun lächelte er und Andrew ergriff das Wort.

»Siehst du. Das alles haben deine Frau und du momentan nicht gemeinsam. Sie geht einen anderen Weg. Und sie erwartet ein Kind von einem Mann, der keine feste Beziehung mit ihr möchte, denn sonst hätte sie ja anders reagiert, nicht wahr?«

»Ja, das stimmt ...« Warum war ihm das früher nicht aufgefallen? Er wusste nicht, warum er immer davon ausgegangen war, dass Fiona nicht zu Struan ziehen würde. Vielleicht weil dieser auf Aidan zu unstet und bindungsunfähig wirkte.

»Fiona hat noch nicht erkannt, dass und wie sehr Gott sie liebt. Es ist deswegen gut möglich, dass sie sich momentan völlig ungeliebt und allein fühlt.«

»Das befürchte ich auch!«, stöhnte Aidan. »Dabei liebe ich sie doch immer noch! Und wie!«

»Ich weiß, das spüre ich«, tröstete Andrew ihn und legte seine Hand auf Aidans Schulter. »Ich bin mir sicher, sie spürt das auch. Nur ist die Abhängigkeit von der Liebe eines anderen Menschen nicht genug zum Leben. Man muss seine Fehler und Schwächen in sich erkennen und daran arbeiten. Das ist nicht leicht und viele scheuen die oft grässliche Selbsterkenntnis so sehr, dass sie lieber bleiben, wie sie sind. Aber es ist nicht genug, zu sagen »So bin ich eben, damit muss der andere leben.«. Das ist nicht Liebe sondern kaltschnäuzige Gleichgültigkeit und Arroganz.«

Gespannt hörte Aidan weiter zu. »Man muss sich ehrlich bemühen, besser zu werden, auch wenn man niemals vollkommen sein, sondern immer Fehler haben wird. Aber wahre Liebe, und der Glaube, was ja das Gleiche ist, setzen dieses Bestreben voraus.«

Aidan nickte still.

»So liebt uns auch Gott. Wenn wir die Liebe annehmen, erfüllt sie uns ganz und lieben wir uns selbst. Wer keine Liebe geben kann, kann auch keine nehmen und umgekehrt. Nur wenn man beides kann, Geben und Nehmen, ist eine aufrichtige, erfüllende Partnerschaft, in der beide Menschen sie selbst sein können, sich als sie selbst erkannt und geliebt fühlen, möglich.«

Nachdem Andrew sich verabschiedet hatte, dachte Aidan weiter nach. Er erkannte, dass er immer hatte dazugehören wollen, beinahe um jeden Preis. Deswegen hatte er sich angepasst, damit die Familie ihn mochte und er bei ihnen bleiben durfte. Er hatte sich regelrecht verbogen und sie auf ein Podest gestellt, da sie immer alles wusste und er spürte, dass sie das mochte und seine Bewunderung brauchte. Fiona wusste, dass Schreiben nichts bringt, dass die Stelle in Aberdeen nicht zu ihm passte, dass das Auslandssemester in Jordanien Zeit- und Geldverschwendung wäre etc. pp. Dabei warf sie ihm, nicht ausgesprochen, aber mit Blicken und Gesten, vor, worauf sie verzichtet hätte.

So war das und das war Gift.

Er begann zu beten.

Nach einer Weile legte er seine rechte Hand auf das Herz und spürte, wie es darin warm und hell wurde. »Sie wird zu mir finden. Sie wird mir die Wahrheit sagen und mir vergeben, so wie ich ihr vergebe.« Sein Herz wurde größer und stärker, so groß, dass er meinte, es dehne sich über seine Brust und über den Raum hinaus aus. Er war erfüllt von einer mächtigen Kraft, die ihn aufstehen und zum Himmel schauen ließ. »Dann werde ich das Kind lieben wie mein eigenes.« Er bebte von dieser übermächtigen Liebe. »Bedingungslos und mit allem, was ich habe.«

Aidan war ein Mann, der zu seinem Wort stand, auch wenn kein Mensch sein Zeuge war.

Kapitel 31

Auch Fiona spürte auf dem Nachhauseweg von einem – alkoholfreien – Pubbesuch mit Lynn und Donna, wie ein kleines Feuer in ihr entfacht wurde. Wie so oft dachte sie an Aidan. Mit jedem Tag fehlte er ihr mehr. Aber heute lächelte sie zum ersten Mal seit Langem und schaute erst nach oben und dann geradeaus, anstatt auf ihre Schuhe.

Hoffnung und Liebe keimten in ihr auf.

Was wäre, wenn sie sich überwände und Aidan alles gestünde; könnte er dann alles vergessen? Aber könnte sie sich so weit erniedrigen? Wie könnte sie ihm danach noch in die Augen schauen und glauben, er würde sie noch lieben können? Das war ganz und gar unmöglich. Sie fand das, was aus ihrem Unterbewusstsein heraufquoll, selbst so widerwärtig, dass sie sich selbst nicht mehr mochte. Wie sollte da jemand anderer sie da *lieben* können!

Anstatt den Bus zu nehmen, ging sie die kurze Strecke zu Fuß durch die kühle Nacht, die nach feuchtem Laub und Regen roch. Es war so still, dass sie nur ihre Schritte hörte. Solange sie einen Fuß vor den anderen setzte, war sie sicher, alles würde gut werden. Sie würde ihn um ein Gespräch bitten. Aidan war der Bessere von beiden, das hatte sie schon immer geahnt und nun deutlich erkannt, auch wenn diese Erkenntnis schmerzte. Er war es, den sie sich als Vater für ihr Kind wünschte, nicht Struan. Mit welcher Bürde müsste ihr Kind leben! Mit welchem Mangel an Liebe und Fürsorge, mit welcher Leere. *Bitte, lass Aidan der Vater sein,* dachte sie, ohne zu wissen, wer ihr diesen Wunsch erfüllen sollte.

Das dachte sie, bis sie auf der Couch saß und ihr Handy hervorholte, um Aidan endlich zu schreiben. Wie sehr er ihr fehlte!

Dann stieß sie einen hohen Schrei aus und vergaß alles. Struan hatte ihr geschrieben, nicht Aidan!

»Hallo meine süßeste Sünde, was treibst du Schönes? Ich habe solche Sehnsucht nach dir.«

Struan! Er vermisste sie und hatte sie nicht vergessen! Die Internetverbindung war schuld. Sie hatte sich getäuscht. Er war wieder da!

Doch anders als früher fegte diesmal keine grenzenlose Euphorie sie fort. Warum?

»Das ist ja eine schöne Überraschung!«, schrieb sie hin- und hergerissen. Da sie fühlte, sie sei es ihm schuldig, tippte sie: »Du fehlst mir auch.« Schließlich entsprach das bis vor Kurzem noch der Wahrheit.

Umgehend traf seine Antwort ein. »Ja? Das ist schön. Ich denke nachts im Bett so oft an dich und deine Leidenschaft ...«

Eifrig schrieb er weiter und ging dabei mit immer derberen Worten ins Detail. Fiona starrte auf das Handy, verzog das Gesicht und schaltete das Gerät aus. Dann starrte sie lange ins Leere.

Das, was Struan und sie aneinandergebunden hatte, war Sex. Lust und Leidenschaft, aber keine Liebe. Die Liebe, die sie in sich trug, gehörte Aidan und ihrem Kind. Und auch wenn die Liebe nicht rein und ohne Fehler war, so war es doch Liebe. Trotz allem.

Nur wie konnte sie ihm das nur mitteilen? Wie konnte sie ihre Fehler gestehen; nicht nur ihr Fremdgehen, sondern dass sie ihn mehrmals angelogen hatte? Sie legte die Ellbogen an den Bauch, bedeckte ihr Gesicht mit den Handflächen, zog die Beine an und krümmte sich zusammen. Sie wollte weder sehen noch gesehen werden.

Überrascht nahm sie am nächsten Tag Daphnes Anruf entgegen.

»Süße, halt dich fest: Liz und ich kommen dich am Samstag besuchen! Wir gehen aus!«

»Was? Das ist ja fantastisch!«, rief Fiona, ohne recht zu wissen, ob sie sich wirklich freute, auch wenn sie Ablenkung gut gebrauchen konnte.

»Ja, nicht wahr? Ihr kommt ja nie nach London, also kommen wir zu euch. Aber nur wir Frauen!«

»Super!« Nun war sie erleichtert, denn so könnte sie leichter eine Ausrede für Aidans Fernbleiben finden. »Ein echter Frauenabend!«

»Wir haben genügend Punkte für Gratis-Übernachtungen im Hotel, macht euch also keine Umstände bezüglich der Unterbringung. Sei einfach da. Ich freue mich!«

**

Aidan grübelte und trauerte und wünschte Struan in regelmäßigen Abständen die Pest an den Hals. Doch immer öfter gelang es ihm, stärker als sein Hass zu sein und einmal wünschte er Struan sogar Frieden. Da wurde auch er von einem tiefen Frieden erfüllt und so betete er weiter. Er wusste, dass er den Ausweg nicht kannte, ihn aber mit Gottes Hilfe finden würde. Mit dem Glauben eines Kindes vertraute er darauf, dass Fiona, das Baby und er zu einer Familie würden, wenn sie es wollte. Zudem arbeitete er oft im Laden, schrieb viel und sang täglich. Bei einem Vorstellungsgespräch kam er in die zweite Runde; wenigstens hier schien sich etwas zum Positiven zu wenden.

Da die Temperaturen Anfang November weiter sanken, benötigte er wärmere Kleidung. Folglich schickte er ihr eine WhatsApp-Nachricht, um ihr Bescheid zu geben. Als keine Antwort kam und da sie um diese Zeit in der Arbeit sein sollte, wartete er nicht, sondern läutete und sperrte die Tür auf, als sich nichts rührte.

Kaum war er eingetreten, schreckte er zurück. Fiona war immer ein Vorbild an Sauberkeit und Ordentlichkeit gewesen, doch im Haus sah es aus, als hätte eine Bombe eingeschlagen. Außerdem roch es Ekel erregend. Trotz des Regens und der Kälte riss er Türen und Fenster weit auf. Was war in sie gefahren? Woran litt sie so sehr? An seinem Auszug, an ihrer Schwangerschaft oder lag es an Struan? Ob sie wieder Kontakt mit ihm hatte? Ob sie ihm von dem Kind erzählt hatte? Er sah sich um. Der Zustand der Wohnung war ein einziger Hilfeschrei, aber wie konnte er helfen? Indem er aufräumte und putzte? Schon nahm er einen schmutzigen Teller, sah ihn an und stellte ihn wieder ab. Nein. Er durfte sich nicht einmischen. Das hier war ihre Entscheidung und ihr Weg. Es war ihr Leben. Solange sie ihn nicht um Hilfe bat, musste sie diesen Weg alleine gehen, und er musste mit dieser Entscheidung leben, so schwer es ihm fiel.

Abgesehen davon war er nur hier, um warme Kleidung zu holen. Trotzdem – wenn er ihr doch nur helfen könnte!

»Geduld, hab Geduld«, sagte er leise zu sich selbst. »Das geht nicht von heute auf morgen. Das braucht Zeit.« Er betete für Kraft und Zuversicht, und ahnte dabei noch nicht, wie bald er selbst sie brauchen würde. Auf der Suche nach seinen Wintersocken wühlte er nämlich in einer tiefen Schublade und stieß dabei auf eine Tüte, auf der in roten geschwungenen Buchstaben »Amour de luxe« stand. Die Zeit gefror, als er mit klammen Händen den Inhalt herauszog.

Die Übelkeit und der Schwindel, die ihn befielen, glichen den vorherigen Anfällen. Die schwarze, sehr speziell gearbeitete Spitzenwäsche bewies ihre Untreue. Die Sachen waren eindeutig getragen, doch er sah sie zum ersten Mal. Ebenso wie den knallroten Lippenstift und das Lederhalsband. Er zitterte. Wenn Struan vor ihm gestanden hätte, hätte er ihm alle Knochen gebrochen. Fiona hätte er angebrüllt und ihr vor die Füße gespuckt. Es war gut, dass er alleine war. Mit aller Kraft trat er gegen den Schrank und schrie wie nie zuvor auf. Der Schmerz tat gut.

Dann sank er gegen das Bett und starrte lange in die Luft. Struan mochte der Verführer sein, aber Fiona war zumindest das bereitwillige Opfer gewesen. In der Rolle als verruchter Vamp war sie aufgeblüht. Sie hatte sich selbst gefallen und gestrahlt, das hatte er deutlich gesehen.

Er hatte keine Ahnung davon, wer Fiona wirklich war; wonach sie suchte, wonach sie sich sehnte.

Er wusste nur, dass er ihr das, was er gesehen hatte, nicht geben konnte.

***

»Mittagspause«, seufzte Fiona etwa zur gleichen Zeit und dachte zu ihrer eigenen Qual daran, wie oft sie bei dieser Gelegenheit zu Struan gefahren war. Wie hatte sie sich nur so hinreißen und blenden lassen können! Und wieso musste sie für das bisschen Spaß einen so hohen Preis bezahlen? Das war nicht fair!

»Was habe ich nur getan«, dachte sie hoffnungslos, bevor sie wieder zornig auf ihr Schicksal wurde.

Den Anruf ihrer Mutter ignorierte sie. Es war halb zwei und somit wäre es gut möglich, dass sie die Mittagspause bereits beendet hätte. Auch die WhatsApp-Nachricht von Aidan öffnete sie aus einer unbestimmten Angst vor Anschuldigungen nicht.

Und so rief Sally Macmillan Aidan an.

»Schön, dass wenigstens noch einer von euch mit mir sprechen will!«, grüßte sie zynisch.

»Hallo Sally, ähm – wie kommst du denn darauf?«, fragte Aidan unsicher darüber, was sie wusste und was sie wollte.

»Fiona meldet sich nicht und ruft nicht zurück. Also, es geht um Weihnachten ...«

»Weihnachten?«, fragte Aidan kraftlos.

»Ja, genau. Du erinnerst dich an das Fest der Liebe?«

»Sicher.« Er schluckte trocken. »Es ist nur noch so weit hin!«

»Das sagt ihr jungen Leute jedes Jahr. Dabei muss ich doch jetzt schon planen und den Fisch oder das Fleisch bestellen.

Esst ihr noch Fleisch? Heutzutage ändert sich ja so viel! Der eine isst das nicht, der andere das. Wie soll man denn da noch etwas gemeinsam machen können!«, stöhnte sie.

»Ja, natürlich essen wir noch Fleisch«, antwortete Aidan schleppend langsam. Warum feiern Nicht-Christen eigentlich Christi Geburt, fragte er sich. Und warum wusste Sally nichts von der Trennung? Oder war das nur ihre Taktik, Sachen, die ihr nicht gefielen, hartnäckig zu ignorieren, damit sie weiter glauben konnte, es gäbe sie nicht? »Aber –«

»Was aber?«, fiel sie ihm ins Wort.

»Wann hast du denn zuletzt mit Fiona gesprochen?«, tastete er sich vorsichtig vor.

»Am Wochenende, warum?«

»Weil, nun, weil wir uns – also, die Sache ist die, dass ich ausgezogen bin«, stammelte er und hielt die Luft an. »Zumindest vorübergehend!«, rief er hastig nach.

»Was?«, keifte sie. »Sag das nochmal! Du – du bist ausgezogen? Wo sie schwanger ist? Du lässt sie einfach sitzen? Das glaube ich nicht. Nein, das glaube ich einfach nicht! Du lässt meine Tochter mit deinem Kind sitzen? Ist das dein Dank dafür, dass wir dich wie unseren eigenen Sohn aufgenommen haben? Ja, ist es das?«

Da. Endlich war es raus. Was er immer schon geahnt und was ihn immer unbewusst beeinflusst hatte, war endlich ausgesprochen: Er war ihnen auf immer und ewig zu Dank verpflichtet.

»Sally, ich – nein, das habe ich nicht. Ich bin immer für sie und das Kind da. Sie kann jederzeit zu mir kommen!«

»Ach, das ist aber sehr gnädig von dir!«, giftete sie weiter. »Unfassbar.«

»Ich schlage vor, du sprichst erst mal mit ihr selbst«, sagte er so ruhig er konnte und dachte, wie typisch es doch für Sally war, die Schuld immer zuerst bei ihm zu suchen. Sie und Fiona ergänzten sich wunderbar darin. Sie kam gar nicht auf die Idee, dass ihre Tochter etwas falsch gemacht haben könnte.

»Das werde ich, verlass dich drauf! Meine Tochter ist schwanger und allein und ich erfahre nichts davon! Bestimmt nimmt sie dich wieder in Schutz, so wie sie es immer tut!«

Aidan schüttelte den Kopf und bereute es, die Trennung erwähnt zu haben. Dann allerdings gewann sein Ärger über ihre Scheinwelten und Täuschungsmanöver wieder die Oberhand. Er hatte es so satt, als Marionette in ihrer heilen Welt herum zu hampeln. Nur von Fionas Untreue würde er nichts verraten; zumindest vorerst.

Mit schweren Bewegungen stand er auf, packte den Rest seiner Sachen und sah sich um. *Arme Fiona.* Er wünschte ihr nichts mehr, als dass sie die Kraft finden mochte, sich von ihren falschen Bildern und Zwängen zu befreien. Dass dazu auch ihre Mutter gehörte, wurde ihm deutlicher denn je bewusst. Gewiss würde es nicht leicht für sie werden, aber sie konnte es schaffen.

Gütiger Gott, bitte gib uns den Mut und die Kraft, dass wir uns selbst und einander ohne Schein und ohne Scham sehen können. Gib uns die Kraft, das, was wir sehen, zu vergeben. Einander und uns selbst.

Er stand auf, nahm den roten Seidenschal, der ihr so gut stand, vom Sofa, schlang ihn um seine Hand und drückte ihn an die Wange. Tief sog er ihren vertrauten Geruch ein und stellte sich vor, sie stehe leibhaftig neben ihm. Dann verließ er ihr gemeinsames Heim.

***

Da acht mütterliche Anrufe in Abwesenheit genug waren, rief Fiona nach Feierabend zurück und erklärte die Umstände, warum Aidan *vorübergehend* ausgezogen war, folgendermaßen: »Ich wollte dir keine Sorgen bereiten, Mom. Ich weiß doch, wie sehr du dir immer alles zu Herzen nimmst. Es ist nichts Schlimmes. Er muss sich nur erst an den Gedanken gewöhnen, dass er Vater wird, das ist alles.« Ihre Stimme zitterte vor Wut darüber, dass Aidan Sally von der Trennung erzählt hatte, und vor Scham darüber, wie leicht ihr die Lüge von den Lippen ging. Wie konnte er nur! Und wie konnte sie nur. Zumindest hatte er offensichtlich über seine Gründe geschwiegen, was immerhin ein Trost war. *Mehr als ein Trost*, drang es gerade in ihr Bewusstsein, als die Mutter schon weitersprach.

»Das ist lieb von dir, Kleines. Aber du sollst doch nicht so viel Rücksicht auf mich nehmen! So mache ich mir nur ständig Sorgen, dass etwas ist, was du mir verheimlichst. Er hat mir gesagt, dass er für dich und das Kind da ist. Was bildet er sich überhaupt ein! Ich meine, das ist doch das Mindeste, was er tun kann, oder etwa nicht? Undank ist der Welten Lohn, ich sag's ja immer!«

»Mom, jetzt beruhige dich doch!«, rief Fiona, die nun erst begriff, aus welchen Augen ihre Mutter das Ganze sah. Sie fühlte ihre Kräfte schwinden, denn Aidan als Unmensch hinzustellen, der sie schwanger sitzen ließ, war so widerwärtig, dass es ihr den Hals zuschnürte.

Fiona wälzte sich im Bett hin und her, zog sich das Kissen über den Kopf, kniff die Augen zusammen, und fand dennoch keinen Schlaf. Zu sehr quälte ihr Gewissen sie. Ein ums andere Mal drohte die Erkenntnis über ihre eigene Schuld und ihre Fehler aufzutauchen, doch ebenso häufig drückte sie sie in einem aussichtslosen Kampf zurück unter die Oberfläche. Wenn sie sich alles eingestand, könnte sie sich nie mehr im Spiegel anschauen, geschweige denn Aidan unter die Augen treten. Es war grauenvoll. Da half kein Sich-unter-der-Decke-verstecken. Konnte sie ewig so weiterleben? Ohne Aidan? Wenn sich nichts änderte, musste sie das wohl. Dabei fehlte er ihr mehr als an all den Tagen zuvor. Warum kam er denn nicht einfach zurück zu ihr? Warum half er ihr nicht? Sie kannte die Antwort.

Mit schwarzen Ringen unter den Augen betrat sie am nächsten Tag das kleine Café, in dem ihre beiden Freundinnen bereits warteten. Mit übertrieben lautem Hallo begrüßten sie sich und bestellten Kaffee und Kuchen. Fiona war froh um jede Verzögerung und begann bereits zu hoffen, keine von beiden würde nach ihr und Aidan fragen. Schmerzlich erinnerte sie sich daran, wie sie davon geträumt hatte, die Bombe vor den beiden platzen zu lassen, indem sie ihnen strahlend und Beifall heischend von ihrer Liebschaft mit Struan erzählte. Oft hatte sie sich ihre ungläubigen und neiderfüllten Reaktionen ausgemalt, wenn sie erfuhren, dass sie Aidan für Struan verlassen hatte. Sie hatte sich ihren Neid und ihre verhohlene Bewunderung ausgemalt, denn niemand hätte sie für so *sexy* und selbstbestimmt gehalten, niemand hätte ihr jemals einen so sexy Mann und etwas so Verruchtes wie eine Affäre zugetraut!

Ihr wurde heiß. Wie dumm sie doch gewesen war! Sie klatschte in die Hände, setzte ein breites Lächeln auf und rief viel zu begeistert: »Na, meine Lieben? Was gibt's bei euch schönes Neues? Was treibt euch denn nach Glasgow?«

»Na du!«, rief Daphne lachend. »Was sonst!«

»Und die Stadt!«, fiel Liz mit leuchtenden Augen ein. »Ich muss sagen, ich habe Glasgow ja wirklich *total* unterschätzt. Ich hatte ja echt keine Ahnung, was für tolle Ecken und Läden es hier gibt!«

»Was? Ich dachte, ihr seid eben erst angekommen. Wie lange seid ihr denn schon hier?«, fragte Fiona verwundert und runzelte die Stirn.

»Na, diesmal erst seit zwei Stunden, aber davor! Ich sage dir ... oh, nein ... ich sage nichts ...« Sie kicherte, wedelte mit der flachen Hand vor ihrem Gesicht herum und schaute breit grinsend auf ihren Teller.

»Was? Komm, raus damit! Sag's mir!«, rief Fiona. Ein flaues Gefühl breitete sich in ihrem Magen aus. Wie in Zeitlupe hörte sie weiter zu und wusste schon, bevor Liz es aussprach, was sie sagen würde.

»Also ...«, begann sie mit einem vielsagenden Lächeln und einem tiefen Augenaufschlag. »Ich hatte da so einen Grund, öfter mal hier vorbei zu *kommen*«, verriet sie mit einem kehligen Lachen und rutschte auf der Sitzfläche ganz nach vorne. Daphne stieß ihr mit dem Ellbogen in die Seite und kicherte ebenfalls. »Weil ... ähm ... also, dieser Skipper«, seufzte sie und plumpste in den weich gepolsterten Chaise Longue zurück. »Also, dieser Skipper ...«

»Sag's nicht«, flehte Fiona kaum hörbar und kalkweiß.

»Der ist der absolute Hammer!«, stieß Liz hervor und verbarg ihr Gesicht in den Händen. »So etwas habe ich *noch nie* erlebt. Und ich habe schon viel erlebt. Oh Mann!«

»Du – und Struan?«, gackerte Fiona völlig albern und konnte die Tischplatte vor sich nicht mehr sehen. Dafür sah sie sich aus der Vogelperspektive selbst hier sitzen, so sehr glich diese Szene einem Albtraum.

Wenn sie gedacht hatte, sie könne nicht weiter sinken, so hatte sie nun einen neuen Tiefpunkt erreicht.

»Ja!«, rief Liz aufgekratzt und sah sie an. »Aber – was ist mit dir? Geht es dir nicht ... gut«, fügte sie mit leiser werdender Stimme noch hinzu. »Nein ...« Ihre Stimme war kantig und tief. Mit weit aufgerissenen Augen starrte sie sie an. »Sag das nicht.«

»Doch«, murmelte Fiona und nickte gequält. »Doch.« Dann brach sie in Tränen aus und heulte Rotz und Wasser.

»Moment mal, langsam«, schaltete Daphne sich ein. »Warst du nur in ihn verknallt oder war da richtig was?«

»Richtig was!«, heulte Fiona, die keinen Zweifel daran hatte, dass Liz die Wahrheit sagte.

»Oh nein! Fiona!«, riefen Liz und Daphne vollkommen entgeistert. »Du?«

»Ja, ich!«, feuerte Fiona voller Selbstzorn zurück. »Und wieso du auch?«, fuhr sie Liz an.

»Ich? Hallo, sorry! Der Kerl ist geschieden, ich bin Single und du – also, mach mal halblang, Fiona! Du bist verheiratet und, wie wir immer dachten, mehr als glücklich! Wir waren blass vor Neid auf euer Glück und jetzt das!« Sie schüttelte den Kopf und starrte in die Luft. »Sag mir wenigstens, ob das

das erste Mal war, dass du Aidan fremdgegangen bist? Oder habt ihr die ganze Zeit über nur so heilig getan?«

»Das erste Mal! Und wir haben nicht heilig getan!«

»Oh doch, das habt ihr. Und wie!«, schrie Liz.

»Pst«, beschwichtigte Daphne und legte den Arm um Fiona, die sich mächtig aufregte. »Ganz ruhig.«

Fiona, die sich seit Wochen nach einer Schulter zum Anlehnen sehnte, heulte nun erst richtig los und erzählte alles. Dass er das zweite Tajine für Liz kochte, die bei dem Zusammentreffen im Supermarkt zwar in Glasgow, aber gerade bei der Kosmetik war, versetzte ihr den Todesstoß. Sie konnte Liz nicht einmal böse sein, so abscheulich war Struan als gesamter Mensch binnen weniger Minuten geworden.

Wortlos zog sie ihr Handy heraus und hielt Liz ohne Scham den Chatverlauf unter die Nase.

»Wow, Fiona! Ich hätte ja nicht gedacht, dass du so abgehst«, versuchte Liz einen Scherz, wurde dann aber ernst. »Sorry, ich lese keine Details. Aber so leid es mir tut: Der Kerl ist das mieseste Arschloch, das mir je untergekommen ist. Es stimmt, was man sagt: Je besser im Bett, desto beschissener der Kerl.«

Kurz heulte Fiona auf. Und für diese miese Ratte hatte sie Aidan betrogen und verletzt! Das Kind konnte unmöglich von ihm sein, unmöglich, denn sie war sich nicht sicher, ob sie es jemals lieben könnte.

»Ich kann einfach nicht glauben, dass jemand zu so etwas in der Lage ist. Das alles muss ihm doch etwas bedeutet haben!«, nuschelte Fiona nach einer Weile mit verquollenen Augen.

»Ich weiß, Süße, das fällt einem schwer. Aber glaub mir, es gibt solche Menschen. Die denken sich nichts dabei. Klar hat es ihm etwas bedeutet: geilen Sex. Aber mehr nicht.«

»Aber da muss mehr gewesen sein! Das habe ich doch gespürt. Das ist es, was ich nicht verstehe! Wie er einfach so abhauen kann, nach allem, was war!« Sie rang die Hände in der Luft. »Aber gut, jetzt, wo ich weiß, dass er parallel dazu auch noch etwas mit dir laufen hatte, ist wieder alles anders ...«

Daphne und Liz seufzten und wechselten einen vielsagenden Blick.

»Man verwechselt schnell Liebe und Leidenschaft«, sagte Daphne.

»Struan hat dir seine Leidenschaft bestimmt nicht vorgespielt, aber Sex und Liebe, das sind mehr als nur zwei Paar Schuhe. Das sind wie – wie ein offener Kamin und Irish Coffee!«, rief Liz und brachte Fiona kurz zum Lachen.

»Du meinst, beides zusammen kann wunderschön sein, aber es hat im Grunde nichts miteinander zu tun?«

»Es muss nicht«, korrigierte Liz. »Wenn beides zusammentrifft, ist es das Schönste, was einem passieren kann! Aber beides existiert eben auch völlig unabhängig voneinander. Dann ist es auch schön, und wenn man das eine hat, heißt es noch lange nicht, dass man das andere auch hat. Auch alleine sind beide Sachen wunderschön.«

»Komm, auf den Schrecken trinken wir ein Glas«, lud Liz alle ein und gestikulierte schon der Bedienung.

»Das geht bei mir leider nicht«, seufzte Fiona und sank erneut in sich zusammen.

»Was, wieso denn nicht?«

»Weil ich«, sie räusperte sich, »schwanger bin.«

Alle schwiegen, bis Daphne in die Hände klatschte und betont heiter rief: »Mensch, das ist doch wenigstens mal eine gute Nachricht! Och, wie schön! Nach all den Jahren! Oh, lass dich drücken!« Da Fiona nur schwach lächelte, hielt sie inne und ihre Gesichtszüge entglitten ihr. »Sag bloß …«

Fiona hob die Schultern und ließ sie wieder fallen. Dann nickte sie. »So wie es aussieht schon. Aidan kann nämlich keine Kinder … zeugen.« Erneut brach sie schluchzend zusammen.

»Oh Gott, oh Gott, oh Gott«, stotterten Liz und Daphne, die sich links und rechts von ihr setzten und ihr den Rücken streichelten.

»Und deswegen ist Aidan auch ausgezogen«, schniefte Fiona, woraufhin Daphne die Rechnung kommen ließ, bezahlte und sie in ein Taxi zum Hotel verfrachtete.

Dort genehmigten sich die beiden nicht-schwangeren Frauen einen doppelten Gin Tonic und entlockten Fiona die ganze Geschichte.

»Nun sag aber nochmal. Aidan ist wirklich ausgezogen? Von sich aus? Oder hast du ihn verlassen? Oder gar rausgeworfen?«

»Nein. Er ist gegangen, von ganz allein.«

»Echt? Der Aidan, den wir kennen?«

»Klar, wer denn sonst!«

»Das hätte ich ihm nie zugetraut«, bekannte Liz.

»Was, wieso nicht?«, fragte Fiona.

»Ich hätte nie gedacht, dass er den Mut dazu hätte. Dass er es sich überhaupt vorstellen kann, ohne dich zu sein! Er hat doch immer alles für dich getan! Ich meine, sorry, Fiona, aber dein Wort war sein Befehl. Er hat ja nur darauf gewartet, dass er etwas für dich tun kann. Manchmal war es schon fast peinlich!«, gab sie offen zu und Daphne zuckte zustimmend die Schultern.

»Meint ihr das ernst?«

»Oh ja. So wart ihr zwei eben. Total verwachsen. Aber jedes Paar ist anders. Für euch scheint es ja gut funktioniert zu haben. Ich glaube, er hat es gar nicht gemerkt.«

»Weil er es ja auch nicht anders kannte«, ergänzte Liz.

»Ja ... das dachte ich auch, aber so wie es aussieht, war es doch anders«, sagte Fiona nachdenklich. »Als er mir sagte, dass er geht, hat er noch gesagt, dass er nicht mehr nach meiner Pfeife tanzen will.« Dass er ihre Lügenwelt nicht mehr länger unterstützen und leben wollte, verschwieg sie. Das ging die zwei nichts an und es fiel ihr nach wie vor schwer, sich das selbst einzugestehen.

»Wow. Was ist denn in den gefahren?«

»Gott«, entfuhr es Fiona, bevor sie denken konnte.

»Was?«

»Ja.« Und dann erzählte Fiona von Aidans Wandlung.

»Also, ganz ehrlich, Fiona«, meinte Daphne. »Ich habe noch nie gehört, dass jemand religiös wird und seine Frau verlässt. Eigentlich ist es bei den Katholiken doch Ehebruch –«

Sie schlug sich die Hand vor den Mund und lachte »Sorry, das warst ja du.«

»Scheidung«, kam Liz ihr zur Hilfe.

»Ja, genau, Scheidung doch gar nicht erlaubt, oder zumindest haben sie dann mit dem Vatikan ein Problem oder so.«

»Oder so.«

»Na, vielleicht ist es dann doch nicht so weit her bei ihm«, meinte Liz.

»Von Scheidung spricht er ja auch nicht. Er hat gesagt, dass er immer für mich und das Baby da ist«, gab Fiona zu.

»Wie bitte? Das hat er wirklich gesagt?« Ungläubig sahen die Freundinnen sich an. »Trotz allem?«

»Ja«, gab Fiona kleinlaut zu. »Aber – ich meine, er hat ja auch keinen endgültigen Beweis, dass das Kind nicht von ihm ist und dass ich überhaupt etwas mit einem anderen hatte.«

»Fiona!«, fuhr Daphne sie unerwartet scharf an. »Mach dir nichts vor! Wenn der Partner fremdgeht, weiß man es irgendwann einfach, sobald man die Scheuklappen ablegt. Und Aidan weiß es, sonst wäre er nicht gegangen. Dass er sich nicht alles gefallen lässt, finde ich sogar richtig gut. Ich hätte ihm echt nicht zugetraut, dass er einfach geht, der Kleine ...«, sagte sie und ein bewunderndes Lächeln umspielte ihre Lippen.

Verwirrt dachte Fiona über das Gesagte nach.

»Was hast du denn daraufhin gesagt?«, unterbrach Liz die Stille. »Ich meine darauf, dass er nicht mehr nach deiner Pfeife tanzen will?«

»Ich?«, fragte Fiona verblüfft. »Nichts natürlich!«, rief sie, als sei es das Selbstverständlichste auf der Welt.

»Wie? *Nichts natürlich?*«

»Na, wenn ich so tue, als sei das okay, dann ... kommt er ja nie mehr ...«

»Angekrochen«, vollendete Liz sarkastisch den Satz, blickte zur Decke und blies sich Haare aus der Stirn. »Das will ich auch hoffen, sonst wird keiner von euch jemals erwachsen.«

Fiona schwieg. Was konnte man auch sagen, wenn einem

die beiden ältesten Freundinnen die Maske nicht nur vom Gesicht rissen, sondern schon längst dahinter gesehen hatten.

»Prinzessin«, mahnte Daphne mit einem nur aufgesetzt lustigen Ton, »werd erwachsen. Siehst du nicht, was das bedeutet? Siehst du nicht, wie sehr er dich liebt und was für einen wunderbaren Menschen du da hast? Der Mann weiß, dass du ihm fremdgegangen bist, dass du ihn anlügst, dass du dich nicht einmal dafür entschuldigst, sondern auch noch auf den Lügen beharrst! Und trotzdem sagt er, dass er für dich und das Kind da ist! Ganz ehrlich, das haut mich um! Etwas Größeres und Selbstloseres habe ich nie von ihm gehört. Gut, ob er das aus Gehorsam und Pflichtbewusstsein dir gegenüber sagt, oder weil er tatsächlich die Größe besitzt, weiß ich nicht ...«

»Ich habe nicht den Eindruck, als würde er noch etwas aus Gehorsam tun«, wandte Liz ein.

»Eben, da hörst du es!«, fuhr Daphne fort. »Und du, Prinzessin, lässt ihn schmoren, damit er sich bei dir entschuldigt? Sorry, Fiona, du bist so ein großes Schwein, dass ich es dir überhaupt nicht sagen kann!« Daphne hatte sich in Rage geredet und war aufgestanden. »Jetzt ist mir auch klar, warum Stolz zu den Todsünden zählt.«

Ihre Worte stachen wie Messer in Fionas Brust, aber anstatt sich zu verteidigen und zum Gegenangriff überzugehen, gestand sie sich endlich die schonungslose Wahrheit ein.

Liz setzte nach. »Du weißt echt nicht, was du hast. Echt nicht. Das kommt davon, wenn man das Glück zu früh findet, denn dann kann man es nicht schätzen. Wenn ich so einen Mann hätte, wäre ich nicht Single, das schwöre ich dir.«

»Schwör du mal nicht zu früh«, mahnte Daphne mit gehobenem Zeigefinger. »Denk an Ben!«

Daraufhin drehte Liz zum Fenster, kaute auf ihrer Unterlippe und schwieg.

»Soll ich ihn wirklich einfach anrufen? Was sage ich denn dann?«, fragte Fiona später unsicher und seufzte. »Mann, ich weiß echt nicht, was ich sagen soll!«

»Das, was du denkst und fühlst! Dass es dir leidtut und dass du zu ihm zurückwillst. Das willst du doch, oder?«

Fiona wand sich. »Ja, schon, aber ich kann das nicht.«

Prüfend schauten Daphne und Liz sie an. »Weil du dich so sehr schämst?«, fragte Daphne. »Oder weil du nicht weißt, ob du zu ihm zurückwillst?«

»Beides, glaube ich. Ich brauche Zeit. Es war ein bisschen viel, versteht ihr?«, fragte sie und dachte erneut voller Abscheu an Struan. Was hatte sie Aidan nur angetan! Wie konnte sie das jemals wiedergutmachen!

»Aber sag ihm doch bitte wenigstens die Wahrheit!«, flehte Daphne beinahe übertrieben. Fiona fragte sich, ob ihr die offene Beziehung nicht doch etwas ausmachte. »Er weiß es doch! Kannst du dir nicht vorstellen, dass er unter deiner Lüge und unter deinem Schweigen noch mehr leidet?«

»Ehrlich, Fiona, das hat er nicht verdient. Echt nicht«, schaltete sich nun auch Liz ein.

»Jetzt ruf ihn endlich an! Er wartet doch schon seit Tagen darauf!«, rief Daphne ungeduldig.

»*Wenn* er noch wartet«, murmelte Liz und starrte auf den Teppich.

»Gut, dann .... mache ich mal«, murmelte Fiona, nahm allen Mut zusammen und drückte die Schnellwahltaste, auf der Aidans Nummer gespeichert war.

»Belegt«, sagte sie, als kein Freizeichen ertönte, und legte auf.

Kapitel 32

Zur gleichen Zeit lag Aidan auf dem Bett und starrte an die Decke. Wann würde Fiona sich endlich überwinden? Dabei ließ er den Seidenschal durch die Finger gleiten, rieb ihn an seiner Wange und atmete ihren vertrauten Duft ein. Nach dem Fund in der Schublade fiel es ihm schwer, weiter zu glauben. Doch er wollte. Er musste und konnte nicht anders. Fiona würde zu ihm zurückkommen. Sie würde merken, wie sehr er sie liebte, ihn vermissen, feststellen, dass sie etwas tun musste und es tun. Sie würde ihn endlich sehen, wie er wirklich war. *Sehen und schätzen*, korrigierte er sich, schloss die Augen und legte das Tuch über sein nasses Gesicht.

Da läutete sein Handy. »Ben! Was für eine Überraschung!«

»Schön, dass ich dich endlich mal erreiche, Kumpel! Sorry, ich bin die ganze Zeit unterwegs, stecke gerade in Barcelona. Es ist echt irre viel los zurzeit. Kaum zu glauben, dass unser Segeltörn schon wieder fast zwei Monate her ist, was?«

»Ja, entweder ist es zu stressig oder zu ruhig, nicht wahr?«

Sie plauderten eine Weile, bis Ben sich räusperte und nach einigem Herumdrucksen mit der Sprache herausrückte. »Du, sag mal - Liz ist nicht zufällig bei euch?«

»Bei - uns?« Aidan hustete.

»Ja. Die Sache ist die: Sie war in den letzten Wochen öfter mal kurz in Glasgow, aber seit sie ein neues Handy hat, kann meins ihres nicht mehr orten.«

»Wie bitte, wovon redest du da überhaupt?«

»Also, Liz hatte, oder hat, was mit Struan.«

»Mit ... Struan?«, rief Aidan und sprang auf.

»Ja. Es fing auf dem Schiff an und da er in Glasgow wohnt, habe ich eins und eins zusammengezählt. Warum wäre sie sonst öfter über Nacht in der *Daisy Lane* gewesen!«, zischte er bitter.

»So was kann dein Handy sehen?«, fragte Aidan um Fassung bemüht. Wusste Fiona davon? Wusste Ben von Fiona und Struan? Was für ein Schwein das Aas doch war! »Und jetzt?«

»Nun ja, nun sehe ich eben nicht mehr, wo sie ist. Eigentlich sollte der Kerl ja mittlerweile in Mali sein.«

»In – Mali«, seufzte Aidan, für den die Afrikalandkarte auf dem Sofa nun Sinn ergab. Ben jedoch bemerkte seine Reaktion nicht oder ging nicht darauf ein.

»Sie hat mir heute Mittag kurz geschrieben, dass sie auf dem Weg zu Fiona ist. Zu euch halt.«

»Mhm«, machte Aidan, der noch nichts von seiner eigenen Lage preisgeben wollte. »Aber sag mal, Ben, wieso interessiert dich das eigentlich so?«, fragte er stattdessen.

»Weil ... ach Aidan!« Ben holte tief Luft. »Kannst du dir das nicht denken?«

»Nein, was denn?«, fragte er ehrlich überrascht zurück.

»Ich –« Ben schluckte hörbar. »Ich liebe sie noch immer und ... auf der Yacht, da lief wieder etwas. Endlich, weißt du? Nach fast einem Jahr ... Es war so wunderschön, dass ich geschworen hätte, sie liebt mich auch. Und dann war auf einmal dieser notgeile Dreckskerl am Start! Kaum wart ihr von Bord, ging's los!« Aidan hörte, dass Ben gegen etwas schlug.

»Oh – Ben«, stammelte Aidan. »Das ist ja ... Ich, Moment mal. Also, puh! Ich dachte, das mit euch sei seit Jahren aus und vorbei!«

»Nein, das war es nie. Nicht ganz zumindest.«

»Auch nicht, als du ... verheiratet warst?«, fragte Aidan kraftlos. Waren Fremdgehen und Untreue wirklich so *normal*? War er wirklich so naiv?

»Nein, auch da nicht«, gestand Ben kleinlaut. »Deswegen bin ich ja nicht mehr verheiratet! Ich werde noch wahnsinnig! Wie lange soll das denn noch gehen?«, schrie er verzweifelt.

»Puh, Ben, das muss ich erst mal verdauen. Ich hatte ja keine Ahnung. Es tut mir wirklich schrecklich leid. Aber wenn sie nicht will, will sie wohl nicht, oder? Sorry, wenn das jetzt zu direkt ist.«

»Schon gut, du hast ja recht.«

»Rede mit ihr. Sie sollte sich mal entscheiden, schließlich kann sie dich nicht ewig hinhängen.«

»Sie redet aber nicht mit mir.«

»Da geht es dir wie mir. Fiona redet auch nicht mit mir. Ich warte schon seit Tagen auf ein Wort von ihr!« Er ließ den Kopf hängen und schüttelte ihn.

»Wieso – was ist denn bei euch los?«, fragte Ben erschrocken und Aidan erzählte ihm, auf Drängen und Nachfragen, alles. Bens Flüche, er würde den Skipper am liebsten windelweich prügeln, brachten ihn zum Lachen.

»Sag mal, Aidan, ist alles okay?«, fragte Ben zweifelnd. »Du klingst so ruhig. Wenn mir das passiert wäre! Dann hätte ich den Kerl zerstückelt, das kannst du mir glauben. Warum macht dir das nicht so viel aus? Bist du vielleicht doch schon über Fiona hinweg?«

»Nein, ganz und gar nicht«, seufzte Aidan. »Nur bringt der ganze Hass und die Rache ja niemanden weiter. Der Kerl ist weg. Je mehr ich ihn hasse, desto mehr binde ich ihn an mich. Und Fiona war ja auch nicht unschuldig. Schau, ich will mit ihr ja wieder zusammenkommen. Wenn sie ihre Fehler einsieht und sich ebenfalls ändert. Wenn ich Struan jetzt ewig hasse und Groll gegen ihn, und sie, in mir herumtrage, geht das nicht. Dann vergifte ich doch nur alles. Wir können nur wieder glücklich werden, wenn ich alles verzeihe.«

Ben schluckte hörbar und suchte nach Worten. »Du meinst also, du könntest ihr das alles verzeihen?«, fragte er ungläubig. »Im Ernst?«

»Ja, das könnte ich«, antwortete Aidan felsenfest überzeugt. »Das heißt aber noch lange nicht, dass wir wieder als

Paar zusammenpassen würden, denn dazu habe ich mich zu viel verändert.«

»Das kann man wohl sagen! Ich hätte nie gedacht, dass du so radikal deinen Mann stehen kannst und sie verlässt, echt nicht«, staunte Ben.

»Mir war das auch nicht bewusst.«

»Und wie hältst du das so durch? Du klingst zwar schon traurig, aber trotzdem nicht haltlos. Ich weiß gar nicht, wie ich es ausdrücken soll.«

»Ich glaube, ich weiß, was du meinst. Kannst du dich an das Kloster in Iona erinnern?«

»Ja, sicher.«

»Da ist etwas in mir passiert.« Aidan erzählte die Ereignisse in knappen Sätzen. »Ich finde in Gott Trost und Halt. Wenn ich bete, zeigt er mir den Weg, anders kann ich es nicht sagen. Ich finde teilweise Antworten auf Fragen, die ich mir zuvor noch gar nicht bewusst gestellt habe. Es ist vielleicht so etwas wie Meditieren, wobei ich nie meditiert habe. Und natürlich hilft mir auch mein neuer Freund Andrew, der ebenfalls sehr gläubig ist.«

»Und das hilft?«, fragte Ben ungläubig.

»Ja«, lachte er frei auf, »das hilft.«

»Das ist ja unglaublich. Nun ja, ich glaube nicht, dass ich der Typ dafür bin, aber wenn es dir hilft ...«

»Tut es. Es erfüllt eine größere Sehnsucht, eine, die über das rein Menschliche hinausgeht. Es ist einfach Mehr. Ich meine, weil *da* einfach mehr ist, verstehst du, was ich meine?«

»Nicht ganz«, gab Ben lachend zu. »Das alles ist einfach echt nicht mein Fall«, und fügte nach einer kurzen Pause hinzu: »Ja, aber Mensch, die arme Fiona«, meinte Ben nach einer Weile. »Die hat jetzt ja wirklich alles verloren. Dich, ihren *Lover*, das Segeln, die Familie mit Vater-Mutter-Kind ... Puh! In ihrer Haut möchte ich echt nicht stecken.«

»Ich auch nicht. Aber so ganz stimmt das nicht. Sie hat mich nicht verloren. Sie muss mich nur überhaupt erst mal suchen.«

»Klingt toll ... ganz nach dem neuem Aidan«, antwortete

Ben scherzhaft lachend, fügte dann aber voll Hoffnung hinzu: »Sag mal, meinst du, Liz kann mich auch finden?«

»Willst du die Wahrheit hören?«

»Natürlich, sonst würde ich nicht fragen.«

»Ja, das kann sie. Und auch wenn ich momentan keinen Weg dahin sehe, heißt das nicht, dass sie nicht plötzlich durch irgendetwas wachgerüttelt werden kann. Nur wenn sie partout nicht mit dir zusammen sein will, Ben, dann gib sie frei. Lass sie los. Lös dich und werde selbst frei. Du sagst, du hängst an ihr. Ich bin auch an Fiona gehangen, aber wie in Ketten; das tut niemandem gut.«

Ben schwieg nachdenklich, bevor er Aidan zustimmte.

Das restliche Telefonat machte Aidan noch einmal deutlich, dass auch er sich nicht länger verstecken konnte. Auch er brauchte Versöhnung mit seiner Geschichte. Diese Versöhnung konnte er nur erreichen, wenn er dem Kind ein echter Vater wäre. Es würde sein Herz brechen, wenn ein unschuldiges Kind ein Leben lang für die Fehler seiner Eltern büßen müsste, weil er es nicht mit jeder Faser seines Herzens lieben konnte.

Und so kam es, dass er nach einem längeren Gespräch mit Andrew am nächsten Tag vor der Messe zur Beichte ging. Es war nicht so, dass dabei durch ein paar zur Sühne auferlegte *Vater Unser* alle Sünden vergeben wurden, sondern durch Aidans Einsicht, Reue und seinen Willen zur Umkehr. Er nahm die Vergebung an und versöhnte sich mit seiner eigenen Geschichte und allen, die daran beteiligt waren. Danach herrschte Frieden in ihm.

Während Fiona in den folgenden Tagen viel nachdachte, betete Aidan für sie und für den Mut und das Vertrauen, sich gegenseitig zu erkennen und erkennen zu lassen. Er las viel und schloss sich einem Bibelkreis an.

An seinem ersten Abend dort wurde die Geschichte der Magd Hagar behandelt. Gott fand sie in der Wüste nahe einer Quelle, nachdem sie ihrer Herrin Sara entflohen war.

Die Parallelen zu seinem eigenen Leben bestürzten ihn.

Anders als bei ihnen wussten in der Bibelgeschichte jedoch alle drei von Anfang an von folgender Abmachung. Sarah hatte Abraham aufgefordert, mit Hagar ein Kind zu zeugen, das nach damaliger Sitte als ihr Kind gelten würde. Als zunächst Hagar hochmütig wurde und daraufhin Sara so stark erzürnte, dass sie ihre Magd hart und schlecht behandelte, floh diese in die Wüste.

So spannend der weitere Verlauf der Geschichte war, war doch das, was ihn am meisten beschäftigte, das, was Gott durch den Engel zu Hagar sprach. Er fragte sie: »Hagar, Magd Sarais, woher kommst du und wohin gehst du?«[5]

Woher kommst du und wohin gehst du?

Woher kam er und wohin ging er?

Wer war er? Wer war Fiona?

Da erkannte er, dass Fiona nicht nur den ersten Schritt machen und ihn suchen musste, sondern finden musste. Nicht, weil ihr Segeln und ihre Affäre ein zielloser Fluchtversuch war, sondern weil sie ihn nach wie vor belog.

Eine Frau merkte an, dass diese Worte sie an Jesus Frage an seine Jünger erinnerte. »Für wen halten mich die Leute?«

Für wen hielt er Fiona, und für wen hielt sie ihn?

Das waren die entscheidenden Fragen. Ohne sich selbst zu erkennen, war Liebe unmöglich.

Fiona kannte weder sich selbst noch das, was sie wollte. Und er?

Kapitel 33

Am nächsten Tag, einem Sonntag, ertönte am frühen Nachmittag endlich das Freizeichen und kurze Zeit später meldete sich Aidans vertraute Stimme.

»Ja bitte?«, fragte er.

»Hallo, Aidan, hier ist – ähm, Fiona.«

»Hallo Fiona«, sagte er atemlos.

»Du, ähm – also, ich wollte fragen, ob wir uns einmal treffen können«, stotterte sie mit hochrotem Kopf und Schweiß auf der Stirn. Ihr Herz schlug so laut, dass sie befürchtete, ihn nicht zu verstehen. Wären Liz und Daphne nicht hinter ihr gestanden, hätte sie aufgelegt, so nervös war sie.

»Ja, natürlich, gerne.« Seine sanfte Stimme beruhigte sie und sie fasste Mut. Allerdings wartete er darauf, dass sie weitersprach.

»Wann passt es dir denn?«, piepste sie folglich nach einer Weile. Zum ersten Mal seit Tagen lichtete sich die Dunkelheit in ihr ein wenig.

»Wie du weißt, habe ich ja viel Zeit.«

»Also heute?«, fragte sie voll Hoffnung, denn mit einem Mal konnte sie nicht mehr warten, ihn zu sehen und ihn endlich um Verzeihung zu bitten.

»Gerne.«

»Wo?« Noch während sie sprach, stellte sie fest, dass sie nicht nur zu ihm kommen wollte, sondern musste. »In diesem Café, von dem ich dir erzählt habe?«

Sein leises Lachen klang wie ein lauer Frühlingswind, der durch die noch zarten Blätter rauschte. »Das ist ein schöner

Ort, aber wir können dort nicht ungestört reden. Und das wollen wir doch, oder? Möchtest du mich in meinem Gartenhaus besuchen?«

»In deinem Gartenhaus? Da wohnst du also ...« Nun spürte sie auch die warme Luft über ihr Gesicht streichen und die ersten Sonnenstrahlen des Tages auf ihrer Haut. »Ja, gerne.« Er gab ihr die Anschrift und sie verabredeten sich für 16 Uhr.

Glücklich lächelnd legte sie auf. Sie würde zu ihm gehen und ihm alles gestehen. Dann könnte er entscheiden.

»Mensch, ihr zwei, danke«, sagte sie und seufzte erleichtert auf. »Ich weiß zwar immer noch nicht, wie ich ihm gegenübertreten soll, aber es wird guttun, die Wahrheit zu sagen, das spüre ich.«

Die beiden Frauen nickten zustimmend.

»Ohne euch hätte ich mich weiter verrannt und auf ihn gewartet«, gab sie zu, schaffte es aber nicht, den Freundinnen ins Gesicht zu schauen. Nur zaghaft hob sie den Blick. Doch selbst darin lag mehr Aufrichtigkeit als in ihrem gesamten bisherigen Leben, und sie fühlte sich merkwürdig leicht. Es war, als bräche ein Stein aus einer Mauer.

»Dann sind wir ja doch zu etwas gut«, meinte Liz und lachte. »Weißt du, die Sache mit Struan war auch für mich ein Augenöffner. Das heißt nicht, dass ich schon alles sehe, was ich wohl sehen muss, aber es ist immerhin ein Anfang.«

»Echt?«, fragte Fiona und sah sie offen an. »Dabei haben mich eure Ansichten auf der Yacht extrem verunsichert.«

»Wi– wirklich?«, rief Daphne bestürzt.

»Oh ja.«

»Ach, Fiona!« Daphne sank neben sie auf den Stuhl. »Das ist ja furchtbar. Was für den einen gut ist, muss für den anderen doch noch lange nicht gut sein! Und wenn ich ehrlich sein soll, dann sehne ich mich auch immer öfter nach etwas Verbindlichem und Festem. Nach etwas, das bleibt. Nach Liebe, weißt du? Aber wenn es ernst wird, kriege ich immer wieder Angst und laufe davon. Es ist wie ein Fluch. Aber das soll uns jetzt nicht beschäftigen. Ich werde mich zu einer Therapie anmelden; allein meinetwegen. Ob es dann mit Lucas etwas wird oder nicht, sei dahingestellt. So kann es jedenfalls nicht bis an mein Lebensende weitergehen«, gestand sie, stützte die Arme auf die Beine und verknotete die Hände. »Ich wünsche mir so sehr, dass ihr und Aidan wieder zusammenfindet. Ihr wart immer mein Hoffnungsschimmer.«

»Meiner auch«, stimmte Liz nickend zu.

»Du könntest ja Ben haben«, sagte Daphne genauso mahnend wie am Vortag, was Fiona aufschauen ließ. In groben Zügen schilderte Daphne, dass Ben immer noch in Liz verliebt sei, Liz aber außer ein paar Schäferstündchen nichts von ihm wolle.

»Dann gib ihn frei«, sagte Fiona wie aus der Pistole geschossen.

»Das muss ich wohl«, erkannte Liz und ließ den Kopf hängen. »Es ist nicht fair von mir.«

Fiona war dankbar für den Besuch und die Veränderung, die er in ihr bewirkt hatte. Zudem sah sie die Studienfreundinnen nun in einem anderen Licht. *Wer weiß, was sich hinter den glänzenden Fassaden noch alles verbirgt*, dachte sie nicht zum ersten Mal, empfand diesmal aber Mitgefühl und bezog sich selbst in die Runde der Schauspielerinnen mit ein.

Kurz darauf verabschiedeten sie sich mit ungewohnt festen Umarmungen. Für die beiden war es Zeit zum Rückflug und für Fiona war es Zeit, sich Aidan und sich selbst zu stellen.

Sie machte sich zu Fuß auf den Weg zu Aidan, da sie sich in Ruhe auf das Wiedersehen mit ihrem Ehemann vorbereiten wollte. Er hatte so versöhnlich geklungen und für kurze Augenblicke war sie versucht, zu glauben, es sei alles gut und sie könnten da weitermachen, wo sie aufgehört hatten. Im nächsten Moment fuhr Angst in sie, denn genau das wollte sie nicht. Sie war unzufrieden gewesen, hatte dies und das an Aidan auszusetzen gehabt, wollte ein Kind und sich selbst verändern. Dass sie dabei nur nach äußeren Veränderungen gesucht hatte, war ihr nicht bewusst gewesen. Wie lange wäre sie als Vamp und Skipperin glücklich gewesen? Ein halbes, ein ganzes Jahr? Nun hatte sich die Idee von selbst zerschlagen, denn in ihr wuchs ein Kind heran. Das Kind, das sie um jeden Preis hatte haben wollen, und das sie nun für einen hohen Preis bekam.

Man sollte sich stärker davor hüten, was man sich wünscht, dachte sie nicht zum ersten Mal.

Sie kam an der Straße vorbei, die zu Struans Wohnung führte. Bei dem Gedanken an ihn fühlte sie sich nackt und lächerlich. Ob er sich im Stillen über sie lustig machte? Die Vorstellung war nicht das Schlimmste. Viel ärger war das, was ihre Hörigkeit in ihr angerichtet hatte und was sie, aus dem verzweifelten Wunsch heraus, ihn an sich zu binden und vor sich selbst davonzulaufen, getan hatte. Abgrundtiefe Scham und Selbstverachtung ergriffen sie.

Bevor sie an dem schmiedeeisernen Tor zu Andrews und Marthas Garten klingelte, schloss sie die Augen und schnaufte so lange tief durch, bis sie sich einigermaßen gesammelt hatte. Bei ihrem Wiedersehen wollte sie vollkommen bei Aidan sein.

»Hallo Aidan«, grüßte sie verlegen.

»Hallo Fiona. Schön, dich zu sehen. Komm, setz dich, ich mache Tee, wenn du einen willst.«

»Gerne«, sagte sie und atmete aus. Er klang nicht nur versöhnlich, er wirkte auch so. Sie nahm auf dem Bett, auf dem er eine dunkelblaue Tagesdecke ausgebreitet hatte, Platz und öffnete ihre zu Fäusten geballten Hände.

Er musste das Wasser bereits vorgekocht haben, denn er goss es sofort in die Kanne und stellte diese zu den zwei roten Tassen mit goldenen Punkten auf das Tischchen. Auch Milch stand schon bereit.

Kein Zucker, das weiß er noch, dachte sie und sagte laut »Danke«. Sie war froh, die Tasse mit dem dampfenden Tee in den Händen halten und hineinblasen zu können.

Er setzte sich in den tiefen Sessel ihr gegenüber und sah sie eine Weile schweigend an. *Sie sieht müde aus, dachte er, und traurig. Was sie mir wohl erzählen wird?*

»Nun, was führt dich zu mir?«, fragte er mit einem warmen Lächeln und stützte die Ellbogen auf seine Oberschenkel.

»Du«, sagte sie geradeheraus, und sah ihn kurz direkt an, bevor sie den Kopf wegdrehte, als sich ihre Blicke kreuzten. Sie holte tief Luft und begann unsicher zu stammeln: »Also, ich muss dir, ähm, etwas sagen.« Sie rang nach Atem und rieb die Handflächen auf den Beinen. »Es ist schon so, dass du, nun, also, dass du recht hast mit deiner, ähm, Annahme.« Dabei knetete sie ein Kissen in ihren feuchten Händen. Er unterbrach sie nicht, sondern lehnte sich weiter zu ihr. »Ich hatte wirklich eine ... eine ... also, etwas mit ... Struan«, brach es aus ihr hervor und Tränen folgten den Worten. »Oh, Aidan! Es tut mir so leid!«, rief sie und hoffte sehnlich, er möge sie in die Arme schließen, doch er blieb sitzen und ließ sie weinen. Wie sehr er mit sich rang, sie zu trösten, wusste sie nicht, denn Aidan widerstand dem Drang. Sie musste zu ihm kommen, nicht er zu ihr.

»Ich wünschte, es wäre nicht passiert«, stammelte sie.

Noch immer schwieg Aidan und blieb sitzen. Doch sie verzweifelte nicht, fühlte sich nicht zurückgewiesen, sondern spürte, dass er bei ihr war und ihr Zeit gab, um von sich aus alles zu sagen, was sie zu sagen bereit war.

»Und es – es ist gut möglich, dass das Kind von ihm ist«, schniefte sie und putzte sich die Nase.

Noch immer sagte Aidan nichts.

»Ich kann gut verstehen, wenn du nichts mehr mit mir zu tun haben willst. Ich wollte dir nur sagen, was wahr ist und dass es mir leidtut.«

»Danke. Es tut gut, die Wahrheit zu hören«, sagte er nach einer Weile, lehnte sich in dem Sessel zurück und breitete die Arme aus. »Darf ich dich auch etwas fragen?«

»Ja, natürlich«, antwortete sie verwundert.

»Wie lange ging das?«

»Zwei Wochen. Und auf dem – auf dem Boot ... Oh Gott!« Sie brach ab. »Auf dem Boot haben wir uns geküsst.«

Kurz zuckte er zurück, ließ sich aber sonst nichts weiter anmerken.

»Gab es davor andere Männer, mit denen du etwas hattest?«

»Nein!« Aus aufgerissenen Augen sah sie ihn an. »Ehrlich nicht. Er war der Erste und Einzige.«

Seine angespannten Gesichtszüge wurden weicher.

»Und was willst du jetzt tun?«

»Ich weiß es nicht«, seufzte sie und ließ Kopf und Arme hängen.

»Weiß er von dem Kind?«

»Nein.« Da Aidan schwieg, fügte sie hinzu: »Er will keine Kinder mehr. Das hat er mehrmals gesagt. Abgesehen davon würde ich ihn nicht als Vater meines Kindes wollen«, sagte sie und es war die Wahrheit.

»Nein? Nicht?«, fragte Aidan überrascht.

»Nein. Nicht.« Noch immer knetete sie den Schal in ihren Händen. Mit brüchiger Stimme flüsterte sie: »Ich wünschte, es wäre dein Kind. Weil ich immer eine Familie mit dir wollte.«

Aidan lächelte. Das sah sie nicht, spürte es aber. »Das wünsche ich mir auch, Fiona«, sagte er leise und es klang wie ein Gebet.

Sie wollte ihn fragen, ob er ihr jemals vergeben könnte, doch die Worte fanden nicht den Weg über ihre Lippen. Das, was sie getan hatte, konnte niemand vergeben. Sie verstand nicht, wie er so gütig zu ihr sein konnte.

Eine Weile saßen sie still auf ihren Plätzen, dann erhob sie sich und schaute ihn aus Tränen verhangenen Augen an. »Das ist wohl alles. Es tut mir wirklich leid, Aidan, bitte glaub mir das.«

»Das tue ich«, versicherte er ruhig. »Wenn irgendetwas ist, wenn du Hilfe brauchst oder über sonst noch etwas mit mir sprechen willst, ruf mich bitte an, ja?«

»Wi- willst du denn weiter hier wohnen bleiben?«

»Vorerst ja, zumindest so lange, bis ich eine neue Stelle habe.«

Fiona nickte. Leise sagte sie:»Du könntest auch zurückziehen ... Wir könnten ...«

Er ließ sie nicht ausreden. »Danke, das ist nett gemeint, aber das will ich nicht. Ich will nicht mit dir nebeinanderher leben.« Schnell wischte er die bleischwere Traurigkeit fort. »Ich wollte dich ebenfalls schon lange um Verzeihung bitten und dir sagen, dass ich ebenfalls wünschte, ich hätte dir sofort von dem Untersuchungsergebnis erzählt. Ich bereue es sehr. Aber ich wollte dir den Urlaub nicht vermiesen und hatte solche Angst, dich zu verlieren. Nun ja, das habe ich nun wohl ohnehin.«

»Würdest du –«, begann sie zaghaft, aber mit aufkeimender Hoffnung und sah ihm ins Gesicht. Sollte es doch noch eine Wendung geben?

»Nein. Nicht jetzt. Nicht so. Es ist zu viel passiert.«

»Nein«, wiederholte sie enttäuscht.

»Fiona.« Er sprach leise. »Ich für meinen Teil schließe nicht aus, dass wir wieder zusammenfinden. Aber nicht jetzt. Vielleicht später. Es kommt darauf an, wie sich alles, oder wie wir uns, entwickeln.«

»Wie meinst du das?«, fragte sie verwirrt.

Er war versucht, ihr zu antworten, aber dann erwiderte er: »Das weißt du. Denk einfach darüber nach. Ich bin da.«

***

Denk drüber nach. Worüber denn? Wie sie wieder zusammenkommen könnten? Ob sie das überhaupt wollte, und falls ja, wie?

Das Treffen hinterließ ein eigenartiges Gefühl in ihr. Einerseits war sie erleichtert und spürte, dass er keinen Groll gegen sie hegte. Andererseits fühlte sie sich fürchterlich allein und wurde von einer jähen Angst, sie könne ihn für immer verloren haben, befallen.

Er würde für sie da sein. Das hatte er schon einmal gesagt, aber damals hatte sie nicht gespürt, dass er es von Herzen so meinte und dass sie sich felsenfest auf ihn verlassen konnte. Warum war er so gut zu ihr? Warum hatte er sie nicht wüst beschimpft? Es wäre irrsinnig zu denken, dass ihm das alles nichts ausmachte. Nur war da etwas, das ihr Verstand nicht begriff. In all seinem Schmerz wirkte er sicher und gefestigt. Auch war er nicht vor ihr auf die Knie gefallen und wollte nicht einmal zu ihr zurück. Als sie es ihm anbot, ließ er sie nicht einmal ausreden. War er wirklich lieber alleine als mit ihr zusammen?

Die Erkenntnis traf sie mit so einer Wucht, dass sie sich an einer Gartenhecke festhalten musste.

Wieder zu Hause angekommen, begann sie endlich, aufzuräumen. Je lichter es wurde, desto deutlicher sah sie, dass sie reinen Tisch machen und ihrer Mutter die Wahrheit über Aidans Auszug gestehen musste. Sie ertrug es nicht länger, dass Sally weiterhin ihm die Schuld gab. Es kostete sie viel Überwindung, die Nummer zu wählen und ihrer Mutter von ihrer Affäre zu berichten, aber sie tat es.

»Das ist«, stammelte die Mutter fassungslos und kämpfte mit den Tränen. »Das rückt ja alles in ein ganz anderes Licht.«

Das tut es, dachte Fiona niedergeschlagen, *ebenso wie die Tatsache, dass Aidan Sally nichts davon gesagt hatte. Was bin ich bloß für ein Mensch!*

Wenig später rief Daphne an. Sie saß im Zug vom Flughafen zu ihrer Wohnung und erkundigte sich, wie das Treffen gelaufen war. Fiona berichtete.

»Was ich echt nicht verstehe, ist, wieso er mir keine Vorwürfe macht.«

»Noch immer nicht?«

»Nein. Null. Er war so ruhig und gelassen. So ohne Wut. Irgendwie – gütig.«

»Gütig? Das Wort habe ich ja lange nicht mehr gehört.«

»Vielleicht weil es diesen Wesenszug kaum noch gibt«, überlegte Fiona laut.

»Da mag was Wahres dran sein.«

»Weißt du, er ist wirklich wie ausgewechselt. Als wäre er – irgendwie neu geworden.«

»Neu geworden?«, fragte Daphne zweifelnd.

»Ja. Als hätte jemand sein Inneres, irgendwie, seine Psyche, oder Seele, oder was auch immer das ist, aus ihm herausgerissen und eine neue eingesetzt.«

»Klingt das nicht ein wenig dramatisch? Ich meine, ist so etwas nicht unmöglich?«

Fiona zuckte die Schultern, was Daphne nicht sehen konnte und deswegen übergangslos auf ihre pragmatische Art fragte: »Aber wie seid ihr denn jetzt verblieben?«

»Das ist eine gute Frage. Ich glaube, irgendwie – gar nicht. Er meinte, ich könne mich jederzeit melden.«

»Heißt das, es ist wirklich ganz aus zwischen euch?«

»Das weiß ich nicht. Es hat sich nicht so angefühlt. Aber er hat das Angebot, wieder einzuziehen, abgelehnt. Ich weiß es einfach nicht!«

»Eigenartig. Sieht so aus, als bräuchte er Zeit.«

»Mhm. Ich auch. Ich meine, so entsetzlich das klingt: Er fehlt mir echt furchtbar, zumindest, seit ich meinen falschen Stolz abgelegt habe.« Sie lachte verlegen auf. »Aber trotzdem hält mich etwas davon ab, sofort zu ihm zurückzuwollen. Da war schon einiges, was mir nicht gepasst hat.«

»Was denn zum Beispiel?«

Fiona seufzte. »Zum Beispiel hat mich gestört, dass er so unselbstständig ist und mir wie ein kleines Hündchen nachläuft. Oder lief ... Dabei war mir das lange gar nicht bewusst. Ich musste alles für ihn entscheiden!«

»Ha! Also wir hatten immer den Eindruck, dass dir das so gefällt und du das brauchst. Du warst so bestimmend und herrisch. Er konnte ja gar nicht selbstständig werden!«, sagte Daphne und stieß ein kurzes, kehliges Lachen aus.

Fiona schluckte.

»Kann es sein, dass er sich bereits weiter entwickelt hat, als du denkst? Ich meine, er ist ausgezogen und wollte nicht einmal zurück, als du es ihm angeboten hast.«

»Hm ... Ja. Das ist gut möglich. Ach, ich muss über so vieles nachdenken.« Sie blies gegen ihre Stirn und stützte den Kiefer auf die Hand. *Und noch so viel mehr erkennen.*

So verging die Zeit. Beinahe nebenbei erreichte er die dritte und letzte Runde bei den Vorstellungsgesprächen und am Sonntag sang er das erste Mal im Chor mit.

Er saß gerade in seinem Lieblingscafé bei warmem Kirschkuchen mit Vanillesauce, als Ben überraschend anrief. Liz habe sich endgültig von ihm getrennt und ihn für alles, was sie sie ihm angetan habe, ehrlich um Verzeihung gebeten und ihm nicht nur alles Gute, sondern auch die Liebe, die er verdiente, gewünscht. Ben klang zwar müde, aber er versicherte Aidan, dass es das Beste sei, was ihm seit Langem passiert war.

Wenige Minuten nachdem er aufgelegt hatte, klingelte das Telefon mit einer Nachricht von Fiona. »Hallo Aidan, ich hoffe, es geht dir gut. Ich wollte dir sagen, dass ich dir schon lange verziehen habe, dass du mir nicht gleich etwas von der Untersuchung erzählt hast. Falls es wichtig ist. Ich bin mir nicht sicher, ob es etwas geändert hätte. Auf lange Sicht, meine ich.«

In Aidan überschlugen sich die Gedanken und Emotionen. »Danke«, schrieb er erleichtert, denn ihre Sätze zeigten ihm, dass sie viel nachgedacht hatte und ehrlich war. Er trank den letzten Schluck seines Cappuccinos und schrieb weiter: »Manchmal denke ich, dass wir zu lange unter einem unsichtbaren Regenschirm gestanden und so getan haben, als schiene die Sonne.«

»Der Vergleich trifft es sehr genau.«

»Warst du sehr unglücklich?«

»Nein. Nicht unglücklich. Eher unzufrieden.« Gesondert schrieb sie: »Und du?«

»Nein. Ich war nicht unglücklich. Ich kannte mich nur selbst nicht.«

***

Fiona sank in die Kissen auf der Couch. Eng zog sie Aidans alte Strickjacke um sich. Ein wenig war es ihr nun, als würde er sie in seinen beschützenden Armen halten. Warum nur war ihr früher nie aufgefallen, wie viel Halt er ihr gab und wie sehr sie ihn brauchte? Stets hatte sie gedacht, dass sie es sei, die ihn stützen und ihm den Weg weisen musste. Dabei schien er weit besser mit der neuen Situation umzugehen, als sie es tat. Sie legte die Hand auf ihren noch flachen Bauch, schloss die Augen, und wünschte sich so stark, dass es in ihren Schläfen brannte, Aidan möge der Vater des Kindes sein. Sie wollte nicht ihr Leben lang an ihren Fehler erinnert werden. Sie wollte nicht, dass ihr Kind nicht aus ehrlicher Liebe, sondern aus wilder und noch dazu falsch verstandener Lust entstanden war. Sie wollte ihr Kind bedingungslos lieben und dass es in einer intakten Familie aufwachsen konnte. Aber wenn es Struan wie aus dem Gesicht geschnitten ähnlich sähe, würde ihr das schwer fallen; und Aidan sicherlich auch! Oh, wie sehr sie sich nach ihm sehnte! Erneut begann sie so stark zu weinen, dass ihr Körper zuckte und bebte. Mit jeder Minute, die verging, spürte sie deutlicher, dass sie zu ihm zurückwollte, dass sie mit ihm zusammenleben und alt werden wollte. Nicht wie vorher, sondern verändert. Ehrlich zueinander und zu sich selbst.

Wieder dachte sie an den Vergleich mit dem Irish Coffee und dem offenen Kamin. Darin lag so viel Wahres. Ob Liz sich dessen bewusst war? Struan war verführerisch süß, mit einem scharfen Beigeschmack, der genau den richtigen Kick ausmachte. Er war berauschend, aber auch toxisch. Denn erst wenn die Euphorie nachließ und man verkatert aufwachte, merkte man, dass der Rausch am Alkohol lag und keinen Bestand in der Wirklichkeit hatte. Man konnte nicht genug bekommen, wurde süchtig, und wenn es dumm lief, zerstörte man damit nicht nur sich selbst, sondern alle, die einen liebten. Gut, das war ein sehr weiter Vergleich, aber er traf zu. Sie war nahe daran gewesen, ihr bisheriges Leben für Struan aufzugeben. Wenn sie jetzt an die Person dachte, die sie für ihn war, was sie für ihn getan und was sie geil gefunden hatte, erschrak sie. In ihrer devoten Unterwerfung hatte sie sich selbst verraten und erniedrigt. Sie war sich selbst fremd gewesen. Warum war es für ihn so wichtig, seine Macht auszuspielen? Sie überhaupt in seine Macht zu bekommen? Angewidert warf sie die Latex- und Spitzenunterwäsche mit Schlitzen, Haken und Ösen an den relevanten Stellen in die Tonne und wünschte, sie hätte sie nie besessen. Oh, wie sehr sie Aidan nun dafür liebte, dass er mehr von ihr sah als nur ein paar exponierte Körperteile, dass sie sich nie zunächst für ihn hatte erniedrigen müssen, um ihm zu gefallen.

Struan war der Irish Coffee, und Aidan war der wärmende, Licht und Geborgenheit spendende Kamin. Ach Aidan ...

Struan hatte sie nie als Mensch gesehen, das musste sie sich schmerzhaft eingestehen. Seine *Sorge* um sie war nur geheuchelt, damit er sie um den kleinen Finger wickeln konnte. Was für ein skrupelloser, egoistischer, rücksichtsloser Feigling! Und sie hatte ihn für so viel toller und stärker als Aidan gehalten. Wie dumm sie doch war. Wie dumm, undankbar und eitel, denn nicht zuletzt wollte sie sich durch die Affäre mit dem tollen Hengst ja selbst etwas beweisen. Sie wollte damit angeben, auch wenn sie niemandem ein Wort davon verraten hatte und auf lange Frist immer einsamer geworden wäre. Struan lief permanent davon, sein ganzes Leben war eine einzige Flucht. Und ihres?

Sie wollte nicht mehr fliehen. Sie wollte bleiben und tiefe Wurzeln schlagen. Sie wollte eine Familie mit Aidan. So, wie immer, und doch anders.

Das Baby konnte von ihm sein! Es gab doch immer eine Chance, auch wenn sie noch so gering war, dass es an ein Wunder grenzte.

Schluchzend brach sie zusammen.

»Du fehlst mir so«, schrieb sie erschöpft und von Tränen aufgeweicht. Seit Tagen aß sie kaum noch und trank so wenig, dass ihr Kopf schmerzte. Sie drückte auf Senden, bevor sie es sich anders überlegen konnte. Die Worte waren die Wahrheit. Von nun an würde sie zur Wahrheit stehen, auch wenn sie sich damit verletzlich und schwach zeigte.

»Du mir auch«, kam postwendend die Antwort.

Mit beiden Händen hielt sie ihr Handy und drückte es an ihre Brust. Tief atmete sie ein und schloss die Augen. Er vermisste sie!

»Ich wünschte, ich hätte dich nicht verloren.«

Diesmal dauerte es eine Weile, bis seine Nachricht eintraf.

»Du hast mich nicht verloren, Fiona. Wir müssen uns nur finden.«

»Uns finden?«, schrieb sie verwirrt. Er sprach in Rätseln.

»Dich und mich.«

»Aha.«

Als nichts von ihm zurückkam, fuhr sie fort:»Und du? Hast du dich schon gefunden?«

»Noch nicht ganz, aber fast. Mein Fundament steht.«

Mein Fundament steht. Das klang wunderschön, auch wenn sie den Sinn nicht ganz begriff.

»Was heißt das genau?«

Es vergingen ein paar Minuten, bis Aidan mit einer Gegenfrage antwortete:»Kannst du mir sagen, wer ich für dich bin?«

Wer er für mich ist?, dachte sie verwirrt. *Warum fragt er mich das? Er muss doch selbst wissen, wer er ist. Wer soll er schon sein? Er ist Aidan, mein Mann!* Und das schrieb sie.

»Das stimmt, ja«, kam mit einem zwinkernden Smiley zurück.»Ich meine aber, mehr. Alles, was mich für dich ausmacht. Wie du mich siehst. Für wen hältst du mich? Lass dir Zeit, du musst nicht raten.«

»Okay«, tippte sie langsam und verstand noch immer nicht, was er von ihr wollte.

Am nächsten Abend kam ihr der Gedanke, dass er möglicherweise hören wollte, dass er ein Schriftsteller und Sänger sei. Etwas, das mit seiner neuen Identität zu tun hatte! Sie wollte ihm zeigen, dass sie diese Eigenschaften akzeptierte.

»Danke, das ist lieb. Es freut mich, dass du diesen Teil von mir anerkennst«, schrieb er mit einem lächelnden Smiley und sie spürte seine Freude, die zu ihrer wurde. Allerdings war das anscheinend noch nicht alles.

Wer war Aidan? Für wen hielt sie ihn? Zu ihrem blanken Entsetzen musste sie sich eingestehen, dass sie sich tatsächlich noch nie Gedanken darüber gemacht hatte. Aidan war der Junge, den sie nach dem Zerfall seiner biologischen Familie aufgenommen hatten. Er war der Junge, in den sie sich mit der Zeit immer mehr verliebt hatte, bis sie es nicht mehr aushielt und ihn endlich küssen musste. Es war ihr egal, was ihre Mutter dazu sagte. Aber stimmte es, dass es ihr *egal* war? Hatte sie nicht damit auch gegen ihre strengen und starren Regeln und ihre Moral aufbegehren wollen? Wäre es ihr nicht viel eher egal gewesen, wenn sich aus dem Flirt keine dauerhafte Liebesbeziehung entwickelt hätte? Doch das war weitgehend nebensächlich, denn Aidan war derjenige, ohne den sie seit dem ersten Kuss nicht weiterleben wollte, auch keine drei Jahre in Oxford. Er war es, der ihr wichtiger als ihre Karriere war. Das war umso erstaunlicher, als sie immer eine Musterschülerin gewesen war und auch im Studium mit Bestnoten brilliert hatte. Ein düsterer Gedanke stieg in ihr auf: War der Verzicht auf den Elite-Studienplatz nicht auch eine Flucht vor zu viel Druck und Verantwortung gewesen? Die Angst, zu versagen? Angst davor, dort nicht mehr zu den Besten zu gehören? Lieber die Erste auf dem Land als die Zweite in der Stadt?

Sie erschrak, da sie erkannte, was hinter ihrer scheinbar selbstlosen Fassade, für die sie sich so gerne bewundern ließ, in Wahrheit steckte. Ihr Kopf fühlte sich leicht und wie mit föhniger Luft gefüllt an. Die Scham drückte sie zu Boden.

Und Aidan? War der Grund, warum er weder nach Jordanien noch nach Aberdeen gehen sollte, nicht – nein, das durfte nicht sein. Sie sank zur Seite und versteckte ihr Gesicht hinter ihren Händen. Doch es gab keinen Zweifel. Schonungslos bröckelte ihre Fassade von ihr ab und enthüllte den Menschen, der sie wirklich war. Nackt und ohne Maske. Der wahre Grund, warum sie ihn davon überzeugt hatte, dass ihr Zusammensein wichtiger war als jede Karriere, war ihre Angst, er könne sie überflügeln.

Sie schrie auf und rollte sich zu einem Haufen zusammen.

Doch das änderte nichts an ihrer Erkenntnis: Sie war eine egoistische, selbstherrliche, eifersüchtige und neidische Frau. Eine Frau, die andere geschickt manipulierte, ohne es selbst zu bemerken. Eine Frau, die sich nicht nur in der Bewunderung anderer sonnte, sondern süchtig nach Lob und Anerkennung war. Sie war um keinen Deut besser als Liz oder Daphne oder all diejenigen, denen sie sich immer meilenweit überlegen gefühlt und auf die sie so gerne herabgeschaut hatte.

Sie weinte sich in den Schlaf und hoffte, dass am nächsten Tag alles besser würde, doch wie so oft, trat vor der Besserung eine weitere Verschlechterung ein.

Kapitel 34

Aidan hatte sie gefragt, wofür sie ihn hielt. Was sah sie in ihm? Sie vermisste ihn inzwischen so sehr, dass nicht nur Kopf und Herz, sondern auch Magen und Gelenke schmerzten. Sie konnte sich kaum noch bewegen, so schwer und sinnlos erschien ihr ein Leben ohne ihn. Dabei wollte sie sich auf das Baby freuen, wollte es mit Liebe überschütten und war doch zu schwach. Allein der Kontakt mit Aidan und seine ruhige, versöhnliche Art gaben ihr Hoffnung. Hoffnung, die in ihren Augen durch nichts gerechtfertigt war, denn wer könnte eine Frau mit all diesen Fehlern lieben? Wer könnte ihr jemals verzeihen? Wider alle Vernunft ließ sie sich in schwachen Momenten doch dazu hinreißen, von einer gemeinsamen Zukunft an seiner Seite zu träumen. Dann dachte und spürte sie, dass alles nur auf ihre Antwort ankäme. Aber sie sollte nicht raten.

Wofür also hielt sie ihren Ehemann?

Aidan war vierzehn, als er in ihre Familie kam. Dort lebte er von Anfang an das Leben der Macmillans mit. Er hatte sich hervorragend eingefügt. Aber – Moment! Begann er nicht einfach bei null? Von dem Leben *davor* kannte sie nur wenige kleine Ausschnitte, die im Laufe der Jahre aus ihm herausgetröpfelt waren. Man sprach nicht über seine biologische Familie, seinen Schmerz, seine Trauer. Man wollte schließlich keine Wunden aufreißen und es sei besser, auch die Erinnerungen zu begraben, das hatten ihre Eltern den Kindern eingeschärft.

Wie unerträglich musste das für Aidan gewesen sein und wie fremd musste er sich gefühlt haben! War es nicht so, als dass er mit dem Eintreten in ihr Haus alles, was ihn ausmachte, zurückließ? Wirkte er deshalb manchmal so leer und unsicher? Schaute er deswegen immer Hilfe suchend zu ihr? Mit einem Mal empfand sie seinen Verlust und seine Fremdheit wie ihre eigene. Verzweifelt schrie sie auf und weinte seine Tränen. Je tiefer sie sich in ihn hineinversetzte, desto deutlicher nahm sie neben dem Schmerz auch den Drang, sich anzupassen und es allen recht zu machen wahr. War er deswegen so unterwürfig, geradezu anbiedernd und wartete immer ihre Entscheidung ab? Hatte sie das, was sie im Lauf der Jahre immer mehr nervte, selbst erschaffen?

War das ein Spiegel ihrer inneren Zerrissenheit?

Konnte das heilen? Wenn ja, wie? Sie spürte und wusste, dass sie ihn liebte, mehr denn je, denn für ihn und durch ihn wollte sie ein besserer Mensch werden. Dafür würde sie sogar ihre dunklen Flecken ansehen.

***

Zur gleichen Zeit dachte Aidan über den großen Bruch in seinem Leben und dessen Folgen nach. Er erkannte, dass er um alles in der Welt geliebt werden und dazugehören wollte. Da war es willkommen und einfach, Fiona jeden Wunsch zu erfüllen und sich nach ihr zu richten. Unbewusst war ihm das als kleiner Preis für eine beständige Ehe vorgekommen. Zudem war es angenehm, wenn sie für ihn mitentschied, denn so musste er keine Verantwortung übernehmen.

Dass er sich dabei nicht weiterentwickelt hatte, war niemandem aufgefallen. Er war einfach so. Doch seit der Sache mit Gott war alles anders. Er musste mit Fiona reden.

Am nächsten Tag kam Fiona ihm zuvor, indem sie ihn um ein Treffen bat und ihn wieder in seinem Gartenhäuschen besuchte. Er hatte den Raum mit frischen, herrlich duftenden

Tannen- und Mistelzweigen geschmückt, denn in wenigen Tagen begann der Advent.

»Weißt du, ich habe viel über deine Frage nachgedacht«, begann sie. »Mir ist viel dazu eingefallen, aber ich spüre, dass das noch nicht die endgültige Antwort ist.«

Ein warmes Lächeln erhellte Aidans Gesicht. »Es ist ein Weg. Ich komme mir selbst immer näher, und dir auch.«

»Mir auch?«, fragte sie überrascht und Hoffnung schimmerte in ihren Augen.

»Ja, dir auch.«

»Oh«, seufzte sie leise und beide schwiegen, bis sie mit gesenktem Haupt weitersprach: »Weißt du, mir ist bewusst geworden, dass ich dich nie richtig gesehen habe. Du warst das für mich, was ich wollte, dass du es für mich bist. Aber ich habe dich nicht dich selbst sein lassen. Verstehst du, was ich damit sagen will?«

Sein Gesicht leuchtete noch heller und sein Herz hob sich bei ihren Worten. Sie hob den Blick und lächelte ihn zaghaft an.

»Ja, sehr gut«, sagte er. Er hatte den Atem angehalten und ließ die Luft nun entweichen. Gebannt stützte er die Unterarme auf die Oberschenkel und lehnte sich weit zu ihr vor.

»Es war teilweise richtig anstrengend. Und ich habe dich dafür verflucht, dass du nichts alleine kannst und nie etwas richtig machst. Zumindest in meinen Augen. Aber, so grässlich das ist, ich habe das gebraucht. Es tut mir echt leid, aber so war das.« Sie schluckte und wandte den Blick ab. »Damit ich dir überlegen sein konnte«, fügte sie kleinlaut hinzu und presste die Lippen aufeinander.

Aidan war so überwältigt von ihrer Selbsterkenntnis und ihrem Vertrauen, mit dem sie ihm dies mitteilte, dass er keine Worte fand.

»Ich habe noch mehr über mich erkannt und das ist alles nicht besonders schön. Es tut mir leid, sehr leid, Aidan, weil ich dir damit vieles verbaut und vor allem, dass ich dir so wehgetan habe.«

»Das ist – danke«, krächzte er. Sie bat ihn nicht darum, dennoch sagte er: »Ich verzeihe dir.«

»Wirklich?«, fragte sie ungläubig und schaute ihm direkt ins Gesicht.

»Wirklich. Ich schwindle nicht mehr, nur um selbst geliebt zu werden. Das habe ich nämlich auch erkannt. Mir ist auch bewusst geworden, dass ich dir mit meiner Unselbstständigkeit eine Last war. Und was du ...« Kurz wurde ihm schwindelig. »... was du an Struan so toll gefunden hast.«

»Tja ...«, seufzte sie. »Das war Blindheit. Ich habe mich blenden lassen. Er war alles, was du nicht bist.« Sie verknotete die Hände und zog die Schultern vor die Brust.

Aidan nickte mit geschlossenem Mund, bevor er ihren Blick suchte und aufmunternd lächelte.

Mit den Worten »Ich hoffe, dass ich dir bald sagen kann, wer du für mich bist«, stand sie auf, um zu gehen.

Beide sehnten sich nach der Umarmung des anderen, doch niemand tat den ersten Schritt, um das, was kommen konnte, nicht voreilig zu zerstören.

Kapitel 35

Aidan erhielt die Zusage von einem jungen Unternehmen, das sich für Müllvermeidung und Umweltschutz einsetzte. Er war für die Pressearbeit und die Aufrechterhaltung des Teamgeists zuständig. Ab Januar würde er also wieder Geld verdienen und könnte sich nun nach einer eigenen Wohnung umsehen. Als er Andrew jedoch halbherzig von dem Plan erzählte, lachte er ihn nur aus. »Die Zeit, die ihr zwei noch braucht, um wieder zueinander zu finden, bleibst du auf alle Fälle noch bei uns!«

»Wir haben dich gerne hier. Es freut mich, mitzuerleben, wie du geheilt wirst«, fügte Martha hinzu und nahm von dem Irish Stew, das Aidan gekocht hatte.

***

»Fiona, das glaubst du jetzt nicht«, rief Daphne am Sonntagmorgen außer sich vor Freude ins Telefon. »Lucas hat mich gefragt, ob ich mich mit ihm verloben will! Nur verloben, nicht gleich heiraten. Aber ... Immerhin! Es ist ein erster Schritt ... und ...« Sie holte tief Luft und kreischte los. »Und ich habe Ja gesagt!«

Fiona konnte kaum glauben, wie glücklich ihre Freundin sein konnte. War das wirklich die kühle Daphne? »Mensch, das ist ja fantastisch! Oh, das hätte ich nicht erwartet. Glückwunsch! Ich freue mich so für dich«, rief sie und sprach die Wahrheit.

»Aber Ben hat Liz endgültig den Laufpass gegeben.«

»Ben Liz?«

»Ja. Auch schwer vorzustellen, aber wahr. Er hatte genug von ihrer Art. Er konnte einfach nicht mehr und geht jetzt auf Weltreise, um sich selbst zu suchen.«

»Hoffentlich findet er sich. Oft sind lange Reisen eine Flucht ... Und man sieht nicht, was man eigentlich schon hat«, sagte Fiona ein wenig geistesabwesend.

»Nun, in seinem Fall ist es wohl gut, wenn er nicht länger glaubt, er hätte etwas, was er in Wahrheit nicht hat.«

»Das stimmt natürlich.«

Fiona hatte die Fenster geöffnet und schaute hinaus in einen hellblauen Himmel, über den vereinzelt Wolken zogen. Es war kühl und der Wind trug den Klang von Kirchenglocken zu ihr. Kurz darauf ertönten höhere Glocken aus dem Telefon. Sie waren lauter als die Autos, die an Daphne vorbeifuhren. Diese sagte etwas, was Fiona nicht wahrnahm.

Sie saß wieder mit ihrem Vater am Esstisch und hörte seinen beißenden Spott über den Glauben. Sie sah den Schmerz und die Angst in Aidans Augen. Nicht nur seine Familie, auch seinen Glauben tilgten sie aus seiner Erinnerung. Doch nun war Aidan dort, in der Kirche, bei Gott! Er hatte den Weg gefunden und damit sich selbst. Er war er selbst geworden. Ohne Groll und Zorn, sondern voller Vergebung und Liebe. Nur deswegen konnte er so gut zu ihr sein!

Ihre Sinne schwanden, ihr Kopf war leicht und ihr Herz wurde größer, weiter und heller als jemals zuvor. Sie war erfüllt von einer unendlichen Stärke und Zuversicht. Es war Liebe.

Liebe!

»Daphne – sorry, sei mir bitte nicht böse. Ich muss los. Ich habe die Antwort!«

»Was?«, hörte sie Daphne noch rufen, dann legte sie auf und lief los.

Es gab nur einen Weg.

Sie lief, sprang in den zufällig neben ihr haltenden Bus, fuhr ein paar Stationen mit und rannte die restlichen Meter. Noch bevor sie die Klinke der großen Tür fasste, hörte sie schon die

Orgel. Dann setzten engelsgleiche Stimmen ein. Sie hielt inne, gefangen in der Herrlichkeit. Behutsam zog sie die schwere Tür auf und schlüpfte hinein. Ergriffen blieb sie neben dem Eingang stehen. Sie hob ihren Blick in die Richtung, aus der die Stimmen kamen, und erkannte Aidan. Sie sah seine rechte Gesichtshälfte und wie selbstvergessen und voller Hingabe er sang. »Wo du bist, will auch ich sein.« *Wo du bist, will auch ich sein.* Ergriffen lauschte sie und blickte mit Tränen in den Augen zu ihm auf.

Die Liebe ergoss sich wie goldenes Licht über sie und umfing sie wie weiche Wellen in warmem Wasser. Sie hob sie auf ihre starken Flügel und trug sie zu ihm. Während er sang und sie sich hingab, wurden ihre Seelen eins. Dann verstummten die Stimmen und die ersten Besucher kamen ihr entgegen. Noch immer stand sie weltvergessen. Aidan klappte sein Liederbuch zu und hob wie verzaubert seinen Kopf. Sein Blick streifte ihren und sie sah das Licht in seinen Augen. Er erkannte sie und lächelte. Er leuchtete und sagte etwas zu den übrigen Sängern. Dann verschwand er aus ihrer Sicht, um kurz darauf vor ihr zu erscheinen.

Dort, wo einst Dunkelheit herrschte, war jetzt Licht.

»Fiona! Du hier? Wie hast du mich denn gefunden?«

»Ich habe dich nicht gesucht; ich wusste, wo du bist. Aidan! Ich weiß jetzt, für wen ich dich halte, das heißt, wer du für mich bist!«

»Ja?«, fragte er und sein Herz schlug so kräftig, dass sie es spürte.

»Ja. Du hast Gott für dich gefunden und dadurch hast du die Kraft erhalten, mir alles zu vergeben, wenn ich dich darum bitte. Das tue ich hiermit. Bitte vergib mir, Aidan.«

Stumm und mit zuckenden Lippen sah sie ihn an. Aidan nickte und flüsterte mit brüchiger Stimme: »Ich vergebe dir alles, Fiona. Vergib du mir auch.«

»Das tue ich. Weißt du, ich habe auch erkannt, dass du mich liebst. Trotz allem. Und ich liebe dich.« Tränen schwammen in ihren Augen und sie zitterte heftig.

Taumelnd vor Glück breitete er seine Arme aus und schloss sie fest um Fiona. »Ja, ich liebe Gott. Und du bist die Frau, die mich liebt und die ich liebe.« Er beugte sich zu ihr und sein Mund kam ihrem ganz nahe. Ihr Atem wärmte seine Haut und seiner ihre. »Und du bist die Mutter unseres gemeinsamen Kindes. Ich werde niemals etwas anderes glauben.« Dann zog er sie ins Freie und küsste sie.

Aidan sagte ihr nie, dass er die »Amour de luxe«-Tüte gefunden hatte und verlor kein Wort mehr über Struan, dem er Frieden wünschte. Er hoffte nur, dass das Kind ihm nicht allzu ähnlich sehen möge. Vielleicht geschah ja auch noch ein Wunder mit den zwei fruchtbaren Prozent. Er würde keinen Vaterschaftstest machen, denn Liebe braucht keine Beweise.

Fiona arbeitete bis April in ihrer alten Stelle und brachte an einem milden Tag im Mai ihr kerngesundes und lang ersehntes erstes Kind zur Welt. Wie Aidan hatte der kleine Peter im Nacken ein Feuermal. Nichts an ihm erinnerte an Struan.

An einem warmen, klaren Sonntag fuhren sie hinaus aufs Land, wo sie am Rand einer saftig grünen Wiese ihre Picknickdecke ausbreiteten. Während sie die mitgebrachten Köstlichkeiten verspeisten, schlummerte das Baby friedlich in seinem königsblauen Kinderwagen. Seine zarten Händchen ballten sich im Schlaf zu winzigen Fäusten und seine putzigen Lippen waren beim Atmen ein bisschen geöffnet. Als er zu weinen begann, nahm Fiona ihren geliebten Sohn in ihre Arme und wiegte ihn beruhigend hin und her. Leise sang Aidan ein Lied und je länger er sang, desto ruhiger wurde der kleine Peter. Munter brabbelte er und patschte die Händchen vor seinem hübschen Gesicht zusammen. Seine tief blauen Augen strahlten und Aidan hätte schreien können vor Glück.

Mit Freudentränen in den Augen sahen sich die frisch gebackenen Eltern innig an. Liebevoll strich Aidan über Fionas

Wange und anschließend über die weiche Haut seines Sohnes. Dann drückte er einen Kuss auf die kleine Stirn und schloss selig die Augen. Tief atmete er den lieblichen Geruch der Babyhaut ein, die sich mit dem des Grases und der Wiesenblumen vermischte. Stumm dankte er Gott für das Geschenk ihrer Liebe und Fiona dankte einer höheren Macht, für die sie keinen Namen hatte.

Überwältigt blinzelte Aidan die Tränen weg und sah sich um. Bunte Blumen blühten auf dem weiten Feld, das hinter ihnen lag.

*** ENDE ***

Ein Mensch, der mit seinem Alltagsverstand an diese Dinge herangeht, hält dies alles bloß für Einbildung. Er hält Menschen, die ihr Leben für das Wirken des Heiligen Geistes geöffnet haben, für beschränkt, weil er etwas beurteilt, das er nur verstehen kann, wenn er selbst vom Geist erfüllt ist.

(1. Korinther, 2,14)

Über die Autorin

Anja C. Richter wurde im Berchtesgadener Land geboren, von wo sie für ihr Studium der Anglistik nach München zog. Nach mehreren Stationen im In- und Ausland kehrte sie 2016 in ihre geliebte Heimat zurück. Ernsthaft mit dem Schreiben begann sie 2013 und hat seitdem zahlreiche heitere Liebesromane unter dem Pseudonym Annabelle Benn veröffentlicht.

Zu finden ist die Autorin über die Facebook-Autorenseite Anja C. Richter, über Twitter AnjaCRichter und über den via anjacrichter@web.de kostenlos erhältlichen Newsletter.

Fundstellen
1 Petrus 4, 8
2 Galater 6,7
3 Sprüche 4,23
4 Markus 4, 35–41
5 Genesis 16, 1–16